STAMP BOOKS

マルセロ・イン・ザ・リアルワールド

フランシスコ・X・ストーク 作

千葉茂樹 訳

岩波書店

母ルースへ

MARCELO IN THE REAL WORLD

by Francisco X. Stork

First published 2009 by Scholastic Inc., New York
This Japanese edition published 2013
by Iwanami Shoten, Publishers, Tokyo
by arrangement with Scholastic Inc., 557 Broadway, New York, NY 10012, USA
through Japan UNI Agency Inc., Tokyo

目次

カバー画　ダン・マッカーシー

マルセロ・イン・ザ・リアルワールド

第1章

「マルセロ、準備はいいかい?」

ぼくは親指を立てた。これは準備はできているということを意味する合図だ。

「よし、じゃあ、はじめよう」

体が、機械のトンネルのなかにゆっくりはいっていく。トンネルに閉じこめられる感じはきらいじゃない。光は目が痛いほどまぶしくはないけれど、一応目を閉じた。

「『心の音楽《メンタル・ミュージック》』がきこえたら、忘れずにすぐ指を立てておくれよ」トンネルについているスピーカーから、マローン先生の声がきこえる。

ぼくは音楽を待った。音楽はかならずやってくる。ちゃんと忘れずに、指を立てるようにしないといけない。トンネルには小さなカメラもついていて、マローン先生とトビーがコントロール・ブースでぼくのようすを観察している。

「マルセロ、マルセロ」遠くからトビーの声がする。ぼくはトビーが好きだ。トビーもマローン先生とおなじでお医者さんだけれど、先生とは呼ばせてくれない。一度、先生と呼んだら、わざわざ「トビーと呼んでくれよ」と訂正《ていせい》された。トビーは顔中、そばかすだらけだ。

「『リアル な音楽』のほうもだいじょうぶかい？」トビーはぼくをトンネルから引きだしながらたずねた。

「うん」ぼくは答えた。『リアルな音楽』というのは、トンネルのスピーカーからきこえてくる音楽のことだ。ぼくの頭のなかできこえる音楽は、リアルだとは思われていない。

トビーはいろいろな『リアルな音楽』のリストを用意していた。「今回は、このページから選んでみないか？」

「いいよ」そのリストにあるのは、ロック・ミュージックだった。トビーの好きな音楽だ。ぼくの知らない曲、ミュージシャンばかりだ。結局、サンタナという人の曲を選んだ。名前がぼくの名字《みょうじ》のサンドバルに似ていたからだ。『ザ・コーリング』という曲名も気にいった。

「いいね《スイート》」トビーがいった。その笑顔を見て、いい曲を選んだのがわかった。「サンタナとクラプトンが共演してるんだ。スイート」

スイート。声にだしていってみた。今度、なにかを気にいったとき、このことばを使ってみようと、心のなかのノートに書きとめた。

数分後、トビーがリストを持ってもどってきた。顔をしかめている。「やっぱりこのページから選んでもらうことになったよ。オヤジさんは、きみの灰色の脳細胞《のうさいぼう》に、ロックは刺激《しげき》が強すぎるだろうっていうんだ」トビーはマローン先生がいるほうにむけて、目玉だけをギョロッと動かした。マローン先生はブースで機械をいじっている。そのトビーの表情の意味が、ぼくにはよくわからない。

ぼくはすぐに、ベートーベンのピアノ協奏曲第三番の『ラルゴ』を選んだ。このシンプルなメロディが好きだ。それに十分弱で終わるのも知っている。

トビーはもう一度、ぼくをトンネルのなかにすべりこませた。


「『心の音楽』はどんな感じなんだい？」トンネルからでると、マローン先生がたずねてきた。質問の答えを考えるために、ぼくはスニーカーのひもを結ぶ手をとめた。でも、『内なる音楽《インターナル・ミュージック》』がどんな感じなのか、ことばにすることはできない。（ぼくは『心の』ということばより、『内なる』ということばのほうが好きだ。実際のところ、ぼくがＩＭと省略して呼んでいる『内なる音楽』は、ぼくの心が生みだした音楽というわけではないからだ。）ＩＭがどんな感じかって？　マローン先生はこれまでにも何回もおなじ質問をしたけれど、ぼくは一度もちゃんと答えられたことがない。

「スイートです」ぼくはいった。「とてもスイートなんです」ぼくはトビーをさがしたけれど、トビーはコントロール・ブースにあがってしまっていた。

「つまり、きみにとって好ましいってことかな？　その音はきみの耳に心地よい？」

「耳できいてるわけじゃないんです」ぼくはそこで『スイート』ということばがまちがっていたことに気づいた。ＩＭはたしかに好ましいけれど、もっとずっとすごい。

「耳できくんじゃないとしたら、いったいどんな感じ？」

どう説明したらいいいんだろう。大音量の音楽をヘッドホンできくみたいな感じといったらいいんだろうか？　でも、その音楽は脳の内側からきこえてくるんだけど。とにかく、すごいとしかいいようのない感覚だ。「ただ、そこにあるんです」ぼくはマローン先生に答えた。そのとき、あるイメージが心に浮かんだ。「大きなスイカみたいなものです」

「なんだって?」マローン先生との検査《セッション》が好きな理由のひとつは、先生の表情がとてもはっきりしていて、わかりやすいということだ。たとえば、いまの先生の表情は「とまどっている」のお手本みたいだ。

ぼくはイメージをさらに広げてみた。スイカが思い浮かんだのははじめてなので、どこにいきつくかはよくわからない。『内なる音楽』がひびいているとき、マルセロはスイカの種のひとつみたいなものなんです。種以外のスイカの全部が音楽なんです」

マローン先生は顔をしかめている。正確にいうと、半分しかめて、半分微笑《ほほえ》んでいる。まるで、真剣《しんけん》さを保とうとしているみたいだ。「適切なことばをその場で的確に使えるようになったね。とてもいいことだぞ。一年まえにはできなかったからね。パターソンはきみにむいていたんだな」

パターソン。ぼくは腕時計を見た。このあとオーロラが、パターソンまで乗せてくれることになっている。昨日の夜生まれた子馬を見るためだ。ハリー(厩舎長《きゅうしゃちょう》のキルハーンさんのことを、ぼくたちはそう呼んでいる)が、今朝電話をくれて、午前二時三十五分に子馬が生まれたとオーロラに教えてくれた。オーロラが一日中病院で働いているのはわかっていたけれど、ぼくは今日つれていってほしいと頼みこんだ。月曜まであと二日、待つべきなのはわかっている。月曜から夏休みで、ポニーの世話をする仕事がはじまるからだ。だけど、そんなに待ちきれない。ほんとうなら、生まれる瞬間《しゅんかん》にだって立ち会いたかった。昨日からの一日が、まるで一週間ぐらいに長く感じられた。

マローン先生とのセッションは、あと三十分で終わる予定だ。ときどき長引いてしまうから、今日はそうならないように気をつけなくちゃならない。

マローン先生がまたいった。「話を音楽にもどそうか。『心の音楽』はどんなものなんだい？　ふつうの音楽みたいなのかい？　メロディはあるのかな？」

「はい。いいえ」ぼくはいった。なんだかとてもあいまいな返事で、自分でもいやになる。でも、いまの場合、すこしでも正確に、しかもすばやくいおうとしたら、こんな返事になってしまう。

「うーん」マローン先生は困ったように笑った。「どんなところがふつうの音楽と似てるのかな？」

目を閉じると、地球ぐらい大きなチェロと、天の川ぐらい長い弓が思い浮かんだ。弓は、ときにゆっくり、ときにすばやくチェロの弦《げん》の上を動いている。

マローン先生の声が遠くにきこえた。「音楽にはメロディ、リズムそれにビートがあるだろ。『心の音楽』にもあるのかな？」

ぼくはいつのまにか一日中ポニーとすごす夏の仕事のことを考えていた。マローン先生に注意をもどして、質問の答えを考えた。これでお金をもらってるんだぞ。自分にいいきかせる。できるだけのことはしなくちゃいけない。それに、マローン先生もトビーも好きだ。「ないと思います」

「ハミングできる？」

「いいえ」

「じゃあ、音楽とはいえないな」

「音のない感覚だけの音楽っていう感じです」これだ。これがマローン先生が求めているものに一番近いことばだ。

「その感覚というのは？」

この感覚をどう呼んだらいいのかはわからない。ときには生き生きとしていて、速いテンポの「幸せ」な感覚。ときにはゆっくりとした低い音で「悲しい」感覚。だけどたいていは、信じられないくらい穏やかな感覚だ。スイート。このことばがいい。

「おーい、マルセロ！　うわの空だぞ。もどっておいで。もうすこしで終わりだから。その音のない感覚だけの音楽は、いつもあるのかな？」

「そうです。ぼくがさがすと、マルセロがさがすと、それはいつもそこにあります」

「さがす場所はどこ？」

「ここです」ぼくは首のすぐ上の後頭部に手を触《ふ》れた。

「その音楽はきいてほしくないときにやってきたり、ききたくないときにいすわりつづけたりすることもあるのかい？」

考えてみた。正直にいうと、音楽はいつもぼくを引きこもうとしている。ついさっき、マローン先生に説明しようとしたときも、できるなら、音楽のなかにどっぷりつかりたかった。そして、いったん、音楽のなかにはいると、そこから抜《ぬ》けだすのはむずかしい。でも、これはマローン先生には話せない。こうした考えをうまく説明することばが見つかるのかどうか、ぼくにはわからない。そのかわりにぼくはいった。「もしそんなことが起こったら、マルセロはおかしくなる。ちがいますか？」

マローン先生は笑いながらうなずいた。先生はいつもいろいろ試して研究を進めているけれど、ぼくの心の健康にもちゃんと目配りしてくれている。答えられないような質問ばかりするし、ユーモアのセンスも変だけれど、先生に会いにくるのはいやじゃない。このセッションはぼくが五歳のときから、半年に一度ずっとつづけている。いまぼくは十七歳だから、マローン先生とはもう二十五回も会っていることになる。毎回のセッションは二時間で、その見返りは三つ。一つ。ぼくの脳が正常かどうかを調べてくれる。二つ。先生が集めたデータは、ほんとうに助けが必要な人のために使われる。三つ。去年からは、マローン先生が受けている研究助成費の規則にしたがって、毎回、三百ドルももらっている。

先生がコントロール室にむかって歩きだしたので、ぼくもついていった。

「これはすごいぞ！」コンピューターのふたつの画面をじっくり見たあとで先生がいった。「さあ、こっちにおいで。いいものを見せてあげる」

ぼくはマローン先生とトビーが立っているところに歩みよった。マローン先生がいった。「これはリアルな音楽をきいているときのきみの脳の画像だ。そして、こっちはきみが『心の音楽』をきいているか、きみのことばでいうところの『回顧《かいこ》』しているときの画像だ。わかるかな？」

ぼくはふたつの脳の画像を見比べた。それぞれの画像のちがった場所に赤と青の色がついている。

「この画像は、きみがリアルな音楽をきいているとき、左右の側頭葉《そくとうよう》が活発に働いていることを示しているんだ」マローン先生は片方の画像の脳の前方に明るく光る赤い部分をさし示しながらいった。

「ところが、『心の音楽』をきいているときには、視床下部《ししょうかぶ》でなにかが起こっているようなんだ。視床下部というのは、人間の脳の一番古い部分なんだけどね。洞窟《どうくつ》に住んでいたご先祖様たちが、闘争《とうそう》するか逃走《とうそう》するかを決めた部分さ」

「大脳辺縁系《だいのうへんえんけい》全体がまるで花火みたいに輝《かがや》いてるね」トビーはぼくがＩＭをきいていたときの脳の画像を指さしていった。

マローン先生がぼくをじっと見つめた。「きみはなにかにものすごく集中しているんだが、考えているわけじゃないんだ」それからマローン先生はトビーのほうをむいていった。「トビー、ネコの実験を覚えてるかい？　ネコの目のまえでひもを動かしながら脳をスキャンした実験だよ。たしかあの画像でも視床下部に影響《えいきょう》をおよぼしていたよな」

ぼくは思わず微笑んでしまった。ぼくの脳がネコの脳みたいだと知ってうれしかったからだ。ヘクター叔父《おじ》さんにウェイト・リフティングを教えてもらったときのことを思い出した。叔父さんは巣穴に近づく敵をにらむライオンみたいに、自分が使っている筋肉に意識を集中させるんだと教えてくれた。

オーロラは待合室で待っていた。ぼくはオーロラのまえを通りすぎた。オーロラがいつものようにマローン先生にセッションのようすをたずねにいく暇《ひま》をあたえないようにするためだ。すこしでも早くパターソンにいきたかった。ハリーは気が短い。ぼくが放課後、ポニーをとてもうまく世話するのを見て、ハリーは夏休みにぼくを厩務員《きゅうむいん》として雇《やと》ってくれる約束をした。けれど、おなじ仕事をやりたがっている生徒はほかにもいる。なにしろ、すごくすごくすばらしい仕事なんだから。ぼくは約束の時間にまにあわないいんじゃないかと、やきもきしていた。

だけど、オーロラのまえを通りすぎても役に立たなかった。オーロラはぼくのすぐうしろを歩いてきたマローン先生を待った。

「あのう」オーロラはマローン先生を見ていった。「なにかわかりましたか？」

「いいえ、なんにも。まったくなにも」マローン先生はぼくの頭のてっぺんをさわろうと手をのばしたけれど、途中でその手を引いた。そのときになってとつぜん、ぼくのほうが先生よりも背が高くなっていることに気づいたかのようだ。

「この子の父親は、来年度はふつうの高校にいれたがってるんです」オーロラはいった。

ぼくはマローン先生とオーロラが立っているところまでもどった。

「いやだ」ぼくはすかさずいった。

「あなたの気持ちはよくわかってるわ」オーロラはぼくにむかっていった。「だけど、先生の意見もうかがいたいの」

マローン先生がためらっているのがわかった。パターソンをやめてふつうの高校にいくことについて、ぼくがどう思っているか、先生はよくわかっているからだ。「もちろん、問題はないでしょう。そもそも、幼稚園にまでさかのぼって、ふつうのところにいけたんですから。もちろん、だいじょうぶですよ」それから、先生はぼくを見ていった。「悪いな、相棒」

ぼくは床の一点を見つめて、ふつうの高校にいくのがぼくにとってどんなによくないことか、説明することばを必死でさがした。そこにオーロラの声がした。ぼくをなだめるような声だ。「先生がこうおっしゃったからといって、ぜったいにふつうの高校にいかなくちゃいけないってわけじゃないのよ。だいじょうぶだからいくべき、ってわけじゃないの。ゆっくり話し合いましょ」

「ぼくは十七歳だ」ぼくはぶっきらぼうにいった。

「だから？」オーロラが問いつめてくる。

「マルセロが決めるべきなんだ」ぼくは勇気をふりしぼって目を上げ、まずオーロラを、それからマローン先生を見た。「ぼくはパターソンの高等部で、最後の一年をすごすべきなんだ。これまでとおんなじに」

「うーむ。この件については、わたしはかかわらないほうがよさそうですね」マローン先生がいった。

「マルセロの精神年齢は、ほかの十七歳とおなじですか？」ぼくはマローン先生を見つめながらきいた。

先生は首をたてにふった。ぼくがどういうつもりでその質問をしたのか、わかっているよ、という意味だ。「精神年齢だって？　いったい、なんのことやら。人はだれもみんなちがってるんだ。見方によれば、きみは、おなじ年齢の子たちより五十歳分も進歩してるよ」

オーロラはにっこり笑った。

マローン先生は、むずかしい質問にかんたんに答えて、人を安心させようとするような人じゃない。ぼくが先生にいってほしかったのは、ぼくみたいな人間はパターソンのようなところに通うほうがいいということだった。

「ちがった経験をしてみるのも、いいかもしれないわよ」オーロラはいう。

「その点について、わたしがどう考えているかはご存知でしょう」マローン先生がオーロラにいった。「苦痛をあたえるのがいいことだとは思いません。子ども自身が幸せで、よく理解されていて、きちんと評価されることによって、その子は自分の時間軸《じかんじく》のなかで、りっぱに花開くことができるんです。パターソンはマルセロにむいていると思いますよ。これまでの結果を見るかぎりは」

その通り！　ありがとう、マローン先生！　ぼくは心のなかでそう叫んだ。

「うーん」オーロラが変な声をだした。

「『うーん』っていうのはどういう意味？」ぼくは最初はオーロラに、つぎにマローン先生にたずねた。

マローン先生がこの質問に答えてくれた。「わたしにたずねたのは正解だね。わたしたち医学の専門家は、『うーん』についてはなにもかも知っているからね。さっきのきみのお母さんの『うーん』の場合は、きみにはまだまだほかに学ぶべきことがあるはずなのに、きみに選択をまかせたら、その学ぶべきことを選ばずに終わってしまうんじゃないか、という心配の気持ちをあらわしてるんだ。ちがいますか？」

「その通りです」オーロラが答えた。

「うーん」その声をだしたのは、今度はぼくだった。ふざけてだしたわけじゃない。

第2章

パターソンにむかう車のなかで、ぼくは九頭のハフリンガー種のポニーのことを考えていた。夏休みのあいだ、ぼくが世話をすることになっているポニーだ。ぼくは九頭全部の名前と年齢を知っている。何頭かは誕生日も。ポニーの世話がとてもたいへんなことや、餌《えさ》の量や水をやるタイミングまでわかっている。特にくわしいのは、どこをブラッシングしたらよろこぶかだ。厩務員《きゅうむいん》として、ぼくはきちんとポニーの世話をしてみせる。ハリーがいつもいっているように、厩舎《きゅうしゃ》を「しみひとつない」ほどきれいにしておくのもぼくの仕事だ。パターソンに入学予定の生徒とその保護者たちは、かならずポニーを見にやってくる。だからハリーは、厩舎とポニーを完璧《かんぺき》な状態にしておきたい。ぼくにはあたりまえのことだ。だからぼくはこの仕事にぴったりなんだ。

だけど、ぼくがやらなくちゃいけないのは、厩舎をきれいにして、ポニーの健康をたもつだけじゃない。厩務員として、ポニーを幸せにする責任がある。ポニー一頭一頭を見て、いつ餌をあたえ、いつ水を飲ませ、いつ休ませるのかを決めるのはぼくだ。いろいろな障害を持った子どもたちに乗馬をさせるとき、どのポニーが一番ふさわしいか、インストラクターやセラピストから相談を受けるのもぼくだ。実際には、すべてのポニーが、どんな障害を持った子どもたちともうまくやれるように訓練されている。視覚障害児、聴覚障害児、自閉症《じへいしょう》の子、脳性まひの子、多発性硬化症《たはっせいこうかしょう》の子、脊椎披裂《せきついひれつ》の子、ダウン症《しょう》の子、注意欠陥《けっかん》障害の子、など、どんな子がきてもだいじょうぶだ。ポニーはいつもおだやかで、気分にむらがない。

ハリーが教えてくれたポニーを選ぶ秘訣《ひけつ》は、その子といっしょにいて、一番機嫌《きげん》のよさそうなポニーを選ぶのではなく、その子が一番気にいっているポニーを選ぶっていうことだ。ハリーはぼくにそれを見きわめる才能があると思ってくれている。

「厩舎での仕事、ほんとうに楽しみにしてるのね。そうじゃない？」オーロラの声がした。わかりきった質問をするなんて、オーロラらしくない。そんなのあたりまえのことだ。夏の仕事も、パターソンでの最後の一年も、どっちもすごく楽しみだ。厩舎での仕事は新年度になってもつづくことになっていて、ポニーの世話と厩舎の掃除《そうじ》だけじゃなく、本格的なポニーの調教《ちょうきょう》もできるはずだ。フリッツィは秋のはじめには調教をはじめられるだろう。障害を持った子どもたちのためにポニーを調教するのは、信じられないぐらいたいへんな仕事だ。きちんと調教しておけば、ポニーはどんな騒音《そうおん》がしても、不愉快《ふゆかい》な思いをさせられても、ときには痛い思いをしたとしても、子どもたちを傷つけるようなことはしない。

だから、ぼくがオークリッジ高校にいくことになったらすごく困るんだ。そんなこと、ぜったいあっちゃいけない。ぼくがほかの人とおなじようになるためには、このままパターソンに通いつづけるのが一番いいっていうことを、アルトゥーロにも、わかってもらわないと。パターソンでなら、ぼくは自分のペースで勉強できるし、なにかを自分で決めたり、責任感や独立心を身につけることだってできる。どれも、アルトゥーロが望んでいることばかりだ。

「オーロラは答えを知っている。なのに、どうしてきくの?」こんなことをいったら、失礼なのかもしれない。でも、オーロラに対しては、ぼくは安心して自然にふるまえる。

「わたしはただ……」話しかけたオーロラは、そこでことばを切った。話の途中でことばを切るのは、いおうとしていることが相手の気持ちを傷つけるかもしれないときだと、パターソンの社会的相《そう》互作用《ごさよう》のクラスで習った。ぼくの胸のなかで不協和音《ふきょうわおん》が鳴った。演奏の途中で弦《げん》が切れてしまったギターみたいな音だ。

「アルトゥーロ」ぼくは質問のつもりでひとこといってみたけれど、うまくいかなかったみたいだ。

オーロラはなにも答えない。ぼくもそれ以上はいわなかった。車はちょうどパターソンの敷地《しきち》にはいるところで、そのときには、いつもなにもいわないことにしている。ぼくはこの学校に小学一年生のときから通っているけれど、すくなくともこの場所だけは、けっしてぼくをせかしたりしない。

長い車道の左側には、いくつものレンガ造りの平屋の建物が、未完成のクロスワード・パズルのように、はじっこでくっつきあってならんでいる。建物どうしは歩道でつながっていて、車椅子の人や目の見えない人でも楽に行き来できそうなのが、遠くからでもわかる。

車道の右側にはいろいろな大きさや形の運動場がちらばっている。それぞれの運動場は大きなオークやエルムの木で囲まれていて、夏には木陰《こかげ》づたいにぐるっと歩いてまわることができる。運動場のおくにあるのが厩舎と馬場だ。

オーロラは厩舎に近い駐車場に車をとめた。車からでると、セラピストのジェーンが、見たことのない小さな女の子を乗せたガンボリーノを引いて、楕円形《だえんけい》の小さいほうの馬場をまわっていた。

大きいほうの馬場にはだれもいなかった。あと何日かで夏の講習がはじまれば、この馬場はインストラクターやセラピスト、子どもたちやボランティアでにぎやかになる。毎朝八時にはじまって、夕方の六時までつづく講習だ。厩舎のまえでハリーがぼくたちにむかって手をふっていた。

「おいで、見せたいものがあるんだ！」ハリーが大きな声でいった。ぼくは走りだした。オーロラも足をはやめた。ハリーがなにを見せたいのかはわかっている。だからぼくは、ハリーの横を通りすぎて厩舎のなかにとびこんだ。仕切りのひとつに生まれたての子馬がいて、お母さんのフリーダのおっぱいを吸っていた。

「昨日の夜中に生まれたんだ。獣医《じゅうい》さんを呼ぶ必要もなかった。朝日が昇《のぼ》るみたいに自然な安産だった」

「なんて美しいの」オーロラがいった。

ぼくは立ちすくんだ。これまでにも生まれたてのハフリンガー種のポニーは何頭も見てきた。だけどこの子は、ほんとうに、スイートだ。最高に最高にスイートだ。

「出産に立ち会えるように電話するつもりだったんだ。だが、とつぜんだったからね。十一時に見にきたときには、なにも異状はなかった。フリーダの呼吸がちょっとはやくなってたが、獣医さんがいってた通り、まだ一週間やそこらはさきだと思ってたんだ。ところが真夜中すぎに、犬の吠《ほ》える声がきこえたんだ。ロムルスがなにかを伝えようとしたんだな。あわててきてみたら、この子はもう半分ほどでかかってた。ちゃんと頭からな」

ロムルスというのは、ぼくのヘクター叔父《おじ》さんがパターソンに寄付したジャーマン・シェパードだ。ロムルスはフリーダの仕切りのとなりにおすわりして、小さな子馬を守っていた。ロムルスとぼくは、ロムルスが両目でウィンクするまで見つめあった。

「名前はもうつけたの？」オーロラがたずねた。

「もう、なんてもんじゃないさ。ここの子たちは、フレッドとフリーダを交配させたときには、もう名前を決めてたからね。プロイセンの伝統に従ってフリッツィなのさ。もし、雌《めす》だったらフレドリカになる予定だった」

「フリッツィ」ぼくは大きな声でいった。

「おれはたとえばシャニーなんて名前のほうが好きなんだがな。シャニーってのはシャノンの愛称《あいしょう》なんだ」

「アイルランドのすてきな名前よね」オーロラがいった。

「だけど、ハフリンガー種はプロイセンが起源だよ。それをアーミッシュの人たちがアメリカにつれてきたんだ」ぼくは指摘《してき》した。

「ハフリンガー種はほかのどんな馬にも負けない働き者だ。朝から晩まで、一日中でも畑を耕しつづけるよ。それに、子どもが乗るにももってこいだ。背中が広いからバランスをとりやすいし、背が低くて地面に近いからな」

「すこし、フリーダといっしょにいていい？」ぼくはたずねた。

「ああ、いいとも」ハリーは即座《そくざ》に答えた。「まだすこし気分が悪いようだから、きみがそばにいてくれたら助かるよ」

ぼくは仕切りをそっとあけ、ひざを折って寝そべっているフリーダのそばに、しずかに腰をおろした。フリッツィはもうひとつの乳首《ちくび》をさがしている。手をのばせば頭にふれられるくらいフリーダの近くにすわったけれど、手はださなかった。動物がそうしてほしいと伝えてくるまで、気安くさわるべきじゃない。動物はいろいろな方法で気持ちを伝えようとする。近づいてきたり、頭を上げ下げしたり、目つきで伝えたりする。ぼくは目を閉じて腕を組み、干草とフリッツィのにおいをかいだ。遠くでオーロラの声がした。ちょっと話したいことがある、とハリーにいっていた。


家に帰る途中、なにかいやなことが起きそうな気がしてしかたなかった。なぜそんな気がするのか、いろいろ考えてみた。オーロラは「だいじょうぶ?」とたずねて、答えを待っていたけれど、ぼくは質問を無視してだまりつづけた。オーロラはもう一度たずねはしなかった。話したくなれば、自分から話すことを知っているからだ。

家までの半分ほどの距離《きょり》を進んだところで、どんな風にいやな感じなのかがはっきりわかった。暗《くら》闇《やみ》で階段をおりていて、最後の段がどこにあるのかわからないときのような感じだ。この気持ちのでどころも特定できた。オーロラはマローン先生に、アルトゥーロがぼくを、高校の最後の年はオークリッジ高校にいかせたがっているといっていた。そして、オーロラは厩舎の仕事の話をしていたとき、途中でことばを切った。それから、オーロラは、ハリーにちょっと話したいことがあるといっていた。

傍目《はため》からは、ぼくはまわりのことに注意を払《はら》っていないように見えるようだけれど、ほんとうはとても細かいことまで気づいているし、気づいたことはなにひとつ忘れない。むずかしいのは、脳に一度にとびこんでくる細かいことの意味を、結びつけて考えることだ。けれども、ときどきはうまくいく。ちょうどいまみたいに。ぼくが気づいたことを全部あわせると、来年度のぼくの予定は変わってしまいそうだ。

家のすぐ手前までやってきたとき、オーロラがいった。「回顧中《かいこちゅう》なの？」

『回顧』というのは、ぼくとオーロラのあいだでは、ぼくがＩＭにきいていたり、ぼくの大好きな聖書の一節を思い浮かべているときのことをいうことばだ。ぼくが幼かったころ、かんしゃくを起こすたびにオーロラは、どこかしずかなところで回顧してきたら、といった。ＩＭをきいたり、文章を思い浮かべたりすると、ぼくの心はしずまった。いまでは、心が荒《あ》れているときも、そうじゃないときも、自分で時を選んで回顧している。オーロラが回顧しているのかとたずねるのは、ぼくがなにかに心を乱されていることに気づいているからだ。

しばらくして、ぼくはいった。「父さんはまちがってる」

「あなたが父さんのことを『父さん』って呼ぶのは、ずいぶんひさしぶりね。父さんのどこがまちがってると思うの？」

「来年、オークリッジ高校にいくっていうこと。だから、オーロラはぼくにいいだしにくかったんだ。ぼくがいるべきなのはパターソンだ。あそこでなら、ぼくはアルトゥーロが望んでいるように、自立して学ぶことができる。あそこでなら、あの人がマルセロに身につけてほしいと思っている能力を身につけられる」

「父さんはわたしたちがもどったら話し合いたいっていってたわ。ちゃんと心をひらいてきいてちょうだいね。父さんは正しいかもしれないんだから」

「心はひらいてる。オーロラが思っている以上に、ずっと考えたよ。だけど、マルセロをパターソンから追いだすのはまちがってる」

「父さんは、あなたがパターソンに通うことには反対だったわ。だけど、一年生からずっと通ってる。父さんは、あなたがユダヤ教のラビのヘッシェルさんに会うことにも反対だった。それでもここ五年、一週おきに会いにいってる。父さんはマローン先生とのセッションにも反対した。あなたがツリーハウスに住むことにも反対だったのよ。父さんはいろいろ心配したのに、それでもどれもこれも許してくれた」

「マルセロにとってなにがいいことなのか、あの人は、どれもこれも全部まちがってたんだよ」

「わたしがいいたいのは、今度はあなたが父さんのことを信頼する番なんじゃないかってこと。すくなくとも、心はひらくのよ。信頼して耳を傾《かたむ》けるの。あなたは父さんを信頼してる？　父さんがあなたにとって一番いいことを望んでいるって、信頼できる？」

「信頼」ということばはあいまいで、理解するのがむずかしいもののひとつだ。でも、「信頼する」を「信じる」におきかえてもだいじょうぶのようだ。ぼくは、父さんがぼくにとって一番いいことを望んでいると信じられるか？

「うん」ぼくはいった。「だけど、やっぱりまちがってる」

第3章

ぼくは車からおりると家の勝手口にむかった。裏庭ではアルトゥーロがステーキを焼いていた。気づかれないうちに家にはいりたかった。これからはじまる議論には、まだ用意ができていない。アルトゥーロの質問を予測して、その答えをおぼえるための時間が必要だ。けれど、オーロラが勝手口からアルトゥーロに声をかけた。

「おくれてごめんなさい。道が混《こ》んでたの」

アルトゥーロはふりかえらずに答えた。「夕食の用意がまだだったから、バーベキューでもどうかなと思ってね」

「わたしはサラダを作るわ」オーロラはそういって家にはいった。

ぼくもはいろうとしたら、アルトゥーロが声をかけてきた。「マルセロ、ちょっといいかな?」

ぼくはできるだけゆっくり近づいた。アルトゥーロは大きなフォークで赤い肉をつついている。

「まだ焼けてないな」アルトゥーロはいった。グリルのふたをしめて、白いパイプ椅子にすわった。

「ちょっと、すわってくれるかな」アルトゥーロは椅子を引きながらいった。「マローン先生は元気だったかい?」

「元気だった」ぼくは立ったままいった。ぼくはグリルについている温度計の赤い針をじっと見つめた。百五十度をこえるところだ。

「マルセロ」アルトゥーロの声がした。ルビー色のワインが半分くらいはいったグラスを持っている。ぼくがマローン先生のところにいくのを、アルトゥーロがいやがっているのは知っている。あの検査《セッション》を受けるということは、ぼくに異状があることを意味すると思っているからだ。そして、アルトゥーロは、ぼくにはおかしなところなどないと思っている。「あのごりっぱな先生は、今回はどんなことをしてくれたんだい？」

「マルセロが音楽をきいてるとき、マルセロの脳をスキャンした」

「なんだって？」

「ぼくが音楽をきいているとき、ぼくの脳をスキャンした」今度は、自分のことを三人称《さんにんしょう》で呼ばないようにした。アルトゥーロのことを、アルトゥーロと呼ぶのもやめておかないと。

「なるほどね。それはリアルな音楽なのかい？　それとも、おまえにだけきこえる音楽？」

ＩＭのことを話すと、アルトゥーロが不安になるのはわかっている。ぼくは話題を変えようとしてみた。「マローン先生とのセッションのあと、パターソンにいって、生まれたばかりのポニーを見てきた」

「それはよかったな。けど、まだ質問に答えてないぞ」

アルトゥーロと話していて、話題を変えるのはぜったい無理だ。「リアルな音楽」ぼくは答えた。これは嘘《うそ》じゃない。ぼくにとって、ＩＭはほかの音楽とおんなじでリアルだから。

「で、そのセッションとやらはどれだけつづくんだい？」

「一時間ぐらい」

「いや、そうじゃなくて、その実験だか観察だかわからないものは、この先、いつまでつづくのかってきいたんだ」ぼくが答えるまえにアルトゥーロがいった。「おまえに提案したいことがある」

胸がしめつけられるような気がした。「ぼくはオークリッジ高校にはいかない」自分の声が震《ふる》えているのがわかった。

アルトゥーロの顔がこわばった。ぼくは気をひきしめた。アルトゥーロが、一瞬《いっしゅん》で父親から弁護士に変わるのを知っているからだ。姉のヨランダといるときとちがって、ぼくのまえにアルトゥーロの父親の顔があらわれることはあまりない。弁護士としてのアルトゥーロの顔を見るほうがずっと多い。まばたきもせずに、じっとぼくを見つめ、声の大きさを自由自在に調節する。アルトゥーロが平静さを失うのは、自分でそう望んだときだけだ。

「わたしの提案をいおう」いつもより話すスピードがはやかったから、きっと、とちゅうでことばを切ると思った。けれど、ヨランダに話すときとおなじように、そのまま早口で話しつづけた。「この夏、おまえにわたしの法律事務所で働いてほしいんだ」

これにはびっくりした。しばらくことばがでてこなかった。ひとことも。ようやくぼくはいった。

「ぼくはパターソンで働くことになってる」

「メール・ルームで郵便係りを手伝ってほしいんだ」ぼくのいったことがきこえなかったみたいだ。もしくは、きこうとしなかったか。

「ぼくの仕事はもう決まってる」

「まあ、すわってくれ。お願いだ」アルトゥーロが椅子を指さした。ぼくはすわった。アルトゥーロが椅子の上でおしりをまえにずらしたので、ひざとひざがあたりそうになった。アルトゥーロは声を落とした。父親の顔だ。「おまえには、人と接する仕事を経験してほしいんだよ。そうすれば、新しいことをいろいろ見つけられるだろう。パターソンで、これまで知らなかったことなんか学べるかい？」

「ポニーの調教《ちょうきょう》をおぼえる」

「だけどな、おまえはそろそろ、ほかの人たちと仕事をやらなくちゃいけない段階なんだよ」

「どうして？」

「おまえが一度も経験したことがないことだからだ。パターソンでは、おまえはいつでも守られている。それにあそこの子どもは……ふつうの子じゃない。あそこに通うほとんどの子たちは、生涯《しょうがい》あのままだろう。だが、おまえはそうじゃない。おまえには成長して適応できる能力があるんだ。この点は、マローン先生もそういっている。先生は、はじめて会ったときからずっとそういっている。これまでも、ほんとうはパターソンに通う必要はなかったんだ。あそこはおまえのいるべき場所じゃない。そのことは、おまえだってわかってるはずだ。おまえにはなにも障害はないんだ。ただ、おなじ年頃《としごろ》の子と成長のスピードがちがっているだけだ。成長して、ひとところにとどまらないためには、ふつうの環境《かんきょう》ですごすべきだ。そのときがきたんだよ。これがわたしの提案だ。この夏、わたしの法律事務所で働いてくれるなら、夏休みが終わるときに、最後の年をパターソンに通うか、オークリッジに通うかは、おまえ自身が決めていい」

アルトゥーロはそこでことばを切った。ぼくには考える時間が必要だとわかっているからだ。夏休みだけ法律事務所で働けば、丸一年パターソンに通える。生まれたてのフリッツィとしばらく会えないのはさびしいけど、そのあと一年は、ずっと調教できる。考えている途中にアルトゥーロが割りこんできた。

「それともうひとつ」アルトゥーロはグラスを持ち上げて口元に運んだ。今度はとてもゆっくりとした口調だった。「秋になれば、おまえはなんでも好きなことをすればいい……」

アルトゥーロはぼくが目を見つめかえすまで待ってからつづけた。

「だが、夏のあいだはすべてのルールに従うこと……。リアルな世界のルールにな」

「リアルな世界」ぼくは大きな声でいった。アルトゥーロお気にいりのことばのひとつだ。

「そう、その通り。リアルな世界だ」

とてもあいまいで幅《はば》の広いことばだけれど、なんとなくその意味はわかるし、そこにふくまれたいろいろなむずかしいことも想像できる。リアルな世界のルールに従うというのは、たとえば、ほかの人たちとちょっとした世間話をすることだ。それは、ぼくの『特別な関心』について話すのをひかえなくてはいけないということだ。ちゃんとほかの人の目を見て、握手《あくしゅ》もしなくちゃいけない。パターソンで「いきあたりばったり」と呼んでいることもしなくちゃいけない。それは、あらかじめ決められていないことをするっていうことだ。ぼくの苦手な、うるさくて人でいっぱいの街にもいかなくてはいけないということだ。落《お》ち着《つ》き払《はら》っているように見せようとはしたけれど、ボストンの街をひとりで歩くところを想像すると、じわじわとおそろしさがこみ上げてきた。

アルトゥーロはぼくの心のなかを見透《みす》かしたように微笑《ほほえ》んだ。

「心配しなくていいよ」なだめるようにいう。「はじめはゆっくりやるから。リアルな世界はおまえを傷つけたりはしないさ」

心のなかに質問が浮かび上がってきたけれど、まだ、それを伝えることばが見つからない。ぼくは手を握《にぎ》ったり開いたりしながら、質問が形になるのを待った。とうとう、ことばが思い浮かんだ。

「夏休みが終わるとき、マルセロは、じゃなくてぼくは、最後の年をどっちの高校ですごすか決めていいっていいったけど、それは……どんな条件で？」

「条件？　どういう意味なんだい？」

「さっき父さんは、ぼくがこの夏、リアルな世界のルールに従えば、高校を自分で決めていいっていった。でも、ぼくがルールに従ったかどうかはだれが決めるの？　ぼくはリアルな世界のルール全部なんてわからない。ぼくがそうだろうと思うものだけでも、数えられないほどあるんだから」

「ああ、なるほど」父親としてのアルトゥーロが話しはじめた。「そうだな、いいかい？　集団的な世界には独自のルールがある。法律事務所にもそれはある。メール・ルームにもそれはある。弁護士の世界にもルールはある。リアルな世界全体にもいろいろなルールがある。そのルールは行動や態度にかかわるものもあるし、うまくやっていくためのやり方についてのものもある。うまくやっていくというのは、他人から割り当てられた仕事や、自分自身に割り当てた仕事をちゃんと達成するということだ。おまえも、こうしたルールに支配された環境に、できるだけ適応できるように努力しなくちゃいけない。パターソンでは、環境のほうがおまえにあわせてくれている。試験期間がもっと長いほうがいいと思ったら、それも可能だ。メール・ルームでは郵便物は決められた時間までに発送しなくちゃいけない。だれがどんな風にルールを決めるのかはともかく、わたしにいわせれば、その仕事はとても重要なものなんだ。もしおまえが、ただ毎日仕事場にいって、努力をしないでいいと考えているとしたら、答えはノーだ。リアルな世界のルールに従えなかったとしたら、おまえには来年度どこに通うかを決める能力はないということになる。夏休みが終わるときには、うまくやり通せたかどうかは、おたがいにはっきりとわかっていると思うよ。だが、もしなんらかの理由で、意見が一致《いっち》しなかったなら、最終的な決定権はわたしにあると思うな。わたしは父親で、おまえは息子なんだから。わたしは仕事場でのボスで雇《やと》い主《ぬし》でもあるんだから。納得《なっとく》できたかい？」

ぼくはうなずいた。ぼくは普段はけっして嘘《うそ》をつかない。でも、いまのは嘘だ。アルトゥーロが話したなかには納得できないところがあった。

アルトゥーロは、ほかにも質問がないかと待っている。アルトゥーロは、ぼくがものごとを考えて処理するのに時間がかかることをわかっている。ぼくは最後の質問をした。「マルセロはメール・ルームでなにをどうすれば、うまくやったことになるんだろう？」ぼくは具体的な目標を頭に描《えが》いておきたかった。そうすれば、準備をすることもできる。

「おまえにあたえられる仕事のひとつひとつを積み重ねていけば、うまくやれるさ。法律事務所のだれであれ、仕事をあたえる人に対しては、わかるように指示を求める権利がおまえにはあるんだからね。うまくやり通すには、そうした指示に従う能力が求められるんだ。こんな説明じゃ漠然《ばくぜん》としますぎていて、もっと具体的なことがききたいのはわかってる。だが、わたしを信頼してほしい。おまえの能力を超《こ》えるような仕事が押しつけられるようなことはけっしてないから。信頼してくれるかい？わたしはいつでも公正だろ？　ちがうかな？」

今度の「信頼」ということばがどういう意味で使われているのかはよくわからなかった。でも、「公正」のほうはわかる。「うん」ぼくはいった。これは嘘じゃない。アルトゥーロはいつだって公正だ。

「よかった。正直にいおう。夏休みが終わるころ、おまえがオークリッジ高校を選ぶことをわたしは願ってる。あそこには、おまえもその一部であるべき健康的であたりまえの生活があるんだ。よし、これで決まりだな」

「ぼくには、やりたいと思ってもできないことがある」

「たとえば？」

「ぼくにとってむずかしいことは、まだまだたくさんある。知らない場所を地図なしでひとりで歩くことはできない。同時にひとつ以上のことをするように求められると、頭が混乱してしまう。ほかの人がいってることばの意味がわからなかったり、表情の意味がわからないこともある。反応を期待されても、応《こた》えられないこともある」

「いまいったようなことができないのは、もしかしたら、おまえにその能力がないからではなくて、やらなくちゃいけないような環境に、これまでいなかったからなのかもしれないぞ。メール・ルームを仕切ってるジャスミンっていう女の子が、こつを教えてくれるさ。ジャスミンにはおまえのことを話しておくよ。最初はかんたんなことからはじめてくれるさ。だが、ゆっくりやるといっても、居心《いご》地《ち》のいい場所から外に足を踏《ふ》みださなくてもいい、というわけじゃないからな」

そのときのぼくは、秋になったら、パターソンでフリッツィやほかのポニーの調教を思う存分やれると考えていた。夏休みのあいだも、週末にはポニーに会いにいける。アルトゥーロが望んでいるのは、夏休みの三か月、アルトゥーロが考える正常な人間のふりをしつづけることなんだ。でも、それはどう考えても無理だ。そもそも、ぼくは、自分が正常ではないなんて思えないのだから。ぼくにいわせれば、どうしてほかの人たちは、ぼくが見ているのとおなじように世界を見ることができないのかがわからない。でも、とにかく三か月後には、すべてが終わっている。ぼくはぼくのままでいられる。

「まあ、考えてみてくれ。明日の朝、一番で返事をもらいたいな」

「わかった。考えてみる」ぼくはツリーハウスにむかって歩きだした。ずっとぼくの足元に寝そべっていたナムも、ぼくといっしょに歩きだした。

「もう、ツリーハウスで暮らす歳《とし》じゃないんじゃないか」うしろからアルトゥーロの声がした。

そのことばはきこえなかったふりをした。

第4章

このツリーハウスは、ヨランダのアイディアだ。ぼくが十歳のとき、地下室で『スイスのロビンソン』という映画を見ていて、ヨランダがとつぜん、ぼくにツリーハウスを作るべきだと思いついた。自分の部屋以外で寝るのがこわいぼくが、ほかの場所を持つのはいいことだ、とヨランダは考えた。それに、ツリーハウスはぼくの自立心を養うだろうとも。

ヨランダは早速《さっそく》仕事にとりかかった。ネットでツリーハウスの専門サイトを見つけて、そこから設計図をひとつダウンロードした。つぎの朝にはその設計図を持って学校にいき、自分の高校の技術の先生を説得して、ツリーハウス作りをクラスの課題にしてしまった。

ツリーハウスはあっというまにできあがった。ヨランダのクラスメートたちは、木の下にナムの犬小屋まで作っていった。一番の難関は、アルトゥーロを説得することだった。アルトゥーロは、ツリーハウスがぼくを一層孤立《こりつ》させてしまうと考えたからだ。説得はたいへんだったけれど、オーロラとヨランダとで、最後には賛成させてしまった。どんな手を使ったのかは、いまでもぼくは知らない。アルトゥーロがだしたたったひとつの条件は、電気設備と配線はプロに任せる、ということだった。

ツリーハウスへの入り口は、床についたはね上げドアだ。なかにはいるには縄梯子《なわばしご》を三メートルほどのぼり、ドアをはね上げ、腕の力で体を押し上げる。ぼくはいま、ツリーハウスの簡易ベッドに寝そべって、こぶしを開いたり閉じたりしている。腹を立てているときのくせだ。どうしたらいいのかわからない。寝そべっていられなくなり、起き上がって机のまえの椅子にすわった。机の上にはCDプレイヤー、ヘッドホン、それにラップトップ・パソコンがある。立ち上がって二つの窓をあけた。もう一度すわってヘッドホンをつかもうとしたとき、オーロラの声がした。

「あけてちょうだい、おっこちちゃうわ」

はね上げドアをあけると、ほんとうにおっこちそうなオーロラがいた。片手にサンドイッチのはいったビニール袋《ぶくろ》を持って、もう片方の手だけで縄梯子をつかんでいる。ぼくはビニール袋を受け取って、オーロラをひっぱり上げた。

「ヒュー」なかにはいるとき、オーロラはため息のような音をだした。「お客さんに親切な作りじゃないわね」

これまでオーロラがツリーハウスにはいったのは、一回だけだったことを思い出した。アバが亡《な》くなった日の午後で、オーロラはここにのぼってきてそのことを伝えた。

「だいじょうぶなの?」

「だいじょうぶじゃない」

「いまきいたんだけど、夏休みに法律事務所で働くようにいわれたんだって?」

「そのことは、もっとまえから知ってたはずだ。ハリーにちょっと話したいことがあるっていったのは、そのことだった。オーロラはハリーに、マルセロは夏休みに働けなくなるって伝えたんだ」

オーロラはいったん目を伏《ふ》せ、また視線を上げた。「父さんから最初に直接きくことが、あなたにとってだいじだったの。父さんはずいぶんまえから楽しみにしてた。ハリーには、明日電話して結果を知らせるっていったの。決めるのはあなたなんだから。父さんは選択肢《せんたくし》をあたえてくれたでしょ」

「ぼくはパターソンで働きたい」

「父さんのいいたいことはわかってるのね？」

「父さんのいいたいことはわかってる。でもまちがってる」

「なぜ父さんは、あなたを法律事務所で働かせたいと思う？」

「リアルな世界だから」

オーロラは笑った。「ずいぶんじょうずにしかめっ面《つら》をできるようになったのね」

「そんなつもりはなかった」

「父さんはあなたにそうやっていろいろなことを身につけてもらいたいのよ」

「メール・ルームで郵便物をだすだけだよ」

「でも、それだけじゃないわ。仕事にでかけるっていう経験をしてほしいのよ。駅から法律事務所までひとりで歩いていったり、ほかの、ふつうの人たちとつきあったり。メール・ルームでいっしょに働くジャスミンには会ったことあるわ。あなたより二歳年上なだけよ。きっと気にいるわ」

「パターソンでポニーに乗る子たちも、みんなふつうの子だ。ハリーはものすごくふつうの人だ」

オーロラはすわっていた床から立ち上がって、机の椅子のところまで歩いた。また腰をおろしていった。「はじめて病院にいったときのことは覚えてる？　あなたは九歳だった？　それとも十歳？」

「はじめてのとき、マルセロは八歳だった」

「そんなに小さかった？　わたしはカーメンに会いにいったの。カーメンは覚えてる？　あれは土曜日だった。その日わたしは非番だったけど、カーメンの具合がとても悪いってわかってたからいったのよ。あなたをいっしょにつれていって、プレイ・ルームにのこしていったわ。わたしがそこをでるとき、あなたはほかのふたりの小さな子と、レゴでお城を作ってた。ふたりにはまったく話しかけようとしなかったし、ほんとうはいっしょに遊んでいたわけでもなかったわね。三人でならんで、ただ黙々《もくもく》とお城を作ってた。それでも、あの日をさかいに、あなたはわたしと病院にいって、いろんなことをするようになったのよ。あのふたりの子といっしょにいるとき、あなたはくつろいでいたわね」

「カーメンもジョセフも死んだ」

「そうね。あなたがほかの子といっしょにいるのはいいことだと思ってた。あの子たちにとってもね。あなたはほとんど話さなかったけど、それでもあの子たちはあなたが好きだったの。いっしょにいるだけで、あの子たち、ずいぶん落ち着いたのよ」

「マルセロはあの子たちの話をきいた」なぜだかわからないけれど、オーロラといるときには、自分が第三者のなかにすべりこんでしまう。

「でも、あれからあなたは、いつもいっしょにつれていってとたのんだわ。あなたにとっても、あの子たちにとっても、すばらしいことだと思ってた。でも、いまはちょっと疑問に思ってる」

「疑問」

「あなたにあんなにたくさんの苦しみや死を見せてしまったのは、よかったのかどうかって」

「苦しみと死が、ほかの人にあたえる影響《えいきょう》を、ぼくはおなじようには受けない」

「そうなの？」

「どちらも、神の普遍的《ふへんてき》な秩序《ちつじょ》の一部だから」

「あなたの年頃《としごろ》の子どもは、ふつう、そんなことは考えないものよ。みんな、もっとべつのことに関心を持ってるわ。友だちといっしょに遊ぶこととか、なにかおもしろいことをするとか。父さんはあなたに、ほとんどの人たちが生きている世界の、ほんの一部でも経験してほしいと思ってるの」

「ほとんどの人たちは、どんな世界に生きてるの？」

「パターソンはもちろん、あなたがたくさんの苦しみを見た聖エリザベス病院でさえ、守られた環《かん》境《きょう》だわ。あなたがパターソンでポニーや子どもたちとしていることは、父さんにいわせれば、あなたの『快適な範囲《はんい》』をこえていない。あなたは無理をしなくていい代わりに、自立に必要な領域での成長を助けてくれるものもない。わたしのいうことはわかる？」

オーロラがいったことを自分のなかにとりこむにはすこし時間がかかった。しばらくしてぼくはいった。「十七歳の人間は、いまのぼくよりもっと自立していなくちゃいけないと思ってるんだね」

「パターソンでなら、あなたはあなたのままで役割を果たせる。ポニーやあそこにやってくる子どもたちと、自分ができる範囲でつきあうのは、むずかしいことじゃないでしょ。法律事務所での仕事には新しい能力が求められるし、ときにはあなたに悪意を抱《いだ》く人ともつきあわなくちゃいけない」

「ぼくがポニーや子どもたちとうまくつきあえるのは、ぼくがまだ子どもだからだと思ってるんだね」ぼくはいった。

「あなたは子どもっぽいわよ。そして、それがあなた自身なの」

「だけど？」

「あなたは生きていく方法を学ばなくちゃいけない」そういったとき、オーロラは悲しそうだった。

「マルセロはこわいんだ」

「わかるわ。でもそこがだいじなの。パターソンではなにもこわくないでしょ？」

「うん」

「だとしたら、この機会に挑戦《ちょうせん》して乗《の》り越《こ》えるのはとてもいいことね。これまでだって、いろんなことを乗り越えてきたじゃない」

ぼくは、すばやくこぶしを閉じたり開いたりした。「ぼくは法律事務所で働きたくない」

オーロラはだまっていた。目をつぶっているのは、ぼくを説得するのが、とても疲《つか》れることだからなんだろうと思った。オーロラは目をあけるのと同時にたずねてきた。「キンタナさんの話をしたことはあったかしら？」

「ないよ」

「あなたぐらいの年のころ、わたしは夏休みにエルパソのトマス・ジェファーソン病院で、看護師のお手伝いの仕事をしたの。キンタナさんは、膵臓《すいぞう》がんで入院していたお年寄りだった。つらい化学《かがく》療法《りょうほう》を終えたところで、治療《ちりょう》の効果があったのかどうか知りたがっていた。ほんとうは、だれも効果があるとは信じていなかったの。膵臓がんは致死率《ちしりつ》が高いから。でも、キンタナさんは治療のあとの

二、三週間、なんとなく具合がよくなったような手ごたえを感じていた。実際には、そのあと、がたっと悪化することになるんだけど。それはともかく、ある日、わたしがキンタナさんの部屋を掃除《そうじ》していると、運転免許証《めんきょしょう》を持ってるかってきかれたの。わたしは持ってるって答えた。するとね、キンタナさんはわたしに頼みこんできたわ。アメリカで一番おそろしいっていう噂《うわさ》のジェットコースターのある遊園地につれていってくれないかって。これまで、一度もジェットコースターに乗ったことがなかったんだって。すごくこわがりだから。でも、一度も乗らずに死ぬのはいやだと思ったっていうの。キンタナさんは、入院中に、がんにかかっている子どもたちと知り合いになってた。キンタナさんはその子たちもいっしょにつれていきたいっていったの。必要なのは運転手だけってわけ」オーロラはぼくがきいているかどうかたしかめるように、そこでことばを切った。ほんとうは、ぼくがちゃんときいていることはわかっていたし、ぼくがつぎにたずねることもわかっていた。

「で、どうなったの？」

「小さな奇跡《きせき》が起こったの。わたしはそう思ってる。もし、母が許してくれたらお引き受けしますって答えたんだけど、アバは許しっこないと思ってた。だけど、アバに話したら、とうぜんだめというと思ってたのに、すぐにはそういわなかったの。その代わりに、まずはそのキンタナさんに会ってみたいって。アバがそんなことを考えるなんて、どうひっくりかえったって想像もしてなかった」

「で、それから？」オーロラがどうしてこの話をするのか知りたかったし、そのあとなにがあったのかもほんとうに知りたかった。

「アバはキンタナさんに会って、そのあとで許してくれた。アバとしては、ありえないことだった。

でもわたしは、アバがこんなにもかんたんに許してくれたのは、この旅に意味があることの証拠《しょうこ》だって考えた。というわけで、わたしたちは、はちゃめちゃで、こわくて大興奮の、苦しくも楽しい冒険《ぼうけん》にでかけたわ。死を目前にしたお年寄りと、そのときのわたしよりひとつ年下なだけの、がんが一時的に落ち着いているふたりの男の子と、テキサス州から一歩も外にでたことのない十七歳のわたし。わたしたち四人は究極のジェットコースターを目ざした」

「みんなそのジェットコースターに乗ったんだね」

「一番こわいやつにね。テネシー州にある通称《つうしょう》『ビッグ・ウッディ』っていう、巨大《きょだい》な、ガタピシいってる木製のジェットコースターよ。6Gがかかる五秒間のフリーフォールが自慢《じまん》なの。でもそのまえに、もうすこし小さいのに乗ってみるようにキンタナさんを説得しなくちゃいけなかった。小さいのですこし慣れておかないと、心臓発作《しんぞうほっさ》でも起こすんじゃないかって心配だったから。ようやくビッグ・ウッディに乗るときにも、キンタナさんは恐怖《きょうふ》で震《ふる》え上《あ》がってた。それでも乗ったわ。おりるときにだいじょうぶですかってたずねたんだけど、なんて答えたかわかる？」

「わからない」

「キンタナさんはいったのよ。『ボラがもとの場所にもどったら教えるよ』って。そしてね、ものすごくすてきな笑顔を浮かべてこういった。『これで幸せに死ねるよ』」オーロラはそこで声をあげて笑った。ぼくもいっしょに笑った。オーロラがときどき下品なことばを使うのは大好きだ。「ボラ」というのが、スペイン語でボール、つまり睾丸《こうがん》のことをさすことばだというのは、ぼくも知っている（パターソンではこんなことも教えてもらえる）。でも、笑い終えるとすぐに、オーロラがどうしていまこのタイミングで、この思い出話をしようとしたのかを考えてみた。なにがいいたいのか、オーロラがぼくに自分で考えてほしいと願っているのはわかる。でも、いまの話にはいろいろなメッセージが含《ふく》まれていて、そのどれを受け止めればいいのかわからなかった。法律事務所はおそろしいジェットコースターみたいなもので、ぼくの睾丸も喉《のど》までとび上がるほどだっていいたい？　それがどんな感覚なのか想像もつかないけれど、そうではあってほしくないと心から思う。

ぼくが返事に困っているのを見て、オーロラはいった。「夏休みのあいだだけでしょ。父さんは約束を守るわ。夏休みの終わりに、最後の学年をどこですごすのかは、あなたが決めていいのよ」

「ねえ、オーロラ」

「なに？」

「ほかの人たちは、ぼくのことを子どもっぽいと思ってる？」

「ほかの若者と変わらないわ。ずっといいぐらい。たいていの人よりずっとすてきよ。背が高くてハンサムで、力強いもの」

「アルトゥーロみたいに」

「そうね」

「でも、ときどき、自分が子どもみたいに思える」

「あなたはあなたよ」

「ぼくがぼくなんだとしたら、ぼくがぼくでいられる場所で働いちゃいけないのはなぜなの？」

オーロラは声をあげて笑いながら首を横にふった。「法律事務所でなら、新しい能力を身につけて、人生とうまく折り合いをつける方法も学べるでしょうね」

「それはパターソンで学べることとはちがう?」

「ええ」

「どこが?」

オーロラはすこし間をおいた。話しはじめるまえに大きく息をついた。「あのキンタナさんとの旅から二か月後、キンタナさんは亡くなった。わたしが、がんにかかった子どものために働こうと決めたのはそのときだった。看護師にはずっとなりたいと思ってたけど、旅のあと、キンタナさんのお葬《そう》式《しき》のあいだに、どんな看護師になるのか心に決めたの。いろいろなタイプの看護師がいるけれど、わたしが選んだのは、わたしにとってもっともおそろしいものだった。だけど、毎日毎日、一日が終わったときに『これで幸せに死ねる』って思える看護師なの。

でも、子どもたちのために働くには、わたしはやさしくて強くなきゃだめだってわかった。子どもたちのめんどうをやさしく見てあげるのはもちろんだけど、いつ痛みや苦しみが増すかもしれない怖《こわ》さや、治るみこみがどんどん減っていくことに立ちむかうには、強くたくましくなくちゃいけないの。聖エリザベス病院では、横柄《おうへい》な医者や、もっとひどい怠慢《たいまん》な医者から子どもたちを守らなきゃいけないこともあった。いわゆる『健康的』といわれるものからも守らなくちゃいけないこともある。病院のお役所体質や保険会社からも守らなくちゃいけない。ときにはね、実の親からも守らなきゃいけないのよ。そしてね、子どもたちがときどき陥《おちい》る弱気な気分からも守らなきゃいけない。あの子たちを守るには、わたしがおとなになって、強くなって、闘《たたか》う意志を持ちつづけなくちゃいけないの。わかるかしら？」

「うん」それはほんとうだ。ぼくはオーロラがどんなにやさしく強いかを知っている。それからつけくわえた。「来年度ぼくは、オークリッジ高校にはいきたくない。ふつうの学校はマルセロむきじゃない。うまくやっていけない。オーロラもいったけど、マルセロはほかの子どもたちが考えるようなことは考えない。パターソンでなら、ぼくがどんなことに興味を持って、どんな風に考えても問題ない。あそこでなら、マルセロがどんなにほかの人とちがうのかなんて考えずに、いろいろなことを学べる。オーロラには自分がやりたいことを自分で選ぶ力があった。アバはオーロラに看護師になるなとはいわなかった。子どもたちのために働くのをじゃまする人もいなかった。パターソンを卒業したら、ぼくもオーロラみたいに看護師になりたい。そしてハフリンガー種のポニーと、障害のある子どもたちのために働く。オーロラとなにもちがわない」

オーロラはにやりと笑った。「まるで弁護士モードのときの父さんにそっくりね」それから笑顔をひっこめて、よくわかった、というようにうなずいた。「あなたがそう決めるなら、秋からふつうの高校にはいかなくていいわ。そのあとも、あなたが選ぶ道をじゃまする人はだれもいない。わたしとおなじようになりたいのならそうすればいい。神様も助けてくれるでしょう。だれもあなたを止めたりしない」

「自分で決めていいのは、三か月間リアルな世界のルールにうまく従うことができてからだって、アルトゥーロはいった」

「法律事務所で働いて、そうなるように全力をつくすことね。あなたに必要なのはそれだけ。そうすれば、あとは自分で決められる」オーロラは立ち上がって、手をぼくの頭の上にのばし、髪をくしゃくしゃっとした。「さあ、おりるのを手伝って」

オーロラが地面におりると、ぼくは入り口から頭をつきだしていった。「オーロラ」

「なに?」オーロラはこちらを見上げた。

「マルセロは法律事務所で働く」

「よかった」オーロラはいう。「ほんとうによかった。父さんは月曜からはじめてほしがってる」

「月曜まで二日しかない」

「あんまり考えすぎないで、思い切ってとびこんじゃったほうがいいわ。ハリーにはわたしから電話しておく。それとも、自分でする?」

「今晩、ぼくがかける。ハリーは夏のあいだの新しい厩務員《きゅうむいん》の男の子をさがさなくちゃいけなくなった」

「女の子ってこともあるかもね」オーロラはいった。

「それがだれだとしても、夏休みのあいだだけっていうことはちゃんと伝えてもらわないと」

「自分で決めなさい」オーロラはそういって、バイバイという代わりに手をふった。「ああそうだ。それでも、来週、オークリッジ高校には申請《しんせい》しておくわよ。申請したからいきなさいってことじゃないの。父さんと約束しちゃったから。あなたにも伝えておきたかったの」

「申請してもいい。でも、むだなことだよ。マルセロが九月からそこにいくことはないから」

第5章

目覚ましの最初の音が鳴ると、すぐに止めた。一晩中眠《ねむ》れなかったことは、これまでほんの二、三回しかないけれど、いま終わったばかりの夜はそのひとつになった。ぼくは寝袋《ねぶくろ》のなかでじっと動かずに寝そべったまま、頭のなかのおかしな音をききながら起きていた。ＩＭとはちがう。それはバラバラでギザギザ、まるで嵐《あらし》の夜の稲妻《いなずま》みたいに予測できない点滅《てんめつ》だった。

いつもかならずしていることなのに、今日一日の完全なスケジュールを組み立てることはできなかった。アルトゥーロとぼくが、法律事務所から何時に帰ってくるかわからなかったからだ。今晩、帰りの電車の時刻がわかったら、スケジュールが完成する。一日を通してのスケジュールがないと、ぼくは不安になる。これが昨日の夜作ったスケジュールだ。

5：00　AM　起床《きしょう》
5：05　AM　回顧《かいこ》
5：35　AM　ナムに餌《えさ》
5：40　AM　ダンベル

6：00 AM 『詩篇《しへん》』のつづきを読む
6：30 AM 朝食（シリアル、ブラウンシュガー、バナナ、オレンジジュース）
6：45 AM シャワーを浴びて着替《きが》え
7：00 AM アルトゥーロを待って駅へ

アルトゥーロはウェスト・オーチャード駅発七時四十五分の電車に乗ると教えてくれた。駅までは、制限速度を守れば車で二十分の距離《きょり》だ。アルトゥーロはいつも十分でつくといっていた。これでだいじょうぶ。

ぼくはスケジュール通りに行動した。そして、七時には書斎《しょさい》のロッキングチェアにすわって待っていた。足元には法律事務所に持っていくものを予定通りつめたバックパックがある。

オーロラが階段をおりてくる音がきこえた。

「おはよう」ぼくを見つけるとそういった。「今日はずいぶんエレガントに見えるわね」

ぼくは毎日おなじ服装をしているのに、オーロラは一日も欠かさずおなじことをいう。ぼくがいつも着るのは、白いボタンダウンのシャツ（夏は半袖《はんそで》、冬は長袖《ながそで》）、夏はブルーのコットンパンツ、冬はブルーのコーデュロイパンツ、黒い靴下、そして黒いスニーカーだ。

「オーロラもとてもエレガントだよ」ぼくはいった。オーロラは白いナースパンツをはいて、黄色いニコニコマークのついたミントグリーンのブラウスを着ていた。そして、白いストッキングに厚い白い靴底のついた白い靴をはいている。

「ランチを作ったわ」オーロラは冷蔵庫から紙袋を取りだして持ってきてくれた。ぼくは赤いバックパックを開けて、紙袋をなかにいれた。「ランチを作ってくれて、ありがとう。お母さん」そういったのは、ぼくじゃなくてオーロラだ。

「ランチを作ってくれて、ありがとう。お母さん」ぼくはあわててそのままいいかえした。

オーロラは、ぼくの正面のソファにすわった。「緊張《きんちょう》してる？」

「うん」ぼくはなんのためらいもなく答えた。

「緊張するのはあたりまえよ。なにが待っているかわからないんだから。でも、明日はもうすこし緊張しなくてすむわね。そして、すぐに法律事務所通いはルーティンになるわ」

ルーティン。このことばを耳にするたび、ぼくは全体ではなく一部分のルートを思い浮かべる。ごく短い一部分のルート。ぼくが緊張してしまうのは、ぼくの小さなルートのひとつひとつが変わってしまうからなのか、したいと思わないことを押しつけられることに、まだ腹を立てているからなのか。

「いま、なにを考えてたのか教えて」オーロラがせきたてるようにいった。「どんなことでも、ことばにするのはいいことよ」

ぼくはオーロラから顔をそむけた。ぼくの心の平和をかき乱そうとするのは、アルトゥーロとオーロラだけじゃない。今朝から、あの雑音がぼくの頭のなかで鳴りひびいている。それはまるで神その人がぼくに話しかけているみたいだった。

「いやだ」ぼくはオーロラにいった。なにを考えているのかとたずねられたとき、ぼくはたいてい「いやだ」という。

「まあ、いいわ。これからちょっとだけ、母親らしいことをいうわね。街なかを歩くときには、十分気をつけて。ちゃんと練習した通り、道をわたるのは、信号の歩行者サインが点《つ》いているときだけよ」オーロラはポケットから携帯電話をとりだした。「これをずっと持っててちょうだい。短縮ダイアルを設定しておいたわ。わたしの番号と父さん、ラビ・ヘッシェル、それにヨランダの番号よ。番号は裏にメモを貼《は》り付《つ》けておいたから。電源は常にオンにしておいてね。ちょっと試してみるわ」オーロラはキーをひとつ押して、電話を耳に当てた。

「もしもし、ヨランダ？　わたしよ。マルセロはこれから父さんと仕事にでるところ。マルセロと代わる？」オーロラはぼくに携帯を手わたした。「ヨランダよ」

「おはよう！」ぼくは携帯にむかって大きな声をだした。

「マルセロ、心の準備はできた？」ヨランダはそういった。

「できてない」

「マルセロ、よくききなさい。法律事務所じゃ、マヌケどもとはかかわらないのよ。あんたは、あいつらより何倍も賢《かしこ》いんだから。母さんにはきかれたくないから、ちゃんと耳に押し当てて」ぼくは携帯を右耳にぎゅっと押し当てた。「マルセロ、ちゃんときいてね。父さんは、ひと夏だけ、わたしも法律事務所で働かせたのよ。あんたが心配するようなことはなにもないわ。あそこは、マジでうんざりするところよ。弁護士たちはどいつもこいつもバカばっかり。毎年、夏になると家でやるバーベキュー・パーティで、あんたもほとんどの人たちと会ってるわよね。スティーブン・ホームズって覚えてる？　それと、息子のウェンデル。一度、いっしょにテニスをやったことがあったでしょ。あのふたりはどっちも最低だから。親父も息子も。ねえ、ちゃんときいてんの？」

「うん」

「母さんにはきこえてない？」

「だいじょうぶ」

「それならいいわ。ちゃんときいてよ。あんたは、ちゃんとやり抜《ぬ》けるから。わたしにだってできたんだから。修道士が修道院にはいるときのようなつもりになればいいのよ。あんたは修道士たちの本を読むのが大好きでしょ。あいつらを好きになろうなんてことは、これっぽちも考えちゃだめ。たったひと夏だけよ。それでおしまい。あっというまに終わるから。クソッタレどもになめられちゃだめだよ。わかった？」

「うん」

「わたしはいまなんていった？」

「クソッタレどもになめられるな」

「ちょっと、なんですって？」オーロラが叫んだ。ぼくの手から携帯をうばいとる。「弟に、いったいなにを吹きこんでるのよ。ほんとにありがたいこと。いえ、ありがたくなんかないわね。ちっともね。もういいわ、切るわね。バイ！」

アルトゥーロが部屋にはいってきたとき、オーロラは笑っていた。

「さあ、いこうか相棒」アルトゥーロはいった。

「電車に乗《の》り遅《おく》れるわよ」オーロラがいう。

「バカバカしい！」アルトゥーロはカップにコーヒーをそそいだ。

「いま七時二十五分だよ」ぼくは腕時計を見ていった。

「ランチを忘れずにね」オーロラはいった。

「じゃあね、オーロラ」ぼくはいった。

外にでると、アルトゥーロはすぐに立ち止まり、ふりむいてぼくを見た。アルトゥーロは、ぼくのシャツの一番上のボタンをはずした。「これでよし。ネクタイをしめるとき以外は、一番上のボタンははずしていいんだ」

ナムがぼくの横を歩きはじめた。「だめだよ、ナム。ナムは家にいるんだ」

ナムもいっしょにきてくれればいいのに、と思っていた。そうすれば、道をわたるときにも心配ないのに。むかし、ナムをショッピング・モールにつれていっていいかとたずねたときの、アルトゥーロの返事をいまでも覚えている。「おまえは障害者じゃないんだぞ」アルトゥーロはそういった。

ぼくはアルトゥーロのスポーツカーの助手席にすわった。最初のエンジン音にびっくりした。アルトゥーロは腕時計にちらっと目をやると、道路にとびだした。

車を駅の駐車場にとめるのとほぼ同時に、電車がホームにはいってきた。電車に一番最後に乗りこんだのはぼくたちだ。車掌《しゃしょう》が走ってくるぼくたちを見て、待っていてくれたからだ。白いシャツのすそがズボンからでてしまったので、たくしこみながら通路を歩いた。でも、電車が急発進したので、バランスをくずして女の人の肩につかまってしまった。

「すみません」アルトゥーロがぼくの代わりにあやまった。

顔を上げたその女の人は、とまどったような表情だった。

電車の一番はしに空席を見つけた。「まにあうっていっただろ」アルトゥーロは息を切らしながらいった。

「もうすこし余裕《よゆう》をもってでればいいのに」

「これが仕事ってもんだよ、相棒。この先は余裕なんてないからな」

車掌に運賃を払《はら》うと、アルトゥーロはブリーフケースから新聞を取りだし、ひざの上に広げた。明日は本を持ってくる、と心のなかでメモした。以前、自動車で本を読んでみたときには、めまいを起こしたけれど、電車でなら、ちゃんと読めるかもしれない。ふと、いまはロザリオの祈《いの》りをするいい機会かもしれないと思った。アバが死ぬまえにくれた色とりどりのロザリオを取りだし、天使祝詞《てんししゅくし》を声にださずに口のなかで唱えはじめた。ロザリオの祈りはいつもスペイン語でいうことにしている。アバとはいつもそうしていたからで、ぼくの体にしみついている。

アルトゥーロがゆっくりと新聞をたたんだ。「いくつか話しておくことがある」アルトゥーロはいった。

ぼくは天使祝詞を最後まで唱えてから、やめた。

「うまくいえるかどうかわからないんだが、おまえはこれから、ビジネスの世界にとびこむことになる。知ってる通り、おまえが宗教に強い関心を持っていることについては、いっさい反対するつもりはない。おまえには信仰心《しんこうしん》を持っていてほしいと思ってる。おまえがはじめての聖体拝領《せいたいはいりょう》を受けて以来、いや、もっと前から、わたしたちは毎週、日曜にはミサにいっている。おまえはユダヤ人ではなく、カトリック教徒なのに、ラビ・ヘッシェルにも会いにいかせている。わたしはおまえの宗教的関心や、宗教的な本、お祈り、それに、おまえがいうところの『回顧』や、ロザリオの祈りをスペイン語で唱えることやなんかのすべてを、百パーセント好意的に思ってる。だから、これからいうことは誤解しないできいてほしいんだ。おまえには信仰心を持っていてほしいんだが、それと同時に、わたしの世界、そしていまやおまえの世界でもある日々の仕事の世界にも参加してほしい。そして、そのためには、いくつかの習慣をがまんしなくちゃならないんだ。仕事の世界の人たちは、自分たちの宗教観を表にはださない。祈りはひとりのときにする。それに、聖書からの引用なんかしないものだ。『目には目を、歯に歯を』とか、『盲人《もうじん》が盲人を導く』みたいな、いわゆる『ことばのあや』はべつだがな」

「盲人は盲人の手引きができようか?」ぼくはいった。

「なんだって?」

「イエスの正確なことばはこうだよ。『盲人は盲人の手引きができようか? ふたりとも穴に落ちこまないだろうか?』ルカによる福音書《ふくいんしょ》の第六章第三十九節」

「それそれ、まさにそれだよ。ふつうは聖書からの引用などしないものだし、その出典までいうとなるとなおさらだ。いまのはいい例になったよ。これを活《い》かして、なるべくさりげなくふるまうようにするんだ」

いつもシャツのポケットにいれてある黄色い手帳を取りだして、ぼくはこう書いた。「ほかの人に見られるからお祈りはだめ。聖書からの引用はしない。宗教的なことばがでてきても、『ことばのあや』として受け流す。それが正確でなくても気にしない。正確にいい直したり、聖書のどこからの引用かをいったりしない」

アルトゥーロはぼくが書き終わるのを待ってから話しはじめた。「駅の近くに教会がある。あとで場所を教えよう。もし、そうしたければ、仕事にでるまえにそこによって、ロザリオの祈りを最後まで唱えてもいいんだぞ」

それから五分ほど、ぼくたちはしずかだった。アルトゥーロはもう一度新聞を広げることはしなかった。だから、まだほかにもぼくに教えておきたい仕事上の習慣があるんだと思った。もし、その習慣が論理的で、ルールが「他人を傷つけるようなことはしてはいけない」というぐあいに単純で、それひとつだけならば、すくなくともその半分はちゃんと守れると思う。たとえば、ロザリオの祈りを声にださずに電車で唱えるのは他人を傷つけることになるのか、自分に問いかけてみる。答えは「傷つけない」なので、ぼくは唱える。なのにアルトゥーロにはだめだといわれた。こんなぐあいに、なにが正しくて、なにが正しくないかの理由は、ぼくには気まぐれに見えてしまう。

「せっかくの機会だから、法律事務所のことをすこし話しておこうか」

ほら思った通りだ。アルトゥーロはぼくにもうすこし、あれをしろ、あれはするなと話しておきたかったんだ。

「法律事務所はパターソンとはちがうぞ。法律事務所では、つねに競争だ。たとえば、わたしはスティーブン・ホームズと競争している。わたしは彼よりたくさんの仕事を取ろうとがんばっているし、彼もわたしよりたくさんの仕事を取ろうとがんばっている。ほかの同僚《どうりょう》たちもおたがい競《きそ》いあって、よりよい仕事を、より多くこなそうとがんばっている。だからといって、おたがい、いがみあってるっていうわけじゃないぞ。友だちになっても、競いあうことはできるんだ。競争というのは、どちらにとってもいいものだ。スティーブンががんばればがんばるほど、わたしも一層がんばる。ほかの同僚もがんばればがんばるほど、法律事務所全体でたくさんのいい仕事ができるんだ。ヨランダがイェール大学を受験したとき、ほかの何百人ものライバルと競いあわなくちゃならなかった。ヨランダは一生懸命《いっしょうけんめい》がんばって入学できたが、落ちた子もいたんだ。おまえが大学を受験するときもおんなじさ。おまえも競争しなくちゃならない。しかも、おまえは自分から競おうとしなくちゃならないんだぞ。競争をおそれちゃだめだ。これは、この夏、おまえに学んでほしいことのひとつなんだ」

ぼくはまた黄色い手帳を取りだした。書きはじめようとしたところで、質問が浮かんだ。「マルセ……じゃなくて、ぼくは法律事務所でだれと競争するの?」

「みんなだよ。みんながおまえをためそうとするだろう。おまえに仕事がやりこなせるのか、それとも、ボスであるわたしの息子だからそこにいるのか見きわめようとするだろう」

ぼくはめまいを起こしそうになった。いったいぼくは、だれよりたくさん、だれより賢く仕事をしなくちゃならないんだろう?

アルトゥーロはつづけた。「競争というのはものごとに取り組むときの姿勢だ。だれかの行動の背後にある動機が私利私欲《しりしよく》だとしたら、その人はその動機にあわせて行動するものなんだよ」

「人の動機を正確に知ることなんて不可能だ」ぼくはいった。

「その通りだよ。だからこそ、だれもがみなナンバーワンを見つけたがっていると推測すればいいのさ」

その瞬間《しゅんかん》、たくさんの人たちが部屋のすみに立って、ナンバーワンの登場を待っている姿がぼくの頭に浮かび上がった。アルトゥーロはぼくの目に浮かんだうつろな表情に気づいたようだ。アルトゥーロはいった。「いまのはことばのあやだよ。『ナンバーワンを見つける』っていうのは。自分の利益を最優先するって意味だよ」

「先のものは後になるだろう」聖書からの引用をしてはいけないのを忘れていってしまった。

「仕事の世界では、現在一番のものは、将来も一番で、現在のびりは、将来もびりなんだ」

「よくわからない。なにか具体例は？」

「現在進行形のリアルな世界の具体例がある。二週間ほどまえ、わたしはスティーブン・ホームズに、この夏、法律事務所でおまえを働かせると伝えた。すると、先週の金曜日、彼はわたしにいったんだ。『ああ、ところで、この夏、ウェンデルにここでちょっとした調査をさせようと思ってるんだ』ってな。ウェンデルは覚えてるだろ？」

「うん、ヨランダはウェンデルのことをクソッタレだっていってた」いった瞬間、後悔《こうかい》した。ヨランダに迷惑《めいわく》がかからないといいんだけど。

アルトゥーロは笑った。「ヨランダのいう通りかもしれないな。ただ、わたしがいいたいのは、スティーブンからウェンデルがうちの法律事務所で働く、ときかされたとき、わたしはスティーブンの動機はなんなんだろうと自問したということなんだ。なぜ彼は、自分の子どもに、夏休みに法律関係の仕事をさせようとしているのか？　ウェンデルは、来年度にはハーバード大学の四年生になる。卒業後は、どんな仕事でも選び放題だ。スティーブンがなぜ、あんな風にわたしに告げたのかも問題だ。『もしかしたら、ウェンデルは、きみの子どもをランチにつれていってあげられるかもしれないな』スティーブンはそういったんだ。わたしがだした結論は、彼はわたしだけではなく同僚たちみんなに知らせたかった。わたしの息子が……」

ぼくはアルトゥーロのことばのつづきを待った。話している途中でことばを切るのは、いおうとしていたことが、いってはいけないことだととつぜん気づいたからだ、ということをぼくは知っている。つまり、聞き手がそのことばをきいたらどんなショックを受けるのか、考えずに話しはじめてしまったということだ。だからぼくは、自分がいおうとしていることについて事前に十分考えるし、そのせいで、ときとしてのろまに見えることも知っている。ぼくはきいたことと、自分がこれからいおうとしていることを、必要以上に考えてしまい、それが会話のさまたげになってしまう。もちろん、ときには口がすべってしまうこともある。ついさっき、ぼくがアルトゥーロに、ヨランダがウェンデルのことをなんと呼んだかをいってしまったときのように。

〈彼はわたしだけでなく同僚たちみんなに知らせたかった。わたしの息子が……〉アルトゥーロがこのあとなにをいおうとしたのかは、もっと時間があるときにじっくり考えようと心にメモをした。

電車がスピードを落とし、金属と金属がこすれあうようなかん高い音がした。ぼくは思わず両手を耳に押し当てた。耳障《みみざわ》りな音をきくのは、とてもとてもつらい。

「さあ、ついたぞ」アルトゥーロはぼくの手を耳からひきはがしながらいった。「わたしがいおうとしたのは、おまえに生きぬくための知恵《ちえ》を身につけてほしいということだ。法律事務所で働いてもらいたいと思った理由のひとつは、それによってふつうの人びとの動機をよりよく知ることができるようになると思ったからさ。それが人生というものさ。わたしは毎日仕事にでるときに自分にいいきかせるんだ。おまえは戦士だ、これは闘《たたか》いなんだ、ってな。わたしは戦闘用《せんとうよう》の顔になる。これもことばのあやだぞ。他人の動機に注意をこらし、競争的になる。そう、戦場でとおなじようにな。勝つものもいれば、負けるものもいる。人生のそんな側面を見るのは、おまえにとってだいじなことなんだ」

〈リアルな世界〉。ぼくは自分にそういいきかせた。

第6章

法律事務所につくと、アルトゥーロのあとについてメール・ルームへいった。女の人がひとり、巨《きょ》大《だい》なコピー機のまえに立っていた。なぜ、それがコピー機だとわかったかというと、光の線が、パターソンにある機械とおなじように、いったりきたりするのが見えたからだ。アルトゥーロは、その人がふりむくまで、三度も「おはよう」と声をかけなければならなかった。

その人は、ふりむいたとたん、ぼくの頭のてっぺんから足の先、そして、足の先から頭のてっぺんへと、まるでコピー機がスキャンするようにじろじろ見た。

なんとか勇気をふりしぼって、その人の目を見た瞬間《しゅんかん》、その深い青色に撃《う》たれたようになった。「瑠璃色《るりいろ》」ということばが頭に浮かんだ。やわらかそうな黒い髪がひと房《ふさ》、顔にかかっている。ぼくは握手《あくしゅ》の準備をしたけれど、その人はこちらへは歩いてこなかった。

「この子がマルセロだ」アルトゥーロがいった。それから、ぼくの背中をぽんとたたいていった。「こちらはジャスミン。夏休みのあいだ、ジャスミンがおまえのボスだ。いわれたことはなんでもすること。ただし、気をつけるんだぞ。ジャスミンは小さな男の子を朝ごはんに食べるからな」

これも「ことばのあや」なんだろう。でも、なにをいいたいのかはわからない。

アルトゥーロがいなくなると、ジャスミンはすぐに背をむけて、コピー機を見つめつづけた。あの動く光で催眠術《さいみんじゅつ》にかかっているんじゃないかと思った。ぼくは、その場に立ったまま、アルトゥーロがメール・ルームと呼んだ部屋を見ていた。そこは大きな部屋だった。法律事務所のほかの部分とは、郵便局にあるようなカウンターで仕切られている。ジャスミンが見つめているコピー機は、ぼくたちがはいってきたドアの反対側の壁際《かべぎわ》にあった。机がふたつあって、どちらも壁にむけて置かれている。机にむかってすわれば、おたがい背中をむけあうことになる。ぼくもどちらかの机にすわることになるのなら、この配置は気にいった。おたがいに顔を見合わせるように置かれていたら、すごく居心地《いごこち》が悪いだろうから。

コピー機の横の机はグレーのスチール製で、ドアの横にある木製の机より小さめだった。大きいほうの机には白いCDプレーヤーが置いてあって、ヘッドホンのコードがつながっていた。その机の正面の壁には、てっぺんに雪をかぶった山の写真が貼《は》ってある。メール・ルームは、それ以外、床から天井《てんじょう》まで届くスチール製の棚《たな》で埋《う》めつくされていた。どの棚にも大きな茶色いフォルダーがぎっしりならんでいる。それぞれのスチール棚には金属製の車輪がついていて、その下にはレールがあった。棚を動かすと、棚と棚のあいだにすきまができて、とりたいものがとれる仕組みだ。

「バックパックはそこに置けば」ジャスミンは一瞬《いっしゅん》だけ頭をぼくのほうにむけていった。左手はコピー機の横の小さいほうの机をさしていた。

ぼくはバックパックをおろして、その机の上に置いた。それから、その場に立ったまま、コピー機が吐《は》きだす紙が、たてにいくつもならんだトレイにつぎからつぎへとたまっていくようすを、食いいるようにながめていた。ジャスミンも、いったりきたりする光を見つめる以外はなにもしていない。コピーの仕事は、きっと楽しめるだろうと思った。

機械が止まると、ジャスミンはトレイにたまった紙をつかんだ。「すわっていいのよ、あなたの机なんだから」

「ありがとう」ぼくは机の下に押しこまれていた黒い椅子を引いた。棚とおなじように、椅子の下にも金属の車輪がついていた。ぼくが腰かけたとたん、椅子はうしろむきに動きはじめた。

「ゴムのマットをもらってくる。マットを敷《し》けば椅子は動かないから」ジャスミンはいった。

「ありがとう」ぼくは家のバスタブの底に敷いてあるゴムのマットを思い浮かべ、あんなものが役に立つんだろうかと不思議に思った。目のまえの壁に貼《は》り残《のこ》したセロテープがあるのに気づいた。ぼくのまえに働いていた人が、写真でも貼っていたんだろう。おなじ場所に、ナムの写真を持ってきて貼ろうと思った。壁はブロックでできていて、ブロックとブロックの継《つ》ぎ目《め》のへこんだところに、小さな文字が書いてあるのに気づいた。顔を近づけてその文字を読んでみた。「この場所も、ここのやつらも全部ファックだ」ファックというのは性交渉《せいこうしょう》を意味する不適切なことばで、そこには怒りや憎《にく》しみがこめられているとパターソンで教わった。

ぼくはちらっとふりかえった。ジャスミンは紙を集め終えて、それをプラスチックのバインダーにいれていた。ぼくのうしろの大きいほうの木の机で作業している。あれがジャスミンの机なんだろう。ぼくはまた壁に目をもどした。ほかにも文字が書かれていたけれど、読まないことにした。最後にこの机にすわっていた人も、無理矢理この法律事務所で働かされていたんだろうか。

「あなたのお父さんは、ラップトップ・パソコンを持ってくるっていってたけど」ジャスミンの声が背中のほうからした。ふりむこうとしたら、部屋の半分ぐらいまで椅子が動いてしまった。

「うわ」ぼくはいった。

ジャスミンはなにもいわずにメール・ルームからでていった。つぎになにをしていいのかわからず、そのまますわっていた。しばらくすると、ジャスミンはプラスチックの大きな四角いシートを持ってきて、ぼくの机のまえに落とした。これがさっきいっていたゴムのマットにちがいない。

「はい」ぼくはいった。

「はい、ってなにが？」

「はい。父のいったことは正しいです。ぼくは自分のパソコンを持ってきました。見ますか？」

「べつにいい。ＬＡＮケーブルの差込口《さしこみぐち》はその机の下にあるから。メール・ランからもどってきたら、事務所のサーバーとつなぐね」

「ありがとう」ほっと一安心した。パソコンがあれば、あまり心細い思いをしなくてすむ。だれかが、理解できないことをいってきても、すぐに調べられる。ぼくはバックパックからパソコンを取りだそうとまえかがみになった。パソコンを机の上に置いてさっそく開く。ぼくのパソコンにはいっている特別なソフトを見てもらうには、いまがいいタイミングだ。

「あなたがきたこと、うれしくないの」

ジャスミンがぼくにむかって話していることに気づくのに、二、三秒かかった。ぼくはジャスミンのほうにふりむいた。

「わかりました」自分の手をどこに置いたらいいのかわからない。心とはちがったことをいうとき、ぼくはいつも手の置き場に困ってしまう。

「わかったって?」

わかったのは、あなたのいったことばの意味で、なぜそういったのかはわかりません、と説明したかった。でも、どんな風にいったらいいのか考えるのに時間がかかりすぎて、いえなかった。

「メール・ランにいきましょう」

ぼくはジャスミンのあとについて、部屋のすみまでいった。

「これはメール・カート。あなたは字は読めるのよね?」

どうしてそんなことをきくのかわからなかった。きっと、ぼくには理解できないジョークかなにかなのだろう。

「はい」ぼくは答えた。

「郵便物が届いたら、名前のついたフォルダーに仕分けていくの。フォルダーは動線上にならんでる。つまり、事務所のレイアウトにそっているっていうこと。これで、フォルダーをとなりからとなりへと配って歩けば事務所を一周できるってわけ」

すばらしいアイディアだと思った。

ジャスミンはつづける。「なかには宛《あ》て先《さき》がはっきりしない郵便物もあるけど、そのときは、どこに届けるかを自分で考えなくちゃいけない。それがわからないときは、この箱にいれて。わたしがあとで見るから。わたしが見るまでは、ひとつも捨てちゃだめ。わかった?」

「はい」今度はほんとうにわかったので、自信を持って答えた。

「朝の郵便物には、わたしがもう目を通したわ。メール・ランは一日に四回あるの。一回目は朝、いまやってるのがそれね。あとは十一時半と一時半、そして三時よ。もちろん、直接荷物が届いたり、至急便《しきゅうびん》がきたらすぐに届けにいくこと。新聞を配るのも仕事よ。あなたは、毎朝、何時に出勤の予定？」

ぼくはいそいで計算してみた。今日は、駅からこの法律事務所まで歩いて二十分かかった。でも、アルトゥーロは教会の場所を教えるために、途中、三ブロック分遠回りした。電車が駅につくのは八時二十分で、もし、教会によるとしたら……。

「いいわ、気にしないで」ジャスミンはいった。「時間はいつでもいいから、やってちょうだい。新聞なら待たせておけばいいわ。あなたは、毎日くるのよね？」

「毎日」ぼくはいった。土曜と日曜が含《ふく》まれているのかどうかわからなかった。アルトゥーロは、土日にもしょっちゅう出勤している。たぶん、ぼくにもそうしてほしいんだろう。

「それじゃ、いきましょ」ジャスミンはグリーンのフォルダーをいっぱい積んだカートを押しはじめた。メール・ルームをでると、ぼくに紙を一枚手わたした。「この事務所の弁護士と秘書全員の配置が書いてあるわ。名前と机の位置がね。それを覚えれば、いちいちさがして時間をむだにしなくてすむ。さっきもいったけど、定時のメール・ランとはべつに、直接届いた荷物と至急便はすぐに届けにいかなくちゃいけないの。すべての郵便物、宅配便やなんかは、まずメール・ルームに届くから。受け取りの手続きをして、それから配るのよ」ジャスミンはぼくが追いつくのを待って、ぼくの顔を見た。「もし、わたしがいないときには、あなたに受け取りの手続きも頼むから。ここの人たちの仕事は、どれもこれも緊急《きんきゅう》なもので、みんな昨日のうちにすまされていないといけないようなものなの」

「昨日はもう終わってますけど」

「弁護士たちに、そういってやってよ」

ぼくたちは最初の部屋のまえで止まった。部屋のまえに置いてある机に、女の人がすわっていた。

「こんにちは、マルセロ」その人はいった。「わたしのこと覚えてる？　お宅のバーベキューにいったことあるのよ」

顔は覚えていたけれど、名前は覚えていなかった。こういう場合、質問にはイエスと答えるべきなんだろうか。それともノー？　ぼくは「はい」と答えた。すくなくとも部分的には正しいから。ぼくは手をさしだした。「はじめまして」ぼくはいった。口にだした瞬間、たったいま覚えているといった人にいうべきことばじゃなかったと思った。

「二度目のはじめましてね」その人はいった。「あなたはお父さんよりハンサムねえ」ぼくのことを、ジャスミンがしたのとおなじように上から下までじろじろ見た。ただ、その女の人の目の動きは、ジャスミンのとはちがってゆっくりで、ぼくのおなかのあたりにしばらくとどまっていた。「まあまあ！　最初にホームズさんがウェンデルをつれてきて、今度はあなたよ。こんなすてきな若い子がいたら、女の子たちはどうやって仕事に集中したらいいのかしら？」

「ほっといてあげて」ジャスミンがいった。

「ひとりじめはだめよ」女の人は答えた。

ジャスミンは、カートを押してその人からはなれた。

「あら、あなたはやきもちを焼いてるのね。ぺたんこですもんね」女の人はいった。

ジャスミンはカートを止めてふりかえった。「参考までにいっておくけど、やきもちなんか焼いてないから。ただ、うらやましいだけ。もし、あなたと飛行機に乗って、海に墜落《ついらく》したとしても、わたしにはあなたほどの浮力《ふりょく》はないから」

「まあ、いやな子ね!」女の人は笑いながらジャスミンを追《お》い払《はら》うような仕草をした。

ぼくたちは配達をつづけた。浮力。このことば自体は知っているけれど、さっきの会話のなかでどういう意味を持つのかはよくわからない。ぼくは歩きながらポケットから手帳を取りだして書きとめた。〈やきもちを焼くのと、うらやましがるのちがいは?〉このふたつの感情のちがいには、いつも惑《まど》わされる。

メモを書き終えるとジャスミンがいった。「もし、わたしがあなたなら、秘書たちには近よらないわ」

「あの人たちに近よらずに、郵便物を届ける方法はあるんですか?」

「わたしがいってるのは、あんまり親しくなりすぎないって意味よ。特に、さっきのマーサみたいに、独身でがつがつしてる人にはね」

「それは、どうして?」

「たとえばあのマーサなんか、ためらわずにあなたの骨にむしゃぶりついてくるわよ」

それをきいて、聖書のなかの一節を思い浮かべた。預言者《よげんしゃ》エゼキエルが、人の骨でいっぱいの谷を歩き回っているシーンだ。つぎからつぎへと新しい表現に出会うせいで、なんだか目がくらむ。

「ところで、あなたはどこに問題があるの？」

「もっと、はっきりいってもらいたいんです。ぼくには『骨にむしゃぶりつく』っていうことばの意味はわかりません。もっと直接的に話してもらえると助かります」

「直接的？」

「たとえ話はなるべく避《さ》けてほしいんです」

「たとえ話なんかじゃないわよ。マーサは文字通り、あんたの骨にむしゃぶりつくから」

「そうなんですか」

「いまのわたしの質問の意味は、あなたはものの考え方に問題があるんでしょ？ってこと。お父さんは、認知障害《にんちしょうがい》があるんだっていってたわ」

「そんなこといってましたか」アルトゥーロがそんな風にいっていたというのに驚いた。いつも、ぼくには障害なんてないっていいつづけていたからだ。「認知障害」ということばは、ぼくの考え方や現実の把握能力《はあくのうりょく》になんらかの問題があるという意味だ。ぼくは現実をちゃんと把握している。ときには、ほかの人よりずっとはっきりと。

「あなたのお父さんが使ったことばそのままよ」

「『認知障害』は、マルセロの頭のなかで起こっている現象を、正確にはとらえていません。『認知の際の過度な反応』というほうが近いです」

「ああ、そうなの。わたしも過度な反応は好きよ。でも、それって病気なの?」

「それによって、正常な人間が社会のなかではたすべきと考えられる役割をこなせないとき、社会はそれを病気と呼びます」

「でも、社会は常に正しいとは限らないじゃない?」

その問いかけにはすぐには答えられなかった。アルトゥーロがぼくの状態についていったことばのことを、まだ考えていたからだ。アルトゥーロはいつもぼくに、ほかの人が貼りつけようとするレッテルには疑問を持てと教えてきた。ぼくはすこしためらってから話しはじめた。

「医学的な見地からいえば、ぼくの状態に一番近いのはアスペルガー症候群《しょうこうぐん》です。でも、アスペルガー症候群の人たちが持っている特徴《とくちょう》は、ぼくにはそんなにたくさんはありません。だから、このことばも正確なわけじゃないんです」

「その特徴って、たとえば、どんなことなの?」

この話題については十分な知識を持っているけれど、あまり話したくはない。自分についての説明は、ぼくにはどこかおかしいところがあるという仮定の上に成り立っているし、自分自身やパターソンの子どもたちのことをそんな見方でとらえても役には立たないことを、パターソンで長年にわたって学んできた。自分の考え方、話し方、行動が、ほかの人とちがうことはわかっているけれど、だからといって、それが異常だとか、病気だとかとは思わない。でも、そうしたちがいをどう説明したらいいんだろう? アスペルガー症候群がぼくの症状《しょうじょう》に一番近いといってしまったほうが、ずっとかんたんだ。科学的なひびきのことばで定義したほうが、ほかの人たちもわかった気になれる。でも、実際には、ぼくはアスペルガーですというとき、自分は嘘《うそ》つきだと感じてしまう。というのも、アスペルガーや自閉症《じへいしょう》に苦しむほかの子どもたちと比べると、ぼくの症状からくる困難な点はごくわずかだからだ。この医学用語を使うとき、ぼくはいつも、ほんとうにその症状を持つ人たちに迷惑《めいわく》をかけていると思ってしまう。なぜなら、ぼくを見て、「あら、そう。そんなにたいしたことないじゃない。その病気のどこが問題なの？」と思わせてしまうからだ。

ぼくはしぶしぶジャスミンの問いかけに答えた。「アスペルガー症候群の主な特徴としては、コミュニケーション能力が低く、社会的な関係を築くのが苦手なことがあげられます。それと、なにかに強い『こだわり』を持つという点も。それらの点がアスペルガー症候群の人たちとほかの大多数の人たちとの一番のちがいです」

「そうなの？」

ぼくはポケットから両手をだして、シャツの一番上のボタンをとめた。ぼくたちは廊下《ろうか》のまんなかに立っていて、出勤した人たちが横を通りすぎていく。何人かはジャスミンに「おはよう」と声をかけたけれど、ジャスミンはぼくのことばに引きこまれすぎて、返事をしなかった。

「そうです。一般的《いっぱんてき》にいえば」ぼくはそういった。

「わたしがデートした人たちって、みんなそんな感じだったけどな」

「そうですか」ぼくはそれがジャスミンの冗談《じょうだん》だと受け取って、笑い声をあげようとした。でも、咳《せき》のような笑い方になってしまった。

「それで、あなたの強いこだわりってなんなの？」

ぼくはまた両手をポケットにつっこんで、こぶしを握《にぎ》った。この質問にはいつも苦労させられる。この質問に答えた瞬間、いつも、ぼくとほかの人とのあいだに透明《とうめい》なガラスの壁がおりてくる感じがする。ジャスミンにはどう答えようかと、ためらい、考えこんでしまった。しばらくしてから、ようやくいった。

「人によっては『こだわり』ではなく『強迫的《きょうはくてき》』ということばを使う人もいますが、それはまちがっています。『強迫的』ということばには、あるおなじ考えや行動を、衝動的《しょうどうてき》におこなったり、抑《おさ》えることができずにくりかえしてしまうような意味合いがあるからです。ぼくが通っているパターソンという学校では、『強いこだわり』とか『特別な関心』ということばを好んで使います。それを考えることで、うれしくなったり、よろこびを感じるような関心だからです。アスペルガーの人たちは、それを考えると集中しすぎてほかのことへ関心がむかなくなります。ほかのことより、ずっとたいせつで楽しいからです。多くのアスペルガーの人たちは、その特別な関心の分野で、専門家になっています」

「電車の時刻表を覚えたり、ものすごいスピードで暗算したり?」

「そういった例をすぐに思い浮かべる人は多いみたいですね。でも、時刻表を覚えたり、暗算が得意というのは、ちょっと単純化した誇張《こちょう》なんです。多くのアスペルガーの人たちは、複雑な思考や理解を必要とすることに特別な関心を持っています」

「で、あなたのは?」

水を一杯ほしいと思った。口のなかがカラカラにかわいている。ぼくはまた咳こんだ。「ぼくの特別な関心は神です」

「なんですって？」

「宗教です。人類が神について経験したり、語ったり、考えたりすること。ぼくは宗教に関する本を読んだり、考えるのが好きなんです」

「すごいわね」

「それがすごいかどうかはわかりません。ただ、そうだっていうだけです」

ジャスミンはまたカートを押しはじめた。ただ、ずいぶんゆっくりだ。ぼくは考えていた。〈これでジャスミンはぼくのことを変人だと思っただろう。どっちにしても、こんなところにはいたくない。パターソンでは、ぼくが宗教に関心があるからといって、ぼくのことをおかしいと疑ったり、遠ざけたりする人はだれもいなかった。ここでは、もう二度と宗教のことは話さないようにしないと。ほかの人が不気味がるから〉

そのとき、とつぜん、思いついた。「宗教は特別な関心ですけど、音楽をきくのも大好きです。家には何百枚もＣＤを持ってます」なぜだかわからないけれど、これはけっして異常なことだとは思われない。

ジャスミンはカートを止めてたずねた。「どんな音楽？」

「クラシック音楽です。バッハが一番好きです。好きな楽器はピアノ。二番目はバイオリン。ソロのピアノ曲とバイオリン曲が一番好きです。無伴奏曲《むばんそうきょく》だと旋律《せんりつ》や旋律の組み合わせを個々にききわけることができるからです。それがすごく好きなんです」

「ほんとに？」ジャスミンは、そんな話、これまで一度もきいたことがないとでもいうように、口をすこしあけたままだ。きっと、二番目の関心について、すこしくわしく話しすぎたんだろう。

「はい」

ジャスミンがやっと微笑《ほほえ》んだので、うれしくなった。

「あとは馬も好きです。特にハフリンガー種のポニーが」

「ほんとに？」ジャスミンは目を大きく開いた。驚いたっていう意味だ。

「はい、ほんとうです。この夏休みには、パターソンで飼っている十五頭のポニーの世話をするはずでした」宗教と音楽の話題のすぐあとにポニーのことを話したから、ジャスミンはポニーもぼくの特別な関心のひとつだと思っただろう。でも、ぼく自身はポニーを特別な関心とは思っていない。特別な関心というのは知り得ることはなにもかも知りたい好奇心《こうきしん》で、頭がいっぱいになってしまうもののことをいう。ＩＭとポニーについて、ぼくはそんな風にはならない。ＩＭはただＩＭで、ポニーはただポニーだ。ただそれだけ。できるだけ、いっしょにすごしたいとは思うけれど、知り得ることはなんでも知りたいとは思わない。

ぼくたちはまた歩きはじめた。つぎの郵便物のたばを配ったところで、ジャスミンがいった。「さっき、あなたがきたことをうれしくないっていったけど、なぜだか知りたい？」

「はい」

「三か月まえまで、わたしにはアシスタントがひとりいたの。ロンっていう名前の子。結論だけいえば、わたしはロンをクビにしなくちゃいけなかった。ロンは怠《なま》け者《もの》だったけど、それでもすこしは助けになってたわ。それで、ロンをクビにしたとき、あなたのお父さんは、代わりを雇《やと》ってくれるって約束したの。高校生のときにひと夏ここで働いたことのあったベリンダっていう子が見つかって、わたしはすごくうれしかった。とても優秀《ゆうしゅう》な子だったから。話すの速すぎる？」

「だいじょうぶです」実際にはもっとゆっくり話してくれたほうが助かるけど、そう答えた。ことばがこぼれ落ちそうになる。でも、いってることのすべてが理解できなくても、話をつづけてもらうほうがいいというのは、パターソンで学んだことのひとつだ。話をつづけるうちに意味もはっきりしてくる。ひとつひとつのことばがどこに着地するのかを、いちいち疑問に思わないように訓練するのには、何年もかかった。

ジャスミンはつづけた。「それでわたしはベリンダを雇おうとしていたの。なのに、あなたのお父さんが取り消してしまった。今年の夏休みは、あなたを働かせたいと思ったからよ」

「わかりました」

「つまり、そういうことなの」

「ぼくには集中力があります。ジャスミンが具体的に教えてくれれば、ぼくはすぐできるようになります」

廊下のつきあたりに近づいた。ガラスの仕切りのむこうに、ほかのどの秘書たちの机よりもおしゃれで大きい机があって、そこに女の人がすわっていた。その女の人は小さな鏡をのぞきこんで口紅をつけていた。これまで見たこともないような色の口紅だ。きっと「カーマイン」っていう色がこれなんだろう。

「こちらジュリエット」ジャスミンがぼくにいった。「ホームジーの秘書よ」

「ホームズさんでしょ」女の人は訂正《ていせい》した。

「はいはい」ジャスミンはいう。

「それで」ジュリエットは口紅をならすように上下の唇《くちびる》をくっつけていった。「あなたが新しいメール・ボーイね。ホームズさんからきいてるわ。ホームズさんが会いたがってたから、時間があいたら電話で呼ぶわね」

「どうして？」ジャスミンがたずねた。「ホームジーは、どうしてこの子に会いたいの？」

「あなたには関係ないと思うけど」ジュリエットはいった。

「わたしの下で働いてるんだけど」

「そして、あなたはホームズさんの下で働いてる」

「あら残念ねえ、それはちがうわよ、ジュリーちゃん。わたしはボスに直接報告するから。この子の父親にね」

「ええ、そうでしょうとも」ジュリエットは唇の端《はし》を無理に持ち上げるようにしながらいった。それから、ぼくのほうをちらっと見た。「ホームズさんの時間があいたら、連絡するわね。この子の内線番号は、以前、あなたの下で働いてたならず者とおなじなんでしょ？」

ジャスミンはジュリエットの机にのしかかるようにして、人さし指をつきつけながらいった。「よくききなさいよ。ホームジーに会ったときにいうのと、おんなじことをいっておくから。この子はね、あの人の秘書や、えらいさんがたがやるべき仕事はいっさいやらないからね。ファイルだのコピーだの、あんたができることはいっさいやらないんだから。それにこの子は、ウェンデルのパシリにもならないわよ。あなたやホームジー、ウェンデルからの仕事の要請《ようせい》は、すべてわたしを通してもらうから。もしホームジーが、あなたの能力を超《こ》えた知的な仕事を望むっていうなら、ウェンデルにやらせなさい」ジャスミンはジュリエットにつきつけていた指を、ジュリエット越《ご》しに部屋にむけた。

ジュリエットをちらっと見ると、鼻が赤らんでいた。ジャスミンにむかっていう。「オリバー・ウェンデルは、ビドロメックの訴訟《そしょう》の件でお父さんを助けてるわ。バカでもできるような仕事なんかやらないわよ」バカでもできるような仕事といったとき、ジュリエットはぼくを見つめた。

ジャスミンはぼくをふりかえっていった。「もう、いきましょ。このままだと、わたし、キレちゃって、刑務所《けいむしょ》にはいるようなことをしちゃいそうだから」

「お目にかかれてすごくうれしかったわ」ジュリエットがいった。でも、ジュリエットの顔には、うれしそうな表情などどこにもない。

廊下を進んでから、ジャスミンが大声でいった。「あの女は、正真正銘《しょうしんしょうめい》のあばずれだからね。これはたとえじゃなくてほんとうのことだから。よくきいてよ。あの女かホームズか、それともガキのウェンデルが、あなたになにかを頼んできたら、それがなんであれ、すぐにわたしに報告してちょうだい。わかった？」

「はい。ウェンデルならぼくも知ってます。ガキではありません。ぼくより三歳は上なはずです」

「ええ、そうね。だけど、あいつの精神年齢は八歳がいいところよ」

「一度、いっしょにテニスをしました。正確にはテニスとはいえないけど。ウェンデルがぼくにむかってボールを打って、ぼくが打ちかえしました」もうすこしで、今朝ヨランダがいったことをいいそうになったけれど、ぎりぎりのところでやめておいた。その代わりにぼくはいった。「ウェンデルはハーバード大学にいってるんです」

「ええ、そうよ！　あいつはね、自分のことを神が女たちにあたえた賜物《たまもの》だと思ってるの。あいつがこの夏、わたしたちのまわりをうろついて楽しみなことといったら、あいつがへまをして惨《みじ》めな思いをするのを見られるってことだけよ。あいつも、ほんとは夏をここですごすのはうんざりなのよ。ヨットに乗ったりなんだのしてるはずだったのにね。だけど、あいつの父親が無理矢理ここで働かせることにした。理由は神のみぞ知るだけどね」

「神は知っています」仕事の場で神さまのことを口にするのは、祈《いの》ったり、聖書を引用したりするのとおなじで、してはいけないことだと思っていた。でも、ジャスミンはべつに気にしていないようだ。

「とにかく」ジャスミンはいった。「あなたがきたことがうれしくないっていった理由は、それなの」

ジュリエットと会うまえに、どんな会話をしていたかを思い出すのにすこし時間がかかった。

「あなたも知ってるかもしれないけど、あなたが働くことを認めたのは、あなたのお父さんが、一か月あたり、二千ドル余計にわたしに払《はら》ってくれるっていったからだし、わたしにはお金が必要なの。だけど、やっぱりベリンダのほうがいいと思ってる。二千ドルもらおうがもらうまいがね。それだけは知っておいて」

「わかりました」

「朝一番のメール・ランはかんたんよ。まだ、そんなにたくさんの弁護士が出勤してないから。だいたいが九時ごろにでてきて、夜までずっと働きづめ。それがここの労働文化なの」

「ここにいるのは、ぼくもうれしくありません」そのことばが、いつのまにかぼくの口からとびだしていた。自分でもそれをいったのが自分なのかどうかよくわからないほどだ。「ぼくはパターソンで、ポニーたちの世話をしていたかった」

ジャスミンはぼくのことを長い時間じっくりと見つめ、それから、よくわかったというようにうなずいた。ジャスミンはメール・ルームのドアをあけて、カートをなかに押しいれた。「わたしがいなくて、あなたがこの部屋をでていくときは、かならず鍵《かぎ》をかけてちょうだい。鍵はあとでわたすわ。あなたとわたし以外の、だれもこの部屋にはいっちゃだめなの。もし、だれかがファイルを取りたいときには、その人はカウンターのむこう側に立って、わたしたちが取ってくることになってる。ファイルの仕事も教えるわね。以前は、だれでもでたりはいったりして、自由にファイルを持っていってたんだけど、あるとき、ファイルがひとつなくなって、この法律事務所は、職務怠慢《しょくむたいまん》で起訴《きそ》されたの。それ以来、だれもはいれないことになってる。掃除《そうじ》の人たちもよ。一日の終わりには、わたしたちがゴミ箱をドアの外にだしておくの。いい？」

「はい」

「それじゃあ、あなたのパソコンを接続しましょ」

第7章

ジャスミンはぼくのパソコンを法律事務所のネットワークにつないでくれた。これで、この事務所の弁護士やほかのスタッフ全員からメールを受け取ることができる。ジャスミンが部屋からでていったので、すぐに、インターネットで「認知障害《にんちしょうがい》」ということばを調べてみた。このことばは、とてもアルトゥーロが使いそうなものとは思えないものだった。いったいどういうつもりでこのことばを使ったのか、なんとか知りたかった。アルトゥーロがぼくに認知障害があると考えているなんてありえない。認知障害の例としてたくさんの深刻な精神的障害があげられていた。認知症《にんちしょう》、統合失調症、偏執症《へんしゅうしょう》、幻覚《げんかく》に幻聴《げんちょう》。アルトゥーロは説明しにくい現実を、このことばでてっとりばやくわからせようとしたんだろう。それ以外には考えられない。現実との折り合いがつけられないと思っているのなら、ぼくをこの法律事務所で働かせようとしたり、ふつうの高校にいかせようとしたり、大学にいかせたいと思ったりするだろうか？　ぼくが生まれて以来ずっと、アルトゥーロは、ぼくを〝ふつう〟から遠ざけようとするすべてのものと闘《たたか》いつづけてきた。

ぼくの机の上の電話が鳴った。その音は大きかった。これまで、こんなに大きな電話の音はきいたことがない。そして、どうしてかはわからないけれど、その音は怒っているように感じられた。

「もしもし」ぼくはいった。

女の人の声がした。「ホームズさんがいますぐ会いたいって」

「いますぐ」

「そうよ。いますぐ。ただちに。十一時の予定まであと何分かしかないから。いますぐきてくれると助かるんだけど」

「わかりました」ぼくは立ち上がった。ひとりでスティーブン・ホームズの部屋までいけるかどうか自信がなかった。そのとき、ジャスミンの声がした。自分の机にすわっていたようだけど、いつからそこにいたのかちっとも知らなかった。

「ホームジーに呼びだされたんじゃない？」

「いますぐ、会いたいそうです」

「ホームジーにかかると、なんでもいますぐなのよ」

ぼくはとまどったまま、そこにつっ立っていた。

「なによ？」ジャスミンがいった。

「ホームズさんの部屋までどういったらいいのか忘れました」ジャスミンは立ち上がって、ついてくるように合図した。「もどってきたらすぐに、全員の机の配置を覚えます。メール・ランからもどったらすぐに覚えるつもりだったんですが、ちょっと調べ物をしていたので」

ジャスミンはスティーブン・ホームズの部屋まで案内するのをめんどくさがっているようには見えなかった。なんだか、考えごとに夢中になっているような感じだ。「あなたはホームジーのいいところを見るように努力するべきかもしれないわね。あの人は自分が話すことばのいちいちに、『へー』とか『なるほど』とかって、尊敬の気持ちを示されるのが好きだから。さあ、ここよ。ホームジーの用がすんだら、部屋をでて、左に曲がって、もう一度左に曲がるのよ。そうしたら、そこがメール・ルームだから。左に曲がってまた左。いいわね？」

「左に曲がってまた左」ぼくはくりかえした。

それだけいうとジャスミンは踵《きびす》をかえして去っていった。ぼくはジュリエットのまえに立っていた。すごいスピードでキーボードをたたいている。「はいって」顔も上げずにそういった。

部屋にはいると、スティーブン・ホームズが大きなガラスの机のむこうにいた。この部屋のものは、なにもかもがガラスでできているようだ。粉々にくだけそうでこわい。スティーブン・ホームズは電話の受話器を手でおおっていった。「すわって、ガンプ。すぐ終わるから」

最初は、ガンプという名前の人が部屋にはいってきたのかと思った。でも、夏のバーベキューでウェンデルとテニスをしたあと、ぼくのことをガンプと呼んでいたのを思い出した。「きみの息子は、りっぱなフォレスト・ガンプだな」ぼくとウェンデルがテニスを終えると、スティーブン・ホームズはアルトゥーロにそういった。

「どういう意味でいってるんだ？」アルトゥーロはそういった。中庭《パティオ》にすわっていた人たちが、いっせいに口をつぐんだのを覚えている。

「ほら、あれだ」スティーブン・ホームズはいった。「映画の『フォレスト・ガンプ』にピンポンのシーンがあっただろ」

オーロラが、椅子から立とうとしたアルトゥーロの肩をおさえてすわらせたのを覚えている。それから、その日の夜、スティーブン・ホームズとアルトゥーロが、ツリーハウスの下に立っていたときのことも。ふたりはぼくがツリーハウスのなかにいることには気づいていなかった。アルトゥーロは、ツリーハウスには完全に電気が通っていることや、ヨランダのクラスメートが設計して作ったことなんかを説明していた。それからこういった。

「ところで、息子のことをあの名前では二度と呼ばないでくれないか」その口調は、ぼくがそれまで一度もきいたことのないようなものだった。

スティーブン・ホームズはクスクス笑っていった。「そんなにピリピリするなよ、アート」

つぎの日、ぼくはヨランダに、スティーブン・ホームズはどうしてぼくのことをガンプと呼んだのかきいてみた。それから、ふたりで『フォレスト・ガンプ』のビデオを借りてきた。フォレスト・ガンプがピンポンのチャンピオンになるところまで見て、どうしてスティーブン・ホームズがぼくをガンプと呼んだのかがわかった。でも、そのときもわからなかったし、いまでもわからないのは、アルトゥーロがどうして怒ったのかだ。その映画の主人公は、とてもりっぱな人だった。

スティーブン・ホームズは、電話を切るとすぐに両足をガラスの机の上にのせた。机の上には電話と銀色のペン以外にはなにも置かれていない。

「さあ、すわって、ガンプ」

「ぼくの名前はガンプではありません。ぼくはマルセロ・サンドバルです」

「ああ、もちろんんだ。さあ、すわって、ミスター・マルチェロ・サンドバル」

スティーブン・ホームズは、マルセロではなく、マルチェロといった。

「テニスの調子はどうだい？」

「ぼくはテニスはやってません」ぼくは黒い椅子の端《はし》に腰かけていった。

「冗談《じょうだん》だろ。きみはまさに往年の名テニス・プレーヤー、パンチョ・ゴンザレスだったじゃないか。ああ、そうだ。今年の夏は、ウェンデルもここで働いてるのは知ってたかい？　わたしの案件を手伝ってるんだ。ふたりでクラブにいって、スカッシュでもやってくるといい」

「テニス・ボールを打ちかえすやり方は、ヨランダに教えてもらいました。ぼくが打ちかえしたら、ヨランダの練習になるから。近くにきたボールは打ちかえせるけど、ぼくのほうにむかってこないボールは無理です」

「スカッシュもうまくやれるさ。テニスみたいにボールを追っかけ回す必要もないしな」

「ぼくは競技スポーツは苦手です。マルセロはすばやく動くのが得意ではないからです。ぼくは考えすぎてしまうんです」

「ああ、それでここにきてもらった理由を思い出したよ。できれば、ウェンデルが取り組んでいる訴訟《そしょう》事件《じけん》を手伝ってもらいたいんだ。あの子は賢《かしこ》い子なんだが、細かい作業はあまり得意じゃないからな。ほら、資料の整理だのファイルする作業やなんかだ。それに、コピーも大量にとらなくちゃならないしな」

「ぼくがウェンデルの仕事を手伝うときには、ジャスミンが事前にチェックするといっていました」

「ジャスミン、ジャスミンか。きみのお父さんがジャスミンのことを買っている理由がさっぱりわからんよ」

とつぜん、ぼくの頭がかっと熱くなった。はっきり理解したわけではないけれど、スティーブン・ホームズがアルトゥーロを攻撃《こうげき》していると感じたからだ。アルトゥーロがだれかに責められたとき、ぼくはいつでも怒りを覚える。思わず口からことばがとびだした。

「アルトゥーロが気にいっているのなら、ジャスミンはきっといい仕事をするんでしょう」ぼくのことばや態度が、敬意を欠いたものだと思われてもかまわないという気持ちだった。

スティーブン・ホームズはにやっと笑った。というより、スティーブン・ホームズの唇《くちびる》の動きは、薄《うす》ら笑《わら》いといったほうが正しかった。

「きみのお父さんがあの子を気にいってるとしたら、たしかにあの子にはなにか得意なことがあるんだろうな」そういって、また薄ら笑いを浮かべた。「なぜ、きみのお父さんがジャスミンを手放さないか、ようく観察するんだな。きみにとって、この夏の一大プロジェクトになるぞ。まあ、とにかくジャスミンのことは心配するな。わたしがなんとかしておく」

「マルセロは心配していません」ぼくはまだ怒っていたけれど、その怒りはしずまりつつあった。パターソンで教わった通り、深呼吸をしたからだ。

「ああ、マルセロが心配してないのはわかってるさ」ホームズは声をあげて笑った。「わたしも、なにも心配しないで気楽にやりたいもんだ。単純明快な脳みそなら、さぞ、楽だろうな」

「望むならそうなれますよ」

「ほう、そうなのかい？」

「脳の思考過程《しこうかてい》を単純化するのはむずかしいことではありません。望ましくない思考が浮かび上がってくるのを止めればいいだけです」

「ほんとうか？」

「ぼくが見つけた一番の方法は、まず聖書の一節を暗記して、望ましくない思考を止めたいときに、その一節を思い出すことです」こんな話はしないほうがよかったのかもしれない。仕事場では宗教に関する会話を慎《つつし》む、というアルトゥーロのルールを思い出した。

スティーブン・ホームズは両足をひいて、机の下の赤い絨毯《じゅうたん》の上に同時に下ろした。ぼくのことをじろじろと観察している。スティーブン・ホームズといっしょにいると、ぼくはいつも居心地《いごこち》の悪い気持ちになる。

「今度、いっしょにランチにでもいって、いまの話をくわしくきかせてもらおう。悪いが、十分まえに会議の呼びだしがあったんだ。ウェンデルにも、いつかきみとランチにいくよう伝えておくよ。あいつはきみに自堕落《じだらく》な遊びを教えてくれるだろうし、きみはあいつに集中の仕方を教えてやってくれ。うん。こいつはわれながらいい考えだ」

ぼくはすわったまま、「自堕落」ということばが記憶《きおく》のどこかにあるかどうかさぐっていた。

「さあ、ガンプ。メール・ルームにもどっていいぞ。きみのお父さんのお気にいりのところにな。ところで、ヨランダはどうしてる？　イェール大学は楽しそうか？」

ヨランダはいつも勉強がきついとぼやいているので、どう答えていいのかわからなかった。しばらく考えて、正確とはいえないけれどイエスと答えた。

「なにを勉強してるんだい？　お母さんとおなじ看護師になりたいのか？」

「ヨランダは人間の脳について学びたいと思っています。いまは、ニューヨークの病院で研究助手の仕事をしています」

「ほう、ほう。ヨランダがねえ。それは興味深いな。さあ、もういっていいぞ。ウェンデルにはスカッシュに誘《さそ》うようにいっておくよ」

スティーブン・ホームズの部屋からでるとすぐに、黄色い手帳に「スカッシュ」と書き留めた。それがテニスに似たスポーツなのは知っている。でも、どうしてこのスポーツが、カボチャの一種のスカッシュという名前で呼ばれているのかがわからない。

「マルチェロ！　よう、マルチェロ！」最初はスティーブン・ホームズが部屋のなかから呼んでいるのかと思った。けれど、その声が真むかいの部屋からきこえてくるのに気づいた。ドアからなかをのぞきこむと、ウェンデルが段ボール箱の山のうしろにすわっているのが見えた。スティーブン・ホームズを若くして、だらしなくした感じに見える。

「ぼくの名前はマルセロと発音します」ヨランダがスティーブン・ホームズとその息子ウェンデルについて使った悪いことばを思い出した。

「ああ、わかってるって。すわれよ、マルセロ。ちょっとすわっていけって」

「ジャスミンの手伝いをしないと。コピー機の使い方を教えてもらうことになってるんです」ぼくは立ったままそういった。

「ほんのすこしでいいから」ウェンデルは段ボール箱のうしろからでてきて、ぼくをすわらせようと、椅子の上にあった紙袋《かみぶくろ》をどかした。「おれもちょっと息抜《いきぬ》きをしたいんだよ」

ぼくは椅子にすわって両手をひざの上に置いた。ウェンデルは、ぼくのほうから話すのを待っているようだったので、口を開こうとしたけれど、なにも思いつかなかった。パターソンで、何時間にもわたって「ちょっとした世間話」のはじめ方を習ったのに、ぼくにとってはいまだにとてもむずかしい課題だ。「あなたはスカッシュをします」やっと話すことを思いついた。ただ、質問の形で話さなかったことに気づいた。

「おまえがうちの年寄りと話してるのを見てたんだ」

「あなたのお父さんは年寄りじゃありません」

「オヤジがきいたらよろこぶな」

「よろこぶのはいいことです」ぼくはジャスミンのことを思った。ジャスミンは、ぼくがこの法律事務所で働くことをよろこんでいない。ぼくもそうだ。丁寧《ていねい》な会話をしようとがんばればがんばるほど、ぼくからよろこびの感情が薄《うす》れていく。

「よろこぶといえば、朝から晩までジャスミンとおなじ部屋ですごすのは、さぞかし楽しいだろうな。あの子、イケてるだろ?」

「イケてる」理解できないことばにでくわすたびに、どうしてそのままくりかえしてしまうんだろう?

「おまえだって、わかってんだろ、な、マルセロ? イケてる女がどんななのかは。目がよろこぶというか、ひきつけられるというか。グラマーな女の体を見てたら、おまえだってグッとくるんだろ？」

「いいえ」この質問の答えはノーだ。ウェンデルが性的な魅力《みりょく》のことを話しているのがわかった。

「冗談だろ？　マジなのか？」

「はい」

「ありえないって。それじゃ、男が好きなのか？」

「いいえ」

「もしかしたら、まだ男性ホルモンがでてないのかもな。そうだとしても、すぐにわかるさ。男ってのは、いつでもどこでも、ありったけ種をまかなきゃいけないのさ。おまえはまだなのかもな。で、おまえ、十八だっけ？」

「三月二十六日に十七歳になりました」

「それじゃあ、性ホルモンはとっくにあふれてるはずだよな。おまえを見ればわかるさ。自分でも見てみろよ。背もおれと変わらないじゃないか。おれは百八十センチあるんだぞ。それから声も低い。ひげもそってるんだろ？」

「はい」

「体もがっしりしてる。腕の筋肉もすごいじゃないか」

ウェンデルはぼくの腕をぎゅっと握《にぎ》った。ぼくは引きはなそうとした。前触《まえぶ》れもなくとつぜん体をさわられるのは、とても苦手だ。ウェンデルが気を悪くしなければいいと思った。「毎日、ウェイト・リフティングをやってますから」

ウェンデルはぼくのことばを無視して、自分のテーマに話をもどした。「つまり、おまえは、ジャスミンを見ても、おれを見てもぜんぜんおなじに見えるっていうのか？」

「あなたとジャスミンは、どっちもおなじ人間です」

「だけど、体がちがうだろう」

「どちらも人間で、基本的にはおなじです」

「そいつは深いな、マルセロ。ほんとうだぞ。おまえがほんとうにそんな風に感じていて、おれの足をひっぱるつもりも、かかわるつもりもないっていうなら、おまえには帽子《ぼうし》を脱《ぬ》いで感謝だよ。だが、信じていいのかあやしいもんだ。おれに対して、完璧《かんぺき》に正直に接してるとも思えないしな」

「あなたは帽子をかぶっていません」ユーモアのつもりでそういった。それに話題を変えたくて。でも、どちらの役にも立たなかった。

「もしかしたら、おまえはこれまで一度も……」ウェンデルは声を低くしていった。「一度もそんな気分になったことがないのか？　いってることはわかるだろ？」ウェンデルは人さし指と親指で輪を作り、反対の手の中指をその輪にくりかえし出入りさせた。

「そんな気分」

「そんな気分だよ」ウェンデルは今度は片腕をゆっくり持ち上げた。まるで象が鼻を上げるように。

ウェンデルの指のジェスチャーが性交渉《せいこうしょう》を示していることも、腕を上げるジェスチャーが勃起《ぼっき》を意味することも知っている。性や、それに関する会話のルールはあいまいで、とてもややこしい。ウェンデルがジョークのつもりでいっているのか、まじめにこの話題について語り合いたいと思っているのか、ぼくにはわからない。結局、ウェンデルはジョークとして話していて、返事をしなくてもいいと判断した。ぼくは立ち上がっていった。「ジャスミンの手伝いをしにいきます」

「待てよ、待てって」ウェンデルはぼくを椅子に引きもどした。「おまえを傷つけるつもりはないんだ。ただ、人類学的好奇心《こうきしん》からきいただけさ」

「傷ついてはいません」ぼくはそういって、もう一度立ち上がった。

「ちょっと待ってくれ」ウェンデルも立ち上がっていった。「シャツのえりを直してやるよ」なにをしようとしているのか気づくまえに、ウェンデルはぼくのシャツの一番上のボタンをはずした。「ジャスミンといっしょにすごすなら、ダサいかっこうはしないほうがいいからな」

メール・ルームにもどると、ジャスミンが紙を一枚わたしてきた。「あなたに覚えてほしい仕事のリストを作ってみたわ。ランチのあとにはじめましょ。午後になったらしっかり教えるわね。明日からはひとりでやってもらうから」

ぼくは自分の机にむかって歩き、ジャスミンからわたされた紙を読んだ。

12：30 PM コピーする、ページをそろえる、製本する
1：30 PM 連邦裁判所《れんぽうさいばんしょ》まで歩いていって、資料を提出する
2：30 PM スキャンする
3：00 PM 郵便物の分類
3：30 PM 資料の整理と修正

4：30 PM 最後のメール・ラン（マーサには近づかないこと。夕方になればなるほど、ひどくなるから）
5：00 PM 帰宅時間（ミニ地獄《じごく》キャンプの初日終了。自分を卑下《ひげ》しすぎたり、明日は休もうだなんて思わないこと）

ぼくのようすがおかしいことには、生まれて二、三か月の時点で気づいたと、オーロラからきかされたことがあった。赤んぼうなのに泣かなかったからだ。そのせいで、おなかがすいているのか、おなかが痛いのか、ぼく自身が話せるようになるまで、オーロラには判断する方法がなかった。ころんで痛くてたまらないときにも、ぼくは泣かなかった。自分の思い通りにいかずに、ひとりでひきこもって、すねたりかんしゃくを起こしたりしたときにも、ぼくは泣かなかった。もうすこし大きくなった十一歳のとき、アバが死んだ。そのときも泣かなかった。聖エリザベス病院の一番の親友、ジョセフが死んだときにも、ぼくは泣かなかった。たぶん、ぼくには、ほかの人とおなじような感情がないんだと思う。ほかの人の感情は知りようもないけれど。でも、ぼくにも感情はある。ただ、感情と涙《なみだ》が結びつかないだけだ。ほかの人たちが泣いているとき、ぼくは乾《かわ》いた空虚《くうきょ》な寂《さび》しさを感じる。まるで、世界にひとりだけ取り残された人間になったような気がして。

なのでジャスミンのリストを読んでいて、涙がこみあげてきたとき、自分でもすごく不思議だった。

第8章

その週、一回目のメール・ランを終えると、午前中のぼくの仕事は、事務所にある全部のコピー機と印刷機の用紙を補充《ほじゅう》し、用紙の予備のパッケージを機械の横に置いてくることだった。カートに郵便物や用紙のパッケージを山積みにして事務所のなかを動き回る仕事は、ちっとも楽しくなかった。つぎつぎと声をかけられて、いちいちそれに応《こた》えなくてはならない。

世間話《スモール・トーク》。ぼくは世間話についてはよくわかっている。パターソンで教わったし、ほかの人がはじめた世間話に対する返答のパターンもたくさん覚えている。それに、ぼくから世間話をはじめなくてはならないと感じたとき用の、あたりさわりのない質問もたくさん覚えている。社会的相互作用《そうごさよう》のクラスでは、その日その日にちなんだ四、五個のお定まりの質問を考えだす方法も習った。新聞を読んだり、インターネットで検索《けんさく》したりして、天気やスポーツの結果、最近起こったできごとなどについての質問を考えて覚える。今週は、毎朝、ウェブで地元の話題をチェックして、もしもの場合に備えて、質問をいくつか書き留めておいた。

「ボストン・レッド・ソックスがニューヨーク・ヤンキースに負けたけど、どう思いますか？」こんな質問だ。

幸いなことに、まだ、準備しておいた質問を使ったことはない。ぼくが出勤したときには、いつもジャスミンのほうが先にきていた。ジャスミンがぼくにその日の仕事のリストを手わたすと、ことばを交《か》わさないままそれぞれの仕事にとりかかる。この方法は気にいっている。ジャスミンもきっとそうなんだと思う。ジャスミンはほとんどの仕事を自分の机にすわって、ヘッドホンをつけたままでいるからだ。でもときどき、ベリンダはどんな人だったんだろうとか、もし、ぼくではなくてベリンダがここで働いていたとしたら、ジャスミンはヘッドホンをつけているのだろうか、などと考えてしまう。

箱をあけて用紙のパッケージを取りだす仕事は、あまり集中していなくてもできる。この法律事務所での仕事の多くは似たりよったりで、ぼくにはありがたい。いまもそうしているように、仕事をしながらほかのことを考えることができるからだ。いまぼくが考えているのは、この法律事務所には世間話とはちがう大事な話《ラージ・トーク》などあるのだろうか、ということだった。ときどきは、弁護士たちが仕事について話しているのがきこえてくる。受け取った手紙の中身や、電話できいたこと、会議で起こったことなどについて。「それで、彼はこういった」「それで、彼女はこういった」というような、ほかの人が話したことばの報告はたくさんきこえてくる。そしてどれもが、たっぷり感情をこめて語られている。そこでぼくが思ったのは、この法律事務所ではこれこそが大事な話なんだろうということだ。世間話には感情などこもらないものなのだから。

「大事な話」をどう定義したらいいんだろうか。ラビ・ヘッシェルと交わす会話のほとんどは大事な話だと思う。なぜなら、そこには神に関する問いかけが含《ふく》まれているから。この法律事務所で働くようにアルトゥーロからいわれたあと、オーロラと交わした会話も大事な話だ。友だちのジョセフとの病院での会話も、内容はささいなことだったとしても、すべて大事な話だった。なぜなら、ぼくたちはどちらも、ひとつひとつのことばをじっくり考えて話していることを知っていたからだ。パターソンでは、ぼくは一度も世間話と大事な話とを区別したことがなかったけれど、それがどうしてなのかはわからない。そんな区別は無意味だし、パターソンで話したりきいたりしたすべての会話が大事な話だったとも思う。

「ねえ、ちょっと」

だれかがぼくに話しかけている。ふりかえると、配置図の十八番にすわっている秘書がいた。ぼくはその人の名前を思い出そうとした。十八番の席。ベスだ。ハービー・マーカス弁護士の秘書だ。ぼくはどう声をかけたらいいのかわからないまま立ち上がった。

「ジャスミンはどこ?」

こんな質問は歓迎《かんげい》だ。「郵便局にいってます」

「クソッ!」

思いがけない反応だった。そこでカウンターの上にある資料の山に気づいて、ジャスミンにそれをどうにかしてほしかったんだとわかった。ベスはぼくの机の上にかかっている大きな時計を見ている。

「十一時までに製本してほしい資料を持ってくるからって、ジャスミンにはいってあったのに」

資料の製本がどんなものなのかは知っている。ジャスミンがうしろにある機械を指さして、あれが製本機だと教えてくれたからだ。でも、やり方はまだ教わっていない。「十時までにはもどってきます」ふりかえって時計を見たら九時半だった。

「ハービーは、十一時からはじまる取締役会《とりしまりやくかい》用に必要なの」

ぼくはカウンターの上の資料に目をやった。「六種類だけですね」

「それぞれ、十部ずつ必要なのよ。ちゃんとタブをつけて、製本されてなきゃだめなの」ベスはぼくを見ようともしない。カウンターの上に置いてあるリクエスト用のメモに、なにか書いている。あんまり強く書いたのでメモ用紙が破れてしまった。「クソッ！　なんでわたしがこんな目にあわなくちゃいけないのよ？」

ぼくへの質問ではないと思った。「タブをつける」ということばの意味も、製本の仕方もぼくにはわからない。けれども、コピーならできる。そこでぼくはいった。「コピーならできます。すぐはじめます」

ベスはぼくを見た。「だけどあなたは、えーと、知恵《ちえ》お……、ていうか、ちゃんとできるわけ？」

なんと答えたらいいんだろう。いま、途中でやめたことばが「知恵おくれ」だったのはわかる。つまりベスは、ぼくのことを知恵おくれでなにもできないと思っていたわけで、ぼくのほうから、仕事を申してでるなんて予測もしなかったんだろう。だけど、どうしてぼくのことを知恵おくれだと思ったんだろう？　そもそも、だれがそんなことを吹きこんだんだろう？

「ねえ、きこえてる？」ベスはぼくにむかってパチンと指を鳴らした。「ここにいるってことは、仕事もできるって思っていいわけね？」

ぼくは返事をしなかった。でもベスがいきついた結論は、わざわざ否定する必要はないものだと思った。

「ほら、あちこちに黄色い付箋《ふせん》が貼《は》ってあるでしょ。そこがタブをつけてほしい場所なの。コピーを取るときには、いったん付箋ははずしてよ。でも、取り終わったらすぐ元にもどしてちょうだい。そうすれば、タブの位置がわかるから」

「タブってなんですか?」

ベスは壁《かべ》の時計を見上げた。ベスの顔がゆがんだ。パターソンではこんな風に顔をゆがめた子が、そのあと、怒りやイライラで涙《なみだ》を流すのを何度か見たことがある。「教えてる時間はないわ。リクエストのメモを書いたから。わたしはちゃんとまにあう時間に持ってきたんだから。もし、まともな人を雇《やと》ってないんだとしたら……。ハービーはきっとどうにかするでしょうね。わたしはちゃんとやったんだからね」

そうしゃべっているあいだ、ベスはずっと手を空中でひらひらと動かしていた。コピーと製本というかんたんな仕事を頼むだけなのに、なぜこんなに感情をむきだしにするのか不思議でしょうがなかった。

ジャスミンは十時ちょうどにもどってきた。手に持っていたビニール袋《ぶくろ》を机に置くと、ぼくのところまできて、ぼくが作っておいた六種類の資料の山をのぞきこんだ。ベスが置いていった資料を十部ずつコピーしたものだ。ジャスミンが、ぼくがなにをしているのかと考えているのがわかった。

「ベスです」ぼくはそういって、破れたリクエスト用のメモを手わたした。「タブをつけて製本してほしいそうです。会議は十一時からです。ジャスミンがいなくて、ベスはとても動揺《どうよう》してました」

ジャスミンはうなずいた。この事務所で働いているほかの人たちとはちがって、ジャスミンはいつも冷静だ。ジュリエットをあしらったときのように、怒っているときでさえ、冷静さを失うことはない。どうしてわかるかというと、ジャスミンの呼吸が乱れないからだ。人がほんとうに腹を立てたときは、できごとが終わって、怒りが去ったあとも、しばらくは体になんらかの異変《いへん》が残るものだ。

「コピーしてくれたのね」ジャスミンは、コピーの山を一セット手にとっていった。「目次がないみたいだけど、タブの位置はどうしたらいいの？」

ぼくは自分の机まで歩いて、ベスが持ってきた黄色い付箋のついた六種類のオリジナルの資料を見せた。ジャスミンはそれをひとつ手に取った。「ベスはこの状態で持ってきたのね？」

「そうです。その黄色い付箋の位置が、タブをつけてほしいところです」

「じゃあ、あなたはコピーをするときに付箋をはずして、またもとの位置につけ直したってことなのね。まちがいなく、元のページとおなじ場所？」

ぼくは机の上にあった一枚の紙を見せた。付箋がついていたページを書き留めておいた紙だ。そのメモの説明をする必要はなかった。ジャスミンの顔を注意深く見ていたら、ほんのわずかに微笑《ほほえ》みが広がりはじめたのがわかったからだ。

「いいわ。さっさとやっちゃいましょう。ベスにヒステリーを起こされたらかなわないから」ジャスミンはまるで、ベスが以前にもヒステリーを起こしたことがあるようにそういった。

ぼくたちは、ぼくがページ数を読みあげるときだけはべつにして、黙々《もくもく》と作業した。ジャスミンはすべての資料にタブをつけ終わると、製本機をひっぱりだし、ぼくに使い方を教えてくれた。まず、資料を二枚のプラスチックのシートにはさみ、機械にセットすると、穴をあけてプレスして製本が完了する。二部ほど製本し終えたところで、ジャスミンはすこし体をずらして手招きした。

ぼくは時計を見た。十時半だった。ベスは十一時までにほしがっている。やり方は覚えたけれど、あと三十分で残りの五十六部を製本し終える自信はなかった。「自信はありません」

「なにが？」

「マルセロはジャスミンほど手早くできません」

「マルセロは、手を動かさずにおしゃべりして、時間をむだにしてるわ」

それから、ジャスミンは自分の机のところにいき、ヘッドホンをつけた。

最初に試した資料はうまくいかなかった。プラスチックのカバーをちゃんとかぶせることができなかった。その失敗した資料をわきにおき、ジャスミンに直し方を教わるより、つぎの分をやってみることにした。つぎの分はうまくできたけれど、製本し終えるまで三分かかってしまった。手順は単純なのに、時間が気になって、手がすばやく動かない。それでぼくは、この仕事は、ぼくをオークリッジに送りこむための課題なんじゃないかと考えた。きっとそうなんだ。

「それぞれの課題にはそれぞれのルールがある」アルトゥーロはそういった。「おまえがちゃんとやれるかどうかは、そのルールを果たす能力にかかっている」

ぼくは手を止めて深く息を吸い、目をつぶって思《おも》い描《えが》いた。パターソンの厩舎《きゅうしゃ》で馬糞《ばふん》をシャベルですくっているところだ。シャベルのゆっくりした動き。手押し車に馬糞を積んで、厩舎の外へ運ぶ。馬糞はあとでトラックが捨てにいってくれる。ハリーはよくいっていた。ぼくはまるで馬糞が砂金ででもあるかのように、ひとすくいひとすくい、とても大事そうにすくっていると。いま、ぼくに求められているのはあのやり方だ。ゆっくり確実に、そして、なめらかに手を動かしつづけること。ほかにどんな方法がある？　マルセロはマルセロ以外の人間にはなれっこないんだから。目を開いたとき、ジャスミンがこちらに体をむけて、ぼくのことをじっと見ていた。きっとジャスミンの顔には、ぼくがすばやく作業をしていないことに対する心配や怒りの表情が浮かんでいるにちがいないと思った。でも、ジャスミンの表情には、ぼくをとがめるようなものはなかった。ただしずかに見つめているだけだった。

十時五十五分にベスがカウンターのところに姿をあらわした。ベスはまず、ぼくが製本を終えた分の資料を見て、それから、ぼく、ジャスミンと視線を移した。

「信じられないわ」ベスはそういった。

ジャスミンはヘッドホンをはずしたけれど、立ち上がりはしなかった。「なにかいったかしら？」

ジャスミンはベスにむかっていった。

「わたし、ちゃんとリクエストのメモを置いていったわよね。ハービーが十一時から会議で、それまでに資料を製本しておいてほしいって。ハービーはもうすぐ到着《とうちゃく》するし、ほかのメンバーはもうきてる。ハービーは会議がはじまったらすぐに資料を配らなきゃならないの」

「ハービーはもうすこし余裕《よゆう》を持って、資料をこちらに回すべきだったわね」

「わたしは九時半に持ってきたんだから。一時間半まえよ。リクエストのメモのコピーで証明できるんだからね。わたしは知らないわよ」

「まるで心臓発作《しんぞうほっさ》でも起こしそうな顔をしてるわよ」ジャスミンがなぜそんなことをいったのかは、ぼくにもわかった。ベスの顔は真っ赤で、紫《むらさき》に変わりはじめている。両手であんまり強くカウンターを握《にぎ》っているため、こぶしは白くなっている。とうとうベスは、ガタガタと震《ふる》えはじめた。

「どうして、この子を手伝わなかったの？　もし手伝ってたら、とっくに終わってたはずよ」いまやベスは、ジャスミンにむかって叫び声をあげている。ぼくは製本の作業にもどった。「どういうつもりなのよ？　この子に失敗させたかったんじゃないの？　そうすれば、ベリンダを雇《やと》えるもの。ね、そうなんでしょ？」

ぼくは手を止めてジャスミンを見た。それがぼくを手伝わなかった理由なんだろうか？　ジャスミンはゆっくり椅子から立ち上がって、ベスの正面に立った。

「事務所中の人があなたの叫び声をきいてるわよ。それほど大げさな問題なの？　あと三十分もすれば、資料はハービーの手元に届くわ。それはね、わたしが手伝ったとしても変わらない。それにこれはひとりでする作業なの。この子を手伝うことはできない」ジャスミンはぼくの机まで歩いてきて、製本し終えたばかりの資料を手に取った。「見てごらんなさい。製本は完璧《かんぺき》よ。わたしがやってたらこんなに完璧にはいかないわ。わたしなら、あわててやって、ミスをおかしたでしょうね」

ベスはとつぜん、爆発《ばくはつ》したことで自分が注目の的になっていることに気づいたようだ。

「ハービーにはあんたから説明してよ」ベスはいった。「わたしは自分の責任を果したんだから。ちゃんと時間通りに持ってきて、リクエストのメモも書いていった」それだけいうと立ち去った。

ジャスミンはぼくを見て、頭を左右にふった。そのジェスチャーの意味は、ぼくにはわからない。

もしかしたら、ベスのいうことはなにも信じるな、という意味なのかもしれない。

「ありがとう」ぼくはいった。

「なにが?」

「ベスにほんとうのことをいわなかったことです。もし、ジャスミンがやってたら、もう製本し終わってました。ジャスミンは一部あたり三十秒で製本してましたから。ミスをしないで製本するには、マルセロは一部あたり二分二十五秒かかります」

「計ってたの?」

「ぼくの最適《さいてき》スピードを決めるのに必要だからです」

「最適スピード?」

「そうです。パターソンでは最適スピードと呼んでいます。ひとつの仕事をやりとげるのに、人それぞれにとって、一番適切なスピードのことです。だれにも最適スピードはあります」

「信じられないわね」ジャスミンはいった。「残りの資料を最適スピードでこなしてちょうだい。ハービーがやきもきしてやってくるまえにね。きっとベスを見て、こんなに大げさな人がいるのかと思ったでしょうけど、ハービーに会うまでは保留にしておくべきなんだから」

「このままだと、会議がはじまるまでにはまにあいません」

「でも、それはわかってたことでしょ。あなたがやるべきなのは、すこしでも最適スピードを上げて、残りの製本をしあげることよ」

「はい」

「でも、スピードは上がってないわね？」

「はい」

「それはどうして？」

「もし失敗してしまったら、もっと遅《おそ》くなってしまうからです」

ジャスミンはぼくのほうに歩いてきた。「ここの人たちは、みんな締《し》め切《き》りはすごく大事だと思ってる。でも、大事なものもあれば、そうでないものもある。どうってことないわよ。世界が終わるわけじゃなし。それで命を取られるわけでもないし、資料が十一時にまにあわなくたって、損をするわけでもないのよ。最悪でも、ハービーがひとこと、資料はまもなく届きます、っていえばすむ話。だけど、ハービーはそんなことはぜったいいわない。なぜなら、この資料は話題にものぼらないし、会議の間中、開かれることさえないから。ハービーは、会議のメンバーが立ち去るときに資料を持っていってくれれば、それでいいの。つまり、十一時の締め切りは、ただハービーの印象をよくするためだけのものなのよ。会議室にメンバーがはいってきたとき、机の上に資料が置いてあれば、自分の印象がよくなるってハービーは思ってるだけ」

「人にいい印象をあたえることは、重要なことではありません」

「いいえ、ものすごく重要なことよ！」ジャスミンはまるで恐怖《きょうふ》に震えているかのように、手をぶるぶる震えさせながらいった。でも、ふざけてやっているのはぼくにもわかった。「会議は十二時でいったんランチ休憩《きゅうけい》にはいるわ。資料はそのときに持っていけばいい。ハービーはそれでもご機嫌《きげん》なはずよ。あとでちょっと、ハービーのかんしゃくのようすをのぞいてみる」

「これはマルセロのミスです」

ジャスミンは目を伏《ふ》せた。人の目を直接見るのがこわいのは、ぼくだけだと思っていた。でも、ジャスミンもそうみたいだ。「よくきいて。ときにはほんとうに大事な締め切りもあるわ。命は失わないまでも、その締め切りが守れなかったら事務所が損をするような。でも、どれがそれなのかがわかるようになるまで、すこし時間がかかるでしょうね」

「もし、それをわかるようになったとしても、マルセロはただ精一杯《せいいっぱい》速くやるだけです」

「わたしたちに必要なのは仕事を分類することね。あなたには、あまり時間を気にしなくていい仕事をしてもらう。そして、それ以外はわたしがやるわ」

「自分の最適スピードでなら、ぼくは集中して仕事をするのが得意です」ぼくは冗談《じょうだん》めかしてそういってみた。でも、ジャスミンは微笑まなかった。それから、ぼくは思わずいっていた。「ベリンダなら十一時にまにあったでしょう」質問のつもりで話しはじめたのに、まるで宣言するみたいに終わってしまった。

「そうね」

ジャスミンはそういって部屋をでていった。ハービーのかんしゃくのようすを見にいったのだろう。

第9章

法律事務所でのぼくの仕事ぶりは、毎日毎日進歩をとげた。それもアルトゥーロも認めるような進歩で、あたえられた課題をうまくこなせるようになっているということだ。あらかじめ覚えたルート通りだったり、パソコンからプリントアウトした地図を持っていれば、街なかを歩くこともできる。ただ、そのためには、街で目にはいることばや雑音に、なるべく意識がむかわないようにしなければならない。ことばはどこにでもあふれている。ことばは、まるですべてをおおいつくしてしまうようだ。ビルにもことばがついている。窓にも車にも人が着ている服にも。「ホームレスです。しらふです」と書いた紙を持って歩道にすわりこんでいる人たちがいる。目にしたことばをたしかめるためにいちいち立ち止まっていたら、資料を提出するのに、ほぼ毎日いかなければいけない裁判所にはたどりつけないだろう。

音についてもおなじだ。ぼくの頭を効率的に働かせるためには、脳のほとんどの機能をオフの状態にしておかなくてはいけないようだ。大方の人たちは、同時にさまざまな音を耳にしても、なにも問題はない。歩きながら携帯電話で話す人たちは、会話をしながらでも、車をちゃんとよける。はじめは、たくさんの人たちがひとりごとをいいながら道を歩いているのを見て驚いた。ジャスミンに指摘《してき》されて、その人たちの顔のまえに小さなマイクが突《つ》きでているのに気づいた。

毎日、ランチの時間になると、ぼくは法律事務所のあるビルのまえの、小さな公園まで歩いていく。公園のベンチにすわって、ツナサンドとグラノラ・バーを一本、リンゴを一個食べる。食べながら観察する。最近は女の人たちを見ている。じっと見つめないように気をつけながら、女の人に魅力《みりょく》を感じることができるのかどうかためす。きっとウェンデルとの会話がきっかけなんだと思う。実際には、あれは会話と呼べるものではなかったけれど。ウェンデルの「講義」をぼくがきいていただけだ。ほとんど毎日のように、ウェンデルはぼくに、女性についていろいろな知識を教えてくれる。

ランチを終えてメール・ルームにもどる途中で、ウェンデルにつかまった。

「ちょっとだけでいいんだ、マルセロ。頼むよ。こんなクズみたいなもんばっかり読んでたら、頭がおかしくなりそうだ」

「ジャスミンが待ってるんです。いっしょに登記所《とうきしょ》にいかなくてはならないので」

「一日一善だと思ってつきあってくれよ」

ぼくは椅子にすわった。

「おれが毎日、なにをしてるか知ってるか？」

「クズを読んでます」

「そうだ。三十五箱分のクズを読まなきゃならないんだ。メモだの手紙だの、報告書だのをさがすためにな。なかにはスペイン語のもある」

「スペイン語ができるんですか？」

「ちょっとはな。学校でスペイン語を三年教わったから」

「祖母と暮らしていたころ、ぼくはよく、いっしょにスペイン語で祈《いの》ってました」

「嘘《うそ》だろ。お祈りといえば、ジャスミンがおれとデートしてくれないか祈ってるよ。なんでことわるのか理解できないんだ。ジャスミンはおれのこと、話したりしないか?」

質問については考えてみたけれど、返事はしないことにした。その代わりに、ぼくから質問することにした。これはラビ・ヘッシェルから学んだことだ。質問に答えたくなかったり、どう答えたらいいかわからないときには、逆に質問する。「あなたの考えだと、ジャスミンは美人なんですか?」

ウェンデルの顔が輝《かがや》いた。「それをきくのに、おれほどふさわしいやつはいないぞ、わが友よ」

これまで、正常と思われている人から「わが友」なんて呼ばれたことがあっただろうか。ジョセフでさえ、ぼくのことを「友だち」とは呼ばなかった。実際には友だちだったけれど。ウェンデルに「わが友」と呼ばれて、うれしかった。

「ああ、ジャスミンはまちがいなく美人だよ」

「だとしたら、ジャスミンによく似ていたら、その人も美人ですか?」

「かならずしもそうとはいえないな。ミスター・スポック」ぼくがちょっと理屈《りくつ》っぽいものの言い方をすると、ウェンデルはいつもぼくをミスター・スポックと呼ぶ。「ジャスミンは輝くような黒髪だが、ブロンドや赤毛、それどころかスキンヘッドの女だって美人ってこともある。ジャスミンのようにやせてるほうがいいと思うときもあれば、もっとむっちりした女にひかれることもある。だが、まあ基本的にはイエスだな。ジャスミンに似た女は、まあ美人と考えてだいじょうぶだろう。だが、とらわれすぎちゃだめだぞ。美人かどうかを判断するときは、心を広く持つことだ」ウェンデルはそういって、ひとりで笑っている。

「ほかに美人は？」ぼくはたずねた。

「この法律事務所の秘書たちは、みんなどこかしらグッとくるぞ。この事務所の唯一《ゆいいつ》の長所だな。ただ、マギーばあさんはだめだ。でも、むかしは美人だったかもな。八十年ほどまえならな」

女性はウェンデルの「特別な関心」だ。ぼくはそう思った。

「女の美しさには三つの種類があるんだ」ウェンデルはそういった。まるで、パターソンで社会学を教えているラファティ先生みたいな口ぶりだ。「大地的《アーシー》、優雅《エレガント》、根元的《エレメンタル》」

「例をあげてもらえませんか？」そう質問したことをすぐに後悔《こうかい》した。もう十分も予定をすぎている。ジャスミンは登記所にいくためにぼくを待っている。

「ああいいとも。この法律事務所の三人の美人をあげてみよう。それぞれ三つの種類を代表している。まずは、大地的なマーサ。大地的な女っていうのは、母性本能がたっぷりなんだ。セクシーで楽天的、自分の気持ちに正直な自然体だな。セックスは母性の一部なんだ。男がこのタイプにひかれるのは、独占《どくせん》されたいという子どもじみた欲望がもとになっていて、その結果、女のなかの守ってあげたいという気持ちを引きだすんだな。

二番目は、廊下《ろうか》のむかいのジュリエット。典型的な優雅《ゆうが》で気位の高い女だ。これは少数派だな。冷たい態度で近よりがたい。自分が男にあたえる影響《えいきょう》を極端《きょくたん》に意識していて、それを十分に使いこなして優位に立つんだ。このタイプは男を競争に駆《か》りたてる。このタイプの女にひかれるのは、征服《せいふく》して手なずけたいという男の願望がもとになってる。同時に、ほかの男からうばい取って自分のものにしたいという欲望もな。優雅な女はトロフィーみたいなもので、見せびらかしたくなるものなんだ。そうすれば、ほかの連中のやっかみを引き起こせる。だから、おれの親父はジュリエットを雇《やと》ってるのさ」

ウェンデルは急に黙《だま》りこんだ。

「ジャスミンはきっと、根元的な女性の例なんでしょう」ぼくはいった。

ウェンデルは夢想からぱっと目覚めて、ぼくのひざをピシャッとたたいた。「わかってるじゃないか。物覚えが早いな」ウェンデルは椅子に深くかけなおした。これまでの、女性のふたつのタイプを語っていたときとは雰囲気《ふんいき》がちがう。なんだか、まじめくさっていて、真剣《しんけん》だ。「根元的な女っていうのは、ほかのタイプの美人とはちがって、見た目はあまり関係ない。理論的にいえば、見た目は魅《み》力的《りょくてき》でなくても根元的な美人の可能性はある。おまえは元素《エレメント》の周期表って知ってるか？」

「はい」

「それはなんだ？」

「すべての元素を原子の数に応じて並べた表です」

「ああ、そうだな。まさかこの質問に答えられるとは思わなかったよ」

「パターソンで教わりました」

「いい学校だな、そのパターソンってのは。よし、じゃあつづけよう。のってきたぞ。宇宙に存在するすべてのものは、この周期表に載《の》ってる元素の組み合わせでできている」

その意見には賛成できなかった。周期表に載っている元素は、ぼくたちが見たり触《さわ》ったりできるはっきりした現実にはかかわっている。けれど、原子に含《ふく》まれたエネルギーも現実世界を作り上げているし、それを越《こ》えた、ぼくたちがいまだに触《ふ》れることのできない力もかかわっている。でも、ウェンデルの話を邪魔《じゃま》しないことにした。もし、ウェンデルに説明を求められたら、どうしても宗教的な話をしなくてはならなくなるから。

「それが美しさとなんの関係があるんだろうと思ってるな？」

実際のところ、友だちとの会話というのはこんな感じのものなのだろうかと、ぼくは自分自身に問いかけていた。ふたつの心がひとつのテーマをめぐって結びついている。

ウェンデルはつづけた。「根元的な美しさの背後にある男をひきつける力は、全体性、充実感《じゅうじつかん》、達成感、そしてつきることのない満足を約束してくれる。この種類の美しさを持った女は、周期表みたいなもんだな。その人は、女らしさを作り上げるすべての要素を持ってるのさ。ただ、ちゃんとわかりやすい形でな。そのものって感じで」

「ジャスミンはそうですか？」今度はちゃんと質問の形でいえた。

「あの子は強いぞ。毎日、ウェイト・リフティングをしているみたいに、ただ体が強くてがっしりしてるってだけじゃなくて、ゆるぎがないんだ。こわいもの知らずで、永続的で、基本的、それに有機的《オーガニック》だ。もし、彼女とふたりで砂《さ》漠《ばく》に投げだされたら、きっと水を見つけてくれるさ」

「ウェイト・リフティングをするジャスミン」ほとんど、ひとりごとのようにいった。なんだかうれしかった。

「だが、このめったにいないタイプの女の特別なところっていうのは、その強さにもかかわらず、ずば抜《ぬ》けて男の心をそそるってことだ。神様仏様。心の底から、あの子がほしくなっちまったよ。これこそ、ジャスミンが根元的な美人ってことだな」

「わかりました」ウェンデルが神様といったことに、特別な意味はないと思ったけれど、ぼくはとつぜん居心地《いごこち》が悪くなって立ち上がった。ウェンデルも立ち上がったけれど、まだしゃべりつづける。授業はまだ終わりじゃなかった。

「根元的な女のただひとつの問題は、相手を一目見た瞬間《しゅんかん》に愛されたいかそうじゃないかを決めるってことだ。優雅な女のように冷たいとか計算高いのとはちがうんだ。ただ、自分の道をゆくってだけなんだな。舟《ふね》に乗って、いっしょに航海することはできる。だが、男がいっしょだろうがひとりだろうが、ひたすら自分の目的地を目ざすんだ。噂《うわさ》をすれば影《かげ》だぞ」

ジャスミンが戸口に立っていた。ぼくを見つめている。「登記所が閉まるまえにいけなかったら、リースがかんかんに腹を立てるんだけど」

「おれが悪かったんだ」ウェンデルがいった。「人生の究極《きゅうきょく》の意味について、ついつい話しこんでしまったよ」

「この子には、あなたの仕事はさせないから」ジャスミンがいった。

「落ち着けって、手だしはしないって」

「さよなら、わが友よ」ぼくはウェンデルにいった。

でも、ウェンデルはきいていなかった。「おれの申し出、考えてくれたかな?」ウェンデルはジャスミンにいった。

「はっきりことわったでしょ。わからないの?」ジャスミンはそういいながら、もう歩きはじめていた。

登記所へいく途中、ジャスミンがぼくにいった。「ウェンデルには気をつけなさいよ。あいつを信頼しちゃだめだから」

「それはどういうことですか?」ぼくはたずねた。「まえになにかあったんですか?」

「そう感じるだけ。あいつは上《うわ》っ面《つら》だけの人間よ。父親とおんなじでね。中身はすっからかん。わたしはあいつを信頼しない」

ぼくは二週間ほどまえのことを思い出していた。アルトゥーロに自分を信頼しているかとたずねられて、イエスと答えたときのことだ。たしかにぼくは、アルトゥーロを信頼している。ぼくが来学年、どちらの学校へいきたいかを決めさせてくれるという約束を、けっして破らないだろうと信頼している。でも、アルトゥーロに対する信頼は、感情というより、知識だ。それは、アルトゥーロがこれまでも、いつも自分のことばを守ってきたのを見てきたからだ。信頼は感情ではないと思うけれど、ジャスミンはまるでそれが感情であるかのようにいった。「信頼できないというのはどんな感じですか?」ぼくはたずねた。

「心のなかが、ぞわぞわする」

「ぞわぞわ」

「そうよ、ぞわぞわ。ウェンデルを見てると、いらいらする」

「いらいら。もうすこし具体的にいうと？」

「なにかをものすごくほしいと思ったことはない？」

「あります」

「なにを？」

「ＣＤです。いくらあっても足りません。ＣＤを見たら、必要ないのに買いたくなってしまいます。おなじ曲のＣＤが家にあるとわかっていても」

「なるほど。そうね、ウェンデルのそばにいると、わたしは自分がそのＣＤになったような気持ちになるの」

第10章

今朝、駅までいくのにオーロラの車を待っているとき、アルトゥーロにスニーカーとTシャツ、それに短パンを持っていくようにいわれた。なぜなのかは、昼休みのいまはわかっている。ぼくたちは、フィットネス・クラブへむかっているところだからだ。

ぼくには理由がよくわからないけれど、アルトゥーロは毎日のように「一汗《ひとあせ》かきに」いっている。アルトゥーロはいつも仕事にでるまえにひとりで一汗かいているし、車にもひとりで乗るのが好きだ。アルトゥーロが家をでる時間に、ぼくがちゃんと起きていてもそうなので、ぼくは駅まで、仕事場にむかうオーロラの車に乗せてもらっている。アルトゥーロはぼくが毎日ひとりで電車に乗ることで、すこしでもリアルな世界のことを学べると考えているのだろう。それに、電車に乗れば、他人とかかわる機会もふえると思っているのかもしれない。でも、電車に乗っているあいだ、ぼくは黙《だま》ってひとりでIMに浸《ひた》っている。最近は、どんどんIMにアクセスしにくくなっているのだけど。

「仕事はどうだい？」アルトゥーロがたずねた。

「楽勝楽勝」なるべくジャスミンがいうのとおなじようにいいたかったけれど、なんだかイントネーションがちがった。

「楽勝楽勝？」

なぜ、ＩＭにアクセスしにくくなっているのかはわからない。めったにないことだけれど、なにも仕事がなくて、机にすわっているだけのときにも、ＩＭをきくことができなくなっている。まるで、もしきかれてしまったら、バカバカしいと笑いものにされるのをＩＭがおそれているみたいだ。

「そんないいまわし、きいたことなかったな」アルトゥーロがいった。

「ジャスミンがいってた」

「なるほど」

アルトゥーロは黙ったまま歩いている。そのほうがありがたい。いつもなら、いまごろはビルのまえの小さな公園で、ランチを食べているころだ。フィットネス・クラブへいくことで、だれにもじゃまされずにもの思いにふける時間がなくなってしまった。アルトゥーロからランチの時間にフィットネス・クラブへいこうと誘《さそ》われて、不愉快《ふゆかい》に思ったけれど、なにもいいかえしはしなかった。不愉快な気持ちになりがちなのは、なにか予想しないことが起きたときだと、いまではよくわかっている。これまで何年にもわたって、不愉快な気分のレベルと持続時間を下げるために、ずっと努力をしてきた。物心ついたときから、ずっと取り組んできたことだ。

「おまえとジャスミンは、うまくやってるみたいだな」

質問ではなく、決まったことのようにきこえたので返事はしなかった。ぼくたちは交差点に立ち、信号の小さな歩行者サインが白に変わるのを待っていた。ぼくには一汗かく必要などないことも、不愉快な気分になる原因のひとつだ。ヘクター叔父《おじ》さんに教わって以来、ぼくは毎朝ダンベルを上げているのだから。

「おまえとジャスミンはうまくやってるのかって、たずねたんだがな」

ということは質問だったんだ。アルトゥーロが、歩行者サインがまだ赤なのに歩きはじめたのを見て、ぼくはためらった。歩道に立ったままのぼくに、アルトゥーロはついてくるように手で合図している。ぼくは車がこないのを確認《かくにん》してから道をわたりはじめた。車が道を曲がって、ぼくたちのほうにむかってきたのに、アルトゥーロは足を速めようともしない。ぼくは思わずアルトゥーロの腕をつかんだ。まるで、小さな子どもみたいだと思った。

「おまえに関して、なにも不平をいってこないぞ」アルトゥーロは道のまんなかでそういった。

ぼくたちは道の反対側の歩道についた。アルトゥーロはひとりごとをいってるみたいだ。ジャスミンのことをいっているのがわかるまで、しばらくかかってしまった。

「ジャスミンに関しては、なにも問題はないかい？」

「はい、父さん」

無作法《ぶさほう》ないい方だっただろうか？　ぼくはなにをいうときにも、いつも平板な調子になってしまう。最近では、質問をするときには語尾《ごび》を上げられるようにはなってきたけれど。大方の人たちは、ぼくが話しているとき、緊張《きんちょう》していることにも、つぎになにを話そうかと不安になっていることにも気づかない。ただ、オーロラ、ヨランダ、ラビ・ヘッシェル、それに病院の子たちとパターソンの子たちはべつだ。ふと、ジャスミンもそうだと気づいた。とても不思議だ。これまで考えもしなかった。どうして気づかないままだったのかわからない。

アルトゥーロがときどきぼくを緊張させるのはまちがいない。ずっと質問をしつづけるし、返事の時間をすこしでも早くするように求めてくる。アルトゥーロといっしょにフィットネス・クラブへむかういまも、緊張している。フィットネス・クラブへいくのははじめてだ。パターソンにあるエクササイズ・ルームのようなところなんだろうか。

アルトゥーロはドアをあけると、机のむこうにいた若い女の人にカードを見せた。

「おはようございます、サンドバルさん」

「やあ、ジェーン」

だれもがアルトゥーロのことを知っていたし、アルトゥーロもみんなのことを知っていた。でも、アルトゥーロと呼ぶ人はいない。たぶん、そう呼ぶのはホームジーだけだろう。ホームジー。このことばもジャスミンが使っていたものだ。

ぼくたちがエアロバイクの横を通りすぎると、ペダルをこいでいた男の人が、アルトゥーロにむかって手をふった。その人はタオルを取って顔の汗をふいた。アルトゥーロは立ち止まった。

「話したいことがあるんだ」その人はアルトゥーロにいった。ほかの人にはきかれたくないのか、低い声だ。

「そうだと思ったよ」アルトゥーロはそう返事した。

男の人はくぐもった声で笑った。

「あとで電話していいかな？」アルトゥーロがたずねる。

「いや、だめだ」その男の人のおなかとふとももには、ぶよぶよと肉がついていて、腕は茶色いしみだらけだった。「三時の飛行機でロサンゼルスにいく。ちょっととなりでバイクをこぎながらどうだ。ちょっとでいいんだ」

「息子といっしょなんだ」アルトゥーロはそういってふりむいた。「マルセロ、こちらはグスタフソンさんだ」

「はじめまして」ぼくはいった。その人の大きな手はハンドルを握《にぎ》ったままだったので、ぼくは手をさしださなかった。

「はじめまして」グスタフソンさんは、ぼくの真似《まね》をするようにいった。それから声をあげて笑い、アルトゥーロにいった。「いい男じゃないか。父親似だな。わたしはあと二十分、必死でこれをつづけなくちゃならないんだ。ホームズにはもう話しておいたよ。経過に関しては了解《りょうかい》してる。きみにも加わってもらいたい。ほんの二十分だけだ」

ぼくはエアロバイクの正面にならぶテレビを見た。十台以上あるテレビは、それぞれちがったチャンネルを映している。そこでアルトゥーロの声がした。「わかった、すぐにもどってくるよ」

ロッカールームは男の人でいっぱいで、みんな素《す》っ裸《ぱだか》で歩き回っている。ぼくはずっと目を伏《ふ》せつづけた。それ自体はむずかしいことではない。目を伏せておくのは当然のことだと思ったからだ。ただ、理解できないのは、なぜみんな、裸のままで平気で人前を歩けるのかということだ。プライバシーをおかされるとは思わないんだろうか。ぼくが人前で裸になったのは、病院でだけだ。ぼくは、シャワーの場所を見つけるあいだだけ目を上げて、シャワーがビニールのカーテンで仕切られているのを見てほっとした。

アルトゥーロはダイヤル錠《じょう》のついたロッカーを持っている。アルトゥーロは自分のロッカーのとなりを指さして、服をそこにいれるようにいった。財布《さいふ》だけはアルトゥーロに預ける。パターソンの男子更衣室《こういしつ》にはロッカーはない。壁《かべ》にフックがついているだけで、財布の心配などしなくてよかった。

ぼくはスツールを見つけて着替《きが》えをはじめた。ぼくがようやく靴を脱《ぬ》いでシャツのボタンをはずしたかどうかのところで、アルトゥーロはもう短パンとTシャツに着替え終えていた。ぼくたちの頭のちょうど上に白いスピーカーがついていて、大きな音でポップスを流していた。歌手の女の人がなんと歌っているのか理解しようとしたけれど無理だった。ところどころ、単語はきこえてくる。その歌手の声はドラムのビートにおぼれてしまいそうだった。

「エアロバイクのところにいるから」ぼくがTシャツを着ていると、アルトゥーロがいった。「着替えたらおいで」

「ぼくはウェイト・リフティングのほうがいいな」

「ああ、わかってるよ。だが、たまにはいっしょにすごすのもいいだろう。グスタフソンさんとの話が終わったら、いっしょにバイクをこいで、最近のようすをきかせてくれよ」

「おしゃべり」

「ああ、おしゃべりだ。父親と息子のとりとめもないおしゃべりさ。待ってるぞ。いいな?」

「いいよ」

アルトゥーロがいってしまうと、ぼくはズボンを脱《ぬ》いで丁寧《ていねい》にたたんだ。それから、ヨランダからもらったイェール大学のマークがはいった青い短パンをはいた。白い靴下を持ってこなかったことに気づいたので、黒い靴下のままスニーカーをはいた。自分の父親と会話をするのはなんてむずかしいんだろう。アルトゥーロは世界で一番「おしゃべり」をしたい人だ。裏庭にすわって世間話や大事な話をすることはできる。それは問題ない。でも、こちらからおしゃべりするには努力が必要だ。もしくはそれ以上に、ぼくたちのどちらにもむずかしい「努力をしない能力」が必要なのかもしれない。これから、「おしゃべり」をする。それはいいことだと思う。でも、ぼくにとってかんたんなことではない。アルトゥーロが「最近のようす」をたずねるとき、ほんとうはなにに関心を持っているのかはわかっている。ぼくがリアルな世界でもちゃんとうまくやっていることを確認《かくにん》したいんだ。そんなに気にしないでくれたらいいのにと思う。できれば、ラビ・ヘッシェルとおしゃべりするようなことを話せたらいいのに。仏陀《ぶつだ》やキリスト、ヤコブなんかの、いつもぼくの頭を満たしていることをたずねてくれたらいいのに。

ぼくはロッカールームをでて、アルトゥーロのとなりに空いたバイクを見つけた。ペダルをこぎはじめると、コントロール・パネルに何種類かの明かりが点滅《てんめつ》した。アルトゥーロは、ぼくたちがやってきたときにあいさつをした太った男の人と話している。ハンドルにヘッドホンが置いてあったので、つけてみた。なにか音楽でも流していないかと思ったのに、きこえたのは目のまえのテレビの音声だった。ぼくはヘッドホンをはずした。たくさんのスピーカーから流れる耳障《みみざわ》りな音楽をしめだしたかったけれど、その代わりにアルトゥーロの声にひきつけられた。アルトゥーロと男の人は、おたがいよくきこえるように大声をだしあっていて、ぼくにも十分にきこえる。

「いいか」グスタフソンさんが額の汗を白いタオルでふきながらいった。「これはウィン－ウィンなんだ。わたしたちが合意した金額で示談《じだん》に持ちこめば、わたしたち双方《そうほう》にすこしばかりのボーナスがはいってくる。どうせわたしたちが闘《たたか》いつづけたら、裁判費用として追加で支払われる金だ」

なぜか、アルトゥーロがぼくを見ているような気がした。ふりむくと、アルトゥーロは目でなにかを問いかけていた。疑い。父さんの表情に一番近いのがそれだ。ぼくは目をそらし、目を閉じた。

しばらくして、アルトゥーロの声がした。「ビドロメックの連中に示談を納得《なっとく》させるのは、相当たいへんだぞ。連中はきみの法律事務所を憎《にく》んでるからな。連中は自社のフロントガラスでけがをした五人を、きみが丸めこんだと思ってる。訴訟《そしょう》を起こせば大金が手にはいるといってな。ビドロメックは、わたしに徹底的《てっていてき》にきみをつぶしてほしいと願ってる。きみの悪事をあばきたてて、ひきずりおろし、こんなことをはじめたのを後悔《こうかい》するまで、裁判を引《ひ》き延《の》ばしてもらいたがってる」

「そんなに正義漢面《づら》するなよ。こっちはべつに必死で『丸めこんだ』わけじゃないぞ。わたしの五人のクライアントは、自分からぞろぞろとやってきたんだからな」

「わたしたちに対して訴訟を起こしてるのはきみたちだけじゃない。事故専門の弁護士がうじゃうじゃ列をなして、分けまえにあずかろうとしてるんだからな。わたしたちは、そのすべてにノーといってきた。追《お》い払《はら》うのに数千ドルですむ連中に対してさえもだ。ビドロメックは、だれとも示談するつもりはない」

これまで、父さんが仕事の話をするのを一度もきいたことがないことに思い当たった。法律事務所で働くいまになっても、なにをしているのかはよくわからない。

「ああ、だが、そこがポイントなんだ。ほかの弁護士どもは、どいつもクズだ。わたしは、ビドロメックが不安に感じている唯一《ゆいいつ》の弁護士だろ。わたしと五人のクライアントさえ排除《はいじょ》すれば、悠々《ゆうゆう》大勝利だ。ほかの連中はひとひねりだろ」

アルトゥーロは声を落とした。「よくきけよ。きみもわかっていると思うが、これはあらゆる点で相当に危険だぞ。うまくやり通すには、まず、わたしはビドロメックに、きみだけが唯一の例外だと説得しなくてはならない。だれにも気づかれることなくな。それから、それが有効だと見えるように書類を整えなくちゃならない。『すこしばかりのボーナス』には危険が大きすぎる仕事だ」

「それで、どうするって？」

「ここでは話したくない。ホームズと金額を話せよ。あいつがOKならわたしもOKだ」

「冗談《じょうだん》だろ、アート。ホームズなんかと話させるなよ。やつは、むかしっから意地汚《いじきたな》いブタのようなやつだぞ」

「だからこそ、やつにこの話をあつかわせるんだよ」

「ハハハ、わかったよ。わたしはこの拷問部屋《ごうもんべや》からでるよ。この機械のことをいってるわけじゃないからな」

グスタフソンさんがバイクをおりて、歩き去るのがきこえた。会話の間中、ぼくは目を閉じていた。ペダルをこぐリズムを一定に保とうとしたけれど、うまくいかなかった。アルトゥーロとグスタフソンさんの会話にすっかり引きこまれてしまった。ぼくは手話を習ったときのことを思い出した。パターソンの子たちは、すごく手を速く動かすので、ぼくにわかるのはところどころだけだった。でも、いまの会話にはなにかそれ以上のものがあった。きくべきではなかったことをきいてしまって、見るつもりはなかったのに、父さんの見てはいけない部分を見たような気がした。

「起きてるのか？　それとも寝てるのか？」アルトゥーロがぼくに話しかけていた。

ぼくは目をあけた。「起きてる」

「わたしとグスタフソンさんの話をきいたのか？」

一瞬《いっしゅん》、きいていないといいそうになった。たぶん、アルトゥーロも、そう答えてほしくてたずねているのだろう。ぼくにはきいてほしくなかったんだ。でもぼくはいった。「うん。きいてた」

「で、どう思った？」

「思った」

「会話についてだよ。どんな印象だった？　なにがわかった？」

「どのことばも理解できなかった。示談に持ちこむってどういう意味？」

「それは、わたしたちを訴《うった》えた人にお金を払って、訴訟を取り下げてもらうことだ。その交渉《こうしょう》をするのもわたしたちの仕事だ。お金を払って、訴訟を取り下げてもらう」

「『憎む』とか『つぶす』とかいうことばがでてきたけど、グスタフソンさんと父さんとのあいだに怒りはなかった」

「その通りだ。そういうものなのさ。あくまでビジネス上のことで、個人的なことじゃないから」

「ビドロメックは父さんに、グスタフソンさんの弁護士事務所を排除してほしがっている。ビドロメックはグスタフソンさんを憎んでる」

「グスタフソンさんに限ったことじゃないけどね」

『憎む』というのはすごく強いことばだ。ことばや行為《こうい》で、相手を肉体的に、精神的に傷つけたいって願うことだ。父さんはそういう意味で使ってた？」

「ああ、それはそうだな。ビドロメックは肉体的に傷つけたいとは思っていないが、経済的には傷つけたいし、……多分、精神的にもそうだろうな」

「その人たちはアルトゥーロに、グスタフソンさんを経済的に、精神的に傷つけてほしいと思ってる」

「わたしはビドロメックの弁護士だからね。だから、それはイエスだな」

「アルトゥーロにはそれができる？　父さんにはそれができる？」

「ああ。ときには必要なことだ。足が止まってるぞ。どうかしたのか？」

ぼくとアルトゥーロがまたがっているバイクからそんなに遠くないところに、ウォータークーラーがあった。「ちょっと失礼」ぼくはそういうとバイクからおり、そこまで歩いていって、ソフトクリームのコーンみたいな形の紙コップに水をそそいだ。心臓がドキドキしているのがわかったし、顔も熱い。まるで日焼けでもしたみたいだ。バイクをこいだせいじゃないのはわかっている。でも、なにが起こっているのかはわからなかった。とても不思議な感覚だ。胸に手を触《ふ》れて、アバが死ぬ直前にくれた十字架《じゅうじか》がなくなっていることに気づいたときのような気持ちだ。

「だいじょうぶか？」ぼくの肩にのったアルトゥーロの手を、ぼくは思わずふり払ってしまった。

「うん。やっぱりウェイト・リフティングにする」

アルトゥーロが、いったいなにを考えているのかと、ぼくを見つめているのが感じられる。ぼくは立ち止まっていった。「さっき、ぼくに質問をしたのに、ぼくは答えなかった」

「どの質問だ？」

「仕事はどうだってきかれた。それから、ジャスミンとはうまくやってるかってきいた」

「そうだったな。いい記憶力《きおくりょく》だ」

「いまからその質問に答える。法律事務所ではうまくやってる。あたえられた仕事はちゃんとこなしてる。期待されているよりは時間がかかってしまうものもあるけど。いまでも、あそこで働くのは好きじゃない。ふたつ目の質問については、ジャスミンとぼくとは、おたがいに意見があわないっていう感じじゃなく、うまくやっている。ジャスミンは親切だし、ぼくが失敗しても責めない。いまでもベリンダのほうがよかったと思ってるのはたしかだと思う。ベリンダを雇《やと》うと約束したあとで、マルセロをジャスミンに押しつけたのはよくないことだったと思う」

「そうだな、現状の説明としてはとてもうまくまとまってたな。ベリンダのことなら心配するな。おまえはジャスミンと友だちになる必要はないし、仕事以外のことで口をきく必要さえないんだ。友だちならウェンデルとなるといい。あいつはおまえの助けになるぞ。さあ、もういい。ウェイトをあげてくるんだ。帰るときになったら呼びにいくから」

ぼくはウェイトが置いてあるコーナーに移動した。アルトゥーロが望んでいたようなおしゃべりをしたのかどうかはわからない。あれが、父親と息子のとりとめもないおしゃべりだったのだろうか。

第11章

法律事務所の仕事で一番ストレスを感じるのは、おそらく、裁判所に資料を提出しにいくことだ。なぜかというと、弁護士たちはいつもなんらかの理由で、ぎりぎりの時間まで資料を用意しないからだ。資料を裁判所まで運び、事務官にタイムスタンプを押してもらうには、ジャスミンが目いっぱいのスピードで取り組んでも、最低三十分はかかる。だから、ジャスミンはものすごくいそいで作業をするし、今日のようにぼくをいっしょにつれていくこともある。

裁判所についたら、まず事務官のオフィスにいかなければならない。たいていは、列ができている。どこの法律事務所でも、ぎりぎりの時間まで待つのは共通のルールらしい。ジャスミンとぼくのまえには、三人立っていた。三人は白い時計の黒い針が五時にむかって動くのをじっと見つめている。ぼくたちがいっしょにきたのは、ジュリエットが四時三十五分まで資料をわたさなかったからだ。

「わざとやってるのよ。まちがいないわ」ジャスミンがいった。ジュリエットのことだ。

「なんのために？」ぼくはたずねた。「もし、資料が時間までに提出されなければ、被害《ひがい》を受けるのはスティーブン・ホームズのクライアントです」

「わたしたちを困らせようとしてるの。ジュリエットならやりかねないわ。『時間ならたっぷりあるでしょ』」ジャスミンはジュリエットの甲高《かんだか》い声をまねていった。

資料を五時まえまでに提出できるかどうか、ぼくは心配していない。まえにも何度か、ジャスミンといっしょに事務官のオフィスにきたことがあって、そのとき、アルという助手がジャスミンに話しかけるのをきいた。アルは、ジャスミンにはいつもとても親しげだ。最後にきたときには、資料を提出したのは五時三分だったのに、どう操作したのか、四時五十九分のタイムスタンプを押してくれた。いまも、アルが顔を上げて、ほかの人の資料にスタンプを押しながら、ジャスミンに微笑《ほほえ》みかけているのが見える。

「アルはボーイフレンドですか？」ぼくはたずねた。

ジャスミンは、まるでぼくがどこからともなくとつぜんあらわれたとでもいうように、ぼくを見つめた。「ちがうわよ」

「アルはジャスミンが好きです」ぼくはいった。

「なんでそんなことというの？」

「いつもジャスミンを見て微笑んでいるし、ほかの人に対してよりずっと親切です。水曜日にぼくがひとりできたとき、ぼくにもおなじように親切かどうか見ていたけれど、そうじゃありませんでした。ぼくには微笑みかけなかったし、ほかのだれにも微笑んでいませんでした」

ぼくたちは列を進んだ。「ほんとに？　うーん。わたしはてっきり、あの人はいつも、だれにでも親切なんだと思ってた」

「ジャスミンは、ジャスミンが美人だということを知っていますか？」

「ジャスミンは、ジャスミンが美人だと知ってるか？　いったい、なんていう質問なのよ。そんな質問にどうやって答えろっていうの？」

「ただきいただけです」

時間には十分、間に合いそうだった。アルは驚くぐらい仕事が速い。ぼくたちのまえの女の人が提出した十五部の資料にタイムスタンプを押すのに、たったの三十秒しかかからなかった。いまはジャスミンにうなずきかけながら微笑んでいる。ジャスミンはそんなことには気づく素《そ》ぶりも見せない。もしかしたら、ぼくの質問のことを考えているのかもしれない。

「そんな質問、どう答えたらいいっていうの？　すごく、バカみたいな質問」ジャスミンはそういった。でも怒っているようではなかった。

つぎにぼくたちの番になったので、ぼくはできるだけ注意深くアルを観察することにした。ぼくは、頭を下げたまま、目玉だけ上げたり下げたり、横に動かしたりして、まわりを見ることができる。ぼくが周囲に注意を払《はら》っていないと思っている人は多いけど、実際はちがう。気をつけないと、まわりの人をとまどわせてしまうけれど、ときには役に立つ。人に気づかれずに観察できるからだ。

アルはジャスミンのまえだと緊張《きんちょう》しているように見えた。アルは資料を両手でつかみ、ジャスミンに「調子はどうです？」なんてたずねているけれど、資料は小刻みに震《ふる》えていた。

「いつもぎりぎりでごめんなさい」ジャスミンはいった。「ご迷惑《めいわく》でしょうね」

「いいえ、ぜんぜん。ちっとも気にしないで」アルの頬《ほお》にピンクの影《かげ》がさし、明るい赤へと変わっていくのさえはっきり見えた。まっすぐに顔を上げて、ジャスミンを直接見ることもできないようだ。

まるで、ジャスミンが太陽だというように。そこで、ぼくはジャスミンに視線を移した。ほかの人に話しかけるときと、まったくなにもちがわない。ジャスミンがだれかに微笑みかけることはめったにない。ジャスミンはいつも、自分がしていることに、まるでレーザービームのように集中する。人に対しては礼儀正《れいぎただ》しく、必要なときには「お願いします」や「ありがとう」をいうし、冗談《じょうだん》をいったり、ぴしゃりとはねつけることもある。でも、たいていは自分から話しかけるのではなく、相手に合わせているだけに見えるし、話を発展させるときもそれが必要なときだけだ。まるで、輝《かがや》きすぎるつもりのない太陽みたいに。

外にでて、裁判所の階段を下りながらジャスミンはいった。「いそいだら、帰りの電車に間に合うわよ」

「今日は、アルトゥーロの車で帰ります」また定期的にマルセロの進歩を確認《かくにん》するためだ。

「あなたのお父さんは、遅《おそ》くまで働くわよ」ジャスミンがいつもの急ぎ足でないことに気づいた。

「本を持ってきてるから」

ジャスミンはうなずいた。ぼくたちは無言のままならんで歩いた。この瞬間《しゅんかん》、ジャスミンはなにかを考えているにちがいないと思った。いったい、なにを考えているんだろう？　ぼくはなにかを考えるとき、頭のなかのスクリーンにそのシーンが浮かぶけれど、ジャスミンもそうなんだろうか？

「どんな本を読んでるの？」

質問されてびっくりしてしまった。いつものように、法律事務所までの帰り道は、なにもしゃべらないものだと思っていたからだ。それに、その質問も、ジャスミンがぼくにきくようなタイプのものではなかった。

「ラビ・ヘッシェルから借りた本です。『人間をさがす神』というタイトルで、著者はエイブラハム・ジョシュア・ヘッシェルといいます。でも、ラビ・ヘッシェルの親戚《しんせき》ではありません」

「ラビ・ヘッシェルってだれなの？　あなたはカトリックだと思ってたけど。席でロザリオの祈《いの》りをしているのを見たことあったの。あなたはだれにも見られていないと思っていたみたいだけど」

「そうですか」体中に電流が走るような感じがした。なにか悪いことをしているところを、見つかったみたいに。自分ではいつもいいことだと思っていることなのに、どうしてそんな風に感じるのか不思議だった。

「べつにいいのよ。お父さんに告げ口したりしないし」ジャスミンは微笑みながらそういった。ぼくの表情がよほどおびえていたんだろう。

ぼくはうなずいた。ぼくがロザリオの祈《いの》りをささげているところを見たのに、その場ではなにもいわないでいてくれたことが、ありがたかった。

「家族ではカトリックの教会にいきます。オーロラはいかないから、全員じゃないけど。オーロラはオーロラなりに宗教心は持ってるんだけど、ただ、教会にはいきません。マルセロは子どものころから、宗教に関する本を読むのが好きでした。ラビ・ヘッシェルは、オーロラといっしょに聖エリザベス病院で働いている人で、ぼくは二週間おきに会いにいってます。そこで、ぼくが読んだ宗教的な本について話し合います。特定の文章に集中することもあるし、あちこちのいろいろな文章を話題にすることもあります。いまは『詩篇《しへん》』を読んでいます」

「わたしの母さんは『詩篇』が大好きだったわ。暗記してた文章もたくさんあった」

「ぼくもたくさん暗記しています」ぼくの特別な関心について話すのは、とても気分がいい。気にいった話題を話すときには、ついつい、ひとりでしゃべりつづけてしまうので、そうしないようにと、自分にいいきかせた。こちらからも質問をするように気をつけないと。ジャスミンが宗教に関心があるのかどうか気になったけれど、べつの質問を思いついた。「いま、お母さんのことを話したとき、過去形でしたね。『母さんは『詩篇』が大好きだった』っていいました」

「四年まえに亡《な》くなったの」ジャスミンは赤信号を見つめている。だれかから親族を亡くしたことを告げられたときには、お悔《く》やみをいわなければいけない。いおうとしたとき、ジャスミンがいった。「メール・ルームでの仕事、ずいぶんよくなってるわよ」

ジャスミンは話題を変えた。つらい思い出を避《さ》けるために、人はときどきそうする。ぼくも従うことにした。「マルセロはベリンダよりもいいですか？」

「いいえ」その返事は、ぼくが考えた以上にずっと早くかえってきた。それからつけくわえた。「マルセロの仕事ぶりも悪くない」ジャスミンは唇《くちびる》に微笑《びしょう》を浮かべようとしているけれど、結局、そのまま消えてしまった。「あなたはすこしは好きになった？　法律事務所の仕事のことだけど」

「いえ」その答えがジャスミンとおなじくらい早くでてきたことに、ぼくは自分でも驚いた。それから、すこし考えてたずねた。「ジャスミンはこの法律事務所で働くのは、好きですか？」

「まあね」今度の返事も早かった。

「『まあね』っていうのはどういう意味ですか？」ぼくは、ジャスミンがしたのとおなじように鼻にしわをよせてたずねた。

「悪くないってこと。仕事だからね。あれこれ考えても、そんなに悪くない。もっとひどい仕事ならいくらでもあるから。二年ほどまえにここで働きはじめたときは、ローズっていう女性のアシスタントだったの。ローズはあなたのお父さんがこの法律事務所を立ち上げたときからずっと働いてた。それから一年ほどして、ローズは引退して、ご主人と悠々自適《ゆうゆうじてき》の毎日。わたしはローズの後釜《あとがま》を希望したの。ローズの仕事をずっと見てきたし、自分にもできるのはわかってた。でも、ここの大勢の人が、請求《せいきゅう》されたお金を期限までに払《はら》ったり、弁護料の請求書《せいきゅうしょ》を送ったり、備品を適切に管理したりっていう重い責任を負うには、十八歳のわたしは若すぎると考えた。わたしはあなたのお父さんに頼みこんで、最後にはチャンスをもらった」

「父さんをがっかりさせることはなかったでしょう」

「そう思ったときもあった。でも問題はロンだった。けっきょく、ここには半年しかいなかったけど、たいへんだった。ロンはわたしより年上だったから、ロンからボスとして尊敬されるのもむずかしかった」

ぼくとジャスミンは一ブロック丸々、ひとこともしゃべらなかった。ぼくは机のまえの壁《かべ》の落書きのことを考えていた。

「ロンはここで働くのが好きじゃなかった」

「ええ」ジャスミンは、まるでなにかを決めようとしているみたいに、ぼくをじっと見た。話しはじめたとき、口を開いたとき、その話し方はこれまで一度もきいたことがないようなものだった。おずおず。その話しぶりを耳にしたとき、ぼくはそう思った。

「近くに、よくいくお気にいりの公園があるんだけど、あなたもいってみたい？　見せたいものがあるんだ。お父さんとの待ち合わせには間に合うから。でも、たぶん、本を読む時間はなくなっちゃうけど、いいかな？」

「はい」ジャスミンといっしょに街を歩くのは、ちっともいやじゃない。エイブラハム・ジョシュア・ヘッシェルでもジャスミンといっしょに歩いて街の風景を見たり、音をきいたり、においをかいだりすることを選ぶだろう。ぼくは、もっと快適に歩いたり話したりできるように、ジャスミンと腕を組みたかった。けれど、ジャスミンのような人に触《ふ》れるのはルールにかなうのかどうかわからなかった。そもそも、ジャスミンはぼくにとってなんなんだろう？　友だち？　ボス？　ぼくは、ジャスミンにとって、ロンのような人？　ぼくはジャスミンを尊敬しているから、その点はちがうけれど。

「あなたに見せたい公園は、もう二、三ブロックはなれてるんだ」

ぼくたちは渋滞《じゅうたい》している車道の横の歩道を歩いた。歩道も急ぎ足でいきかう人でいっぱいで、歩きにくかった。きっと、電車やバスに乗ろうとしている人たちなんだろう。できるだけ早く職場からはなれたいと思っているのかもしれない。でも、街の中心部からはなれるにつれて、道はすいてきて、急ぎ足の人から身をかわさなくても、ジャスミンとならんで歩けるようになった。ぼくは裁判所にはいるときからずっと心のかたすみに引っかかっていた質問をすることにした。「あれは、バカみたいな質問じゃありません」

「なんですって？」

「マルセロは心から知りたかったんです。ジャスミンは自分が美人だと知っているのかどうか」

「それは、相当バカげた質問よ。なんでそんなことがききたいの？」

「男の人たちは、ジャスミンを美人だと思っています」

「男の人たちって？」

「ウェンデル」

「わあ、ドキドキしちゃう！」ジャスミンは片手を胸において、脈打っているみたいに動かした。

「それは皮肉っていうやつですね」ぼくはいった。それがわかったからといって、誇《ほこ》らしく思うようなことじゃない。でも誇らしかった。

「ウェンデルのせいでこんなことをきいたんなら、もう忘れなさい。ウェンデルは女のこととなったら、ネジが何本かたりないんだから」

その表現はとても気にいった。ただ、同意はできなかったけれど。ウェンデルは女の人のこととなったら、足りないどころか、必要以上のネジを持っている。ぼくはジャスミンにいった。「ほかの男の人たちもジャスミンを見ています。アルもそうだし、法律事務所の男の人たちもみんな。みんな、夜空に輝く星を見るように見つめてます」

「今度は詩人なの？」ジャスミンは声をあげて笑っている。笑い声をきいたのははじめてだ。小さな女の子の笑い声のようだった。ぼくは歩くスピードをゆるめた。同時に歩いてしゃべるのは、ぼくにはむずかしい。ジャスミンもゆるめてくれた。「それが美人だってことになるの？　男が見つめるってことが」

「わかりません」とつぜん、なにをいったらいいのかわからなくなった。でもすぐに、思いついたことがあった。ジャスミンがほんとうに美人だとしても、まわりの人からいつも見られているのは、つらいにちがいない。じろじろ見つめられるのは。

「わからないの？」

きっと、ぼくのことをからかっているんだろうと思ったけれど、急に早足で歩きはじめたので、表情を読みとることはできなかった。ぼくはジャスミンに追いついて、なるべくならんで歩くようにがんばった。ジャスミンの質問になにか返事をしたかった。ぼくたちは、ひとつの謎《なぞ》について語り合ってきた。その謎をジャスミンならきっと解明してくれるはずだ。どう考えても、ジャスミンは美人とされているんだから。でも、ちゃんと口にするには立ち止まらなくてはならない。女性が美人である根拠《こんきょ》について語りながら歩くのは、ぼくの能力をはるかに超《こ》えている。

「さあ、ついたわ」ジャスミンがいった。

公園にいくときいたときから、広々とした芝生《しばふ》やたくさんの木や花、小道やベンチを想像していた。ジャスミンの「公園」は、ぼくの家のテニスコートほどもない、金網《かなあみ》で囲われ、セメントでおおわれたものだった。すきまがないぐらい子どもたちでいっぱいだ。おチビさんたちが、ジャングルジムをのぼったり、すべり台をすべったりしている。その公園の騒音《そうおん》は、蜂《はち》の巣《す》のなかのブンブンいう音を百倍に増幅《ぞうふく》したようだ。金網に沿ってベンチがならんでいる。ジャスミンはゲートをあけて、空いたベンチのほうに歩いていった。

ぼくはジャスミンのとなりにちょっとだけおしりをのせてすわった。「ここがいつもくるところですか？」

「あの顔を見てよ」ジャスミンは子どもたちを指さした。

ぼくは何十という生き生きと明るい顔を見て、叫び声やけんかの声、笑い声をきいた。

「中国人ですね」パターソンの地理の時間に習った、顔の特徴《とくちょう》でそういった。

「ほとんどはね。学校と学童保育の施設がすぐ近くにあるから、ここにつれてきて遊ばせてるのね。ここまで歩いてくるようすを見てるのが好きなの。ふたりずつ手をつなぐか、一列になってロープにつかまってくるの。まるで小さな囚人《しゅうじん》みたいにね」

いまならちゃんとすわって、話のつづきができると思った。「ぼくは、なにが美人の根拠《こんきょ》なのかわかりません」

「まだその話？」

「知る必要があるんです」

「どうして？」

ぼくは大きく息を吸った。「ぼくはジャスミンを見ても、美人なのかそうじゃないのかわかりません。ぼくは女の人の美しさというものがわからないんです。美しくないということもわかりません」

「うーん。お気の毒に」

今回は、ぼくをからかっているのがわかった。

「ぼくは自分の感じる能力に異常があるとは、一度も思ったことがありませんでした。でも……、やっぱりどこかがおかしいのかもしれない。もしかしたら、ぼくは、女の人の美しさを一生感じることができないのかもしれない」

「もしかしたらね」

髪をピッグテールにした小さな女の子が、ジャスミンのとなりにすわっていた女の人のところにやってきた。その子は、女の人の足のあいだに体を押しこんで親指をしゃぶりはじめた。女の人は女の子の髪をなで、まえかがみになって、ぼくの知らないことばで話しかけた。

「心のなかにずっとひっかかってるんです」ぼくはそういっていた。ジャスミンとの会話で心のなかのことを話題にするのは、ルール違反《いはん》だろうか？　何度かチラチラとジャスミンを見たけれど、子どもたちのようすを見るのにすっかり夢中のようだ。それ以上、おなじテーマで会話をつづけるのはやめにしようと思ったとき、ジャスミンの声がした。「で、あなたはなにを美しいと思うの？」

「美しいと思う？　ぼくはどの人を見ても美しいとは思いません」

「ううん、人だけじゃなくて。『これこそが美しい』と思うものはなにかある？」

「はい。あります。音楽です。美しいと思う音楽はあります」

ジャスミンはうなずいた。その音楽についてたずねられるかと思ったけれど、そうではなかった。まるでぼくがいったことは、よくわかっているみたいだ。

「ほかに、なにが美しいかわかる？」

「いいえ」

「これよ」ジャスミンはそういうと、手を大きく動かして、騒《さわ》がしい遊び場を示した。

第12章

ラビ・ヘッシェルとの面会のあと、ぼくたちふたりは外にでて、エマニュエル礼拝堂の裏口につづくコンクリートの階段にすわった。駐車場にはラビ・ヘッシェルの車が一台あるだけだ。赤いフォルクスワーゲンのビートルで、預言者ハバククにちなんでハビーと呼んでいる。ラビ・ヘッシェルがいうには、この車はハバククとおなじように、だれからも注目されずに長年嘆《なげ》きの声をあげつづけているからだという。

「タバコを持ってくればよかった」裏口の階段に腰をおろしながらラビ・ヘッシェルがいった。

「喫煙《きつえん》はよくないです」

「知ってるわ。でも、ときどきいらいらして吸いたくなるの」

建物の影《かげ》が階段まで伸《の》びている。とても暑い午後なのでありがたかった。ラビ・ヘッシェルは明るいオレンジ色のズボンをはいて、光沢《こうたく》のあるライムグリーンのブラウスを着ている。外が寒いときには、ドクター・スースの絵本に出てくる猫《ねこ》のような帽子《ぼうし》をかぶる。黒いふわふわした髪のところどころに、雪の結晶《けっしょう》のような白い部分がある。

「あなたは知ってるのかしら」ぼくのほうを見ないで切りだした。「なぜオーロラが、あなたをここによこすようになったのか。あれは何年まえだった？　七年？　あらまあ、あのとき、あなたはまだ十歳だったのね」

「オーロラはぼくに、あやまった聖書の読み方をしてほしくなかったからです」

ラビ・ヘッシェルはため息をついた。「あなたを大好きだった小さな男の子、ジョセフを覚えてる？　あの子が死んだとき、オーロラはあなたのことを心配して、ここによこしたのよ。でも、オーロラはわたしのことを心配してたんだと思ってる。あの子の死は、どうしてだか、わたしにはすごくつらかったけど、あなたは心おだやかに見えたもの」

「オーロラは、ラビ・ヘッシェルが聖職者だから、マルセロをここに来させました」

「おやまあ！　その聖職者は、あなたにこれ以上教えることがあるのかどうかよくわからないわ」

「マルセロは質問があります」

「だめよ。仏教のことはだめ。仏陀《ぶつだ》がいう空《くう》とはなにか、なんてきかないで。そんなことしたら、わたしは事務所に引きこもって、自分の髪を抜《ぬ》きはじめるから」

「それはきっとジョークですね。ぼくにもわかります。空《くう》を理解するのはむずかしくないから。ぼくがききたいのは、『創世記』についての質問です。ラビ・ヘッシェルが好きな聖書の」

「それなら、だいじょうぶそうね。さあ、はじめて」ラビ・ヘッシェルは深呼吸した。ラビ・ヘッシェルはぼくの質問を楽しんでいる。むずかしい質問ならなおさら。

ぼくはシャツのポケットから黄色い手帳をだして読んだ。「アダムとエバが善悪の知識の木の実を食べたあと、どうして、裸《はだか》でいることが恥《は》ずかしくなったのか？」

「あら、それね。あなたはむずかしい質問だっていったと思ったけど」

「ラビは答えを知ってるんですか?」ぼくはむずかしい質問だと思っていた。すくなくとも、ぼくには答えられない。何度も何度もその部分を読みかえし、何年も考えつづけたけど。

「冗談《じょうだん》をいっただけよ。かなり手ごわい質問ね。まず、聖書にどう書かれてるかいってみて」

「アダムとエバは善悪の知識の木の実を食べるまえも裸だったけど、恥ずかしいとは思わなかった。でも、木の実を食べたあと、自分たちが裸だと気づいた。それまでは、自分たちが裸だということも知らなかった。アダムは神に見られるのをおそれた。それはつまり、恥ずかしいということ。裸でいることのどこが悪なんですか?」

「うーん。あなたは裸は悪だと思う?どうしてふたりは、恥ずかしいと思ったんですか?」これにはいつもなやまされる。ぼくの質問に、べつの質問で答えるというラビ・ヘッシェルのやり方には。

「神は裸を悪だとは思ってません。神が造ったとき、人間は裸だったし、人間を造ったあと、神は自分が造ったものはすべて良いといっています。女は男のあばら骨から造られたから、やっぱり良いものです」

「すばらしいわ。ただ、わたしはいつもそのあばら骨の点にはひっかかるのよね」そのあと、ラビ・ヘッシェルはしばらく黙《だま》っていた。「解釈《かいしゃく》を掘《ほ》り下《さ》げるまえに、ひとつきいてもいい?」

「はい」

「なぜ、その質問をいますするの?法律事務所で、この質問をうながすようなことでもあった?」

「いいえ。たぶん。でも、そうかも。ぼくは女性の魅力《みりょく》の本質と、見た目の美しさについてずっと考えていました。マルセロがいっしょに働いているウェンデルという人がいて、彼は女性の性的な部分にひかれるといいました。でも……」

「つづけて」

「ウェンデルが女性に対して抱《いだ》いている感情は、どこかがまちがっていると思うんです。なぜかはわからないけど」

「なるほどね」

「ウェンデルのように女の人のことを見るのは、マルセロにはむずかしいです。おなじように見ようと思うたびに、アダムとエバがおたがい裸なのを見て恥ずかしく思ったときのことを考えてしまうんです。なぜでしょう？　もし、セックスが良いものなのだとしたら、なぜ恥ずかしく思うんでしょう？」

ラビ・ヘッシェルは指で自分の髪をすいていた。それから、白い部分をつかんで、指でねじりはじめた。そのあと、ようやく話しはじめた。「『創世記』のもうすこしあとのところで、カインがアベルを殺したのは覚えてる？」

「はい。でも、カインはどうして嫉妬《しっと》したんですか？　ぼくには、『嫉妬』という感情がどんなものなのかわかりません」

「ちょっと待って、ちょっと待ってね。かゆいところは、一度にひとつずつかきましょう。そうじゃないと、肌《はだ》が全部むけちゃうわよ！　カインは、なにを使ってアベルを殺したかは覚えてる？」

「それは書かれていません」

「そうね、でも、岩を使ったとしましょう」

「事実はわかっていません」

「そもそも、カインがいたかどうかもわかっていないわ。だから、ここはわたしに合わせてちょうだい。カインは岩を使ったの」

「それでいい。さあ、そこで、カインが地面にころがっている岩を見たとき、カインはただ岩を見たわけではなかった。その岩がアベルを殺すことのできる武器になると思い浮かべたの。ここまではいい？」

「はい」ぼくはその岩を武器だと思い浮かべた。

「カインは善悪の知識も持っていた。それはつまり、良いものを悪いことに使うという想像ができたってこと。なにがいいたいかわかる？　わたしがいいたいのは、裸のアダムとエバのことなの」

「いいえ。マルセロはラビがなにをいおうとしているのか、ぜんぜんわかりません」

「ほんというと、わたしも、話をどこに持っていこうとしてるのか、ちゃんとはわからないの。でも、考えてみて。アダムとエバが善悪の知識の木の実を食べたあと、ふたりは自分たちが裸だと気づいた。良いものが、悪いことに使えるようになったということなの。あなたがいったように、それ以前は、神が造ったすべてのものは良かった。そして、人間はただ良いだけではなく、すごく良かった。それはつまり、肉体は裸でもそうじゃなくても、良いものだった。けれど、いまや男と女は、良いものだった体が、それがだれのものであれ、その気になれば邪悪《じゃあく》なことに使えることを知った。木の実を食べたあと、アダムとエバは、自分のなかに善と悪の両方があることに気づいてしまったの」

ぼくは目を閉じた。アバが自分の部屋に置いていた聖書の、アダムとエバの絵が頭に浮かんだ。ふたりはイチジクの葉以外は裸で、おたがい目をそらしている。

「ぼくには裸の体をどんな風に邪悪な目的に使うのか想像できません。邪悪というのは堕落《だらく》した行動です。アベルとカインのあいだの殺人みたいな。でも、アダムが裸のエバを見て、なにか邪悪なことを想像するというのが、ぼくにはわかりません。アダムはなにを想像したんですか？」

ラビ・ヘッシェルがゆっくりとぼくにたずねた。「パターソンでは、セックスの話は教えてもらわなかった？」

「人間が繁殖《はんしょく》するのは性行為《せいこうい》によってです。性行為とは、男性の勃起《ぼっき》したペニスが、女性のヴァギナにはいることです。ぼくは子どもじゃありません」

「ごめんなさいね。あなたを見下すつもりはなかったの。もちろん、あなたは子どもじゃないわ。りっぱな若者よ」

「ウェンデルの感じ方や、ぼくの一部に、なんだか正しくないところがあると感じるのがそこの部分なんです。でも、どこがどう正しくないのかはわかりません。理解できないのってフラストレーションがたまります。なにがどうなったら、性交渉《せいこうしょう》が悪いことになりうるんだろう？」

「性交渉のことを『愛しあう』っていうのをきいたことある？」

「はい。性交渉を意味することばには、受けいれられるものと、そうでないのがあります。『愛しあう』はいいけれど、『ファック』はだめです」

「そのとおりよ。性交渉はよろこびに満ちていて、良いことなの。神は、ふたりの人間が出会って『愛しあい』、世界に愛をもたらすためにそれをあたえてくれた。そして、性交渉の結果生まれる子どもと、性交渉そのものに感じる親近感を通しても、世界に愛はもたらされる」

ぼくはそのような親近感についてしずかに考えた。いつかぼくも、感じることができるんだろうか？

ラビ・ヘッシェルはつづけた。「『創世記』の著者がわたしたちに伝えたかったのは、人間というのは、神と結合していたときには分裂《ぶんれつ》していなかったっていうことだとわたしは思うの。その結合のもとでは善も悪もなかった。エデンの園《その》にいるとき、性的なものも含《ふく》めて、人間のすべての性質は善だった。神とともに歩んでいるとき、わたしたちの行動、ことば、思考のすべては、神の意志に従おうとするの。けれども、人間は神と分かれることを選んだ。そして、その神からはなれた状態のなかで、善きものでほかの人を傷つける方法を想像することによって邪悪なものを造りだした。そして、その想像どおりに行動するようになった」

「マルセロには、性交渉をどんな風に邪悪な目的に使うのか想像できません」

「ああ、それはね、あなたが特別だから。あなたはエデンの園で神とともに歩んでいるの。聖なるものよ、この者を祝福されんことを、常にともにあらんことを」

「マルセロに例を教えてください」

ラビ・ヘッシェルは腕組みをして目を閉じた。まるで、祈《いの》りをささげているようだ。

「天なる父よ。わたしの意志ではなく、あなたの意志において」ラビ・ヘッシェルは天を見上げてそうささやいた。それから、ぼくにしっかり顔をむけた。「セックスによってお互いを傷つける方法は無限にあるし、ことばにできるものじゃないの。いつだってわたしたちは、他人を自分の楽しみのための道具のようにあつかう。ほかの人を見るとき、自分とおなじような人間としてではなく、単なるものとして見るの。一方的にうばって、なにひとつあたえないセックスは悪よ。相手の意思に反して、物理的、心理的な力を利用してセックスを強要するのも悪。セックスのために相手をおとしめるのも悪。セックスで相手を物理的、精神的に傷つけるのも悪。おとなが子どもとセックスするのは、どんなときでも悪だわ。いまいったのは、邪悪なセックスのほんの一部よ。これ以上はかんべんして。あなたに邪悪なイメージをあたえるのは、わたしの仕事じゃないわ。あなたはもうまもなく、人間がお互いを傷つけるために、さまざまな方法を編みだしたことを知ることになるでしょう。そう考えただけで悲しくなる」

ラビ・ヘッシェルはそこで口を閉じ、頭痛の人がするように両目のまぶたを手でおさえつけた。ぼくのことなら心配いらないといいたかった。でも、ラビ・ヘッシェルを慰《なぐさ》めることばが思い浮かばなくて、そのまま黙っていた。

第13章

ウェンデルとぼくは、「クラブ」と呼ばれている建物の最上階でランチを食べている。背の高い、しわだらけの顔の男の人が入り口で出迎《でむか》えてくれて、いったん奥の部屋にひっこむと、青いジャケットと赤と青の縞模様《しまもよう》のネクタイを持ってもどってきた。その人はそれをぼくに手わたした。ウェンデルが教えてくれるまで、なぜぼくが、それを身につけなくてはいけないのかわからなかった。ウェンデルはネクタイをしめるのを手伝ってくれた。ウェンデルはいつでもジャケットとネクタイ姿なので、男の人はなにもいわなかったんだ。

ぼくたちはボストン・ハーバーを見下ろす窓のそばにすわった。さっきの人とはべつの、もっと年を取ったウェイターがやってくると、ウェンデルは「マティーニ」という飲み物をたのんだ。ぼくはコークをたのんだ。

「サーモンがお勧《すす》めだ」ぼくがなにを注文しようか迷っているのを見て、ウェンデルがいった。

「サーモンをお願いします」ぼくを待っていたウェイターにそういった。

ウェイターがいなくなるとすぐ、ウェンデルはいった。「助けてもらいたいことがあるんだ」

「マルセロの助け？　ぼくの助け」

「そうだ。なんでそんなに驚いてるんだ?」

「ぼくにウェンデルを助けられるようなことがあるなんて、知らなかった」

「大ありだよ」

さっきのウェイターが、ウェンデルにマティーニを、ぼくにコークを持ってきた。マティーニはすごく小さな飲み物だった。ストローをさがしたけれど、どこにもない。ウェンデルはオリーブを口にいれて、そのマティーニを一口で半分ぐらい飲んでしまった。

「ジャスミンをものにするのを助けてほしいんだよ」ウェンデルはグラスを置いて、ぼくには理解できない表情をしながらいった。

「『ものにする』ってどういう意味ですか?」

「どう思う? 考えてみろよ」

「よくわからないけど、ジャスミンに愛されたいってこと?」

「うーん、かならずしも愛されなくてもいいんだ」ウェンデルはマティーニを飲み終えてしまった。

「ウェンデルはジャスミンを愛してますか?」

「愛っていうのはおかしなことばだよな、そうだろ?」ウェンデルはウェイターにむかってグラスを上げた。ウェイターはうなずいた。「そのことばにはいろんな意味があるからな。たとえば、おれはマティーニを愛してる」空のグラスをふりながらいった。「親父のヨットも愛してる。『愛』ということばが、めちゃくちゃほしくて、それなしじゃ死にたいような気分になるって意味ならその通り。おれはジャスミンを愛してる」

「ジャスミンと結婚したい？」

ウェンデルは首を横にふった。それはジャスミンとは結婚したくないという意味に取れるけど、ほかの意味もあるのかもしれない。ときどき、ぼくがなにか信じられないようなことをいったとき、いまみたいに首をふられることがある。

「おれみたいな人間は、ジャスミンみたいな人間とは結婚しないんだ」ウェンデルは微笑《ほほえ》みながらそういったけれど、親しげな微笑みではなかった。

「だけど、ジャスミンは根元的な女性です。まえにそういってました」

「ちょっとばかり説明が必要なようだな、わが友よ」ウェンデルはウェイターがテーブルに皿を置くあいだ待っていた。ぼくはサーモンのピンク色の身を見つめた。「ひとつきいていいか？」ウェンデルはたっぷりのサーモンを、フォークで口に押しこんだ。それをのみくだすとぼくにたずねた。

「ジャスミンが、おれのことをなにか話したことはあったか？」

ウェンデルはおなじ質問をこれまでに何度もしてきたけれど、いつも答えに困ってしまう。ジャスミンはウェンデルのことを話した。たとえば、信頼できないといっていたし、どういう意味かはともかくとして、ぞわぞわするともいっていた。ジャスミンは、ウェンデルがきらいだということを、はっきりとわかる形でぼくに伝えた。でもそれは、ぼくのことを信じていってくれたんだと思うし、ウェンデルに伝えていいのかどうかはわからない。その一方で、ぼくはウェンデルの友だちになりたい。ウェンデルと、ウェンデルをきらっているジャスミンとの、どちらにも誠実でいるなんてことができるんだろうか？　どこかの時点で、どちらかを選ばなくてはいけないんだろうか？　しばらく考えてぼくはいった。「ジャスミンはウェンデルを信頼していません」

「ジャスミンがそういったのか？」ぼくの答えに、とても興味をひかれたようだ。

「ジャスミンのウェンデルに対する感情です」ジャスミンがウェンデルのことを、ぞわぞわするといったのか、ぞわぞわさせられるといったのか、よく思い出せなかった。

「いいか、だから、おまえの出番なんだ。ジャスミンはおまえのことは信頼してる。無害だからな。そこでおれは考えたんだ。いつか仕事のあとで、おまえとジャスミン、それにおれとで、親父のヨットに乗って、ボストン・ハーバーの夜のクルーズにでるんだ。ジャスミンは、おれとふたりきりじゃこない。それはわかってる。だが、おまえがいっしょにいこうと誘《さそ》えば、きっとくるさ」

ウェンデルに必要とされるのはいい気分だったし、友だち同士は助け合うものだから、ウェンデルを助けてあげたかった。でも、同時に居心地《いごこち》の悪い感じもした。ウェンデルの望みのどこかが、なにか正しくない感じがする。ぼくは、これがその「ぞわぞわする」感じなのかと思った。

「どうしたんだよ。なにを考えてるんだ？　もし、そうしたいなら、ダブル・デートでもいいんだぞ。マーサも誘えばいい。あの子はヨットに乗るのが大好きだからな。おれはよく知ってるんだ」ウェンデルはぼくにむかってウィンクをした。

これまでにウェンデルがいったことを、もう一度、頭のなかでたどってみる必要がある。居心地の悪さのもとがわかるかもしれないから。いままでにここで交《か》わした会話のなかには、論理的に筋の通らないものがあった。ようやく、なにが混乱のもとか思い出した。「どうして、ウェンデルのような人間と、ジャスミンのような人間は結婚しないものなんですか？」

「まだ、サーモンにぜんぜん手をつけてないじゃないか。どうしたんだ?」

ぼくはフォークを取り上げて、ライスをあちこちつついた。それから、またフォークを置いた。いったいどうやったら、かんで味わって、同時に考えて話すことができるんだろう? ぼくの頭はふくれあがっている。まるで、ウェンデルのことばが食べ物で、ぼくの脳がそれを消化できないみたいに。

「ぼくはこれまでずっと、人は愛する人と結婚するんだと思ってました。そして、ウェンデルはジャスミンを愛してるといいました。ただ、ウェンデルが定義したみたいな愛の定義は、きいたことなかったけど」

「マルセロ、マルセロ。おまえはいつも、なんでもそんなに真剣《しんけん》に考えるのか? おまえのために、一歩一歩かみくだいて話してみよう。そうさ、おまえがいったように、人は『愛する』人と結婚できるさ。だが、その相手は、なんていったらいいのかな、人生の一部になるだけの価値も持ってなくちゃならないのさ。ジャスミンが夕食の席で、おれの親父やお袋《ふくろ》と、世界で起こってるニュースについてしゃべってるところを想像できるか? ジャスミンは高校もまともに卒業してないんだぞ。それにあの子は……世間ずれしてる」

「世間ずれ」

「あの子が信じられないぐらいグッとくるのはまちがいなくて、おれの夏のお相手だけの目的なら、過去なんてどうでもいいのさ。それに、おれはノーといわれると燃えるんだよ。おれにノーという子なんて、いままでひとりもいなかった。とりわけ、その子が……」ウェンデルはそこでとつぜんことばを切って、自分がいいたいことを考えているようだ。その瞬間《しゅんかん》のウェンデルの顔を見て、ぼくはこわくなった。パターソンでおなじような目をした子を見たことがあった。フラストレーションが怒りに変わったときの目だ。「まあ、とにかく、この夏かぎりの関係なんだから、ジャスミンが何者かなんてどうでもいいのさ。で、おれが知りたいのは、おまえにはおれを助ける気があるのかどうかってことだ。ただ、おれからクルーズに誘われたと伝えて、おまえからのお願いとして、いっしょにきてほしいというだけでいいんだ。あとは、ヨットの上で、おれがジャスミンと船室におりているあいだ、デッキでのんびりしててくれればいいだけだ」

ぼくにはよくわからなかった。どうしてウェンデルは、ジャスミンとふたりきりになりたいんだろう？　ジャスミンはウェンデルを信頼していない。ウェンデルがなにかを頼んでも、ジャスミンは応じないだろう。

「どうして？」ぼくはいった。

「なにが、どうして、なんだ？」

「どうしてウェンデルは、ジャスミンを船室につれていく必要があるんですか？　そうすれば、ジャスミンの気持ちが変わるんですか？」

「いったん船室にはいってしまえば、ジャスミンがおれのことをどう思うかなんて関係ない。おれが、うまくあつかうさ。しばらくのあいだだけ、ちがった感情を作りだしたり、変えたり、消したりする方法があるんだよ」

「ウェンデルはジャスミンとファックしたいんですね」そのことばを使うのはいやだったけれど、ウェンデルが望んでいることをあらわす一番適切なことばがそれだった。ほかの選択肢《せんたくし》の、「愛しあう」や「性交渉《せいこうしょう》」さえ、ふさわしいとは思えなかった。

ウェンデルがあんまり大声で笑うものだから、となりのテーブルの人たちが、こちらを見た。「ミスター・マルチェロさんよ。おまえもずいぶん進歩してるじゃないか。心配するなって。あの子を傷つけはしないさ。ただ、ノーとはいえなくなるだけさ」それから、笑うのをやめて、ぼくの目をじっと見た。「さあ、どうする？　あてにしていいのかな、わが友よ」

その表情には、もし断ればものすごく怒るんじゃないかと思わせるものがあった。ウェンデルの友だちでいたいなら、イエスといわなくてはならない。ウェンデルはぼくにそう思わせた。ぼくはこわかった。ジャスミンのためにこわいのか、自分のためにこわいのかはわからない。これがつまり、信頼できないという感じなんだろうか？　この心が痛む感じが。

「いやです」そういったとき、ぼくはウェンデルの顔を見つめていた。ウェンデルの瞳《ひとみ》が驚きで大きく開いたのがわかった。

「なんだって？」

「いやです。ぼくはジャスミンを誘いません」どうしてだとたずねてほしくなかった。これまでの人生で、理屈《りくつ》ではなく、ただ感情だけに基《もと》づいて発言したのは、これがはじめてだった。

「わかったよ」ウェンデルの顔は赤かった。怒りととまどいの両方からきているのだろう。ウェンデルはナプキンで口をぬぐい、そのナプキンを皿の上に置いた。ウェンデルはぼくのいる方向だけは避《さ》けて、部屋中を見回した。ウェイターがやってくるといった。「請求《せいきゅう》は親父のところに。チップは二十パーセントだ」

「承知いたしました。ありがとうございます」

ウェンデルは一度立ち上がって、また腰をおろした。ぼくを長いあいだじっと見つめる。そのあいだ、ぼくはどこを見ていたらいいのかわからなかった。ぼくは窓の外を見た。頼まれたことを断ってすみません、といいたかったけれど、それが適切なことかどうかわからなかった。がっかりさせてしまったのはもうしわけないし、友だちではなくなるのもこわかった。でも、ウェンデルをジャスミンから遠ざけたことは後悔《こうかい》していない。あの瞬間、ウェンデルとの友情より、ジャスミンのほうがずっと大切に思えた。

ウェイターがまたマティーニを持ってきた。ぼくが窓の外を見ているあいだに、ウェンデルがたのんだのかもしれない。

つぎに話しはじめたとき、ウェンデルはかすかに頭を左右にゆらしていた。

「おもしろい話をききたくないか？」

そのいい方で、ウェンデルはまだぼくの友だちなのかもしれないと思った。断るまえのウェンデルにもどっている。

「いいか、話すぞ。早口で話すが、ついてこられるかな？　むかしむかし、あるところに、超頭《ちょうあたま》のいい弁護士がふたりいました。ふたりともハーバードを首席で卒業し、ロースクールを修了《しゅうりょう》したあとは、ボストンで一番有名な法律事務所にはいりました。ひとりは法廷弁護士《ほうていべんごし》に、ひとりは特許《とっきょ》をあつかう特許代理人になりました。ひとりはボストンの古くからの名家の出です。その祖先は、メイフラワー号でアメリカにやってきた人たちまでさかのぼることができます。メイフラワー号はわかってるよな？」

「はい。教わりました……」

「パターソンで、だな。パターソンはほんとうにすばらしい学校だな。なんでもかんでも教えてくれるんだな。で、どこまでいった？」

「ひとりは、ボストンの古くからの名家の出」

「そうだ。もうひとりは、マイノリティー労働者の出身です。この意味はわかるか？」

「いいえ」

「なんだって？　パターソンでも教えないことがあるのか？」

皮肉かどうかをききわけるのはむずかしいけれど、ウェンデルの場合ははっきりわかる。「たくさんあります」

「マイノリティー労働者ってのは、先祖がほかの大陸や国からやってきた、肌《はだ》の色がすこしばかり濃《こ》い連中のことさ。『百合《ゆり》のような白い肌』じゃないってことだ。法律事務所は、どんなに心が広くてあわれみ深いかを示すためにその連中を雇《やと》うんだ」

「わかりません」

「まあいい。この話は物語とは直接関係ないからな。ただ、そのふたりの弁護士は、ある理由からおたがいがきらいだったってことだけいっておく。ふたりが憎《にく》しみあうようになるまでにはいろんなことが積み重なってるからな。ひとりの弁護士は、マイノリティー労働者の出身ながら、意外にもとても優秀《ゆうしゅう》な弁護士だということがわかりました。専門分野でずば抜《ぬ》けてすぐれているだけではなく、その開拓精神《かいたくせいしん》においても優秀でした。彼はでかけていっては新しいクライアントをつれてきました。でかくて金持ちのクライアントです。そのマイノリティー労働者がやった方法は、ほんとうに賢《かしこ》いものでした。彼はメキシコやほかの中南米の国まで自ら足を運び、大学や小さな研究所で働く科学者を見つけました。新しい薬を作りだしたり、新しい機械を発明する科学者です。マイノリティー労働者は科学者たちに、もし自分のクライアントになったら、アメリカで彼らの発明品の特許をとって、その発明品を生産する企業《きぎょう》を見つけ、莫大《ばくだい》なお金をもたらしてあげましょうと約束しました」ウェンデルはグラスを上げた。ウェイターがうなずく。「ここまでは、だいじょうぶか？」

「ウェンデルがマイノリティー労働者と呼んでいるのは、ぼくの父です」ぼくはいった。アルトゥーロがどのようにして成功したかは、オーロラからきいている。でも、その話し方は、ウェンデルのとはぜんぜんちがっていた。

「すばらしい。ほかの人がおまえのことをなんていってるかは知らないが、おまえはとても賢いやつだよ」

「ありがとう」これもまた、皮肉にちがいないと思ったけれど、そういった。

「もうひとりの弁護士は、わかりやすくするためにメイフラワー弁護士って呼ぶぞ。さて、メイフラワー弁護士は、マイノリティー労働者に対して嫉妬心《しっとしん》をたぎらせていました。おれはそう思ってるんだ。ただの推測だが、そう信じてる根拠《こんきょ》もある。それはな、おれは、なんといっていいか、内輪《うちわ》の情報にちょっと通じてるもんでな」ウェイターがまたマティーニを持ってきた。「ここまで、なにか質問は？」

「メイフラワー弁護士はきみのお父さん？」

「そうだ」ほかになにかつけたすかと思ったけれど、なにもいわなかった。ぼくの質問に対して、たったのひとことで答えたのは、これがはじめてかもしれない。

「ウェンデルのお父さんと、ぼくの父はパートナーです。いっしょに働いて、いっしょにあの法律事務所を経営しています」

「そう。フィフティー・フィフティー。対等なパートナーだ。だが、物語をつづけるぞ。ほんとうにおもしろいのはここからなんだ。これから解かなくちゃならない謎《なぞ》っていうのは、このお互いきらいあっている弁護士が、きらいどころか憎みあっているといってもいいほどのふたりが、にもかかわらず、なぜ、パートナーになることにしたかってことなんだ」ウェンデルはそこでことばを切った。額のまんなかにしわがよっているところを見ると、なにかをすごく考えているのだろう。たぶん、謎の答えを見つけようとしているんだ。

「ふたりにはお互いが必要でした」ぼくはいった。

ウェンデルがぼくにむかって微笑《ほほえ》んだ。「マルチェロ、おまえには驚かされっぱなしだよ」

「マ-ル-セ-ロです」

「まあ、どっちでもいいだろ。おまえのいったことは、真実だよ。だけどな、憎しみを上回るような必要って、いったいどんなもんだ？」

「憎しみというのは、だれかを傷つけたいと願う気持ちです。アルトゥーロとウェンデルのお父さんは、お互いを傷つけたいとは思っていません」そのときぼくは、はじめて出勤するとき、アルトゥーロが電車のなかでいったことばを思い出した。「だれかと競《きそ》い合っていながらも、友だちでいることはできます」

ウェンデルは微笑んだ。以前にもおなじ笑顔を見たことがあったけれど、どこでだったかは思い出せない。それは、おまえの知らないことをおれは知ってるが、それを教えてやるつもりはないぞ、という笑顔だ。

「さあ、話をつづけるぞ。それからしばらくして、マイノリティー労働者は、自分の新しいクライアントから稼《かせ》いだお金を、その有名な法律事務所のみんなと山分けにするのがいやになって、自分のクライアントをひきつれて新しい法律事務所を作りました。けれども、法廷弁護士がいなければ、特許の業務はうまくいきません。だれかほかの人が、自分の特許のアイディアをまねしたとき、訴訟《そしょう》を起こさなければいけないからです。マイノリティー労働者には、最高の法廷弁護士が必要でした。それも、力と信望のある人たちとのつながりがあるような人材です。そして、それこそが、メイフラワー弁護士だったのです。彼ほどふさわしい人はいません。そこで、マイノリティー労働者は、新しい法律事務所で対等な経営者にならないかともちかけました。メイフラワー弁護士も、それまでいた有名な事務所にいるより、マイノリティー労働者と組んだほうが、よりたくさんのお金を得られることを知っていたので、自分のプライドはおさえこんで、いっしょにやることにしました。おしまい。どうだ、おもしろいだろ?」

「はい」そうはいったけれど、この物語にはつぎつぎといろいろな疑問が浮かんだ。ウェンデルの物語を頭のなかでもう一度再現して、じっくり考えるために、心のなかにしっかり書き留めた。けれど、いまは、この物語を話してくれたことが、ウェンデルとぼくとの友情がこれからもつづくという意味なのかどうかを考えていた。

ウェンデルはグラスを傾《かたむ》けて、グラスの底に残ったマティーニを舌の上に落とした。ウェンデルがじっとぼくを見ているのを感じる。ウェンデルは椅子のはしにおしりをずらしていたので、いいたいことを話し終えたら、すぐに立ち上がって立ち去るだろうと思った。

「できれば、もう一回考えてみてほしいんだ。さっきの、おれを助けないという決定についてな」

ウェンデルはいった。「ジャスミンのことさ」

ウェンデルは、ぼくがジャスミンを「ものにする」手伝いを拒《こば》んだことをいっているんだ。

「おれの親父ときみの親父さんは、お互い憎みあっていながら、これまで一度もお互いを裏切ったことはなかった。お互いの利益のためだけの関係だが、それも絆《きずな》にはちがいない。あの法律事務所は、ふたつの力のあいだでうまくバランスが保たれている。ふたつの力が対等にバランスを保っているかぎり、事業はスムーズに運営される。特許をあつかう法律事務所っていうのは、新しい特許の仕事がはいってこなくなると、法廷弁護士の役割が大きくなっていくんだ。

例をあげれば、おれがいま手伝ってるビドロメックの訴訟だ。ビドロメックは、あの法律事務所で一番でかいクライアントだ。おまえの親父さんの最大の成功物語なのさ。ビドロメックが、メキシコのどこかで、家の裏の小屋で二、三人でやっていた化学研究所だったころに、ひっぱりこんできたのさ。だが、いまじゃ、ビドロメックに関するいっさいの法的な仕事を受け持ってるのはおれの親父のチームだ。親父がビドロメックを自分だけのクライアントにしてしまわずにいるのはなぜだと思う？

親父が五十パーセント以上の取り分を要求したり、おまえの親父さんを完全に追《お》い払《はら》ったりしないのはなぜだと思う？　これはたとえの話なんだが、もし、ビドロメックの人間の耳に、おまえの親父さんがおかしたでかい失敗のことがはいりでもしたら、ビドロメックはおまえの親父さんはもう必要ないと判断するだろう」

「父は失敗なんかしない」ぼくは自信を持っていった。だれかにアルトゥーロのことを悪くいわれたときにはいつもそうなるのだけれど、怒りがこみ上げてきた。怒りがぼくの心を曇《くも》らせた。いまの話がジャスミンとどう関係するのかは知らない。怒り以上に恐怖《きょうふ》も感じた。ウェンデルの声の調子は、まるで脅《おど》しでもかけているようだった。

ウェンデルは声の調子をやわらげて話しはじめた。「おまえの親父さんにも、おれの親父にも五十パーセントの取り分を踏《ふ》み越《こ》えるのをとどまらせているのがなにか、教えてやろう。それは絆だよ。おまえだって、憎しみに基づいた絆を作ることはできるんだ。わかるだろ。悪いことをしたな。すっかり、なにがなんだかわからないような顔をしてるぞ。話を単純にしてやろう。親父同士の絆は、おれたちにも広がってるのさ。この絆を保つこと、力のバランスを守ることは、ものすごく重要なんだ。おれたちの絆を保つためには、お互い、相手をだれよりも大事にしなくちゃならないのさ。だからといって、おまえはおれのことを、ほかのだれよりも好きになる必要なんかはない。憎みたきゃ、憎めばいいさ。ちっともかまわない。おれたちは助け合って絆を保つんだ。おまえがおれに助けを求めたら、助けてやろう。それは絆の一部だからな」

ウェンデルはゆっくり立ち上がった。ぼくも立ち上がろうとしたけれど、ウェンデルはすわるように手で合図した。それから、ウェンデルももう一度すわった。

「なにか、おまえのほしいものをいってみろよ」

「ほしいもの」

「ああ、一番ほしいのはなんだ？」

「ウェンデルがジャスミンをほしいように？」ぼくはそんな風な望みを抱《いだ》いたことは一度もない。

「なんでもいいんだ。だれか人を求めるんじゃなくてもいい。なにか、やりたくてたまらないのにできないようなことでもいいんだ」

とつぜん、はっきりと答えが浮かんだ。「新学年からはパターソンにいきたい。パターソンにいって、ポニーの調教《ちょうきょう》をしたい」

ウェンデルは目を細めて考えている。「どういうことなんだ？」

「アルトゥーロが、ぼくの父が、この夏、法律事務所でうまくやったら、高校の最後の学年はパターソンにいっていいっていったんです」

「じゃあ、いけばいい。それなら、助けてやれるよ。かんたんなことだ」

「助けてくれる」

「ああ」

「どんな風にマルセロを助けるのか教えてください」

「おまえの親父さんに、ビドロメックの案件をおまえに手伝ってもらいたいというよ。親父さんは賛成するだろう。なぜなら、親父さんもそう願っているからだ。それから、おれがおまえの親父さんに、おまえはすごくうまくやってるというのさ。親父さんは誇《ほこ》らしく思うだろうな。おまえがおれの望みをきいてくれるなら、おれはおまえの望みをかならずかなえてやるよ。かならずだ。百パーセント保証する！」

「ジャスミンには、ぼくが必要です」

「おまえがメール・ルームでやってることは、だれにでもできることだ。ジャスミンにはバイトでもなんでもあてがえばいいさ」

なんだか落ち着かない気分だった。ぼくは、ジャスミンのそばで仕事をするのが好きだ。ときには、お互いにひとこともことばを交わさないで何時間もたつこともあるけれど。

「そうだな」ウェンデルがいった。「一方でおれも、おまえにジャスミンとの仕事を辞《や》めてほしくないんだ」ウェンデルはどうやって、ぼくの心のなかを知ったんだろう？「よし、週に一日か二日、ほんの二、三時間だけ、ジャスミンの仕事をはなれればいい。メール・ルームでの仕事を最優先ってことでな。なんだよ？　なにを考えてるんだ？」

「ぼくは混乱しています」これまで、こんなに混乱したことは一度もない。ものすごく複雑で、考えなくてはいけないことがたくさんある。ぼくの脳は、ネバネバの風船ガムになってしまったようだ。

「まあ、よく考えるんだな。おまえがおれを、おれがおまえを助ける。サンドバル家とホームズ家が手を組むのさ。そう、絆だよ」ウェンデルはさっと立ち上がった。「今日の午後は、このまま休むことにするよ」ウェンデルはいった。「ひとりで、帰ってくれるか？」

口にだすのは恥《は》ずかしかったけれど、ぼくはいった。「ぼくひとりで法律事務所までの道を見つけるのは無理だと思います」

「ロバートが教えてくれるさ」そういって、ウェイターを指さした。「おれがいったこと、考えてくれるな？」

「考える」

「おれを助けるかどうか考える。そういうことだろ？」

「たぶん」ぼくは、無意識にそういった。

「いまは、たぶんで十分さ。今週の終わりごろ、午後に休みを取って、おまえとおれとでヨットに乗ろうと考えてるんだ」

ぼくが返事をするまえに、ウェンデルは回れ右してクラブからでていった。

第14章

ぼくはクラブをでると、サウス・ステーションがあるはずだと思う方向に歩きだした。法律事務所にはもどらない。家に帰ることにした。サウス・ステーションについたら、ウェスト・オーチャード行きの列車を待って、ウェスト・オーチャードについたら、線路わきのベンチにすわって、オーロラが仕事を終えて家に帰るまで待てばいい。それから、電話をして、迎《むか》えにきてもらおう。

ぼくは頭を下げ、つぎつぎにまえへ踏《ふ》みだす自分の足を見ていた。脳の働きを止めて、なにも考えないようにするのは、ぼくの得意技《とくいわざ》だ。ぼくの脳は水道の蛇口《じゃぐち》みたいに、ひねるだけで、考えたり考えなかったりできる。なのに、いまは水を止めることができず、思考があふれつづけていた。

どこかに腰をおろして、ウェンデルが使ったことばを書き留めたかった。でも、たくさんありすぎて、どれから書いたらいいのかわからない。「しばらくのあいだだけ、感情を消す方法」「憎《にく》しみを上回る必要」「世間ずれ」「力のバランス」「絆《きずな》」「マイノリティー労働者」「おれにノーという子なんて、いままでひとりもいなかった」「ファック」この最後のことばは、ウェンデルは一度も使っていない。でも、ぼくの心のなかでは、一番大きな音でひびき、わめきたて、ぼくを怒りをもって吹きとばそうとしていた。それは、ほかのなにもかもを決定づけることばのように思えた。

ぼくはまるで、そのことばに目がくらんでしまったように歩いた。ジャスミンと思い通りにファックするためにウェンデルが思っているはずのことを、なんとか感じようとしてみた。ジャスミンはまえに一度ぼくに、なにか、すごくほしいものはあるかとたずねた。そして、ぼくがCDに対して感じるような気持ちで、ウェンデルはなにかをものすごくほしがっているはずだといった。ただ、もっとずっと強くて、見境いがないけれど。ほしい。自分以外の人にむけた、このほしいという気持ちが、もしかしたら愛なのかもしれない。そして、それは、これまでぼくが、一度も感じたことのない気持ちだ。

気づくと道に迷っていた。実のところ、クラブをでたときから、もう迷っている気がしていた。このままだと困ったことになりそうだ。自分がどこにいるのかわからないし、道沿いのビルがじゃまになって、法律事務所のはいっている背の高いビルのシルエットをさがすことができない。目印に、あのビルさえ見つかればなんとかなると思っていたのに。目的地からほんの四ブロックしかはなれていないところで道に迷う十七歳なんて、バカみたいだ。見慣れない通りの景色は、ある意味で、ぼくの内面を反映しているのかもしれない。内面に閉じこもったままの人間が、外で迷うのはすごく当たり前のことに思える。目印なんかどこにもない。

魚のにおいが漂《ただよ》ってきたのに気づいて、大きく息を吸った。ぼくは強いにおいが好きだ。氷の上に魚をならべた店があった。魚たちはボタンみたいな目で雲や青空を見ている。とても穏《おだ》やかに見える。魚をならべた店のまえには空の木箱がひとつあった。ぼくはそこにすわった。ぼくの体重をささえられるぐらい頑丈《がんじょう》な木箱だ。中国人たちがまえを歩いていく。ぼくのことなど、ちらりと見もしない。

木箱にすわっていると、とつぜん、ベートーベンの「歓喜《かんき》の歌」がきこえてきた。その音楽はぼくの太ももで震《ふる》えている。いま自分が耳にしている音が、ポケットの携帯電話からきこえていることに気づくまでに、すこし時間がかかった。オーロラが呼びだし音に設定してくれた「歓喜の歌」だ。ぼくは携帯を取りだし、じっと見つめた。それから「通話」ボタンを押すことにした。

「マルセロ、きこえてる？」ジャスミンの声だ。

「はい」

「いま、どこなの？」

「死んだ魚のそばです」

ぼくはまわりを見回していった。

「なんですって？　どこなの？　なにをしてるの？」

「道に迷いました」

「え？　ここのビルは見えない？」

「見えません」

「通りの標識は読める？」

ぼくは立ち上がって角まで歩いた。ぼくは思った。いまのぼくは、まるでふつうの人みたいだ。歩きながら携帯電話で話してる。通りの標識を読んだ。「ピンオンって書いてあります」

「そこにいて。知ってる場所だから、十分ぐらいでいくわ」

「わかりました」

「そこから動いちゃだめよ」

「動きません。魚のまえの木箱にすわってます」

「いいわ。じゃあね」

ぼくは携帯電話を切った。右に曲がってさっきの木箱にもどった。そこだと安心な感じがする。ぼくが思い出そうとしていたのは、二、三日まえにラビ・ヘッシェルと交《か》わした会話だった。どんなときにセックスは邪悪《じゃあく》になるのか？　相手を単なるものとして見るときはいつでも。けれども、そんなことを考えてウェンデルが欲望を抑《おさ》えることなど、まったくなさそうだ。ウェンデルは勝手気ままだ。その瞬間《しゅんかん》、ぼくは自分がウェンデルみたいだったらいいのにと思った。そして、この気持ちこそが嫉妬《しっと》なのだろうと思った。ぼくのどこかが、ウェンデルとウェンデルの自由気ままなところをうらやましがっている。マルセロはその反対で、疑問の泥沼《どろぬま》にはまって身動きできない。まるで、マルセロは善悪の知識の木の実を食べてしまったのに、ウェンデルはヘビの悪だくみにひっかかるほどマヌケではないみたいだ。

「マルセロ、マルセロ」ジャスミンがすぐ横に立っていた。息づかいが速く荒《あら》い。「どうやってこんなところまできたの？」

「歩いてです」

「まさか！」

ジャスミンがおどけていっているのはわかったけれど、ぼくは微笑《ほほえ》まなかった。

「息が整ったら歩いてもどるわよ。で、なにがあったの？　ウェンデルはどこ？」

「帰りました」

「帰るって、どこに？　いっしょにランチにでたんじゃなかったの？　もう二時間もたってるわよ。てっきり、ウェンデルがいきつけのバーにでもつれていったんだと思ってた。あなたを酔わそうとしてるんじゃないかと思ったのよ」

「ぼくたちは話をして、ウェンデルはいきました」

「あなたをおいて？」

「ぼくはひとりで歩いて帰れます」

「迷ったじゃない」

「街のなかで太陽を見るのはむずかしいです。ビルがじゃまをして、一日中日陰《ひかげ》になっています」

迷子になったことや、ウェンデルのことは話したくなかった。

ジャスミンはなにか良くないことが起こったことに気づいたのかもしれない。半ブロックほど歩いたところで、とてもしずかな、なにも心配などしていないような声で話しはじめたからだ。

「わたしが育ったバーモントではね、影《かげ》といったら木と納屋《なや》の影だけだった。雲は、ときどき手でさわれそうなほど近くに見えた。ここで見る雲は空の一部みたいだけどね。バーモントでは、雲は山の一部みたいだった。あなたは笑ったり微笑んだりすることはあるの？」ジャスミンがたずねた。

「ひとりのときは」

ジャスミンがクスッと笑った。「わたしもよ。ひとりのときは、いっつもバカみたいにニコニコしたり、声をあげて笑ったりしてるの。きっと、わたしたちふたりともバカなのね」

「ふたりともバカ」ぼくはジャスミンのことばをくりかえした。

「いいことばじゃないわよね？」

「正確なことばではありません。バカというのは知性が著《いちじる》しく劣《おと》った人で、一般的《いっぱんてき》な危険から身を守ったり、関連性のある会話をすることができない人のことをいいます。ぼくのことをバカだと思う人はときどきいます。でも、それはごく一部だけの真実です」

「実をいうとね、わたしもしょっちゅうバカだと思われてるわ」

「ジュリエットは、一度ジャスミンのことをバカだといってました」

「あなたにいったの？」

「そうです。おととい、ジャスミンがいないときにきて、『もうひとりのバカはどこ？』といいました。ジャスミンのことです。ぼくはそこにいたほうのバカです」

「あの人のいうことなんか、気にしちゃだめよ。頭のなかは自分のことでいっぱいで、脳細胞《のうさいぼう》がおさまるすきまがないのよ」

「三時のメール・ランをやっていません」

「あなたの携帯に電話したあと、メール・ルームを閉めて掲示《けいじ》をだしておいた。これから裁判所にいくので、三時の分は五時にいっしょに配ります、って。わたしたちがいないあいだ、届いた郵便物は受付のパティが処理してくれるわ」

「ぼくをつれもどすために、嘘《うそ》をついたんですね」

「もしかしたら、早い電車に乗って帰ったのかも、って思ったけど、つぎの電車は四時までなかったから。あなたのまえの壁《かべ》に時刻表が貼《は》ってあって助かったわ」

『ファック』ということばをかくしてるんです」

ジャスミンがちらりとぼくを見たのがわかった。ぼくたちはものすごくゆっくり歩いていた。サウス・ステーションにむかって歩いているんだろうと思ったし、ゆっくり歩くのは、つぎのウェスト・オーチャード行きの電車まで、まだ一時間半もあるからだろうと思った。それでも、もうすこし速く歩きたかった。ぼくはジャスミンとの会話がこわかった。なぜなら、ぼくの内側になにか悲しい気持ちがあって、その悲しみが外にでてきてしまいそうだからだ。

「ぼくは、もうこれ以上、法律事務所で働きたくありません」

「どうして？　ウェンデルとはなにを話したの？」

「ウェンデルがいうことは、ぼくを混乱させます」

「たとえばどんなこと？」

「話したくありません」

「怒ってるみたいね。ウェンデルはあなたを怒らせるどんなことをいったの？」

いろいろな気持ちと同時に、たしかに怒りもあることに気づいた。ジャスミンにはどうしてわかったのか不思議だった。ウェンデルのどのことばが、ぼくを怒らせたんだろうか？「わかりません」ぼくはいった。

「怒るのも悪くないわ」ぼくたちは交差点で止まって、白い歩行者サインがともるのを待った。「怒りはあなたがやるべきことをする助けにもなるの。あなたのメール・ルームでの仕事ぶりはとてもりっぱよ。ウェンデルみたいなやつのせいで落ちこまないで」

「怒りはぜったいよくありません。ほかの人を傷つけるようなことをいったり、したくなったりするから」

白い歩行者サインがともって、ぼくたちは歩きはじめた。ジャスミンがぼくの腕をつかんでひっぱり、とつぜんあらわれた車から守ってくれた。「怒りをあらわさないと、ほかの人に轢《ひ》き殺《ころ》されちゃうわよ。文字通りね」

「ジャスミンの机のまえの壁に、山の写真が貼《は》ってあります。あれはバーモント？」

「あれは、わたしの家の玄関《げんかん》から見える景色なの」

「とても美しい山です。山にも怒りが必要だと思いますか？」

ほんの一瞬《いっしゅん》、ジャスミンが歩みを止めたのを感じた。「いいえ。山に怒りは必要ないわ。でも、あなたには怒りのようなものが必要。父さんはそれを根性《こんじょう》って呼んでた。『おまえは根性を持て』わたしによくそういってたわ。それに、山に住む人たちだって怒るわよ」

「なにに対して？　ジャスミンは怒ったことありますか？」

「わたしはね、長いあいだ、ある一頭の馬に対して怒ってた」ジャスミンは笑いながらいった。

「どうして？」

ぼくたちは、まえにふたりできた子どもの遊び場の横を歩いていた。いまはだれもいなかった。ジャスミンがなかにはいって、ブランコにすわったので、ぼくもとなりのブランコにすわった。ジャスミンはブランコをゆっくりゆらしはじめた。でも、足は地面についたままだ。

「兄さんと兄さんの友だちがね、ケンタッキーの競争馬をバーモントにつれてきて、種馬《たねうま》にして一《ひと》儲《もう》けしようっていう考えに、とりつかれちゃったことがあったの」そこでことばを切って、ぼくを見た。「種馬ってわかる？」

「はい」そう答えたけれど、すこし腹が立っていた。そのことばの意味に腹が立ったのではなく、ジャスミンがそのことばの意味を確認《かくにん》する必要を感じたことに。「パターソンでは、放課後、ポニーの世話をしてたんです」ぼくはいった。「『種馬』の意味も、『種付け』の意味も知ってます」

ジャスミンはつづけた。「だれもが、ふたりにやめておけといったわ。サラブレッドの競走馬はバーモントにはむいてないって。馬には訓練が必要なのに、バーモントの長い冬のあいだ、どうしたらいいの？　でも、兄のジェイムズと友だちのコーディは、人のいうことに耳を貸さなかった。ケンタッキーまでトレーラーを引いていって、二歳の競走馬をつれてきたの。ふたりはその馬をケトバスって呼んでた。『蹴《け》っとばす』みたいにね」

「そのケトバスのことをジャスミンは怒ってる」

「ケトバスはいつもびくびくとおびえてた。ジェイムズとコーディはまず、落ち着かせることからはじめなくちゃならなかった。ある日、ふたりは短いロープでケトバスを引きながら牛の牧場を歩いていた。コーディがロープを引いて、ジェイムズが反対側を歩いていると、ケトバスがとつぜんなにかに驚いたの。たぶん蜂《はち》だと思うんだけどね。そして、うしろ足で立って、横にいたジェイムズのおなかを蹴っとばしたの」

ジャスミンはブランコをこぐのをやめた。ぼくはジャスミンのほうを見たくなかった。ジャスミンがまた話しはじめるのを待った。

「ジェイムズはだいじょうぶに見えたわ。わたしたちは、念のため、ウェスト・レバノンのメディカル・センターにつれていった。X線でもMRIでも、なにも見つからなかった。でも、経過を観察するためにひと晩だけ入院することになったの。その夜、眠《ねむ》りについたジェイムズはそのまま眠りつづけた。一日たっても目覚めなかったので、手術をすることになったわ。お医者さんは、表からはわからない内出血でもあるにちがいないと思ったのね。でも、なにも見つからなかった。その二日後、ジェイムズは死んでしまった。

だれもがその馬を憎んだわ。コーディは殺したがっていた。わたしも殺したかった。だれもがね。たったひとり、父のエイモスだけが、その馬を飼いつづけたいと思った。わたしたちはショックだった。だって、エイモスは、ジェイムズが馬を買いにいくことを、はじめっから一番反対していたんだから。『馬に罪はない』エイモスはそういった。そして、うちの農耕馬のモーガンといっしょに、納《な》屋《や》に置いたの。『モーガンが鍛《きた》えてくれるさ』エイモスはそういった。でも、それからずっと、わたしはその馬を見ることができなかった。バーモントをはなれてボストンにやってきたのも、たぶんあの馬がいたからだと思うの。あの馬を見るなんて耐《た》えられなかった」

「いまでも、ケトバスのこと、怒ってますか?」

「いいえ。あなたにも見せてあげたいわ。いまでは、年寄りのモーガンみたいにおとなしいの。エイモスはケトバスをつれて山に猟《りょう》にいく。ケトバスはまるでラバみたいに荷物を背負《せお》っていくの。冬になると、牛の牧場のまわりを、毎日二、三回、除雪機を引かせて雪かきさせてるわ。どんなに寒くても、どんなに吹雪《ふぶ》いててもね。エイモスとケトバスはとてもいいコンビなのよ」

「いつか、バーモントにはもどるんですか?」

「ええ」

「ぼくは法律事務所で働きたくありません」

「わたしもよ。でも、つづける」

「どうして?」

ジャスミンはブランコから立ち上がった。「ついてきて。見せたいものがあるの」

ぼくたちは道をわたった。ジャスミンはガラスのドアのまえに立ったまま、あけようとしない。まるで、そのドアをあけるのが正しいことなのかどうか、一瞬《いっしゅん》、考えているみたいだ。それから、ドアをあけて、ぼくを手招きした。

ぼくたちは、木製の螺旋階段《らせんかいだん》をのぼった。途中で、何十もの木のドアのまえを通りすぎた。ほとんどのドアには、漢字が書かれた白い紙の表札が貼《は》ってある。

「だれかがここで働いているんですか?」

「わたしよ」ジャスミンはそういってクスクス笑った。

ぼくたちは一番上の階までのぼりつめて、最後の木のドアをあけた。なかに足を踏《ふ》みいれると、そこは、ぼくのツリーハウスよりちょっとだけ大きい、長方形の部屋だった。「わが家を遠くはなれたわが家よ」ジャスミンはいった。

「ジャスミンはメール・ルームに住んでいるんだと思ってました」

「ハハハ、すごくおかしいわね」

けれど、ぼくは冗談《じょうだん》のつもりでいったわけではなかった。たしかに、ジャスミンはどこかに住んでいるはずだ。でも、そんなこと考えたこともなかった。

「むかしここは、タフツ大学の学生寮《がくせいりょう》だったの。いまは、ほとんどが、中国系カンボジア人の移民《いみん》が使ってる。とても安くて、とても安全なの。ここがリビングルームで、ダイニングルームで、書斎《しょさい》で、キッチンで、ベッドルームよ。バスルームはあっち」ジャスミンは部屋の奥のドアを指さした。

片方の壁際《かべぎわ》には、色とりどりのパッチワークのキルトでおおわれた簡易ベッドが置かれていた。簡易ベッドの頭のところは、ぬいぐるみの動物園のようだ。クマ、黒い斑点《はんてん》のあるジャガー、白く色あせたふわふわの耳の犬、水玉模様の馬、灰色のセイウチ、黄褐色《おうかっしょく》のカンガルー。ぼくたちが立っている側のベッドの足元からドアまでのあいだのスペースを、電子ピアノが占領《せんりょう》していた。正式なピアノとおなじ、八十八鍵《けん》のキーボードなのがわかった。鍵盤《けんばん》の上には、電子ピアノのパネルにつないだままのヘッドホンが置いてある。部屋の反対側、つまりベッドと電子ピアノのむかい側には机と金属製のキャビネット、バルサ材で組み立てられた洋服をつるすケース、青いカーテンのかかった窓、料理用のコンロ、小さな冷蔵庫があった。部屋の壁のすべてに、すきまがないぐらい棚《たな》がついていて、何百というCDであふれていた。棚がついていないのは、キャビネットの上のスペースだけで、そこには白いポスターが貼ってある。近づいてよく見ると、白い縁取《ふちど》りのあるそのポスターの上の部分には、こう書いてあった。

キース・ジャレット

ケルン・コンサート

その文字の下にはピアノを弾《ひ》いている男の人の白黒写真がある。目を閉じて、頭を下げ、あごを胸につけている。ぼくにはすぐ、深い祈《いの》りをささげている姿だとわかった。その人はピアノを弾いている。でも、同時に『回顧《かいこ》』をしているんだと確信した。

ジャスミンはぼくのとなりにしずかに立っていた。部屋になにがあって、それがなにを意味するのか、ぼくがちゃんと理解するまで、ぼくにたっぷり時間をあたえようとしているようだった。ポスターのすみずみまで見終えると、ぼくは電子ピアノにむかって立って、まんなかのキーをそっとたたいた。その感触《かんしょく》は、家にあるピアノの鍵盤より軽かった。ジャスミンは手を伸《の》ばして、ヘッドホンのジャックを電子ピアノのパネルから引《ひ》き抜《ぬ》いた。空気を満たす単音は、歯切れがよくて鋭《するど》かった。まるで冬の突風《とっぷう》のようだ。

「ピアノを弾くんですね」ぼくはいった。

ジャスミンは電子ピアノの下から黒いクッションのついたスツールを引きだして、コントロールパネルをすこしいじると、ドアと窓を閉めて演奏をはじめた。

ぼくがきいたことのある、どんな音楽ともちがうタイプの音楽だった。バッハのような出だしだったけれど、ぼくの脳がまったく予想しなかった旋律《せんりつ》をたどっていった。先行するメロディと和音をかき乱すようなメロディと和音がかぶさり、そのほんの数秒後には、不協和音《ふきょうわおん》にきこえる音が、それまでかくれていたものの、ずっと奏《かな》でられていた、もともとのバッハ風のメロディの一部だったことがわかってくる。ジャスミンが弾く音楽の、一番変わった点はリズムだ。それはリズム以上のものだった。まるで、ピアノが、ドラムか、荒々《あらあら》しい鼓動《こどう》、さもなければ雷《かみなり》にでもなりたがっているようだ。ジャスミンの左手は心臓の鼓動のような音のビートをずっと刻みつづけていた。そして、とつぜん、左手のリズムを打ち消すように、右手が複雑すぎて完全には把握《はあく》できないようなメロディを奏ではじめる。

ジャスミンは演奏を終え、目をあけて、まるで、ぼくがそこに立っていることなど忘れていた、とでもいうようにぼくを見た。

「これが法律事務所で働く理由よ。そのおかげで、この小さな部屋で、これをできるの」

ジャスミンが何年も何年も演奏に打ちこんできたのは明らかだ。ぼくも小さいときに、ロックウェルさんのピアノのレッスンを受けていたからよくわかる。ぼくはまったくだめだったけれど。楽譜《がくふ》を読むのと演奏を同時にすることができなかった。右手と左手を同時に動かすこともできなかった。つまり、ぼくの心のなかの配線は、ピアノを弾くのに必要なだけの電流に耐《た》えられなかった。

「ジャスミンがこの音楽を創《つく》りだした。ジャスミンの頭のなかからでてきたんですね」

ジャスミンが顔を赤らめるのが見えた。一瞬、なにかジャスミンの気持ちを傷つけるようなことをいってしまったのか心配になった。

「信じられないです」ぼくはいった。「どんな風にやるんですか?」

「ひたすら練習、練習をしていたら、ある日、この音楽がそこにあったの。いいと思ってる。わたしの音楽はなかなかいいわ。でも、偉大《いだい》ではない。あの人が作った音楽からはほど遠い」ジャスミンはポスターのほうを見た。立ち上がると棚《たな》のひとつに近よって、CDを一枚手に取った。「ほら、受け取って」

そのCDのカバーは壁のポスターとおなじだった。

「この人は回顧してる」

「回顧ですって、なにを?」

「ぼくは祈ることを回顧するっていってるんです。沈黙《ちんもく》のなかから音楽がやってくるのを待つのと似ています」

ジャスミンはそのCDをぼくの手から取って、ぼくがそこになにを見たのかというように、じっくりながめた。それから、ぼくの手にもどした。ジャスミンは体のむきを変えて、ぼくの正面に立った。

そのとき、とつぜん笑いたくなった。

「なによ?」そのいい方は、小さな女の子みたいだった。

「なんでもないです」ぼくはつぶやいた。

「そろそろいかなくちゃ」まだぼくを見たままいった。

「はい。ありがとう」

「なにが?」

「見せてくれて」

それ以上のことばは思いつかなかった。

第15章

ぼくはメール・ルームの自分の机にむかってすわり、最適スピードで資料を製本しながら、ウェンデルからの電話を待っていた。ウェンデルはアルトゥーロに、ぼくに仕事を手伝ってもらいたいと願いでて、アルトゥーロはOKと答えた。ウェンデルによれば、アルトゥーロはとてもうれしそうだったという。ジャスミンはうれしくない。ひとつには、そのせいで、ぼくが今朝、マーサと約束した製本の仕事を、ジャスミンがしなくてはならなくなったからだ。

「あいつは信頼できないわ。袖《そで》の下になにをかくしてるか、わかったもんじゃない」

「ウェンデルが半袖シャツを着ていたら？」ジャスミンを笑わせたくてそういってみた。

ジャスミンはぼくのジョークを無視した。なにかを一生懸命《いっしょうけんめい》考えている。「ランチのあと、道に迷ったこと、あいつは知ってるの？」

「いいえ」

なぜそんな質問をするのかききたかったけれど、そのとき、電話が鳴って、ジャスミンがとった。

ジャスミンは電話にむかって大きな声で話している。「今日の午後だけよ。それだけ。明日の朝にはやってもらう仕事があるんだから」ぼくがここで仕事できなくなることについて、ジャスミンがしかめっ面《つら》をしているのを見て、微笑《ほほえ》んでしまった。

「イカれたジュニアよ。あなたを待ってるって」

ウェンデルはカーキ色のズボンをはいて、えんじ色のポロシャツを着ていた。それを見て、ぼくはおかしくなった。半袖《はんそで》シャツしか着ていないので、ジャスミンがいうように、袖の下になにかをかくすのは無理だと思ったからだ。ウェンデルは机におおいかぶさるように立って、マニラ紙《し》のフォルダーの山をでたらめに動かしていた。

「さあ、おでましだ」ぼくが部屋にはいると、ウェンデルはそういった。「手伝ってくれて助かるよ。親父もそう思ってる。今日は、べつの法律事務所に資料を届ける締め切《しき》りの日なのに、おれはスカッシュの新人メンバー説明会にでなくちゃいけないもんだから、親父はかんかんに怒ってたんだ。こっちにきてくれ。やり方を教えるから」

ウェンデルは、ランチにいくまえとおなじ、親しげで陽気なウェンデルだった。

「ジャスミンはどうだ？　二、三時間、無理矢理おまえをひっぱってきたんで、怒ってるんじゃないか？」

「ジャスミンは、メール・ルームでぼくを必要としています」

「すぐに終わるさ。三時間ばかりおまえがいなくたって、なんとかなるだろ」

「はい」

「おれはハーバードにいかなくちゃならない。チームのキャプテンだからな。さあ、はじめようぜ。ものやることはかんたんだ。ビドロメックの案件なんだ。ビドロメックのことはわかってるよな？

すごく重要だ。失敗したら、お陀仏《だぶつ》だからな」ウェンデルは片手を喉《のど》に当てて、それが剣《けん》でもあるかのようにさっと横に引いた。「ビドロメックを訴《うった》えてる連中は、フロントガラスが、粉々に砕《くだ》けて百万個の無害なかけらになるはずなのに、そうならなかったせいで怪我《けが》をしたと文句をいってる。連中はビドロメックのアーセベド社長が、フロントガラスが危険なのを知っていながら、生産を進めたのかどうかはっきりさせたがってる。ここまではわかるか？」

「はい。たぶん」

「相手の法律事務所が、うちの事務所に提出を求める資料のリストをつきつけてきた。見つかった分は、そのふたつの箱にはいってる。おれが三十個以上の箱を全部ひっくりかえして、さがしだしたんだ。だが、その資料を順番にならべて、コピーを抜《ぬ》いておくところまではいかなかった。それがおまえの仕事だ。連中がよこしたリストを見て、資料を順番にべつべつの山にしてくれ。リストはすごく細かいぞ。だれそれからだれそれへの何月何日の手紙といったぐあいだ。ここまではだいじょうぶか？」

「はい、だいじょうぶです」

「たまには、おなじ資料のコピーがまざってることがある。必要なのは一通だけだ。余分なコピーはこの『ゴミ』と書かれた箱にいれてくれ。いいな？　リストのおなじ項目《こうもく》に、複数の資料が書きこまれている場合は、なんらかの方法で並《なら》べ替《か》えてほしいんだ。時系列《じけいれつ》に沿ってとか、発信人と受信人で分けるとかな。たとえば、このリストの二十五番を見てみよう」ウェンデルは紙の束《たば》のなかから一枚を手にとって、読み上げた。「『フロントガラスに関する訴訟《そしょう》を解決するために、サンドバル・アンド・ホームズ法律事務所によって作成されたすべての提出物』この項目におさまるべき資料のすべてには鉛筆《えんぴつ》で小さく25と書いてある。それを全部ふたつの箱からだして、並べ替えてほしいんだ。これは得意分野なんだろ、マルセロ？」

「はい、物の並べ替えは好きです」

「そこだよ。おれはそう思っておまえの親父さんに頼んだのさ。あのときの親父さんの顔、見せてやりたかったよ。よろこびではちきれそうだったぞ。ビドロメックはおまえの親父さんの最大で最古のクライアントだ。それだけ考えても、おまえが手伝うのは正しいのさ。おまえはりっぱな男だ。ジャスミンのところの仕事より、すこしばかり重要だし、頭も使わなくちゃならないぞ。そのふたつの箱のなかの資料は、なにひとつ見のがさないように、注意深くやってくれよ。もし、あるべきものがない、なんてことになったら、そのときは……」

「お陀仏」ぼくは自分の手で喉をかき切る仕草をした。

「そう、その通り。パドルなしに激流をさかのぼるようなもんだ」

「OK」ウェンデルがわざわざぼくに仕事をさせようとしているのは、また友だちになりたいことを伝えるためなのかもしれないと思った。

「終わったら、箱はそのままおいて帰ってくれ。ジュリエットが全部のコピーを取ってくれるから、明日の朝には送れる」ウェンデルは、話し終えたのに部屋をでていこうとしない。ぼくがなにかいうのを待っているんだろうか？

「OK」ぼくはもう一度いった。「わかりました」

ウェンデルは机のはしまで何歩か近よった。「で、おまえがほしいものを手にいれるために、おれたちで歩きだしたってわけだ」

「はい」でも、なんのことを話しているのか、ぼくにはわからなかった。

「おれとおまえとで話し合った絆《きずな》だ。おれはおれの役目は果たす。まず、おれといっしょにかんたんな仕事をする。夏のあいだには、あと何回かあるだろう。そのあと、おまえの親父さんに、おまえがよくやったと話す。だろ？　それがおれたちの約束だ」

「はい」ぼくは混乱していた。ぼくたちの約束って、いったいなんのことだろう？　ウェンデルの話は速すぎてついていけない。

「イエス、なんだな？　イエスは、イエスだぞ。おまえはおまえの役割を果たしてくれよ。ヨットに乗ろうとジャスミンを誘《さそ》うんだ。それが約束だったな、そうだろ？　おまえは、もう誘ってくれたのか？」

あのランチのとき、どんな会話をしたのか、正確に思い出そうとした。ぼくはなにを約束した？　ジャスミンを誘うことに賛成しなかったのはたしかだ。考えてみるといっただろうか？　でも、そんなことを考えてみるというなんて、ありうるだろうか？

ウェンデルは腕時計を見た。「もう、いかなくちゃ。答えはイエスだと思っていいんだな？　くわしくは、またあとで話そう」

ぼくは箱を見つめたままそこに立っていた。なにが起こったんだろう？　なぜぼくは、ジャスミンを傷つけるようなことはいっさい手伝わないと告げることをためらったんだろう？　ウェンデルのセックスに対する見方を理解していながらこうなってしまったのは、ぼくがまだ、父さんにうまくやったと思ってほしがっているからなのだろうか？

ぼくは仕事に取りかかった。さっさと終えて、メール・ルームにもどりたい。オーロラがいうには、小さかったころ、ぼくは、家に毎日届く郵便物に目を通して、いくつもの山に分けていたらしい。なにを基準にした分類なのかはわかりにくかったようだ。あるときは封筒《ふうとう》のサイズだったり、またあるときは切手の色だったり。でも、ときには、いくら考えても、ぼくの分類の基準を理解することはできなかったという。自分がそんなことをしていたのは覚えていないけれど、たくさんの可能性のなかから、たったひとつの法則を推測するのはとてもむずかしかっただろう。

ぼくのCDが頭に浮かんだ。あるときは作曲家別にならべるし、あるときは楽器別、またあるときには、演奏時間の長さを基準にならべることもある。いまは、たとえ百万年かかってもだれにもわからないような法則でならんでいる。この一年、ぼくはCDをその音楽が持つ感情によって分けている。「よろこび」「悲しみ」「あこがれ」「寂《さび》しさ」「おだやかさ」「怒り」といった具合だ。この分類がだれにもわからないと思う理由は、ぼく自身でさえ、あるCDがどうしてここに？　と当惑《とうわく》することがしょっちゅうあるからだ。たとえば、もう一度きいてみると、「幸せ」とはほど遠い曲が、「幸せ」の分類にまじっていたりする。

ぼくはリストの資料を分類しながら、そんなことを考えていた。ぼくはまず、リストを見て、ひとつの項目のなかにおさまる資料を全部見つけた。それから、箱のなかの実際の資料に当たって、べつの山にわけていく。最初に、一番わかりやすいものからやった。ビドロメックのレイナルド・アーセベド社長が書いたすべての手紙をひとつの山にすることだ。その資料の山は時系列でならべることにした。アーセベド社長宛《あ》てに書かれたすべての手紙はべつの山だ。それから、ビドロメック社の社員から社長宛てのメモと、社長から社員へのメモがある。つぎには、ちがったタイプのデータが載《の》った報告書のようなものの山を作り、この法律事務所宛てに送られてきた、いろいろな種類の書類や封筒の山を作った。最終的には、九種類のちがった分類の山ができあがった。

一時間ほど経《た》ったところで、あと一時間あれば、ウェンデルからあたえられた仕事は終わるところまできた。もし、アルトゥーロから、フルタイムでウェンデルといっしょに仕事をしたらどうかとたずねられたらどうしようかと思った。メール・ルームではほとんどの時間、なにも考えずにコピーや製本をしている。それに比べて、今回の仕事のほうがずっとおもしろい。一方で、ウェンデルとはいっしょに働きたくないという気持ちもある。ジャスミンといっしょに働くほうが好きだ。無言のままいっしょに働いているときの感じが好きだし、ジャスミンがなにもいわずに新しいジャズのCDをぼくの机の上に置いてくれるのもうれしい。メール・ルームで働いていると、ジョセフといっしょにならんで、塗《ぬ》り絵《え》をしていたときのことを思い出す。

一時間後、ぼくは仕事をやり終えた。「ゴミ」と書かれた箱のなかにまちがっていれてしまった資料がないか、確認《かくにん》しておくことにした。ウェンデルにそうしろといわれたわけではないけれど、そうしたほうがいいと思った。どの資料も一部ずつあればいいことになっている。箱の一番底に、茶色の封筒がひとつあった。封《ふう》をあけた。なかには写真が一枚はいっていた。

ほんの一瞬《いっしゅん》だけ見て、あわててその写真を机に伏《ふ》せて置いた。目を閉じても、その画像は消えない。

写真を封筒にもどして、立ち去ることだってできた。もし、もう一度その写真を見てしまったら、火傷《やけど》のようにぼくの心にあとが残るのはわかっていた。それでも見ずにはいられない。ぼくはその写真に強くひきつけられた。最大限に強力なＩＭのようだ。

ぼくはその写真をゆっくりひっくりかえした。その女の子の目に焦点《しょうてん》を合わせる。その子は、ぼくとおなじくらいか、すこし若いかもしれない。でも、はっきりとはわからない。その目を見てある人を思い出した。まえに見たことのある目だ。彼女の顔の半分は無傷だけれど、半分は失われていた。傷ついたほうの皮膚《ひふ》はしわがよった傷跡《きずあと》になっている。片方の頬《ほお》とあごは、まるで、鈍《にぶ》いナイフでそぎ落とされたようだ。唇《くちびる》は上下とも半分までしかない。片方の耳はいまにも落ちそうだ。ぼくは封筒を手にとり、彼女の顔の下半分がかくれるように写真の上に置いた。その目。彼女の目は、自分の顔のほかの部分になにが起こったのか気づいていない。まるで、まだ一度も鏡を見ていないかのようだ。そして、彼女の目にはほかにもなにかがある。それは問いかけだ。まっすぐ、ぼくにむけられた問いだ。

「マルセロ、仕事はどうだい？」

アルトゥーロがうしろにいた。できるだけすばやく、写真を封筒にもどした。息が苦しい。この法律事務所には、ぼくの肺を満たすだけの空気がないと思うぐらいに。

「どうかしたのか？」

「なにも」

ぼくは、封筒を体でかくして顔だけふりむいた。アルトゥーロは戸口に立っていた。いったい、どれくらいのあいだ、そこにいたんだろう？　写真をかくしたところを見られただろうか？　ふいに、なんとしても、この写真をかくし通さなければならないと思った。見つかれば、その女の子がぼくにあたえた感情が、うばわれてしまうとでもいうように。

「それで、ウェンデルから頼まれた仕事は、全部すんだのかい？」

「うん」

「ウェンデルは、このあと、ずっとおまえといっしょに働けないかといってきたぞ。おまえにとっては、すばらしいことだと思うんだ。これまでより、もっとやりがいのある仕事を経験するチャンスになるだろうしな。それに……」

「ジャスミンにはぼくが必要だ」怒りがこみ上げてきた。

「わたしの話は終わってないぞ。それにだ、おまえはウェンデルのような若者といっしょにいるべきだと思うんだ。男のなかで働く経験が必要だ。ウェンデルといっしょに働くほうが、ジャスミンからより学ぶことが多いだろう」

「そんなのずるいよ」自分自身でも、子どもっぽい言い草だと思った。

「なにがずるいんだ？　メール・ルームでの仕事は、おまえにとって、そんなに重要なのか？」

メール・ルームから移動させられるのがずるい理由など、なにひとつないことに気づいた。ただ、とつぜん、そう感じただけだ。ぼくは精一杯《せいいっぱい》説明しようとした。「ジャスミンから仕事を手伝う人をうばうのは公平じゃない。それに、マルセロは長い時間をかけてメール・ルームでの仕事に慣れた。ぼくはあそこでうまくやってる。ジャスミンとマルセロはいっしょにうまくやってる。ぼくたちはお互いに助け合ってる」

「声が大きいぞ。ずいぶん長いあいだ、そんなに興奮したところは見なかったな。興味深いよ。ジャスミンには、はじめからほしがっていたバイトの子を雇《やと》うよ。ジャスミンもよろこぶだろう」アルトゥーロが近づいてきた。ぼくは、封筒を見えないようにかくしながら、あとずさりした。

「ウェンデルはおまえが必要だといってくれてるんだ。おまえが助けになると思ってるのはまちがいない。ウェンデルとの仕事は、たくさんの資料を読んだり、分析《ぶんせき》したりする必要がある。ずっと知的な仕事だぞ。そのほうがより多くのことが学べるんだ。そもそも、この夏はそのためにあるんだよな、ちがうか？」

ウェンデルがぼくを必要としているのは、ただ、ジャスミンを「ものにする」ためだけだといってやりたかったけれど、それはいえない。ぼくは疲《つか》れ切《き》って、なにひとついえない気がした。怒りのエネルギーは、すっかり抜《ぬ》けきって、ことばはひとつも残っていない。それに、ぼくにはわかっている。オーロラの助けなしに、アルトゥーロが一度決めたことをくつがえすことなんか、どう考えてもぼくにはできない。

ぼくは力いっぱい封筒を握《にぎ》りしめながらうなずいて、アルトゥーロの新しい命令に従うことを示した。

第16章

この夏をなんとかやりすごすだけが目的なら、あたえられた仕事をきちんとこなすだけでいい。なのに、あの女の子の写真を見ただけで、どうしてこんなに落ち着かない気持ちになるんだろう？　ぼくは、いわれたことだけを正確にやった。もし「ゴミ」の箱のなかを自発的に見たりしなければ、あの写真を見ることもなかったし、あの目がぼくの心に焼きつくこともなかった。あの箱のなかで見つけたものなどさっさと忘れて、残りの日数だけ数えていればいいのに、それができないのは、なぜなんだろう？

いまぼくは、ツリーハウスの暗がりのなかで、なにが起こったのか、これからなにが起こるのかを一生懸命《いっしょうけんめい》考えている。あの写真の女の子は、アルトゥーロが代理人をつとめる会社が製造したフロントガラスのせいで、顔を傷つけられたにちがいない。あの写真は「ゴミ」の箱のなかにあったけれど、それがなにかの手ちがいのせいだとは考えられない。法律事務所にとって、あの女の子を問題にしたり、重要視したりできないなんらかの理由があるはずだ。それともアルトゥーロにとって。ぼくはフィットネス・クラブで会った男の人と話していたアルトゥーロのようすを思い出していた。なにか、公《おおやけ》にはできない秘密があるような話しぶりだった。アルトゥーロはいったいなにをしているんだろう？

ふつうの人にはなんの影響《えいきょう》もあたえないようなことに、影響を受けてしまう自閉症《じへいしょう》の子どもをパターソンで見たことがある。たとえばアレクサンドラは、たまたま机の上から落ちた自分のはがきを、まちがって先生の助手に捨てられたからといって、そのあと、何週間もいっさい口をきかなかった。そのはがきを無くしたアレクサンドラの悲しみを理解できたのは、二、三人の自閉症の子たちだけだった。いま、ぼくにもおなじようなことが起きているんだろうか？　これは、ぼくの状態――それがどんなものであれ――が引き起こした過剰反応《かじょうはんのう》なんだろうか？　いまぼくが、生まれてはじめて感じているこの気持ちは、ふつうの人は感じることのない、ただの症状《しょうじょう》なんだろうか？

パターソンや聖エリザベス病院でも、まわりには苦しんでいる子どもたちがいた。まるでいままでは、その子たちといっしょにいても、心のなかにあるはずの痛みまでは、気づかなかったみたいだった。でもいまは、あの写真の女の子の痛みに気づき、その痛みに対して、ぼくにも責任があるような気がしている。

目を閉じると、心のなかにイエスの肖像画《しょうぞうが》が浮かび上がる。アバがぼくたちといっしょに暮らしていたときに持っていた肖像画だ。イエスの胸のまんなかには赤い心臓があって、それを囲むように茨《いばら》の冠《かんむり》がある。その心臓のてっぺんからは一筋の炎《ほのお》が噴《ふ》き上《あ》がっていた。ある日、その肖像画を見つめているぼくを見て、アバがいった。

「それはイエス様の心臓よ。イエス様がわたしたちのためにどんな気持ちでいらっしゃるかを表しているの」それから、アバはその肖像画を手にとって、ベッドに腰かけていたぼくの横にすわった。

「茨は苦しむわたしたちみんなへのイエス様の悲しみを表していて、炎はイエス様の愛を表しているのよ」

いま、この暗がりのなか、あの女の子の写真のはいった封筒《ふうとう》はぼくの机の上にある。なぜ、アバの部屋にはいるたび、あのイエスの肖像画を、ただ見つめることしかできないほどひきつけられていたかが、わかったような気がする。あの肖像画にはどこかおかしなところ、場ちがいなものがあった。イエスの目は、ぼくにも愛情だとわかるやさしさにあふれていた。なのに、心臓の炎は、触《ふ》れれば指が焼《や》け焦《こ》げてしまいそうな勢いで燃えていた。ぼくは肖像画のイエスの目を、あの写真の女の子の目に置きかえてみた。それでついに違和感《いわかん》がなくなった。その目は、燃える心臓の強烈《きょうれつ》な印象と、とうとう釣り合いがとれるものになった。

下から、ナムがクーンクーンと鳴くのがきこえた。ぼくは寝袋《ねぶくろ》のなかで身じろぎもしていないけれど、ナムにはぼくが一晩中起きているのがわかるんだ。ぼくはじっと動かないまま、ツリーハウスの天窓からさしこむ星の瞬《またた》きを見つめている。ナムにはぼくが動揺《どうよう》しているのがわかって、慰《なぐさ》めようとしてくれているんだ。

ＩＭをさがしてみたけれど、見つからなかった。聖書のお気にいりの聖句を「回顧《かいこ》」して、思考の流れを押しとどめようとしたけれど、うまく集中できない。聖句が自ら命を持ったように、あちこちから、なんの関連もなしに勝手に流れでてくる。まるで、人々がちがうことばを話すようになった、バベルの塔《とう》のような混乱ぶりだ。

夜が明けはじめた。暗闇《くらやみ》がゆっくりと薄《うす》れていくのがわかった。ぼくはＴシャツを着て、ズボンをはき、スニーカーをはいた。梯子《はしご》をおりて、ナムの頭をなでた。

「散歩にいくかい？」ぼくはナムにたずねた。

ナムは身をひるがえして、犬小屋の上にもつれたまま置いてあったリードを口にくわえた。

ナムのいきたいところへいくことにした。ナムは急坂《きゅうざか》の小道を選んだ。

第17章

ぼくは異動するために机の上の私物を集めた。ウェンデルのところで働くたったひとつの利点は、ビドロメックの箱に近づくのがかんたんになって、あの女の子の情報をもっと集められるようになることだ。なにが見つかるのかはわからない。見つけてしまうかもしれないものを、ぼくはおそれている。でも、昨日の夜、いや、今朝早く、どんな結論にたどりつくにせよ、あの女の子のことをもっと知りたいという、じっとしていられないような欲求を満たす決心をした。

「ねえ」遠くからジャスミンの声がした。それから、ぼくが箱にものをつめているところを目にした。「どういうことなの？」ジャスミンの声は不安そうだ。

「今日から、フルタイムでウェンデルのところで働くことになりました」こわくてジャスミンの顔を見ることができない。

「なんですって。いったい、いつ決まったの？　どうして？」

「昨日です。ウェンデルの手伝いが終わったあとです。アルトゥーロが決めました。ジャスミンには新しい手伝いをつけてくれます。ベリンダに頼むこともできると思います」そのとき、ジャスミンが初日に作ってくれた仕事のリストが目にはいった。また涙《なみだ》がこみ上げてくる。

「信じられない！」こんなに動揺《どうよう》したジャスミンを見るのははじめてだ。「ちょっと待って。ここを動かないで。お父さんはもうきてるの？」

「はい」

ジャスミンは意を決したようにメール・ルームをでていった。ぼくがこのままここで働けるように、戦ってくれようとしているんだ。あたたかい気持ちでいっぱいになった。

数分後、ジャスミンはがっかりした表情でもどってきた。

「いまから、あなたはウェンデルのところで働くことになったみたいね」そういって、どさりと椅子にすわった。

「アルトゥーロはなんていってましたか？」

「新しい人が見つかるまで、パートタイムであなたに手伝ってもらってもいいって。ジュリエット女王とスケジュールをつめてくるから、心配しないで。それにしても妙《みょう》な話だわ。昨日、ウェンデルの仕事をしてるときに、なにか変なことでも起こったの？」

「いいえ。はい。アルトゥーロには起こってません。でも、おかしなことはありました」

「どんなこと？」

しばらく考えてから、あの女の子の写真を取りだした。「これをゴミの箱で見つけました」

ジャスミンは椅子をころがして、ぼくの正面までやってきて、その写真を受け取った。「まあ」

ジャスミンが、その写真を見てつらい思いをしているのがわかった。

「わからないわね。この写真と、ウェンデルのところで働くことにどんな関係があるの？」

「その写真の女の子のことを、もっと知りたいんです」

「ゴミの箱で見つけたのね？」

「はい」

「これがだれなのかは知らないの？」

「知りません」

「ちょっと待って。この子がだれなのかは、あとで調べましょう。いまは、あなたがここから異動することになった理由が知りたいの。あなたからウェンデルにいっしょに働きたいって頼んだの？」

「いいえ、ウェンデルがアルトゥーロに頼んだんです」

「どうして？」

ヨットに誘《さそ》うため。とつぜん、それを思い出した。「ウェンデルは、ぼくがこの法律事務所でうまくやり通すのを助けたがっています。ぼくが来年度、パターソンにいけるように」これが嘘《うそ》なのかどうか、ぼくにはわからない。

「ええ、ええ、そうでしょうとも」まるで信用していない口調だ。

まともにジャスミンの顔を見ることができない。ヨットのことを話すべきかどうかわからなかった。ウェンデルが勝手にぼくと約束したと思いこんでいて、それが理由でこんなことになったことを。でも、ウェンデルはまちがっている。ぼくたちのあいだには約束なんてない。

「ベリンダに声をかけてみるわ。まだ、間に合うかもしれない」

ジャスミンの表情には失望があった。ぼくがいなくなって、ベリンダがくるかもしれないのに、どうして失望したりするんだろう？

「ジャスミンは、この写真の女の子について調べるのを手伝ってくれませんか？」

ジャスミンは長いあいだ、じっとぼくを見つめた。その顔には「なんでよ？」という表情が浮かんでいる。ようやく話しはじめた。「あとでじっくり話しましょ。お昼ちょうどにここにきて。カフェテリアにいって、作戦会議よ。なにが起こってるのか、さっぱりわからないけどね。もう、なんてところなの、ここは！」

私物のつまった小さな箱を抱《かか》えてメール・ルームをでようとしたら、ジャスミンが一瞬《いっしゅん》引き止めた。

「ほら、これ」そういって、箱にＣＤを一枚いれた。「あなたに、と思って持ってきたの」

そんな大げさなことではないのはわかっているけれど、メール・ルームをでていくとき、ぼくは長い長い旅にでるような気持ちだった。


ジャスミンは発泡《はっぽう》スチロールのカップにはいった豆のスープを、ぼくはオーロラが作ってくれたツナサンドを食べていた。カフェテリアの一番奥の、柱の陰《かげ》の席にすわっているので、だれからも見えない。このカフェテリアは事務所のひとつ上の階にあるので、階段でもくることができる。ここにきたのはまだ二度目だ。

「さてさて」ジャスミンはくずしたクラッカーをスープにいれていった。「あの写真の少女のことだけど」

「きかせてください」

「あの子はビドロメック社のフロントガラスのせいでけがをした。それはあなたにもわかってるのね？」

「あのフロントガラスは、衝突《しょうとつ》の際には粉々に砕《くだ》けて、人にけがを負わせないことになっています」

「その通り。けれど、あの子はそのフロントガラスでけがをして、たぶん両親がビドロメックを訴《うった》えてるんだと思う。それが理由であの写真はウェンデルの『ゴミ』の箱に放《ほう》りこまれた。裁判については、あなたもわかってるわよね？」

「はい」ぼくはフィットネス・クラブでの、アルトゥーロとグスタフソンさんの会話を思い出した。

「訴える側と訴えられる側が、敵同士のように争《あらそ》うことです」

「ええ、そんなところね。あの少女の親は弁護士を雇《やと》っただろうし、その弁護士はビドロメックにお金を払《はら》うように要求した。ビドロメックの過失《かしつ》なんだから」

「ビドロメックがあのフロントガラスを作りました。責任があります」

「わたしには法律のこと、なにからなにまでわかってるってわけじゃないけど、ものごとがそんなに単純なら、弁護士もメール・ルームの職員も大量失業ね」

「でも、ビドロメックがあのフロントガラスを作って、そのフロントガラスはちゃんと粉々には砕けなかった」

「ねえ、いい？　このスープを見て。わたしはこのスープが火傷《やけど》するほど熱いのを知ってる。それを知っていながら、ガブガブ飲んで舌を火傷したとして、スープのメーカーや料理人を訴えることができると思う？　もしかしたら、フロントガラスには石ころかなにかでできた小さなひびがはいっていたのかもしれない。少女の両親が放っておいて、そのせいでガラスが割れやすくなっていたり、性能通りに粉々に砕けなかったんだとしたらどう？　サンドバル・アンド・ホームズ法律事務所は、そういって反論しているのかもしれない。小さなひびを放っておいた少女の父親が悪いんだってね。ほかにもいくらだっていいのがれはできるわ」

「実際にそうだったと思いますか？」

「わたしにわかるのは、ここの法律事務所の弁護士は、あらゆる手段を使って、ビドロメックには責任がないことを証明しようとするってことだけ。ビドロメックはフロントガラスの事故で、たくさんの人に訴えられてるのよ。法律事務所としては、たった一件でも示談《じだん》にするわけにはいかないの。示談にするってことは、過失があったことを認めることになるんだから」

「過失はありました」

「このスープ、どうしてこんなに熱く作ったんだろう？　食べるまで十分も待たなくちゃいけないじゃない。なんで、適当な温度に調理して、席についたらなにも考えずにすぐ食べられるようにしないの？」

「適当な温度に作るのはむずかしいでしょう。熱さの感覚は人それぞれですから」

「事務所にもどったら、写真の裏を見てみて。番号がはいってるはずだから」

「番号はありませんでした」

「まちがいない？」

「はい。ファイルにあったほかの資料とおなじように、番号があるはずだと思ってさがしたけどありません」

「だれかが、番号をいれ忘れたのかも」

「番号がないものは、捨てられるんですか？」

「事件に関係があるものなら、捨てられたりはしないでしょうね。あの写真を見た人は、だれだってビドロメックの件と関係があるのはわかるから。わざと捨てられることはありえない。でも、たまたまなにかの手ちがいで捨てられることはあるかも。だけど、あなたは、そうは思わないのね」

「はい。あの箱にあったのはコピーだけです。ちゃんと調べました。それに、ほかに封筒《ふうとう》はひとつもありませんでした」

ジャスミンはスープを遠ざけ、両手で頭を抱《かか》えた。話しはじめたとき、声のトーンが変わっていた。理屈《りくつ》抜《ぬ》きで話しているような声だ。「どうして、そんなにあの子のことが気になるの？」

自分の手が無意識に閉じたり開いたりしているのに気づいて、あわててやめた。「なにかを感じたんです。なにか、これまで一度も感じたことのないものを。それは火のような感じです。ここに。そしてここも」ぼくはお腹《なか》のまんなか、つまり肋骨《ろっこつ》の底辺《ていへん》あたり、それから胸のまんなかを手で触《ふ》れた。「あの女の子を傷つけた人と、戦いたいって思いました。でも、その相手のなかには父もふくまれていることに気づきました。だからとまどっています。それに……」

「つづけて。ちゃんときいておきたい」

「あの女の子自身のことにもとまどってます。あの子は怒っていません。怒りとはちがうなにかです」

「うーん」

「この気持ちがなんなのか、自分でもわかりません」

ジャスミンはまだほとんど口をつけていないスープを見つめている。あの女の子に対して感じているぼくの気持ちを、ジャスミンに説明しなくてはと思った。けれども、自分でもわからない気持ちをどう説明したらいいんだろう？

「それは、なにか問いかけのようなものです。ちゃんと答えなくちゃいけない問いのようなもの」

「どんな問いかけ？」

「ことばにはできません」

「でも、もしことばにするとしたら、それはどんなもの？」

ぼくのこの気持ちを、ちゃんとことばにする方法なんてあるだろうか？　話しはじめるまでに、ずいぶん長い時間がたった気がする。「たとえば、こんな感じかもしれません。『苦しみばかりの人生を、どうやって生きていけばいいんだろう？』この問いかけはおかしくないですか？　こんな問いはこれまでにもあったんでしょうか？」

ぼくはジャスミンの返事を待った。数秒後、ジャスミンはいった。「そろそろもどらないと」

「アルトゥーロはあの写真を見てると思いますか？」

ジャスミンがためらっているのがわかった。それからいった。「もし、あの写真の子がビドロメックの裁判の一部だとしたら、答えはイエスよ。ビドロメックはこの法律事務所一番のお得意様だから。収入の八十パーセントをあそこから得てるの。あなたのお父さんは、ビドロメックの裁判に関するすべての資料に、なにがなんでも目を通すはず」

「でも、単純なまちがいが起こったのかもしれません。届いた資料が、アルトゥーロが見るまえに、ファイルされてしまったとか」

「ええ、可能性はあるわね」ジャスミンは目をそらして、下唇《したくちびる》をかんでいる。「あなたはお父さんに直接話してみたい？　あの写真の件で」

「もし、アルトゥーロに話したら、あの女の子を助けるのをじゃまされるかもしれないし、もしかすると、もっとあの子を傷つけることになりはしないか、こわいんです」

きっと、ぼくの顔に罪悪感のようなものが浮かんでいたのだと思う。ジャスミンがこういったからだ。「だいじょうぶよ。あなたは恥《は》じることなんてない。感じたいように感じればいいの」

「ぼくの父は、いつも正しいことをしてきました」口にだしたばかりのそのことばが、文字になって、目のまえを漂《ただよ》っているような気がした。

「お父さんに伝えないからといって、もうしわけなく思うことはないわ。お父さんに直接たずねるまえに、もっと情報を集めたいと思うのは当然よ」

ぼくは口をつけなかったサンドイッチを、しわしわのアルミホイルで包《つつ》んだ。ホイルのしわをなるべく伸《の》ばして、紙袋《かみぶくろ》のなかのクッキーとリンゴの横にいれた。ぼくは話題を変えたかった。それでこういった。「ジャスミンに告白しなければいけないことがあります。きっと気にいらないようなことです」

「なに？」思った通り、ジャスミンの顔に不安げな表情が浮かんだ。

「ぼくは午前中、貸してくれたCDをきいていました。キース・ジャレットが弾《ひ》いている『ゴールトベルク変奏曲』です。パソコンからヘッドホンで」

「ウェンデルの仕事をサボって？」ぼくのずるに、ジャスミンは動揺《どうよう》している。

「いいえ。午前中、ウェンデルはきませんでした。なにもすることがなかったので、CDをきいていました」

「あらまあ、どうしてそんなことができるの？　新しい仕事場ですばらしい技能を身につけるはずじゃなかったの？」

「そうですね」なるべく、反省しているように見えるようにいった。

「あなたがいった通り、気にいらない話ね」

「いいえ。ジャスミンが気にいらないだろうと思うのは、そのことじゃありません」

「じゃあ、なに？」

「『ゴールトベルク変奏曲』のCDはぼくも持ってます。グレン・グールドというピアニストが演奏しているものです。ぼくは、グレン・グールドのほうが、キース・ジャレットより正しく弾いていると思います」

「より正しく？　より正しくですって？　より正しく弾くなんてことがあるわけ？」

「はい」ぼくはいった。けれど、「より正しく」ということばが文法的に正しいのかどうか確信はなかった。

「まあ、いいわ。『より正しく』の議論はちょっと横におきましょう。あなたが、そんなことをいうなんて信じられないし、あなたはぜったい、ぜったいにまちがってるけど、それもおくとして、答えてほしいんだけど、どちらが優秀《ゆうしゅう》なアーティスト？　どちらが才能に恵《めぐ》まれてる？　あなたのことばを借りれば、バッハのゴールトベルクを『より正しく』解釈《かいしゃく》したあなたのグレン・グールドなのか、それとも、その場で即興演奏《インプロバイズ》、べつのことばでいえば創造したわたしのキース・ジャレットなのか。さあ、答えて」

答えられない。ジャスミンの質問に答えることはできない。途方《とほう》に暮れてしまった。どちらのタイプの演奏にも、技術と才能が必要なのはわかる。ぼくはそこで身動きできなくなった。ジャスミンは返事を待っている。あたたかい気配を発しながら。そのあたたかさはテーブルを隔《へだ》てていても感じることができた。そして、そのあたたかさは、あの写真の女の子の目に見た炎《ほのお》を思い出させた。

「なんとかして、あの女の子を助けなくてはならないんです」

「ええ、わかるわ」ジャスミンはまだあたたかさを発している。

「でも、父を傷つけたくありません」

ジャスミンが発していたあたたかさは薄《うす》れてしまった。「それもわかる」

「もしぼくの立場だったら、ジャスミンはどうしますか？　あの写真のことは忘れてしまいますか？　ジャスミンはぼくがバカなことをしようとしていると思いますか？」

「その答えは、あなたにしかだせないわね」

「そうですね。でも、なぜジャスミンは意見をいってくれないんですか？」

「なぜなら、わたしの意見は、考慮《こうりょ》すべきすべての判断材料に基《もと》づいたものではないから。わたしはあなたじゃない。あなたがお父さんのことをどう思っているのか、わたしにはわからない。それに、あの少女のことをどう感じているのかも。あなたが失うかもしれないものを、わたしは失う状況《じょうきょう》には置かれていない。あなたがなにかを決断するたび、それがどんな決断だとしても、あなたはなにかを失うわ。失うことに耐《た》えられるかどうか、それはいつも問題になってくる。いま、ここでピアノを弾《ひ》いてるのはわたしじゃない。つぎにどの音をだすのかを決めなくちゃいけないのは、あなたよ」

「でも、つぎにだす音が正しいのかどうか、どうしたらわかるんですか?」

「正しい音は正しくきこえるし、まちがった音はまちがってきこえる」

法律事務所にもどる途中、会話はなかった。エレベーターにはぼくたちふたりだけが乗りこみ、おたがい黙《だま》ったままだった。ぼくは自分に問いかけた。もし、あの女の子を助けるためになにもしなかったら、なるがままに放っておいたら、ぼくはなにを失うんだろう?

第18章

ランチのあと、ウェンデルの部屋にもどる途中、ジュリエットに呼び止められた。「出世したってきいたわよ」

無視しようかとも思ったけれど、かわりにたずねた。「ウェンデルはいつもどってきますか？」

ジュリエットは机の一番上の引きだしをあけて、メモを手わたした。ウェンデルの手書きの文字だった。

「あなたがランチにいってるあいだに顔をだしたのよ」ジュリエットはそういった。

よお、マルセロ

おれはなんていった？　たずねよ、さらばあたえられん。今週は仕事はやめにして、クルーズでささやかな息抜《いきぬ》きをすることにした。そのあいだの仕事については、ジュリエットが教えてくれる。忘れるなよ。サンドバルとホームズが最優先だ。できるものなら、ジュリエットにはひっかかるなよ。

ウェンデル

ぼくはそのメモを折りたたんだ。「あなたがなにかをぼくに教えてくれると書いてあります」

「そうなの？　ウェンデルは、ほかにもなにか書いてるの？」

「あなたにはひっかかるなって」

「それって、冗談《じょうだん》かなにかのつもり？」

「きっと比喩的《ひゆてき》にいってるんだと思います」

「これまで一度だって、だれかをひっかけたことなんかないわよ」

なんだか、腹を立てているようだ。でも、ぼくに対してではない。ウェンデルがいったことが気にいらないんだろう。ということは、ジュリエットがウェンデルに思われたいようには、ウェンデルはジュリエットのことを思っていないということだ。そう考えれば、とつぜん不機嫌《ふきげん》になったのもわかる。でも、思い出した。ジュリエットはいつでも不機嫌だ。笑顔を見たことは一度もない。メール・ルームでの仕事がどれほど楽しいものだったのか、そのとき、とつぜん気がついた。ジャスミンも笑顔を見せないけど、雰囲気《ふんいき》はぜんぜんちがう。

「ジュリエットはウェンデルのヨットを見たことがありますか？」その質問がふと、口をついてでた。

ジュリエットはぎょっとしたように椅子の背にもたれた。ジュリエットの顔に、一瞬《いっしゅん》、恐怖《きょうふ》がよぎったのを見のがさなかった。

「なんでそんなことが知りたいのよ？」ぼくの答えがおそろしいものだと予期しているようにたず

ねかえしてきた。

「どんなヨットなのかと思ったんです」

「ヨットはヨットよ」

「ウェンデルはジュリエットを招待したんですね」

いつもは青白い顔が紅潮《こうちょう》した。そのつもりはなかったのに、動揺《どうよう》させてしまった。

「あなたは知る必要もないけど、参考までにいっておくわね。ウェンデルは、この法律事務所の大勢とおなじように、わたしを招待したわ。ちなみにどんな形の船かは知ってるけど、ウェンデルの招待を受けて船に乗ったりしてないから。ガキは相手にしないの」

ジュリエットはすっかり取り乱したようすになって、パソコンにむかってキーをたたきはじめた。話しすぎたことを後悔《こうかい》しているのはまちがいない。最近、人のジェスチャーや仕草《しぐさ》の意味を、以前よりずっと正確に読みとることができるようになった気がする。けれども、本人に直接たずねたり、なにか心の内側があらわになるような質問をぶつけたりもしないで、その解釈《かいしゃく》がほんとうに正しいのかどうかを知る方法などあるんだろうか？　この件については、もう、これ以上追求しないことにした。そもそも、なぜジュリエットにたずねたのかもわからない。それに、なぜどんなヨットか知りたいなどと嘘《うそ》をついたのか、自分でも理由がわからない。ぼくは、ほんとうはなにを知りたかったんだろう？　ジュリエットから、ほかの人たちも大勢ヨットに乗ったときいて、ぼくはほっとした。ウェンデルがジャスミンだけをねらっているわけではないと知って、すこし気が楽になったような気がする。

「そのままずっとそこに立ってるつもり？」

仕事の途中でぼくが途方《とほう》に暮れてしまったとき、ジャスミンもよくおなじことをいった。でも、ジャスミンのいい方には、ユーモアがこもっていた。ジュリエットの声には不快感しかない。

「このメモには、ジュリエットがぼくになにをしたらいいか教えてくれると書いてあります」

「それでわたしは、あなたの子守《こもり》もしなくちゃいけないってわけ？」ジュリエットは立ち上がって、ウェンデルの部屋にむかって歩きはじめた。ついてこいとはいわれなかったけれど、そうしてもらいたいんだろうと思った。

ジュリエットは戸口に立っている。「ウェンデルはここの箱を全部外にだせっていってたわ。これからあんたがいくところに運ばせろって」

「これからぼくがいくところ」

「あんたは、いちいち人のことばをくりかえすわけ？」そのことばに返事をするまえに、ジュリエットはまた歩きだした。ジュリエットは、頭の上に皿の山をのせているような歩き方をする。ぼくたちはウェンデルの部屋から三つ分はなれた部屋のまえで止まった。

「ここの弁護士は休暇中《きゅうかちゅう》なの。休暇からもどったらすぐクビになる予定。だから、ここはあんたが使っていいの。机の上の写真だの、私物だのは箱にいれてちょうだい。引きだしはさわっちゃだめよ。そこは本人がやるから。出勤の直後に、クビをばっさり切られることになってるから」

ぼくはそこに立って、子どもたちの写真がたくさん飾《かざ》ってある机を見つめた。「クビをばっさり」そのことばの意味はよくわからなかったけれど、ぼくがこの部屋を使うようになるのだから、きっと、その弁護士は法律事務所を辞《や》めさせられるのだろう。

ジュリエットは、バカな人間を見るような目でぼくを見ている。いや、ジュリエットにはバカそのものに見えているんだろう。以前にもそういわれたことがある。「クビをばっさりよ。つまり、ここをでていくってこと。わかりやすくいいかえれば、『はい、さようなら』ってことよ」

「でも、どうして?」

「無能だったのよ。期待に応《こた》えられなかったってこと。軟弱《なんじゃく》すぎたのね」

ジュリエットの話をきくには、ふつうより努力がいる。また怒らせてしまうかもしれないと思いながらたずねてみた。「軟弱すぎるっていうのは、どういう人のことをいうんですか?」

ジュリエットは自分の部屋にむかって歩きだした。ぼくもあとにつづく。いまの質問には答えてくれないんだろうと思っていたら、ジュリエットが話しはじめたので、足を速めて横にならんだ。

「サンドバル・アンド・ホームズ法律事務所に仕事を依頼《いらい》するってことは、一番ずる賢《がしこ》くて、タフな弁護士がほしいってことなの。ほかの法律事務所の連中が、うちが担当することを知った時点で、勝ち目がないって思うぐらいにね。あんたも、ここで成功したいと思うなら、冷酷《れいこく》に敵の急所を攻《せ》めることね。あの部屋の弁護士には、それができなかった。いろんなことを考えすぎてた。あの人は、しょっちゅうホームズさんの部屋にやってきて、やろうとしていることが正しいかどうかって、うるさくいい立ててた。ホームズさんを問いただす度胸《どきょう》はあったのね。わたしもそこは買ってたんだけど。でも、あの人はやさしすぎた」

ジュリエットはうんざりといった表情でぼくを見た。ぼくのことも軟弱だと思っているのは明らかだ。それに、たしかにマルセロはいろいろと考えすぎる。「軟弱というのは柔和《にゅうわ》とおなじですか?」

「そのことば知らないわ。なによニュウワって?」

ぼくはためらった。ルールを破って聖書のことばをいうべきだろうか。「柔和な人たちは、さいわいである。彼らは地を受《う》け継《つ》ぐであろう」というイエスの山上の垂訓《すいくん》の一節だ。『詩篇《しへん》』第三十七篇《へん》にも「柔和な者は国を継ぎ、豊かな繁栄《はんえい》を楽しむことができる」ということばがある。ジュリエットが返事を待っているとしても、答えないことにした。そのときはじめて、ぼくは、柔和な人たちが地を受け継いだり、なにかを手にいれたりできるのだろうかと疑問を抱《いだ》いた。

ジュリエットはつづけた。「ニュウワだろうが、軟弱だろうが、あの人はいなくなる。あんたはウェンデルの部屋の箱を、全部そこに動かせばいいの。それが終わったら顔をだして。あんたにわたすファイルがあるから」

ぼくは箱を全部、ロバート・スティーリーの部屋に移した。その部屋は個室なので、あの写真の女の子に関するファイルをさがす機会を作れそうだ。でも、どこから手をつければいいだろう? ファイルはものすごくたくさんある。まずは、ウェンデルから頼まれた仕事で使ったふたつの箱からはじめることにした。

箱はすぐ見つかった。そのふたつの箱を机の上に置いて、ファイルのひとつひとつに目を通す。自分がなにをさがしているのかもわからない。あの女の子のべつの写真? あの写真が「ゴミ」の箱にはいっていたのは、おなじものがもう一枚あるからなのかもしれない。それぞれの箱には十二ずつのファイルがある。そのひとつひとつが何百ページもある。ぼくはすべてのファイルのすべてのページに目を通した。なにもなかった。クリップだけがついていて、そこにあったはずのものがなくなっているページがないかとさがした。ひとつもない。

ぼくはロバート・スティーリーの椅子にすわって、つぎになにをしたらいいのか考えた。資料を調べはじめたいま、あの女の子の情報を見つけなければという思いはどんどん強くなっていた。自分のやっていることの正しさを、写真をさがすことで確認《かくにん》しているかのようだ。

ぼくは机の上の写真を見た。一枚の写真には、ふたりの小さな子が、浜辺《はまべ》のビーチパラソルの下にすわる姿が写っていた。べつの写真では、おなじふたりの子が、それぞれすこし大きくなって、ミッキーマウスの帽子《ぼうし》をかぶった姿で、ロバート・スティーリーにしがみついている。写真を見ていて、メール・ランのときにこの部屋で見かけたロバート・スティーリーのことを思い出した。ジュリエットはあの人はいろいろ考えすぎるといった。スティーブン・ホームズにむかって、なにが正しいのか問いただしたりもしたという。そのなかには、ものごとの善悪もふくまれていたんだろうか。あの人は、ぼくの目から見ると、ぼくをおそれずに話しかける弁護士のひとりということ以外に、変わったところがあるようには見えなかった。ぼくたちは、何度かトイレででくわしたことがあった。ロバート・スティーリーは、「ぼくたちはおなじ膀胱時計《ぼうこうどけい》を持ってるのかもしれないね」といったことがあった。

してはいけないことだとは知りながら、机の引きだしをあけてみた。ボールペンの替《か》え芯《しん》や、伸《の》び切って使い物にならないペーパークリップ、たくさんのペニー硬貨《こうか》、名刺《めいし》やタイ料理レストランのメニュー、輪ゴムを丸めて作った小さなボール、蜘蛛《くも》の巣《す》模様のシール、虫眼鏡《むしめがね》、プラスチックのスプーンが三つ、紙ナプキン一枚、デンタルフロスに、底に張り付いたのど飴《あめ》、そして胃腸薬のタブレットが十個ほどあった。

ぼくはもう一度あの女の子の写真を取りだした。なんとかして名前を知りたいと思った。この子のことを名前で呼びたい。髪の毛はジャスミンとおなじようにショートカットの黒髪だ。瞳《ひとみ》は黒い。太めの眉毛《まゆげ》が目の上にアーチを描《えが》いている。カラー写真ではないけれど、肌《はだ》の色がアバやオーロラ、ヨランダとおなじくらい浅黒いのがわかる。ぼくの肌はアルトゥーロのベージュの肌に近くて、白よりはすこし茶色がかっているけれど、浅黒いというほどではない。アバはメキシコの出身だし、アルトゥーロのおじいさんもそうだ。この女の子やこの子の両親も、もしかしたらメキシコ出身なのではないかと思った。それで親近感があって、こんなにもひきつけられるのかもしれない。

これまで写真の背景を注意して見たことはなかった。写真は室内で撮《と》られている。どうやら、事務所のような場所だ。女の子のわきにはファイル・キャビネットの端《はし》が写っているし、反対側のうしろにはカレンダーが見える。点のように見えるパターンが日付と月をあらわしているのでカレンダーだとわかった。

ロバート・スティーリーの引きだしに、虫眼鏡があったのを思い出した。取りだして、よく見てみた。やっぱりカレンダーだ。女の子の顔でかくれて、ほとんど見えないけれど、日付が三十日までしかない月なのはわかった。数字の列の上に秋らしく紅葉した木の写真がある。カレンダーの数字の列の下には、なにか文字が見える。もしかしたら、オーロラが毎年病院からもらってくるようなカレンダーかもしれない。一番下に病院の名前と住所、そして、業績を讃《たた》えることばが印刷されているようなやつだ。この写真のカレンダーの文字はぼやけてなにが書いてあるのかわからないけれど、ふたつの単語と、五つの数字があることだけはわかる。虫眼鏡で見ても、その単語や数字を読みとることはできなかった。でも、この写真をメール・ルームに持っていって、拡大コピーを取ればなんとかなるかもしれない。写真を手にとって、歩きだそうとした瞬間《しゅんかん》、ドアがあいた。

そのあとのことは全部、ほとんど同時に起こった。心臓が高鳴った。ぼくは写真をすばやく裏がえして足の横におしつけた。やってきたのはジュリエットだと思った。しめきったロバート・スティーリーの部屋で、ぼくがなにをしていたのか、いいわけを考えはじめた。

でも、ジュリエットではなかった。ロバート・スティーリー本人だった。

ロバート・スティーリーは「おっと」といって、ぴょんとうしろにとびのいた。「おっと」もう一度そういった。そのあとはことばがでない。ぼくもだ。それから、自分の部屋を埋《う》めつくすように置かれた段ボール箱を見回した。

「これはなんなのかな?」その声に驚きはなかった。ぼくからの、筋の通った説明を期待している。手にブリーフケースを持っているところを見ると、たったいま、部屋についたばかりのようだ。

ジュリエットは、休暇からもどったらすぐにクビになる予定だといっていた。ぼくは、会社を辞めさせられるときの手順を知らない。だれかが、「おまえはもう、この法律事務所では働けなくなった」といっているのを思い浮かべた。ぼくはそういわれてもちっとも困らないけど、ロバート・スティーリーにとってはちがうだろう。これからは、どこで子どもたちを食べさせるお金を手にいれるのだろう?

「ビドロメック社の資料の箱です」ぼくは答えた。

ぼくは、さっきロバート・スティーリーがしたのとおなじように、ぐるりと部屋を見回して、机の上に虫眼鏡が置きっぱなしなのに気づいた。ぼくが引きだしをあけたのがわかってしまう。なにかいいわけをしようとしたそのとき、ロバート・スティーリーがブリーフケースを床に落とした。くるりと背をむけると机の端《はし》に腰をおろし、ドアを見つめている。肩ががくりと下がり、顔は青ざめている。

「悪党どもめ」ささやくようにそういった。

いまは両手で顔をおおいかくしている。ぼくは肩に手をかけようかと思ったけれど、これまで、一度もそんなことをしたことがないし、こわくなってやめた。ロバート・スティーリーは首をふりふり、コートの袖《そで》で目をこすった。

「わかったんですね」ぼくはいった。

ロバート・スティーリーはうなずいた。「こんなに早いとは思わなかったよ。すくなくとも今年いっぱいはだいじょうぶだと思ってた。つぎの仕事をさがすのに、二か月はあるだろうってね」

ジュリエットのハイヒールの音がきこえて、ぼくたちは同時に顔を上げた。戸口に立ったジュリエットは、背筋をまっすぐ伸《の》ばして、腰に手を当てている。「月曜まで出勤しない予定でしたよね」

「ああ、その通り」そのときになってはじめて、ロバート・スティーリーの声に怒りを感じた。

「受付があなたをサンドバルさんの部屋にむかわせることになってたんですけど」

「受付の子は休憩《きゅうけい》でもしてたんだろう。ぼくはまっすぐここにきたんだ」

「ホームズさんは留守なので、サンドバルさんのところへお願いします」

ロバート・スティーリーはぼくを見て、眉《まゆ》を上げた。その表情をどう解釈したらいいんだろう？

「ほら、ごらん。きみのお父さんはそういう人なのさ」ということなんだろうか？

ロバート・スティーリーは背筋を伸ばして大きく息をつき、部屋からでていった。

「それはなに？」ジュリエットはぼくが持っている写真をじっと見ている。

どんなときでも、ぼくはほとんど嘘をつくことはできない。ぼくの脳のシナプスは、通常、ふつうの人よりすばやく働くけれど、嘘をつこうとしたら、そのおなじシナプスがフリーズしてしまう。ぼくは、真実以外のことを瞬時《しゅんじ》に考えだすことができない。ぼくはジュリエットの質問に正直に答えた。

「写真です」そのあと、つづけてでてきたことばには、自分でも驚いた。「机の下で見つけました。ロバート・スティーリーの持ち物です」

この嘘はうまくいった。ジュリエットは写真を見せろとはいわなかった。「あの人が私物をかたづけるあいだ、だれか監視《かんし》する人をつれてくるわ。あんたはメール・ルームにいって、私物をいれる空き箱をふたつぐらい持ってきてあげて」

「ロバート・スティーリーが荷物をつめるのは、ぼくでも手伝えます」

「それはだめ。この法律事務所のファイルを、あの人が持ち去ったりしないように、だれかが確認しなくちゃいけないの。あの人が持ちだしていいのは私物だけ。あんたには区別がつかないでしょ」

ぼくにもできると思った。ジュリエットはぼくのことをほんとうにバカだと思っているようだ。ぼくは手に持った写真を、そこに置いていくふりをして机に伏《ふ》せた。そして、ジュリエットがむこうをむいたのを待って、もう一度手に取った。メール・ルームへは、ジュリエットの机のまえを通らずにもどれる。

「あら、メール・ルームの仕事にもどってきたの？」ジャスミンがたずねた。最後にあってから一年もたったような気がする。

「ジュリエットにいわれて、空き箱を取りにきました。ロバート・スティーリーがクビになったんです」

「なんてこと。いい人ほど、ここには長くいられないみたいね」

「ジュリエットは軟弱だからだっていってました。それがクビの理由だって」

「ジュリエットはここが弱いから」ジャスミンはそういいながら人さし指で自分の頭をこつこつたたいた。

ぼくは同感だとうなずいた。ぼくは手に持っている写真のことを思い出して、ジャスミンにさしだした。「女の子のうしろの壁《かべ》に、カレンダーがあります。ほとんどかくれているけど、単語がふたつと数字が五つ見えています。その単語と数字がわかれば、女の子を助けることができるかもしれない」

ジャスミンはぼくの手から写真を受け取って、コピー機のところにいった。ぼくもついていった。

「百五十パーセントに拡大してみましょう」

コピー機の横からぼやけた女の子の画像がでてきた。でも、女の子のうしろの文字ははっきりした。

SU　TAQUERIA

「タケリアっていうのは、タコスを売ってる店でしょ？　カフェテリアがコーヒーを売ってる店っていうのとおんなじで」ジャスミンがいった。

「スペイン語がわかるんですか？」

「高校で三年間習ったわ。ただ、こんなことというのはしゃくだけど、タケリアはむずかしいことばじゃないわね。この写真が撮られたのは、ビドロメックが商売をしている無数のスペイン語圏《けん》のなかのどこかってことになるわね。だけど……」

「だけど」

「だけど、うちの事務所が代理人をしているビドロメックの事故は、アメリカ国内で起こったものだけ。だから、もしこの写真がうちであつかってる案件に関係があるんだとしたら、このタケリアはアメリカ国内のものってことになるわね。でも、そんなに選択肢《せんたくし》がせばまるわけじゃないわ。うーん、困った」

「これはなんでしょう？」

「数字のことね。これがアメリカ国内のタケリアの宣伝に使われたカレンダーだとして、宣伝にはふつう住所があるわよね。そして、住所にふくまれた数字となると？」

かんたんそうな質問にきこえるのに、ぼくはなにひとつ思い浮かべることができない。

「番地か郵便番号よ。けど、数字のあとにつづくものがないから、たぶん郵便番号ね。郵便番号なら五桁《けた》の数字だし」ジャスミンがいった。

「郵便番号」ぼくはくりかえした。気づかなかった自分をマヌケだと感じる場面なのかもしれないけれど、そうはならなかった。というのも、ジャスミンの声が興奮しているのがわかって、ぼくもわくわくしていたからだ。

「ジュリエットのところに、もどらなきゃいけないの？」

「ロバート・スティーリーに、空き箱をふたつ持っていかないといけません。私物をいれる箱です」

「じゃあ、持っていって。わたしはタケリアと02130で検索《けんさく》をかけてみるわ。もどってくるころには、もっといろいろわかってると思う」

ぼくはコピー用紙がはいっていた箱をふたつかかんで、ロバート・スティーリーの部屋にむかった。部屋につくと箱を置いた。ロバート・スティーリーはまだアルトゥーロと話しているんだろう。クビにするにはどれぐらいの時間がかかるんだろう？　きっと、アルトゥーロは、できるだけ親切に対応しているんじゃないだろうか。

「ずいぶん遅《おそ》かったわね」メール・ルームにもどる途中、ジュリエットに声をかけられた。「で、どこにいこうっていうの？　ちょっとききなさい。ジャスミンとわたしとで、あんたのスケジュールを決めて、いまはわたしの管理下なのよ。そこにある手紙を全部折って、封筒《ふうとう》につめたら、封《ふう》をしてちょうだい。封をするときにはそこの瓶《びん》のスポンジを使ってもいいし、一枚ずつなめたっていいのよ。好きにして」

ぼくは紙の束を見た。二百通はありそうだ。ジュリエットはその束をぼくに手わたし、その上に封筒のはいった箱をのせた。それから、あごでウェンデルの部屋をさし示した。あそこで作業をしろということだ。

あたえられた仕事を、できるだけきちんとしなかったのは、今回がはじめてだ。あわてていたせいで、折り目がずれて斜《なな》めになってしまった手紙もあった。全部を折りたたんで封筒につめ終えると、水で湿《しめ》らしたスポンジのはいった瓶で封筒の縁《ふち》をぬらしていった。ちょうどいい量の水でぬらすのはむずかしくて、なかには、ナムがなめたようになってしまった封筒もあった。

ぼくはジュリエットが席を立つと、すぐにメール・ルームにむかった。どっちみち、手紙にはメール・ルームにある機械で切手の代わりのスタンプを押さなくてはならない。ジャスミンはパソコンの画面に釘付《くぎづ》けになっていた。最初、ぼくが部屋にはいってきたことにも気づいていないのかと思った。

「よくきいて」ジャスミンはふりかえりもせずにいった。「タケリアと０２１３０で検索にかけたら、ボストン市内のメキシコ料理店のサイトが見つかったわ。それではじめて、０２１３０がボストンの郵便番号だって思い出したのよ！　とにかく、そのサイトをクリックして、郵便番号が０２１３０の店をさがしたら、三十軒《けん》ほどのレストランがでてきたわ。それでね、その店は全部ジャマイカ・プレーン地区にあるの。ラテン系の住人がたくさんいる地区よ。それから、タケリアとジャマイカ・プレーンで絞《しぼ》りこんだら、ちょうど十軒のレストランがでてきた」

「つぎにはなにをするんですか？」

「電話してみるの。十軒のレストランのうち、カレンダーを配ってるのは何軒ぐらいだと思う？　そのあとは、まだよくわからないけど、わたしたちで直接たずねていって、あの少女の写真を見せて、心当たりがないかきいてみてもいい。この写真はどこかの事務所で撮られたものよ。ファイル・キャビネットがあるのには気づいた?」

「この法律事務所のファイル・キャビネットによく似てます」

「ええ、そうね。わたしもそう思ってた。この写真がどこかの法律事務所で撮られたとすれば、筋は通るわね。写真がうちの法律事務所にたどりついたのも、なにか裁判と関係があるからなのかもしれない」

「ジャマイカ・プレーンのタケリアで食事をした弁護士」

「わたしの台詞《せりふ》をとらないで」

「えっ?」

「ことばのあやよ。さあ、計画をたてましょう。まず、わたしたちでジャマイカ・プレーンで働いてる弁護士たちを見つける。それから、カレンダーを配ってるレストランに電話して、その弁護士たちの名前を読み上げて、メーリング・リストにないか、きき覚えがないかをたずねる。カレンダーを手にいれるには、住所を教えてあるか、直接店にいってもらってくるかのどっちかのはずだから」

「わたしたち」

「わたしたち、がなに?」

「あの女の子を見つけようとしているのはぼくでした。でも、いまは『わたしたち』、ジャスミンとマルセロになっています」

「わたしは、あなたみたいにどうしてもこの少女を見つけたいとは思ってないわ」ジャスミンの声は真剣《しんけん》だった。「でも、なんていっていいかわからないけど、なんだか、生きてるって感じがするの。あなたのりっぱな目的のために探偵《たんてい》ごっこをするのが」

「シャーロック・ホームズみたいに」

「そうそう」

「ジャスミンは論理的な考え方をします。一歩ずつ進みます。可能性を分析《ぶんせき》して、不要なものは切り捨てます」

「なにを驚いてるの？　わたしが賢いってこと、知らなかった？」怒ったふりをしながらいった。

ぼくのことをからかっているのは十分わかったけれど、ぼくの顔は赤くほてってしまった。これまで知っているつもりで、いまになってわかったことを、どう伝えたらいいんだろう。まるで毎日、夕焼けを見ていたのに、ちゃんとは見えていなかったような気持ちだ。

第19章

ジャマイカ・プレーンでカレンダーを配っているタケリアは、〈シエリート〉一軒《けん》だけだとわかった。メーリング・リストは無く、毎年十二月のはじめごろからお客さんに配っているということだ。それから、ジャマイカ・プレーンには弁護士が三十七人いることもわかった。シエリートのオーナー、ドン・ラモンに電話をしたとき、ぼくはその弁護士たちの名前を読み上げて、きき覚えのある名前がないかとたずねた。ドン・ラモンが迷い無く知っているといったのはひとりだけだった。ジェリー・ガルシアという名前のその弁護士は、ドン・ラモンによれば、ほとんどシエリートに住んでいるようなものだという。ジェリー・ガルシアの事務所はシエリートから半ブロックもはなれていない。ジャスミンとぼくは、あの女の子の写真が撮《と》られたのはジェリー・ガルシアの事務所だと確信した。

ジャスミンは、ワシントン・ストリートの地下鉄駅の入り口まではいっしょに歩いてくれたけれど、そこから先は、ついてくるつもりはなかった。ジャスミンは、これは、ぼくひとりでやるべきことだと考えていたからだ。ジャクソン・スクエア駅でおりたあと、ジェリー・ガルシアの事務所にたどりつくためのくわしい地図は持っている。それに、道に迷ったときには携帯電話を使えばいい。

「だいじょうぶ、やれるわよ」地下鉄駅の階段を下りはじめる直前、ジャスミンはいった。

地下鉄のなかでは、十分あたりに気をつけた。立ったまま、空いた席の背もたれにつかまっていた。ジャクソン・スクエア駅でおりると、センター・ストリートを東にむかって歩いた。ジェリー・ガルシアの事務所は、五ブロックしかはなれていない。道を走る車も、歩道を歩く人も、ぼくにむかってぶつかってくる話し声や騒音《そうおん》も、意識からしめだした。ぼくは、気を落ち着かせるためにビルの壁《かべ》に触《ふ》れ、また歩きはじめた。

さがしながら歩いて、とうとう、ジェリー・ガルシアの事務所があるビルの番地を見つけた。法律事務所はそのビルの３Ａにある。見上げると窓に白い文字が見えた。スペイン語だ。

ジェロニモ(ジェリー)・ガルシア法律事務所
あなたの悩《なや》みは、わたしにおまかせ

ぼくは階段を三階まで上がった。３Ａのドアは木製で、窓にあったのとおなじ文字が書いてある。ドアは半開きになっていた。なかには十人以上の人がいる。おとなや子どもが、すわっている。部屋の奥には電話がのった小さな机があるけれど、そこにはだれもいない。部屋のすみに背の高い扇風機《せんぷうき》があって、右へ左へと首をふっていた。子どもたちのなかには、床にすわってプラスチックの車やトラックで遊んでいる子もいる。反対側の部屋のすみには、おもちゃのはいった箱が見えた。部屋をまちがってしまったのかもしれない。ヨランダとぼくが小さいとき、オーロラによくつれていかれた病院の待合室のようだ。どうしたらいいのか、なにをいったらいいのかわからずにドア口に立っているぼくを、全員が見つめている。

「ジェリーに御用《ごよう》？」老婦人がスペイン語でたずねた。

「はい《シー》」そのスペイン語はアバに教わって知っている。

「それなら、ここよ。おすわり」その人は人でいっぱいのソファに小さなすきまを作ってくれた。ぼくはすわらずに立っていた。

机の横のドアがあいた。白いシャツを着て、青いジーンズをはいた男の人が、若い女の人がでてくるまで、ドアをおさえていた。女の人は目をハンカチでぬぐっている。男の人はぼくを見た。バックパックを背負《せお》って、ポケットに手をつっこんで立っているぼくは、すごく場ちがいに見えるだろう。白いシャツにジーンズのその男の人は、ジェリー・ガルシアだ。ジャスミンとぼくとで、インターネットで写真を見つけたから知っている。スペイン語の新聞に広告をだしていて、事故にあったらわたしにお電話を、と書いていた。

ジェリー・ガルシアは、最初にぼくに話しかけた女の人に合図をした。女の人はソファのひじかけを握《にぎ》りながら、ゆっくり立ち上がった。ジェリー・ガルシアが近づいてきて、女の人の腕をとった。

「さあ、すわって」ジェリー・ガルシアはぼくにそういった。「できるだけ早くきみの時間をとるから」

ぼくは三時間待った。奥の部屋からでてくるたび、ジェリー・ガルシアはぼくにもうすぐだからといった。ぼくがきたときにいた人たちはだれもいなくなったけれど、ほかの人たちがつぎつぎとやってきて、部屋はまたいっぱいになっていた。ソファにすわったまま押しつぶされたくなかったので、立ち上がった。

「いいよ」ジェリー・ガルシアがいった。「さあ、はいって」ついにぼくの番がきたことを理解するのに、ちょっと時間がかかった。ぼくは部屋にはいって、うしろ手にドアをしめた。

「きみは自閉症《じへいしょう》スペクトラムなんじゃないかな?」ジェリー・ガルシアがたずねた。

アスペルガー症候群《しょうこうぐん》も、自閉症スペクトラムのひとつだけれど、この質問に答えるのは、今年の夏がすぎていくにつれて、ますますむずかしくなっていた。パターソンに通っていたことさえ、忘れるときもあった。ぼくはいま、リアルな世界でちゃんと仕事をこなして、ほかの人たちとことばを交《か》わし、人の心のなかをさぐり、感情を想像している。どれもこれも、多くの自閉症の子どもにはできないことばかりだ。けれども、ぼくは、ほかの人が「歯に衣《きぬ》着せず(ぼくの好きなことばのあやのひとつ)」話してくれるのが好きだ。つまり、心のなかにあることを、いまジェリー・ガルシアがしたように、ずけずけと口にだすことだ。そのことばをきいて、すぐにジェリー・ガルシアのことを好きになった。

「ぼくの症状《しょうじょう》に一番近いのは、アスペルガー症候群です」これが精一杯《せいいっぱい》の答えだ。

「そうだと思ったよ。ときどき、自閉症児とその家族の代理人になることがあるんだ。学校が法律に基《もと》づいた特別な支援《しえん》をきちんとおこなうようにするためにね」

「どうして、ぼくがそうだって思ったんですか?」

「きみの目だね。ほら、話すとき、目をそらすだろ」そこでぼくは、しっかりと目を見つめた。するとすぐに付け加えた。「とはいっても、ぼくがあった子たちと比べると、ずっとわかりにくいけどね。あとは、きみの立ち姿、すわっているときの姿勢だな。とてもしゃんとしていて、じっとしている。きみの年頃《としごろ》の子はたいがい、だらしない格好で、そわそわするもんさ」

「アルトゥーロは、ぼくはまるで鉛《なまり》の兵隊のように立つといいます」

「アルトゥーロ？」

「ぼくの父です」

「きみの名前は？」

「マルセロ・サンドバル」

微笑《ほほえ》みがジェリー・ガルシアの顔いっぱいに広がった。「きみを見てると思い出すよ。きみのお父さんとはロースクールのクラスメートだったんだ」

「知ってます」

「知ってた？」

「あなたがぼくの父を知っているかどうかは知りませんでしたが、あなたが、父とおなじ年にハーバード・ロースクールを卒業したのは知ってます。インターネットで見つけました」

「なるほど」

ここからがむずかしいところだ。ジェリー・ガルシアは、なぜぼくが、ここへやってきたかをたずねるだろう。ぼくは、この質問にどう答えるか、何度もくりかえし練習してきた。でも、答えは毎回変わっていった。実物のジェリー・ガルシアをまえにして、ぼくにはまだ、なぜここにきたのかよくわかっていない。病院に予約をいれているからと、わざわざ、ジュリエットに嘘《うそ》までついて、ジェリー・ガルシアの事務所までくる途中にも懸命《けんめい》に記憶《きおく》してきたというのに、まるで、真《ま》っ暗闇《くらやみ》の部屋へはいるようにいわれたような気持ちだった。どこへいこうとしているのか、自分でわからなかったことなど、これまでただの一度だってなかった。ぼくは、いつだって足を踏《ふ》みだすまえに、まえになにがあるのかをたしかめてきたのに。

いまジェリー・ガルシアは、せまい部屋のなかを動き回って、ぼくのすわる場所を作ってくれている。綿《わた》のとびだした青いソファの上だ。腰をおろすと、ジェリー・ガルシアがなにかぶつぶつつぶやくのがきこえた。ほんとうはもっときちんと整理したいのに、ひとりの人間がやるには多すぎる仕事があってできない、とか、ぼくがどれほどアルトゥーロに似ているかなどといったことだ。ぼくとアルトゥーロは、どちらも、意志の強そうな、真剣《しんけん》な顔つきをしているということだ。でも、なぜここにきたのかと質問されたらどう答えようかとばかり考えていたので、きこえてくるのは、ことばの断片《だんぺん》だけだった。ジェリー・ガルシアのおしゃべりに重なるように、ちがう人のちがうことばが頭のなかでひびいていた。「正しい音は正しくきこえるし、まちがった音はまちがってきこえる」ジャスミンがいったことばだ。そこでぼくは、注意深く耳を傾《かたむ》けて、頭のなかのその音がどんな風にひびくのかたしかめようとした。

ジェリー・ガルシアはぼくの目のまえにある木の椅子にすわり、足を組んでたずねた。「なにか手伝えることは？」

これまでもずっと目はあいていたけれど、このときになって、はじめてちゃんとジェリー・ガルシアを見た。机の上はファイルや書類、箱などでごったがえしている。その机のうしろにはテーブルがあって、パソコン、プリンター、ファックスが置いてある。部屋の壁際《かべぎわ》にあるのが、ぼくがすわっているソファだ。この部屋にも、本や茶色いフォルダーがぎっしりつまった本棚《ほんだな》がたくさんある。ぼくに一番近い本棚だけはちがっていて、棚の一段にジェリー・ガルシアの写真が置いてあった。黒いサングラスをかけた老人の肩に腕をまわしている。その老人はハーネスのついたジャーマン・シェパードをつれているので、目が不自由なのがわかる。

どれぐらいたったのか、自分でもわからないほどの時間のあと、ぼくはいった。「ぼくもジャーマン・シェパードを飼っています。ナムという名前です」

「ナムか。いい名前だね。ナム・アミダ・ブツのナム？」

「はい」これまで、ナムの名前のいわれを当てた人はだれもいなかった。「犬の名前に、仏教徒の祈《いの》りのことばを借りるのは、いけないことだと思いますか？」

「そんなことはないさ。ナムの名前を呼ぶたびにネンブツを唱えることになるんだからね」

「ぼくもそう思っています。ブッダもきっと気にしないと思います」

「うん、その通りだと思うよ」

「ナムとナムの兄弟のロムルスは、ぼくが十二歳のとき、テキサスにいるヘクター叔父《おじ》さんからもらいました。ロムルスはぼくが通っている学校のパターソンにあげました」

「きみの叔父さんはテキサスに住んでるんだね」

「サンアントニオです。非行少年たちがいるファーマンという少年院の院長です。そこで犬を繁殖《はんしょく》させて訓練しています。犬と接するのは少年たちにいい影響《えいきょう》をあたえます。それに、その犬たちは少年院に利益をもたらします」

「いいアイディアだ。それはとてもいいアイディアだよ」

「パターソンにはハフリンガー種のポニーもいます。それもおなじような理由で飼っています。専門的にいえば小型の馬ですが、ぼくたちはポニーと呼んでいて、そのポニーたちは子どもたちの機能回復や自信を持たせるのに役立ちます」

「うん、よくわかるよ」

そこでいったん会話が途切《とぎ》れた。ぼくはゆっくり深呼吸した。一回、二回、三回。それから話しはじめた。

「ぼくはいま、ビドロメック社の案件を手伝っています。ぼくは写真を見つけました。その写真のなかにそれがありました」ぼくはジェリー・ガルシアの机のうしろの壁に下がっているカレンダーを指さした。「ぼくたちは、それのおかげであなたを見つけました」

「ぼくたち？」

「法律事務所でいっしょに働いているジャスミンが、手伝ってくれています」

「なるほど」ジェリー・ガルシアは、まるで、ぼくがたずねてきた理由がわかったかのように微笑んだ。

ぼくはバックパックからあの写真を取りだした。

ぼくの手から受け取った写真を、ほとんど見ようともしなかった。その写真がなじみのあるものなのは明らかだ。ジェリー・ガルシアは微笑んで写真をぼくにかえした。

ジェリー・ガルシアはぼくの目のまえの椅子にゆったりとすわり直し、ほとんどきき取れないような小さな声で話しはじめた。

「きみのお父さんとぼくはね、ロースクール時代、金曜の夜には欠かさずポーカーをやったんだよ。メンバーは七人だった。ハーバード・ロースクールの七人のメキシコ系アメリカ人さ。きみのお父さん、ぼく、それにルディがいた。あとのメンバーの名前は忘れてしまったよ。あのポーカーは信じられないようなものだった。お互い敵意むきだしだったんだ。最初そこにいったとき、ぼくは思ったものさ。このグループで将来きっと支えあうことができるだろうって。兄弟みたいにね。ところが、みんなはお互い、あけっぴろげに妬《ねた》み、侮辱《ぶじょく》しあった。それでも、ぼくは通いつづけたよ。金が必要だったから。金曜に稼《かせ》いだ金で、つぎの一週間食べていけた。そういう意味じゃ、『兄弟』たちは、その気はないのにぼくを助けてくれたことになるな」ジェリー・ガルシアは笑い声をあげながら、ひざをぴしゃぴしゃたたいた。「きみは、ポーカーをやるかい?」

「いいえ」

電話が鳴った。ジェリー・ガルシアは立ち上がって、電話のボタンを押して止めた。

「先週、秘書に辞《や》められてね」すわり直してそういった。「彼女は、きみのお父さんのところのような大きな法律事務所にいってしまったよ。なにもかもを教えこんだあとにね」そこで肩をすくめた。それは、「しょうがないね」の意味だ。

「どこまで話したかな? ぼくの脳は風船みたいなもんでね。手を放したとたん、ピューッとあちこちにとんでいくんだ。わかるよね?」

「わかります」ふたつ以上のことを同時にしようとするたび、ぼくの脳もそうなる。「そのポーカーでなにがあったんですか？」

「そうそう！　あれはなかなかすごいもんだったな。あのポーカーは。怒りと下劣《げれつ》さがうずまいていた。冗談《じょうだん》じゃすまなくなってたのさ。人がほんとうに怒るのは、だれかがA《エース》をひいたのに、自分はだめだったときや、だれかがでっかい法律事務所への就職が決まったのに、自分は決まっていないときさ。それはそれは、すさまじいものなんだ！　ポーカーを終えるたびに、シャワーを浴びて体を清めたいような気分になったよ。ぼくはただ、金が必要だった。それが情けなくてね。連中に、ロースクールをでたあとどうしたいんだとたずねられて、ぼくは自分の計画を話した。まず、米国連邦《れんぽう》検事事務所で働いて、訴訟《そしょう》の経験を積んで、貧しい地域で個人事務所を開くってね。そしたら、連中はぼくのことを、まるで、どこかべつの星からきたやつを見るような目で見たよ」

「火星人」

「そう、それだよ。ただ、きみのお父さんだけはちがってた。彼は一度だって、ぼくをバカにしたことはなかった。あるとき、ポーカーのあと、寮《りょう》までいっしょに歩いて帰ったことがあったんだ。たぶん、すこしばかりテキーラを飲んだせいだと思うんだが、そのとき、こんな話をした。彼はいった。『きみには、いまの気持ちを持ったままロースクールを卒業してほしいよ』『なんで、そんなことをいうんだい？』ぼくはそうたずねた。すると彼は答えた。『ときどききみは、ある方向に進みはじめたのに、いつのまにかべつの道で行きづまってしまって、どうしてそんなことになったのかわからなくなることがあると思うんだ。水に浮かべたボートが潮流に流されてしまうみたいにね』話をきいて、自分自身の人生のことをいってるんだと思ったよ。これまで、確信を持てないまま選んできた道についてね。そこでぼくはいった。『そのときは、方向を変えてもとにもどすさ。遅《おそ》すぎることなんてなにもないからな』でも、彼は、なにもいわずにぼくの背中を軽くたたいて、ぼくと別れて自分の寮へ歩いていってしまった。卒業間近の時期で、きみのお父さんは、ボストンでもっとも有名な法律事務所への就職も決まっていた」

「父があなたにそんな話をしたんですか？」アルトゥーロのイメージとはちがうような気がした。いまのぼくより、八歳かそこら年上なだけの若者のアルトゥーロが、自分が進もうとする道に迷いを抱《いだ》いていたなんて。

「さて、きみが見つけたその写真について、いまの話がどう関係すると思う？　その子の名前はイステルっていうんだが、修道女《シスター》たちがイステルのことでぼくに相談にきて、きみのお父さんの法律事務所がこの事件をあつかっていると知ったとき、ぼくは、ポーカーのことや、あの夜の会話を思い出したんだ。ぼくはまず、個人的な手紙を送ってみることにした。ものは試しってことさ」

「アルトゥーロに手紙を書いたんですね」

「写真を見つけたとき、その手紙は見なかったのかな？　その写真は手紙に添《そ》えて送ったものなんだ」

「いいえ」写真を見つけたのが「ゴミ」と書かれた箱のなかだったことは、伝えないことにした。

「ちょっと待って。コピーが見つかれば見せてあげるよ」ジェリー・ガルシアは、写真に写っていたファイル・キャビネットをあけた。そして、ぼくのすわっているところにもどってきて、手紙を手わたした。「ゆっくり読むといい。ちょっと席をはずして、となりの部屋で待ってる人たちに、午後に出直してほしいといってくるから。そのあと、トイレにもいきたいし」

手紙の文面はこうだった。

親愛なるアートへ

ぼくのことを覚えてるかい？　ハーバード・ロースクール。金曜の夜、ルディ(名字《みょうじ》は忘れたよ)のアパートでのポーカー。きみたちは、いつもぼくに腹を立ててたね。二十ドルしか持ってこないのに、帰りには百ドル以上も持ち帰ってたからさ。

きみは大成功じゃないか。ビドロメックの代理人を見てびっくり仰天《ぎょうてん》だよ。サンドバル・アンド・ホームズ。きみの法律事務所じゃないか！　こんちくしょうめ！　ぼくもジャマイカ・プレーンで個人事務所を開いて、なんとか細々やってるよ。きみでも、きみのところの弁護士でも、飲酒運転でとっつかまったら、うちに電話してくれ。

きみに電話をしてみたんだが、秘書につないでもらえなかったよ。きみは、ずいぶんおえらいさんのようだな。どっちみち、ぼくは書くほうが得意だから。さあ、ここからが本題だ。ぼくはイステル・ハエツ(素晴《すば》らしい名前だろ?)という十六歳の女の子の代理人をやっている。彼女と彼女の母親は、ビドロメック社のフロントガラスの車に乗っていた。目のまえを走っていたコカ・コーラのトラックが急停車して、車はつっこんだ。スピードは時速四十キロ。車にはエアバッグがついていなかった。だが、親子はシートベルトはつけていた。トラックの運転手がいうには、自分のトラックが追突《ついとつ》されたことさえ、ほとんど気づかなかったらしい。しかし、イステルは、左の頬骨《ほおぼね》の下を、えぐりとられるようなけがをしてしまった。フロントガラスの破片《はへん》でだ。母親は無傷だった。そのフロントガラスというのが、ご存知の通り、そのような結果をもたらすはずのないものだった。イステルはマサチューセッツ総合病院に搬送《はんそう》されて、フロントガラスの破片やかけらを除去された。そして顔には応急手当が施《ほどこ》された。

二週間ほどまえに撮ったその少女の写真を同封《どうふう》するよ。きみがビドロメックの代理人をしていると知って、まず個人的に連絡を取ってみようと思ったわけだ。きみに対して訴訟を起こすこともできる。だが、それはバカげたことじゃないか？　きっときみは、ぼくのようなしがない個人弁護士にはとても手に負えないような証言だの、あほくさい発見などをつきつけてぼくをつぶしにかかるだろう。そこで、一歩進んだ提案をしたいんだ。さあ、正義を執《と》り行《おこな》おうじゃないか！　ぼくはあとになって後遺症《こういしょう》やなんかを持ちだすつもりはない。その代わりに、彼女の再建手術《さいけんしゅじゅつ》に必要な金額と、ぼくの二十パーセントの成功報酬《ほうしゅう》をきみのクライアントに払《はら》ってもらいたいんだ。合計でおよそ六万八千ドルだ。ビドロメックにとっては大海の一滴《てき》にすぎないだろ？

彼らは貧しい人たちだ。なあ、アート、マサチューセッツ総合病院は「善きサマリア人のプログラム」を適用して、治療費《ちりょうひ》は免除《めんじょ》してくれた。少女はローレンスにある慈悲《じひ》の聖母修道女会のホームで暮らしている。イステルの母親は事故の数か月後、肝臓《かんぞう》がんで亡《な》くなった。ハンガリーから帰化した父親は、少女が二歳のときに亡くなっている。ほかに身よりがないので、法定後見人はシスターたちだ。彼女たちも、ただ手術費だけを望んでいる。ところで、その再建手術というのは、ただ少女の外見を修復するだけじゃない。発声を明瞭《めいりょう》にし、ちゃんとかめるようにし、いまは、食べたり話したりするだけで痛い状態なのをやわらげるんだ。

さあ、アート、きみはどう答えてくれる？　正義を執り行いたくないかい？　電話を待ってる。

ジェリー・ガルシア

読み終えて顔を上げると、ジェリー・ガルシアはいつのまにかぼくの目のまえにすわっていた。

「イステル。どんな子なんですか？」

「苦労のし通しさ」ジェリー・ガルシアは顔をしかめた。「父親はいなかった。顔は傷つき、母親を失った。しばらくのあいだはずいぶん荒《あ》れていた。でもいまは、正気を取りもどしている。こんなことをいうのもなんだが、顔は傷ついていても、内面の美しさが外側まで輝《かがや》きでているよ」

ジェリー・ガルシアのことばに、ぼくはびっくりした。まるで、ぼくが感じていたことを、ことばにしてもらったような気がしたからだ。

「会ってみたいかい？　ローレンスまではボストンから一時間ほどでいけるよ。ぼくがつれていってあげてもいい。すくなくとも二週間に一度、土曜日にはいくようにしてるから。あそこの女の子たちはみんな魅力的《みりょくてき》だし、シスターたちもすてきだぞ。ほとんどはエルサルバドルの出身で、英語はろくに話せない」

ぼくは黙《だま》っていた。あの写真だけでこれほどの効果があったのだから、実物にあったらぼくはどうなってしまうんだろう？「はい、いつか会ってみたいです」ようやく答えると、その瞬間《しゅんかん》には、もうあの女の子のことをよく知っている気がした。

「よし、それじゃあ、ぼくが計画を立てるよ」また電話が鳴った。「心配ないよ。電話は秘書が取るから」ジェリー・ガルシアはそういってぼくにウィンクした。

ぼくがソファにすわっているあいだ、電話がひっきりなしに鳴っていたことに、いまごろ気づいた。ベルは一度だけ鳴った。留守電にメッセージをいれたのだろう。そのあと、三十秒後にまた鳴った。あの電話のむこう側には、それだけ、問題を抱《かか》えた人たちがいる。

「あなたの手紙に対して、ぼくの父から返事はありましたか?」

「ああ、あったよ」

「その手紙を見せてもらってもいいですか?」

ジェリー・ガルシアがためらうのがわかった。でも、立ち上がると机の上のフォルダーから一枚の紙を取りだして、ぼくに手わたした。今回は、ぼくが読んでいるあいだ、ぼくのまえにすわっている。

親愛なるジェリーへ

きみはいまも神の仕事(?)をやってるようだね。この返事は、きみの「個人的な」手紙への正式な返事だと思ってほしい。ビドロメックは、きみのクライアントのどんなけがにも、一銭も払うつもりはない。

あしからず　アルトゥーロ・サンドバル

父さんがイステルのことを知っているのは、これで疑いようがなくなった。イステルの写真を見て、ジェリー・ガルシアの手紙を読んでいる。父さん宛《あ》ての手紙が届いて、そこにあの写真が添《そ》えられていたということは、「ゴミ」と書かれた箱に放《ほう》りこまれたのも、父さんを通してということになる。

「かっこのなかのクエスチョンマークにはどんな意味があるんですか?」

ジェリー・ガルシアは笑った。「たぶん、ぼくがほんとうに神の仕事をしてるのか、ただ、小金《こがね》を稼《かせ》ぎたいだけなのか疑ってるんだろうな」

「ほんとうはどっちなんですか?」

「それはなんともいえないな。ぼくだって生きていかなきゃならないし」

「あなたは、なぜぼくがここにやってきたのか、一度もたずねていません」長い時間がたったと思えたあと、ぼくはいった。

ジェリー・ガルシアはぼくにむかって手をふった。

「なぜきたのか、わかったからさ」ぼくが視線を合わせるまで待ってからつづけた。「わかってるよ。信じてくれ。わたしにはわかってる。先日、また電話をしてホームズの息子と話したよ。名前はなんていったかな?」

「ウェンデル」

「傲慢《ごうまん》でいやなガキだ。ひどいもんだ。まだあんなに若いのにな。いつもあんな調子でやってるんだろうと、よくわかったよ。だが、ロースクールも卒業してない分際で、ふつうあれはないだろ」

「すみません」ぼくはいった。

「あの手の連中は、毎日百人も相手にしているよ。ぼくを一目見て、当然のように自分たちほど賢《かしこ》くはないと見くびるのさ。神よ、我らを救いたまえだ。だが、考えてもみてくれ。これは戦略上、とてつもなく有利なんだ。個人的には腹立たしいが、ほかの連中にマヌケだと思わせておくことはね」

「この写真は、『ゴミ』と書かれた箱で見つけました」

ジェリー・ガルシアはそれ以上なにもいうな、というように手を上げた。

「きみはイステルの写真を見て、彼女のことをもっと知りたくなった。だから、ここにきたんだろ」ぼくをじっと見つめる。「イステルのめんどうはぼくがみる。心配しなくていい。あの子がちゃんとやっていけるのは保証する」

また電話が鳴った。ぼくは立ち上がって、片手をさし伸《の》べた。なぜそう思ったのかはわからないけれど、これ以上話す必要はないと思った。「もういきます」

ジェリー・ガルシアも立ち上がって、ぼくの手を握《にぎ》った。「マルセロ、もしイステルを助けたいなら、ぼくに必要なのは手がかりだ」

「手がかり?」

「ビドロメック、それにその弁護士たちは、お金を払うつもりはないといっている。製造の段階でフロントガラスに欠陥《けっかん》など見つかっていないからという理由でね。連中はいまも、おなじ危険な方法で作りつづけている。もし改良したら、問題があったことを認めることになるからだ。それを止めるために必要なのは、連中があのフロントガラスが安全ではないことを『知っていた』という証拠《しょうこ》だ。そして、知っていながら作りつづけている事実だ。連中が知らないなんてことはありえない。知らずにいることなど不可能なんだ。ビドロメック社の資料のどこかに、この重要な事実を証明するものがあるはずだ」

「資料の箱はたくさんあります」

「その重要な資料に導いてくれるなにか、もしくは、連中にぼくがその存在を知っていると示せるなにかが必要なんだ。まちがいなくあるのはわかってるんだが、ほんとうにそんな資料があるのなら、かくすのは正義にもとることだ。ビドロメックの訴訟にかかわっているものなら、だれでもわかっていることとさ」

ぼくはスティーブン・ホームズとウェンデル、それにロバート・スティーリーを思い浮かべた。ジャスミンが、アルトゥーロは、ビドロメックに関するすべての資料に目を通しているといっていたことも思い出した。

「もし、なにか手がかりを見つけて、ぼくにわたしてくれる決心がついたなら、なんとか、きみやきみのお父さんを守るようにやってみるよ。もちろん、保証はできないけどね」

「父は裁判に負けます」

「かもしれないな。一番ありそうなのは、彼のクライアントがすこしばかり金を失うという結果だな」

「六万八千ドル」

「いまでは、もっと多くなるだろう。ぼくをゲームに引きずりこんだ以上は、もっと払わせないとな」

「あなたの取り分もふえます」いったとたん、いわなければよかったと思った。

「そう願いたいね。もしかしたら、また秘書を雇《やと》えるかもしれない。そこを考えてくれよ」

「ぼくは決心しなければなりません」

「なあ、きみがどんな結論をだしたとしても、イステルを助けることはできるさ。イステルや、あそこの女の子たちをきみの学校につれていって、ポニーに乗せてあげるんだっていいんだ。きみがあの子に会いにいく気になったときのために、ローレンスの修道女会の住所を教えておこう。彼女にはきみのことを伝えておくし、シスターたちにも、きみがくるかもしれないといっておくよ。きみの職場の友だちのジャスミンは、車の運転はできるのかい？」

「はい」ジャスミンは、お父さんと週末をすごすために、バーモントまで車でいくと話していた。

「その子がつれていってくれるかもしれないな。電話してくれれば、ぼくがつれていってもいい。さもなければ、一番いいのは、きみのお父さんにつれていってもらうことだな」

ぼくたちはお互いに微笑んだ。そんなことがありえないのを知っているからだ。

第20章

事務所には午後の一時ごろにもどってきた。自分ひとりで知らない街までいって目的を果たしたのだから、うれしくて当然なのに、そうではなかった。くたくた。それが、心に浮かんだことばだ。

「ずいぶん長い診察《しんさつ》だったわね」ジュリエットのまえを通りすぎるとき、そういわれた。

一瞬《いっしゅん》、それがいやみだとは気づかなかった。嘘《うそ》をつけば、心にいろいろな負担がかかってくるものだ。「たくさんの人が待っていたんです」ぼくはいった。

「待っていた、といえば、ウェンデルはずっとあんたを待ってたわよ。やってほしい用事があるみたい」

この二週間、ウェンデルの姿をほとんど見かけなかった。ジュリエットに、たぶんヨットかどこかから電話をかけてきて、ぼくへの指示をあたえていた。これがウェンデルのために働くやり方なんだとようやくわかってきた。それでも、ウェンデルがいないのはありがたかった。顔を合わせるたびに、クルーズの話をしてくるからだ。ぼくはまだ、ノーということができなかった。たったひとことなのに、それをいってしまったら、ウェンデルはまちがいなくぼくの敵になる。だれかに憎《にく》まれるのがこわかった。それにパターソンのことがある。ウェンデルにノーというのは、パターソンにさよならをいうのとおなじことだ。ウェンデルならかならずやるだろう。

それでぼくは逃げまわり、ウェンデルはしつこくいいよった。そろそろ、がまんも限界のようだ。けれども、いまになって、返事を避《さ》けるべつの理由ができた。イステルを助けるための資料をさがすには、ビドロメックの資料から遠ざかるわけにはいかない。でも、そんな資料を見つけることは、やっぱり、パターソンにさよなら、を意味する。

「マールシェーロ、マールシェーロ、どこにいってたんだ？　ほんの二、三日留守にしてるあいだに、善き労働習慣を無くしてしまったな」ウェンデルはものすごいスピードでタイプしていて、ろくにぼくのほうを見ようともしない。ウェンデルの腕は日に焼けて小麦色になっていた。おでこには、日焼けでむけた肌《はだ》の小さなかけらがついていた。

「病院にいっていました」

「ああ、そうだろうとも」ウェンデルは顔を上げてウィンクをした。「いいか、よくきけ。おれはあと何分かでここをでる。せっかく親父がいないんだ、羽根《はね》を伸《の》ばさなきゃな。ひとつ、やってほしいことがある。ロバート・スティーリーは知ってるよな？　先週、お払《はら》い箱《ばこ》になったやつだよ」

「はい」お払い箱。またもや、不思議な「ことばのあや」だ。ゴミ箱に人がはいっているところが目に浮かんだ。箱と仕事を辞《や》めさせられることにどんな関連があるんだろう？

「ロバート・スティーリー宛《あ》てにタイプしたこの手紙を、届けてほしいんだ。親父がたったいま、イタリアのどっかから電話で指示してきたことだ。親父はおれに、直接手わたせといってる。だが、これならおまえにもできる。おまえがやるのは、『受領証』にやつがたしかにサインするのを見届けることだけだ」

また、でかけなければいけない？　今日これから？　ジェリー・ガルシアの事務所までいくのに必要だった、周到《しゅうとう》な準備もなしに？「ぼくは知りません。ぼくはロバート・スティーリーがどこに住んでるのか知りません。業者にメッセンジャーを頼めます。ジャスミンに、メッセンジャーを呼んでもらいましょう」

「まあ、落ち着けって。ジュリエットがタクシーを呼んでくれる。タクシーはおまえをロバート・スティーリーの家までつれていってくれて、またここまでつれ帰ってくれる。親父は、ロバート・スティーリーがたしかに手紙を受け取って、サインしたことを、うちのだれかに確認《かくにん》させたがってるんだ。いつものことだが、少々、慎重《しんちょう》すぎるとは思うよ。だが、やらないわけにはいかない。だれか、ロバート・スティーリーを知ってる人間にいってもらわなきゃならないのさ。で、おまえほど適格な人間がほかにいるか？　だれが、おまえみたいな人間を疑うっていうんだ？　さあ、さっさとプリントアウトして、コピーを取って、いってきてくれよ」

ぼくたちはジュリエットの机のまえに置いてあるプリンターまで歩いた。

「ジュリエット、お手数をおかけして恐縮《きょうしゅく》ですが、この紳士《しんし》にタクシーを呼んでいただけませんかね」ウェンデルはいった。ジュリエットは即座《そくざ》に受話器を持ち上げた。電話帳も見ずにタクシー会社に電話をかける。ウェンデルはプリントアウトした紙をジュリエットの机の上に投げるように置いた。

「コピーを取って、封筒《ふうとう》にいれていただけますかね、かわい子ちゃん？」

ウェンデルはぼくを見た。きびしい顔つきだ。陽気なウェンデルは一瞬で消えた。「答えをきかせてもらおうか」

なんのことをいっているのかはわかった。その瞬間《しゅんかん》、なかなかノーといえなかったのは、自分はウェンデルをおそれていて、臆病《おくびょう》なせいだったんだと悟《さと》った。

「まだ、答えは用意できていません」

ぼくはそういった。イステルを助けるためには、まだ答えを引き延ばす必要がある。けれども、それが自分自身についている嘘だとはわかっていた。

「来週だ。来週のいつでもいい。来週、ジャスミンはおれのヨットに乗ってなきゃだめなんだ。わかったな。もし、来週そうならなければ、絆《きずな》は切れる。そんなのはいやだろ？　わかってるよな？」

「はい」ウェンデルの人さし指がぼくの胸に突《つ》き立《た》てられたのを感じて、ぴしゃりと払《はら》いのけた。これまで生きてきたなかで、一度だってほかの人をたたいたことはなかった。けれども、たったいま、自分にもできるのがわかった。

ウェンデルはぼくをにらみつけ、すぐになにもなかったかのようににやりと微笑《ほほえ》んだ。

「来週だぞ。忘れるな」ウェンデルは、そのあいだ、ずっとぼくたちのことを見ていたジュリエットに目をむけた。「こいつが、サインのある受領証を持ち帰るのを確認してくれよ」

ぼくはその手紙をバックパックにいれた。ジュリエットは、タクシーは建物の裏口にとまるといった。ジュリエットがいうには、ただそこに、でくの坊《ぼう》のように突っ立っていれば、タクシーがクラクションを鳴らすという。そのまえにメール・ルームにいって、ジャスミンに報告をしたかったけれど、ウェンデルとのやりとりで、すっかり息が切れてしまっていた。

「怒りをあらわさないと、ほかの人に轢《ひ》き殺《ころ》されちゃうわよ」ジャスミンはまえに一度そういった。いまはそんな気持ちだった。車に轢かれたような気分。そして、いまになって、なぜ「憎しみ」や「敵」のようなことばが法律事務所で使われるのかがわかった。

タクシーは、ほとんど待つまでもなくやってきて、クラクションを鳴らした。ロバート・スティーリーの住所が書かれた手紙を運転手に見せると、タクシーは動きだした。運転席と客席のあいだにはプラスチックの仕切りがある。アルトゥーロがいうこのリアルな世界では、プラスチックで身を守ることなど不可能だ。そして、このリアルな世界には、ぼくが「回顧《かいこ》」しているときに感じるような心の平安を保つ方法は、一日のどこにもないようだ。

「世にあって、世のものではない」これはイエスのことばからきている。けれど、どうやったらそんなふうに悟れるのか、ぼくにはさっぱりわからないし、ほんとうに可能なのかどうかもわからない。この世界は、いつだって人さし指で胸をつついてくる。

ありがたいことに、ロバート・スティーリーは法律事務所からかなりはなれたところに住んでいた。なぜ、ありがたいかといえば、呼吸を整えて、ウェンデルのことを忘れるのに、たっぷり時間があったからだ。ぼくはいま、ジェリー・ガルシアのことを考えていた。そして、ぼくと話しているときのあの穏《おだ》やかさを思い出していた。あの人は、自分を待っている人たちみんなにたっぷりと時間をとっていた。あの人の声や話し方のなかには、炎《ほのお》が秘《ひ》められていたと思う。憎しみのいっさいない炎が。

ロバート・スティーリーの住んでいる地域は、ぼくの家のまわりよりとなりとの距離《きょり》がせまかった。タクシーは子どもたちが自転車で走りまわっている道をゆっくりと進んだ。運転手は、途中で、ベビーカーを押した女の人に道をたずねた。

タクシーの運転手は一軒《けん》の家を指さした。「あれだね」

ロバート・スティーリーの家は、明るいグリーンの壁《かべ》に濃《こ》いグリーンの鎧戸《よろいど》のついた平屋だった。ドアは赤かった。ぼくはライオンの頭の形をした真鍮製《しんちゅうせい》のドアノッカーでノックした。ドアをあけたのはロバート・スティーリー本人だった。

「やあ、マルセロ」落ち着いた声だ。顔を見ても、驚いたようすはない。「さあ、はいって」

「ウェンデルにいわれて、これを持ってきました」ぼくは封筒を手わたしながらいった。「あなたがサインをするのを見届けて、それを持ち帰ることになっています」

ロバート・スティーリーは封筒の端《はし》を破り取り、封筒に息を吹きこんで手紙を取りだした。手紙を読むうちに手が震《ふる》えてくる。

「信じられない」そういってぼくの顔を見た。「きみはこれがなんだか知ってるのかい？」

「いいえ」

「さあ、なかにはいってすわってくれ」小さな子ども用のおもちゃがちらばった部屋をさし示しながらいった。

「タクシーを待たせてます」

「そうか。でも、運転手は待ち時間分も支払《しはら》ってもらえるから。ほんの数分でいいんだ。もう一度、慎重《しんちょう》に読み直したいんだよ。さあ、すわって、お願いだから」

部屋のすみに、鍵盤《けんばん》が八つだけの電子キーボードがあった。それを見ていると、カフェテリアでのジャスミンとの会話を思い出した。他人が作曲した曲を正確に弾《ひ》きこなすのと、即興《そっきょう》で音楽を作るのと、どちらが才能に恵まれてる？　とジャスミンはきいた。ものごとには、青天《せいてん》の霹靂《へきれき》、つまり、とつぜんなにかが起きることがある。いまがそうだった。ぼくはロバート・スティーリーに会いたくてここにきたわけじゃない。ウェンデルの使いできただけだ。ロバート・スティーリーの主な仕事は、ビドロメックの裁判に関するものだった。そのロバート・スティーリーが、いまぼくの目のまえにすわっている。とつぜん、それがなにかのサインだと思えてきた。この人はぼくを助けてくれるだろうか？　イステルを助けてくれる？　問題は、ぼくに即興で演奏をする技術があるかどうかだ。

ロバート・スティーリーは手紙をコーヒーテーブルの上に置いた。「あんまりあわててぼくを追いだしたものだから、誓約書《せいやくしょ》にサインさせるのを忘れたようだ。ぼくがあの法律事務所で働いていたときに得た情報は、今後いっさい利用しないという誓約書さ。この手紙にサインをしたら、すぐに、最後の給料が小切手で送られることになってる。逆にいえば、サインをしなければ小切手は送られてこない。悪いね、まだ、少々気分を害してるもんだから。きみのまえで、こんなことをいうべきじゃないのはわかってるんだ。なにせ、きみはボスの息子なんだから」

「ぼくの父が、あなたをお払《はら》い箱《ばこ》にしました」

「まあ、ぼくはスティーブン・ホームズの下で働いてたけどね。たまたま、ホームズが出張中で、きみのお父さんに損な役割がまわってきたのさ」

「損な役割」

「わかるだろ、ぼくにむかって『さあ、荷物をまとめてとっととでていけ』といいわたすことさ」

「あっというまなんですね。お払い箱になるときというのは」

「まあ、そんなもんさ。あんまりいつまでもうろつかれて、なんとか元にもどる方法を考えだされちゃかなわないんだろう」

「ひとつ、あなたにききたいことがあります」いよいよ即興演奏だ。どうやったら、いいたいことが伝わるだろう？

「ああ、どうぞ。ちょっと待って。そのまえにサイン用のペンを取ってくるよ」ロバート・スティーリーはべつの部屋にいって、ペンを持ってもどってきた。手紙にサインをすると、それを封筒にもどして、ぼくにわたした。「なにが知りたいんだい？」

「フロントガラスが細かく砕《くだ》けなかったのは、ビドロメックの過失《かしつ》ですか？」

「わーお！　なんだよ、やぶからぼうに」

「知る必要があるんです」

ロバート・スティーリーは椅子のまえににじりよってきた。「『過失』というのはどういう意味でだい？」

ぼくは今日の午前にジェリー・ガルシアがいったことばを必死で思い出した。「ビドロメックはフロントガラスが細かく砕けないことを知っていながら、作りつづけているんですか？」

「なるほど」ロバート・スティーリーは、蟻《あり》がはいまわっているかのように、右腕をこすりはじめた。「なぜ、そんなことをきくんだい？」

「知る必要があるんです。ある人を助けるために」

「だれを？」

ぼくはバックパックに手をつっこみ、イステルの写真を取りだした。「この子の名前はイステルです。フロントガラスでけがをしました。会ったことはありません」ロバート・スティーリーは写真を手に取って見た。

「この写真は見たことないな」それから、写真をひっくりかえす。「事件にかかわるものだというマークがないね。公式な資料ってわけじゃないんだろ？」

「これは、父に送られた手紙に同封《どうふう》されていたものです」

「そうなのか。そして、きみのお父さんは、この写真にはなんの意味もないと考えた」

「そうです」

「お父さんを責めちゃいけないよ。そんなことはビジネスにはつきものなんだ。お父さんはノーといわざるを得なかった。個人的にはイエスといいたくても、仮にそれがきみのお母さんからの手紙に添《そ》えられたもので、なんとか助けてあげてと頼まれたのだとしても、やっぱりお父さんはノーというしかないんだ。たとえきみが世界で一番やさしい人か聖人といってもいい人間だとしても、法律の世界に足を一歩でも踏《ふ》みいれたなら、まったくちがうルールに従わなくちゃならないんだ」

「もし、ビドロメックがフロントガラスの欠陥《けっかん》を知っていたことがわかれば、イステルを助けることができるんです。それだけじゃなく、この子とおなじようなほかの人たちも」

「この件を、ほかのひとにも話したんだろうな。答えなくていい。それがだれだかなんて、知りたくないから。きみは、なぜスティーブン・ホームズがぼくをお払い箱にしたか、知ってるかい？」

「あなたは、いろいろと考えすぎるから」

ロバート・スティーリーはクスリと笑った。「ぼくはね、責任をちゃんと認めるほうが、どれほどビドロメックの損害を軽くできるかを、ホームズにわからせようとしたのさ。長い目で見れば、フロントガラスを改良したほうが得になることを具体的に数字もだして示した。ホームズは数字のことは会計士にまかせておけといったよ」

「イステルを助けてくれますか?」

「きみは会ったこともないんだろ?」

「そうです」

「お父さんは、きみがその子を助けたがってることを知ってるのかな? お父さんには話した?」

「まだ話していません」なぜかを説明しようとして、ことばにつまってしまった。ぼくは、アルトゥーロが決して認めないことをしようとしている。それはわかっている。心の奥深くで、なんとかアルトゥーロを説得したいと思っていた。イステルを助けることは、アルトゥーロが、そして、ぼくたちがしなければいけないことだと。でも、いまの時点では、そんな望みはとてもかなわないように思えた。

ロバート・スティーリーは立ち上がって窓に近づいた。「そろそろいったほうがいいな。タクシーの運転手も、いらいらしはじめてるだろう」

ぼくを助ける気はないといおうとしているのだと気づいて、ぼくも立ち上がった。自分がどこにいるのかわからない、不思議な感覚を覚えた。ここがロバート・スティーリーの家なのはわかっている。

握手《あくしゅ》をしたいのに、ロバート・スティーリーはまだ窓の外を見たままだ。ドアをあけて外にでようとしたそのとき、ロバート・スティーリーがいった。「ビドロメックの資料の箱は、まだぼくの部屋にあるのかい？」

「はい」

「三十六個全部？」

「三十五箱です」ぼくは、ロバート・スティーリーのことばを正した。

「ふーむ。三十六個目の箱は、どうしたんだろうな？」

「三十六個目？」ぼくは混乱した。あそこには、たしかに三十五個しかなかった。数字に関しては、ぼくはめったにまちがうことはない。

「さよなら、マルセロ。きみの探検がうまくいくことを祈《いの》ってるよ」

ロバート・スティーリーはぼくのうしろで赤いドアをしめた。


事務所に帰りつくころになると、自分の体が震《ふる》えているのを感じた。パターソンでは、「刺激過多《しげきかた》」と呼ばれている現象だ。ぼくはまっすぐメール・ルームにもどった。

ジャスミンの顔には、これまで一度も見たことのない表情が浮かんだ。うれしさと怒りが同時に表れている。

「どこにいってたのよ？　丸一日でかけてたじゃない」ジャスミンは、ぼくがたったいまジェリー・ガルシアのところからもどってきたのだと思っている。「道に迷ったの？　なにかあったんじゃないかと思ってたのよ」

「心配してくれたんですね」

「心配なんかしてません。ただ、どうしたんだろうって。もし、なにか悪いことが起こったんだとしたら、いっしょにきてって頼まれたのに断ったこと、一生後悔《こうかい》するんだろうなって思ったのよ」

「ジェリー・ガルシアのところからもどったら、すぐにウェンデルに使いを頼まれたんです。ロバート・スティーリーのところに手紙を届けにいきました」

「なぜあなたなの？　業者じゃなくて？」

「ロバート・スティーリーは、手紙にサインをしなくてはなりませんでした。ウェンデルはぼくがいい証人になると思ったんです。だれがぼくなんかを疑います？」

「ちょっとメール・ルームによって、無事に帰ってきたって教えてくれればよかったのに。わたし、ジェリー・ガルシアに電話しちゃったのよ。二時間もまえに帰ったっていわれた。あなたの携帯電話にもかけてみたけど、ぜんぜんでないし」

「ジェリー・ガルシアを待ってるあいだに、きっとまちがってオフにしてしまったんです」

「すばらしいこと」

「ジェリーはジャスミンのことを知っていたはずです。ぼくが話したから」

「あなたがたずねてきたことは教えてもらった」

ぼくは自分の机まで歩いて椅子に腰かけた。手が震えている。「ジェリー・ガルシアは、ぼくの父が書いた手紙を見せてくれました。アルトゥーロはイステルのことを知っています。でも、断りました。アルトゥーロはビドロメックは、決して手術代をださないと書いていました」

「どうして震えてるの？　ちょっと待ってて」ジャスミンはどこかに消えて、水がはいったコップを持ってもどってきた。ぼくはその水を飲んだ。

「どんなにがんばっても、きいたこと、見たこと、考えたことのすべてを処理するのは無理です。処理するためには、重要ではないことを遮断《しゃだん》しなければなりません。そのためには時間が必要です」

「マルセロ、だいじょうぶ？　うわごとみたいよ」

「三十六個目の箱があるんです。この事務所のどこかに三十六個目の箱があるんです」立ち上がろうとしたけれど、ジャスミンに押しもどされた。

「もうすこしすわってなさい。帰りの列車の時間まで、あんまり時間はないけど」

「あのフロントガラスが安全ではないことを、ビドロメックが知っていたことを示す資料は、かならずどこかにあるはずだと、ジェリー・ガルシアはいっていました。裁判に関《かか》わった人なら、見ているはずだって。そして、ウェンデルはぼくをロバート・スティーリーのところに送りこんだんです。ビドロメックの裁判に深く関わっていた人です。ロバート・スティーリーに助けてほしいと頼んでみました。ジャスミンのことを思い出して、即興で演奏をしたんです。そしたら、帰《かえ》り際《ぎわ》にロバート・スティーリーがヒントをくれました。箱は三十六個あったっていったんです。でも、ぼくが見たのは三十五個だけ。マルセロは数字のことではまちがったりしません。どうして、ジャスミンは微笑んでるんですか？」

「感心してたのよ。あなたはまずジェリー・ガルシアのところにいって、つぎにはロバート・ステイーリーのところにいった。そして、あの写真の女の子を助けたいばっかりに、そのふたりを結びつけて考えた。あなたが『根性《こんじょう》』を見せるのを見て、うれしくなったの」

「一枚の写真を見て、そこまでするのはふつうじゃない」

「ええ、ふつうじゃないわね。それはたしかよ。でも、すてきなことだと思う」

「三十六個目の箱を見つけないと」

「それは明日。もう、駅にいかないと」

「ジャスミンは、今晩、みんなが帰ったあとにさがせます」

「あら、そうなの？」

「ジャスミンは箱がどこにかくされているのか、この法律事務所のすみずみまで知っています」

「これは、あなたの探検でしょ、わたしのでなく」

「探検。ロバート・スティーリーもおなじことをいいました。『きみの探検がうまくいくことを祈ってるよ』っていったんです」

「キーワードは『きみの』のほうよ」

「ジャスミンは今晩さがします。お願いです」

ジャスミンは首を左右にふった。でも、それが否定の意味だとは思わなかった。「わかったわ。そして、わたしもここを辞《や》めて、ロバート・スティーリーといっしょに職さがしね。さあ、いこう。駅まで送るわ」

第21章

午前中ずっと、なんとかいいわけを作っては、メール・ルームにいった。そのたびに、ジャスミンは電話中か、席をはずしているかだった。一回目のメール・ランのとき、通りすぎざまに、ぼくにむかって右手の親指を立てた。つまり、三十六個目の箱を見つけたということだろう。そうでなければ、ぼくにはわからないなにかのサインということになる。

ようやく昼休みになって、ジャスミンに会おうとメール・ルームにむかっていたら、廊下《ろうか》のむこうからアルトゥーロが近づいてくるのが見えた。ぼくに会えたのがうれしいのか、アルトゥーロは微笑《ほほえ》んでいる。ぼくのほうは、できれば踵《きびす》をかえして、逃げだしたい気分だった。ぼくには、アルトゥーロがあのジェリー・ガルシア宛《あ》ての手紙を書いている姿が想像できない。あのイステルの写真を見て、ジェリー・ガルシアの手紙を読んでいながら、ノーと返事をしたことが想像できない。ツリーハウスを作ることにイエスといい、パターソンにいくことにイエスといい、ヨランダにヘッドロックをかけてふざける父親としてのアルトゥーロとは、まったく正反対の言動としか思えない。ぼくは視線を落として、法律事務所の重要な仕事に気を取られているふりをした。

「おい、父親にあいさつもなしかい？」

「やあ、父さん」

「なにか問題でもあったのか？　ゴミだめにでもはまったような顔だぞ」

「ゴミだめになんかはまってない」自分の声にいらだちが感じられた。

「わかったよ。おまえはゴミだめには、はまっていない。信じるよ。ランチをどうだい？」

「ランチは持ってる」

「それは明日にとっておけばいいだろう」

「だめ」

「だめ？　どうして？」

「ジャスミンといっしょに食べるから」

「ああ、そういうことか。どこでだ？」

「カフェテリアにいく」

「おまえが？　しょっちゅういくのかい？」

ぼくは歩きはじめた。

「どうしたんだよ？　なにをそんなに急いでるんだ？　すこしぐらいジャスミンも待ってくれるさ。ウェンデルの下で働かせたことをまだ怒ってるのか？　なあ、いいかげん忘れたらどうなんだ。おまえがいっしょにランチを食べるのにふさわしいのは、ウェンデルなんじゃないのか？」

「マルセロはもう、そのことでは怒ってない。さよなら」ぼくは声を荒《あら》らげずにそういった。すくなくとも、自分ではそのつもりだった。それでも、まだ話し終えていないアルトゥーロを無視して、ぼくは歩き去った。こんなこと、一度だってしたことがない。アルトゥーロの視線が背中に突《つ》き刺《さ》さるような気がした。アルトゥーロからはなれて気分はおさまってきたけれど、同時におそれてもいた。いったい、なにを？　アルトゥーロを怒らせること？　アルトゥーロを失うこと？

今回、ジャスミンは豆のスープではなく、クラムチャウダーを注文した。クラムチャウダーは豆のスープほど熱くない。ジャスミンは茶色のフォルダーをテーブルの上に置いた。

「箱を見つけたんですね」

「自分のやってること、もうすこしちゃんと考えたほうがいいわよ」

どう答えたらいいのかわからない。ジャスミンはこわがっているように見えた。

「わたしがいいたいのは、あなたがやろうとしてることが、ここの人たちにどんな影響《えいきょう》をおよぼすか、もっとじっくり考えたほうがいいってこと」

「マルセロは十分考えました」

「たぶん、漠然《ばくぜん》とはそうなんでしょう。だけど……」ジャスミンはそこでフォルダーに手をのせた。

「……これは、ものすごくリアルな話よ」

ぼくはフォルダーに手をかけたけれど、ジャスミンのおさえつける力が強くて、引きよせることができない。「自分の手を見てごらんなさい。また震《ふる》えてるじゃない」

「アルトゥーロと会いました。ここにくる途中で」

「それで？」

「マルセロはこれまでこんなに混乱したことはありません。心が痛みます。穏《おだ》やかな気持ちでもないし、確信もありません。なにもかも、父に打ち明けるべきなんでしょうか？」

「そのまえに、このフォルダーの中身について話し合いましょう。そうすれば、わたしたちがするべきことがはっきりするから」

「はい」

「その中身は、ビドロメックにとっては最悪なものね。これが明らかになれば、ビドロメックは自分たちに過失《かしつ》がないと証明するのが、ものすごくむずかしくなる。うちの事務所にとっても、大打撃《だいだげき》ね。ビドロメックはうちの一番のお得意さんで、ビドロメックの敗訴《はいそ》の責任を取ることになったら、そのときは……」

「どうなるんです？　なにが起こるんですか？」

「ビドロメックはアメリカ国内に、何十っていう企業《きぎょう》とのビジネス上の提携関係《ていけいかんけい》があって、うちの事務所は、その全部の法律関係の仕事を請け負《うお》ってるの。まるでドミノ倒《だお》しね。ビドロメックが倒れれば、全部倒れる。わたしは、ビドロメックからどれぐらいのお金がはいってきてるか知ってるし、わたしたちに払《はら》われる給料や、いろいろな経費の支出も知ってる。ビドロメックからの収入がなくなったら、どれもだめになるわね」

「ジャスミンも仕事を失うかもしれない」

「マルセロもふつうの公立高校にいくことになる」

そんな風に考えたことはなかったけれど、たしかにそうだ。パターソンはお金がかかる。パターソンの生徒の何人かが、奨学金《しょうがくきん》を受けているといっているのをきいたことがある。そうでもしないと、とても学費が払えないからだ。アルトゥーロがビドロメックからのお金を失えば、ぼくがパターソンに通う余裕《よゆう》はなくなる。

「だからね、このフォルダーを見せるまえに、ひとつ、条件をのんでもらいたいの」

「はい」

「わたしはまだ、その条件をいってないわよ」

「いまの『はい』は、その条件をきかせてくださいという意味です。ただ、どっちみちぼくはその条件に『はい』というと思います」

「それは、わたしはいつも正しいから？」

「もしぼくが『はい』といわなかったら、せっかくジャスミンが見つけたものを、見ることができないからです」

「わかったわ。じゃあ、条件をいうわね。あなたはつぎの週末、わたしといっしょにバーモントにいって、わたしたちがここでやろうとしてることについて、なにもかも徹底的《てっていてき》に考えるの。わたしはどっちみち父さんを病院につれていかなくちゃならないし、あなたはここからはなれる必要があると思う。物事はなにもかもあまりに速く進みすぎてる。バーモントでなら、あなたもいろいろゆっくり考えることができるし、あまりにもこんがらがったいろいろな事実を、きちんと並べ直すこともできると思うわ。山のなかで一日すごせば、あなたの震えも止まるかもしれない」

「バーモント」

「そうよ。考えごとには最適な場所よ」

考えごと。ぼくはスピードを落として、じっくり考えごとをしたい。

「バーモントからもどってきたら、あなたのやりたいようにやればいい」

「そんなにひどい中身なんですか？」

ジャスミンはフォルダーから手をはなした。ぼくはフォルダーを開いて、なかから一枚の紙を取りだした。

それはスペイン語で書かれていた。ぼくは必死で読んでみた。


一番上には「メモ」。すぐ下には、「重要」「緊急《きんきゅう》」の文字が。宛《あ》て名《な》は社長のレイナルド・アーセベド氏で、その下には差出人と思われる人の名前と、その上司らしい人の名前がある。そして、二〇〇五年六月二十一日という日付があって、件名らしい見出し。その下にあるのが肝心《かんじん》のメモの内容だ。よくはわからないけれど、「衝撃《しょうげき》」「破片《はへん》」「仕様と異なる」とか、「勧《すす》める」「すぐに」といったことばがでてくる。

「わからないことばがあります」ぼくはいった。「パラブリサスってなんですか？」

「フロントガラスよ。わたしも知らないことばは調べてみたの。でも、ほとんどのことばは英語と似ていて推測はできるわね。これはつまり、品質管理を担当するエンジニアから社長へのメモなの」

「この人は、このフロントガラスの製造を打ち切ることを勧めてるんですね」

「たぶんテストの結果を示しているらしい図表が、どっさり添付《てんぷ》されてたわ」

「ビドロメックは知ってたんだ」また、手が震えだすのを感じた。

「わたしたちの知らないことは、まだまだ山ほどありそうね。物事は見た目ほど単純じゃないことってあるものよ」

「ジャスミンはこのメモをどこで見つけたんですか？」

「ある弁護士の部屋の、重要な書類を集めたファイル」

一瞬《いっしゅん》、心臓が止まったような気がした。そして、激しく高鳴った。「アルトゥーロ？」

ジャスミンはそのことばを無視した。「問題は、このあとどうするかよ。ジェリー・ガルシアにわたしたら、たいへんなことになるかもしれない」

ぼくはメモをフォルダーにもどした。もしだれかに、そのメモをどこで見つけたのかときかれたら、ぼくは嘘《うそ》をつかなければならない。さもなければ、ジャスミンが仕事を失う。「ジャスミンは、さがしたけれど三十六個目の箱は見つからなかった、ということもできました。なぜ、このメモをぼくにわたしたんですか？」

ジャスミンはぼくのほうを見ずに、クラムチャウダーに小さな丸いクラッカーをくずしていれた。

「さてと。バーモントにいくのなら、父さんの病院の予約に間に合うように、土曜の朝早くに発《た》たなくちゃ。日曜日にはキャンプにいって、月曜にもどってきてもいいわね。キャンプはしたことある？」

「ぼくはツリーハウスに住んでます。キャンプってそんな感じですか？」

「なによその顔。すっかり取り乱して、うわの空じゃない。大自然のどまんなかに立てば、いろいろなことがもっとはっきり見えてくるわよ。ややこしい混乱なんてないし」

「わかりました」

「いっしょにいくってこと？」

「はい」

「よかった」ジャスミンは微笑んだ。バーモントにいくことでジャスミンは幸せになれる。「月曜日は、メール・ルームの仕事をベリンダに任せるわ。そんなしかめっ面《つら》しなさんな。きっと、楽しいわよ」

ぼくはメモのはいったフォルダーを持ち上げた。「これで、ジャスミンもすっかり巻きこまれてしまいましたね」

「そうね。起こったことはしょうがない。それは、わたしがあずかっとく。バーモントからもどってきたら、あなたにわたすわ。あとはご自由に。でも、バーモントからもどるまではだめ」

ジャスミンはもう立ち上がって、ほとんど口をつけていないクラムチャウダーを捨てにいった。またしても、お互いほとんどなにも食べずに終わったランチだった。

第22章

ジャスミンのおんぼろジープが家に近づいてきた。ジープの幌《ほろ》ははずしてある。ジャスミンがやってきても、ナムは耳をピクッとさせただけだった。

「準備できてる?」ジャスミンがいった。

ぼくはうなずいた。バックパックを後部座席に置こうとしたら、山ほどのサンドイッチと、いろいろなフルーツ、それにジュースで満杯《まんぱい》になったビニール袋《ぶくろ》を持ったオーロラが姿を見せた。道が混《こ》んでいなければ、バーモントまでは三時間の道のりだ。でも、オーロラは、旅にでるときはいつも、それがどんなに長かろうが短かろうが、かならずランチを用意する。

ナムは運転席のドアからジープに乗りこんで、後部座席に移動した。ナムにはナムの作法がある。

「だれかさんは、このおでかけをとても楽しみにしてたわよ」オーロラがいった。

「きっと、たっぷり楽しめますよ」ジャスミンが答える。

ぼくがオーロラとアルトゥーロに今回の旅のことを話したら、オーロラは大よろこびだった。意外だったのはアルトゥーロの反応だった。人の表情の背後にある感情を読みとることがずいぶんできるようになったとは思っていたけれど、今回アルトゥーロがはじめて見せる表情は、解読できなかった。

さんざん、ぼくに独立をうながしてきたあのアルトゥーロが、旅のことを持ちだしたとたん、口をぽかんとあけ、かたくなになってしまった。この表情にはどんな意味があるんだろう？　いったい、どこからでてきたものなんだろう？　疑い？　憤《いきどお》り？　アルトゥーロのそんな顔は、これまで一度も見たことがなかった。

「あんまりいいアイディアだとは思えないな」アルトゥーロはいった。

ぼくたちはキッチンのテーブルにすわっていた。そのことばがきこえたとき、ぼくとオーロラは、食事の途中で動きを止めた。

ぼくは、なにか誤解があったのかもしれないと思って、もう一度説明しなおした。「ぼくたちは、土曜日にジャスミンのお父さんを病院につれていく。そして日曜日は近くで何時間かハイキングをする。月曜の夜八時までには、ジャスミンが家まで送ってくれる」

テーブルはしずまりかえった。アルトゥーロを見て、いままで一度も見たことのないその表情に恐《きょう》怖《ふ》を覚えた。

オーロラはアルトゥーロの反対を無視して話しはじめた。「いいことじゃない。でも、ナムもつれていってほしいわ。ハイキングにはいいお供よ」

「わかった」ぼくはいった。

「わたしはそうは思わないな」アルトゥーロは頑固《がんこ》だった。でも、その声にはふつうじゃない動揺《どうよう》が感じられた。

「どうしてなの？」オーロラがたずねる。いまは、オーロラまで疑わしげに見ている。

「土曜日にはジャスミンに仕事を頼むつもりだったんだ。わたしたちはいま、メキシコのふたつの会社の合併《がっぺい》に関する仕事をしていて、来週にはまとめなくちゃならない。それに、ジャスミンからは月曜に休暇《きゅうか》を取るという話はきいてない」

ぼくはいった。「ジャスミンはその合併の話は知らなかった」

「アルトゥーロ」オーロラがいう。「ジャスミンはお父さんを病院につれていかなくちゃならないのよ」

「ジャスミンからはなにもきいてないんだ」アルトゥーロはいった。

「週末にどんなすごし方をするかまで、あなたに伝えなくちゃいけないわけ？　あなたはなにをおそれてるの？」オーロラがたずねた。こんなオーロラを見るのもはじめてだ。アルトゥーロにむかって、こんなぶっきらぼうなものいいをしたのをきいたことがない。

アルトゥーロは黙《だま》りこんだ。混乱して、ことばを失っている。これもはじめてのこと。

「わたしには、きちんとした計画に見えるわよ。もし、必要があるのなら、仕事の手伝いはだれかべつの人に頼めばいいじゃない」オーロラがいった。それで、すべてが決まった。

オーロラはぼくの腕をひっぱって、家の陰《かげ》につれていった。ふたりっきりで話すことがあるらしい。

「よくきいてちょうだい」ぼくがオーロラの目を見るまで待ってつづけた。「あなたかジャスミンになにかあったら、すぐに電話してちょうだい。なにか、ちょっとでも計画通りにいかないことが起こったらよ。あなたの携帯電話には、世界中のどんな遠い場所からでもかけられる機能があるの。あなたかジャスミンに、大小にかかわらず、なにか危険があったら電話するのよ。その経過や理由にはいっさいかかわらずにね。いい、わかった？」

「うん」ぼくはパターソンで教わった手話で、「愛してる」と告げた。

オーロラは片手で自分の心臓の上をおさえ、その手でぼくの胸に触《ふ》れた。

ジープのところにもどると、ジャスミンがオーロラに一枚の紙を手わたした。「父の電話番号と住所です。年のせいで、むかしのように頭がうまく働かないこともあるので、隣人《りんじん》のジョーナの電話番号も書いてあります。ジョーナにはわたしたちの行き先を正確に伝えておきますので、もし、なにか用があるときには、ジョーナに電話してください」

「ありがとう。父さんに、いってきますっていってきたの？」オーロラはとつぜん思い出したようにぼくにたずねた。

「うん」ぼくはオーロラを見ずに答えた。でも、ほんとうは嘘《うそ》だ。ナムが一声、ワンと吠《ほ》えた。お別れはもう十分じゃないですか。さあ、いきましょう。ぼくにはそういっているようにきこえた。

ハイウェイにのるとジャスミンにたずねた。「ジャスミンのお父さんは、ジャスミンのことを誇《ほこ》りに思ってますか？」

「そんな質問、いったい、どこからでてきたのよ？」

「辞書によると、誇りとは『成《な》し遂《と》げた仕事や業績をよろこび、名誉《めいよ》に感じること』と定義されています。その定義からすると、だれかに誇りに思ってもらうまえに、その人はなにかを成し遂げないといけないということです。ただ単純にありのままを誇りに思うことはできません。ほかの人が感じる誇りがどんなものなのか、ぼくにはよくわかりません」

「昨日の夜遅《よるおそ》く、あなたのお父さんと話したわ。わたしが帰ろうとしてたら、お父さんがメール・ルームによったの。この旅のこと、もっとくわしく知りたがってた」ジャスミンは頭を横にふりながら微笑《ほほえ》んだ。「あなたのお父さんは、あなたのことを誇りに思ってるわよ。あなたがそのことで悩《なや》んでるんだとしたらね」

「そのとき、アルトゥーロはほかにどんなことを話したんですか？」そう問いかけてすぐに、おかしなことをきいてしまったと思った。アルトゥーロがなぜ、ぼくをこの旅にいかせたくないのか知りたかったけれど、ジャスミンはなにか知っていながら、ぼくにかくしているのかもしれないと思ったことが恥《は》ずかしかった。

ジャスミンは奇妙《きみょう》な目つきでぼくを見た。まるで、ぼくの質問の背後にある動機をさぐろうとでもしているようだ。それからいった。「わたしたちがどこでキャンプするのか知りたがってたし、ほかにいっしょにいく人がいるのかも。なんだか変よね。まるで、とつぜん、こんなことがあなたの手に負えるかどうか疑問を抱《いだ》いたみたいで。もちろんできるのに。そうでしょ？」ジャスミンが、ぼくが笑うか、すくなくとも微笑むかしてほしがっているのはわかった。でも、そうはしなかった。

「ジャスミンのお父さんは、ジャスミンがピアノを弾《ひ》くのは知ってますか？」

「もちろん。小さいころから家で弾いてたから。家にあったピアノは、母さんが結婚したときに実家から持ってきたもので、おおげさにいえば、わたしは歩けるようになるまえから鍵盤《けんばん》をたたいてた」

「でも、お父さんは、ジャスミンがしたいのは作曲と演奏だということは知ってるんですか？」

「たぶん知ってると思う。そのことについては、あんまり話したことはないけど。父さんに会ったら、あなたにもわかるわよ。エイモスはね、人っていうのは、忙《いそが》しく働いて、自分でちゃんと稼《かせ》ぐべきで、それができてるなら、ほかになにをしてようがいっこうにかまわないって人だから」

ぼくは目を閉じて、八歳のときのことを思い出した。アルトゥーロはぼくを、町のサッカーチームにいれようとした。ピッチに立って五分もしないうちに、そこにいただれもが、ぼくにはサッカーができないとはっきりわかった。ぼくは、なにをしたらいいのかわからずぼんやり突《つ》っ立《た》って、ほんの二、三度、ぎこちなく動こうとしたときには、かならずあらぬ方向に動いていた。ボールを蹴《け》ると、サイドラインの外にとんでいくか、敵の選手にパスしてしまうかだ。家に帰るときのアルトゥーロの顔はいまでも忘れられない。自分の息子は、けっしてチームでやるスポーツに参加することはできないと知ってしまった父親の顔だった。そのあとすぐ、出発の直前にジャスミンがオーロラにいったことを思い出してたずねた。「ジョーナってだれですか？」

「明日会えるわ。ジョーナとわたしは兄妹《きょうだい》みたいに育ったの。ジョーナのお母さんとわたしの母さんは、母さんが死ぬまで一番の親友同士だった。わたしの兄と、ジョーナの弟のコーディもやっぱり親友同士だった。きっと気にいると思うわよ」

そのあとの二時間は、お互いほとんど黙《だま》ったままだった。ジャスミンは、音楽をかけていいかとたずねた。音楽がかかっていれば、ぼくが黙っていても気まずくないだろうと思ってそういってくれたのがわかった。ジャスミンは、イステルのことも、あのメモのことも、いっさいたずねなかった。気にかけていないからじゃない。よけいなことをいわずに、ぼくにひとりで決断させたがっているのがわかった。でも、あのメモのことは、いまはまだ考えないでおこうと決めていた。その代わりに、ぼくは目を閉じて、顔に吹きかかる冷たい空気を感じていた。

「さあ、ついたわ」ジャスミンがいった。

目をあけると、未舗装道路《みほそうどうろ》の先、緑《みどり》の丘《おか》の上にジャスミンの家が見えた。赤レンガの煙突《えんとつ》と背の高い黒いパイプのついた白壁《しらかべ》の家で、屋根にはねじれたテレビアンテナがのっていた。家のうしろにあるペンキの塗《ぬ》っていない納屋《なや》は、わずかに右にかしいでいるように見える。近づくにつれて、家のまえの芝生《しばふ》にプラスチック製のさまざまな動物が置いてあるのが見えてきた。鹿《しか》の家族、二羽《わ》の白鳥(いまは灰色になっている)、六羽のひな(一羽は倒《たお》れている)をうしろに従えた母さんアヒル、キスをしている二羽のウサギ、茶色いキツネが一頭、うしろ足で立ち上がったウッドチャックが一匹《ぴき》、かつてはピンクだったろうけど、いまでは色が抜《ぬ》けて白くなったフラミンゴが一羽。

「母さんが集めてたの」ジャスミンがいいわけのようにいった。

車は家の横にとまった。最初におりたのはナムだ。後部座席から地面におり立ったとたん、ナムは動かなくなった。なにを見て動かなくなったのかはすぐにわかった。玄関《げんかん》のまえに、白黒まだらの大きな犬が、落ち着いたようすですわっていた。その犬は、立ち上がって、ナムのほうに歩いてきた。逆にナムはその場にすわってしまった。ナムはナムなりに、自分がお客にすぎないことを知っている。

「ゴーマー！　ただいま」ジャスミンがその犬にむかっていった。

ゴーマーは頭と尻尾《しっぽ》をふって、ジャスミンになでさせた。それから、ゴーマーはナムに近より、お互いにおしりのにおいをかぎあった。

「ほら、見て」ジャスミンがいった。

ジャスミンが手でさしたほうを見ると、背の高い草や紫《むらさき》の花が咲《さ》いた野原が見えた。ジャスミンの家と、遠くにある舗装されたハイウェイのあいだには、茶色と黒の模様の牛がたくさんいた。そのうちの一頭が丘を登って近づいてきた。首から下がったベルの音がきこえる。

「あれはエレノアよ」ジャスミンは指さしていった。「ここにいる牛たち全部のおばあちゃんなの。エレノアが生まれたときにはわたしも手伝ったし、わたしが育てたの。エレノアはいまも、自分はこの家のペットだって思ってる。いまでは、自分の鼻先も見えないぐらい目が悪くなってるけど、わたしがついたことはわかってて、あいさつしにきたのよ。ねえ、ゴーマー、父さんはどこ？」

ゴーマーは冷たい鼻をぼくの手からはなして、納屋のほうに歩いていった。ナムは、クーンクーンと声をあげながら、牛を見つめている。

「ナムは牛を見にいきたがってます」

「むだに羊飼《シェパード》いって呼ばれてるわけじゃないってことね」ジャスミンはそういいながら、ジープからバックパックをおろした。

「いいですか？」ぼくはきいた。

ナムは首をかしげて、ジャスミンの返事を待っている。

「もちろん」

その声がきこえたとたん、ナムは牛たちのほうにむかって、とぶように走っていった。

「父さんがなにをしてるのか、見にいきましょ」ジャスミンはいった。「いったい、なにを持ってきたのよ？」

ジャスミンはぼくのバックパックを家の横において、腕をさすった。ぼくが答えるまえに、ジャスミンはぼくに警告した。

「父さんのいってることは、いっさい気にしなくていいから。認知症《にんちしょう》がずいぶん進んでるの。忘れっぽいし、怒りっぽくなってる。そのせいで、きっとあなたは、何度も何度もひどいことばを投げかけられるだろうし、父さんはそのたびにそれがはじめてだと思ってる」

家と納屋の間の空き地には、錆《さ》びた農機具と大きなミルクの缶がちらばっていた。納屋に近づくにつれて、ぼくの鼻は甘《あま》い刺激臭《しげきしゅう》で満たされていった。

「牛のおしっこと糞《ふん》の臭《にお》いよ。古いものもあるし、できたてほやほやのものもある」

ぼくが深く息を吸っているのを見て、ジャスミンが説明した。

納屋の引き戸を引いて開ける。奥のほうでひざまである黒い長靴をはいた小柄《こがら》な男の人が、木でできた手押し車に牛糞《ぎゅうふん》をシャベルですくいいれていた。

「クソめ、いまいましいクソめ」その人の声がきこえた。

「あれがエイモスよ。父さん、ついたわよ！」

その男の人はシャベルの手を止め、ぼくたちのほうに歩みよってきて、じろじろと見た。顔にはしわが刻まれ、白い髪はごわごわと突っ立っていた。

「そろそろ起きてくるころだと思った」その人はぼくにむかっていった。

「兄のジェイムズだと思ってるのね」ジャスミンが説明した。「わたしよ、ジャスミンよ。こちらはマルセロ」

「またこいつをかばおうとしてるんだな。酔《よ》っ払《ぱら》って淫売宿《いんばいやど》で女を抱《だ》いたあげく、今朝早くになって、ようやく帰ってきたんだろう。音がきこえなかったとでも思ってるのか」

「こちらはマルセロよ。昨日の夜、つれてくるって電話したでしょ」

エイモスは手押し車のところにもどって、柄《え》をつかんだ。持ち上げようとする細い腕が震《ふる》えているのが見えた。「一晩中、飲んだくれて女を抱いてきやがった」

「このあたりのどこに、そんな場所があるっていうのよ？」ジャスミンはたずねた。それからぼくにむかっていう。「ときには、父さんに話を合わせるほうが楽なこともあるの」

「女を抱く場所ならいくらでもあるわい。男にはナニがついてるんだ。それをつっこむ穴ならすぐに見つけるさ」

「ジェイムズは、でかけていってコーディとちょっとばかり飲んできた。ほんの子どものお遊びよ。それだけのこと」ジャスミンは首をふりふり、手のひらを上にむけて両手を上げた。

「クソッタレが！」エイモスはぼくたちのまえで公然とつぶやいた。エイモスは手押し車の中身を、納屋の横にある山にぶちまけた。

「エレノア！」ジャスミンが叫ぶ。茶色の牛が、疲《つか》れたようにのろのろとぼくたちのほうに歩いてきた。大きな黒い瞳《ひとみ》は眠《ねむ》たそうだ。「わたしに会うために、丘を登ってきてくれたのね！」

「肉がかみ切れないほど硬《かた》くなるまえに、シチューに放《ほう》りこむべきだったな」エイモスがいう。

「なにいってるのよ」ジャスミンは怒っている。ジャスミンはエレノアの耳を、まるで自転車のハンドルのように握《にぎ》ったりひっぱったりしている。「まだ、ミルクがでてるみたいね、ちがう？」

「ほんの五しぼり分ばかりな。薄《うす》くて水っぽいミルクだ。まるで未亡人のしょんべんなみに透《す》き通《とお》ってる」エイモスがいいかえす。それから、ぼくに目をむけた。「去年、シャクルトンのところからブルーノを借りてきて、種付けさせたのさ。むかしみたいにな。わしとシャクルトンちの三人の四人がかりで、ブルーノをこいつの上におっかぶせたんだ」

「父さん！　エレノアは交配には年を取りすぎてるわ。二十年ものあいだ、毎年一頭は子牛を産んでくれたでしょ。もう、十分じゃない。休ませてあげてよ」

「子牛がほしいわけじゃない。最後にもう一回だけ、いい思いをさせてやりたかっただけさ」エイモスはぼくにウィンクした。「ブルーノをその気にさせることはできなかったがな。あいつのナニはホースなみにふにゃふにゃのままだった」

「家にはいってコーヒーでもどう？」ジャスミンが話題を変えたがっているのがわかった。

「パンケーキもな。昨日の夜、おまえがくるってきいてすぐ、焼いておいたぞ。おまえが買ってくれたあの機械でチンして、牛の糞なみにほかほかにすればいい」エイモスは、シャツの胸ポケットからくしゃくしゃくしゃのタバコのパッケージを取りだし、唇《くちびる》で一本抜《ぬ》き取《と》り、火をつけるものをさがしてあちこちのポケットをさぐった。

「喫煙《きつえん》は体によくありません」ぼくは警告した。

「人生もな。だが、わしはおまえさんに吸えというつもりはないさ」エイモスはオーバーオールのおしりのポケットに紙マッチを見つけた。

そのあと、ジャスミンはどうにかこうにかいいくるめて、エイモスをバスタブにつからせることに成功した。ジャスミンはお風呂専用の給湯器に火をつけ、蛇口《じゃぐち》からでるお湯が十分に熱くなるまで三十分ほど待ち、キッチンに隣接《りんせつ》した風呂場へとエイモスを押しいれた。

「もし、一分以内に水音がきこえなかったら、すぐになかにはいるわよ。扉《とびら》のまえに椅子を置いて、そこで待ってるから、にげだそうとしても無駄《むだ》よ」

「風呂なら先月はいったぞ」エイモスが扉のむこうでぶつぶついっている。

「お風呂からでたら、病院まで送るから」

「おまえは鬼《おに》だな」エイモスが答える。

「診察《しんさつ》が終わったらコープにいって、タバコを買えばいいわ。そのあと、酒屋によってもいいし」

返事はなかった。数分後、水のはねる音がきこえてきた。ジャスミンは、リビングルームにはいってきた。ぼくはリビングルームにあったマホガニー製のアップライト・ピアノのまえに立っていた。中央のドの鍵盤に触れると、やわらかい音がした。それから、ド、ミ、ソの鍵盤を同時にたたいた。

「音は狂《くる》ってません」ぼくは自信を持っていった。

「なにもかもが狂ってないといいんだけど」そう答えながら、ジャスミンの目は風呂場のほうに動いた。

ぼくはピアノの上に置いてある、銀縁《ぎんぶち》のフレームにおさまった写真を見た。ジャスミンのとなりには、顔が全部かくれてしまいそうなほど金髪《きんぱつ》をぼさぼさに伸《の》ばした男の子がいた。ふたりの子どものうしろには、エイモスと女の人が立っている。その写真のなかで微笑んでいるのはその女の人だけだ。

ジャスミンもぼくが見ている写真をのぞきこむ。

「これはわたしが八歳で、ジェイムズが十歳のときに撮《と》った写真よ。写真屋さんに頼んで、わたしたちふたりがちゃんとポーズを取って写した写真はこれ一枚きり。母さんが誕生日のプレゼントにほしがったの」

「お母さん？」

「そうよ。父さんがお風呂からでたら、病院までひっぱっていかなくちゃならないの。あなたもいっしょにくる？」

ぼくは写真を見つめた。

「いっしょにくるのなら、あちこち見せてあげる。ちょっと待ってね」

ジャスミンは風呂場の扉《とびら》までいって、耳を押しつけた。「ちゃんと洗ってる？　耳のなかもよ」

「やかましいぞ。どの穴を洗えばいいかぐらいわかっとるさ！」

「椅子の上に、きれいな服を置いておくね」

「ああ、わかった」

「汚《よご》れた服を、また着たりしないでよ」

「わかった、わかった」

ジャスミンはぼくにむかっていった。「父さんはお湯が冷めるまでつかってるわ。ちょっと外にでましょ。見せたいものがあるの」

ぼくたちは玄関から外にでた。プラスチックの動物たちが置かれた芝生をすぎて、家を見おろす緑の丸い丘へとつづく小道を進んだ。その丘の背後には、カエデやマツの木が青空にむかって伸《の》びる山があった。その深い空の青は、瑠璃色《るりいろ》ということばを思い出させた。ジャスミンの瞳《ひとみ》とおなじように。

「あの山のてっぺんまで登ったら、空にさわれそうです」ぼくはいった。

「あれは山じゃないわよ。ただの丘。むこうに見えるのが本物の山よ」

ぼくはふりかえって、できるだけ遠くへと目をこらした。はるかかなたに、白い帽子《ぼうし》をかぶった山々が見えた。ジャスミンが机のまえの壁《かべ》に貼《は》っている写真とおなじ山だ。

「ほら、ナムとゴーマーを見て」ジャスミンが指さした。

目の下に広がる牧草地の、たくさんの牛たちのあいだに、ナムとゴーマーがおすわりしていた。

「ナムはここが気にいったみたいです」ぼくはいった。

丸い丘のてっぺんにつくと、ジャスミンは、おおいかぶさるように立っている「丘」を指さしていった。「あれはエイモスの丘」

「エイモス丘」

「ちがうわ。エイモスっていう名前の丘じゃない。あの丘はエイモスの持ち物なの。下に見えてるあの道までつづく三十エーカーの土地もそう。エイモスが所有してるの。エイモスはあの牧草地で二十頭ほどの牛を飼うために牧草を育ててる。むかしは八十エーカーあったの。でも母さんが死んだあと、治療費《ちりょうひ》を払《はら》うために五十エーカーは売った。あの丘と八十エーカーの土地は、うまく使えば、四人家族を養うには十分だった。母さんが生きていたときは、牛は四十頭、豚《ぶた》が六頭、それにニワトリも飼ってた。あの丘からはメープル・シロップも木材も取れた。冬のあいだ牛たちに食べさせる干草も、牧草地で育ててた。母さんは冬のあいだの食べ物のことを『二月の食料品』って呼んでたけど、その分の支払《しはら》いに十分なだけのハチミツも売ってた。母さんは何人かの子どもにピアノを教えてた。エイモスはモンペリエの街にあるアイスクリーム屋さんにミルクを売ってたわ。百ドルはあっち、五十ドルはこっちっていう具合だったわね。丘で取れる薪《まき》のおかげで、冬のあいだみんなあたたかくすごせた。ここで暮らすには、多くのものは必要ないの。一生懸命《いっしょうけんめい》働きさえすればね」

緑の丸い丘のてっぺんから、エイモスが家の裏口から外にでてきたのが見えた。ジーンズをはいているだけで、上半身は裸《はだか》だし、シャツも靴下も靴もはいていない。裏口から数歩はなれると立小便をしはじめた。ニワトリが一羽、おしっこの流れからすこしはなれた地面をつついている。

「バスタブの横にトイレがあるのに」ジャスミンが首をふりふりいう。「父さんったら、もしかしたら、家のトイレでおしっこをしたことは一度もないんじゃないかと思うわ。わたしが五歳になるまで、浄化槽《じょうかそう》もついてなかったの。いまでも、小さな白いおまるのことは覚えてる。真冬に外へ用足しにいかなくてすむように使ってた」

「ジャスミンのお母さんが、ピアノを教えてくれたんですね」ぼくはいった。

「わたしが歩けるようになるまえに、あのスツールにすわらせたの」

「ジェイムズも弾きましたか」

「何度かは試したみたいだけど、母さんはあきらめたわ。冬になると、家のなかですごす時間がすごく長くなる。なにか夢中になることがあると、気がまぎれるのよ。ジェイムズはピアノを弾くのも、家でじっとしてるのも苦手だった。夏冬関係なしにね。じきにひとりで丘に登ったり、魚釣りにいったり、狩《か》りにもいくようになった。それに、ウサギだのハムスターだの、あらゆる種類の小さな動物を繁殖《はんしょく》させて、ペットショップに売ってたわ。十歳のときには、納屋でチンチラの繁殖をはじめた。わたしはすごくいやだった。あの小さな動物がどんな目にあうか知ってたから。チンチラっていうのはネズミを細長くしたみたいな動物でね、毛皮がふわふわであたたかくて、重宝されるの。幸い、ある年、キツネが一頭納屋に押しいって、全部のチンチラを楽にしてやったんだけどね。気をつけて」シャベルにつまずいたぼくにむかっていった。ジャスミンはかがんでシャベルを拾い上げた。

ぼくたちは丸い丘のてっぺんの、地面にあいた穴を見ていた。大きさも深さも、個人の家の裏庭にあるプールぐらいの穴だ。丸い丘の平らな頂上は丸い形をしている。その穴は、ちょうどまんなかに位置している。ジャスミンは、ぼくをその穴から引きはなすようにして丘の前面に導いた。眼下の舗装道路を燃料タンク車が走っているのが見えた。エンジンの音がきこえないか耳を傾《かたむ》けたけれど、きこえなかった。きこえるのは、木々を吹き抜ける風の音だけだ。ぼくたちの右下方にひとまわり小さな丘があって、そこに十字架《じゅうじか》がふたつ立っているのに気づいた。

「母さんとジェイムズよ」ぼくがたずねるまえにジャスミンがいった。

「あそこにいるのはケトバスですか?」牧草地の牛たちがより集まっているところから、すこしだけはなれたところにいる二頭の馬を指さしていった。

「つやのある黒毛のほうがそうよ。あれがケトバス」ケトバスは、まるで自分の名前がきこえたとでもいうように頭を上げた。ジャスミンは数歩進んで、小さめの野原のほうをさし示した。「その野原、見える？　冬になるとね、エイモスはあそこにフットボール場ほどの大きさの楕円形《だえんけい》に除雪したコースを作るのよ。エイモスは昼ごはんの直後の、一番日の高い時間に毎日外にでて、一時間ほどケトバスをぐるぐる歩かせる。みぞれが降《ふ》ってようが吹雪《ふぶき》だろうがおかまいなしに。でも、あとそんなに長くはつづけられないんだろうな」ひとりごとのようにつけたした。それから、またぼくにむかっていう。「そろそろもどりましょ。病院までつきあう？　ひとりで残る？　どっちでもいいわよ。病院までは片道三十分くらいだけど、たいていは診察《しんさつ》まで二時間ぐらいは待たされるわね。あわせて三時間ぐらいかかるってことね」

そっと口笛を吹くと、ナムはすぐに立ち上がってこっちを見た。「ここで待ってます」

ぼくはそういって、ナムとゴーマーが牛と家を見守っている牧草地のほうへ歩きはじめた。もうすぐ正午になる。太陽が軌道《きどう》のほぼ頂点にあるからわかる。あの丘の上に家が建っていたとしたら、日の出から日の入りまで、一日中日差しを浴びていることになる。

「もしおなかがすいたら、キッチンのテーブルにあなたのお母さんが作ってくれたサンドイッチがあるから、食べてて」ジャスミンはいった。

ぼくは立ち止まって、まだジャスミンが立ったままの場所にむかって登りはじめた。

「明日はどこにいくんですか？」

「まず、エイモスの丘を登って、むこう側におりるの。それから、丘をふたつみっつ越《こ》えて『かくれ湖』までいくのよ。ケトバスにキャンプ道具を背負《せお》わせて、わたしたちとナムとででかけましょう。ゴーマーは年を取りすぎてて無理だから留守番してもらうわ。ゆっくり歩いて三時間ほどのハイキングよ。湖畔《こはん》にはエイモスの小屋があるの。冬になったら、凍《こお》った湖のまんなかまで動かして、氷穴釣《ひょうけつづ》りに使う小屋よ。それに夏用のカヌーもある。魚釣りをしてもいいし、カヌーで湖にこぎだしたり、湖に注ぎこむ川をさかのぼるのもいいわね」ジャスミンはうきうきしているようだ。「月曜の朝にはもどってきて、車で帰りましょう」

「わかりました」ぼくは深呼吸した。月曜の朝には帰らなくてはいけないなんて、早すぎる気がした。

牛たちが草を食《は》んでいる牧草地まで半分ほどおりかけたところで、方向を変えてふたつの十字架にむかって歩いた。十字架のまえに腰をおろして、御影石《みかげいし》に彫《ほ》られた名前と日付を声にだして読んだ。ライラとジェイムズ。お母さんと息子。片方は五十五歳まで生き、もう片方は十八歳まで。ジャスミンのジープの音がきこえて、やがて視界にはいってきた。ジープが道路の上で緑の点になって、だんだんと見えなくなるまで目で追った。

ジャスミンがなぜぼくをバーモントにつれてきたかを思い出した。ジャスミンはぼくのことを心配してくれている。これまでに起こったことを整理して決断するには、ここが最適の場所だと考えた。ぼくは自分自身にそうしようと誓《ちか》った。明日、キャンプ地についたら、いろいろなことをじっくり考える時間と場所を確保しよう。でも今日は、今日だけは、なにも考えずにいよう。

第23章

その日の夜、ジャスミンとふたりで夕食後の皿洗いをしているとき、車のエンジン音がきこえた。エイモスはチョコレートの香《かお》りのする刻みタバコをパイプにつめている。エイモスはいった。「いったいだれなんだ？」

「あら、父さんが呼んだんじゃないの？」

「いいや。おせっかいのシャクルトンが、おまえが帰ってるのを知って、すっとんできたんだろう。その子のことも気になるんだろうしな」

そのとき、キッチンのドアがあいて、男の人が三人はいってきた。まるで、自分の家にはいってくるような自然な物腰《ものごし》だ。一番年上の人は、あとのふたりのお父さんにちがいない。エイモスより若くてしっかりした感じの人だ。ビールの箱を持っているのが、コーディにちがいない。そして、手にポテトチップスの袋《ふくろ》をふたつ持っているのはジョーナだろう。

「困ったわね」ジャスミンは三人がはいってくるとすぐにそういった。「今晩は飲み会はなしよ。明日は早いんだから」

「そうなのかい？」ジャスミンが頬《ほお》にキスをしてもらおうとまえかがみになると、一番年上の人がいった。「キャンプにいくんだって？」

「ジョーナからきいたの？」ジャスミンがたずねた。

ジョーナは自分で自分を指さして、首を横にふった。そのジェスチャーの意味は、「ぼくはなにもいってないよ」だ。

「おれ、ジョーナ」というと手をさしだし、ぼくの手を握《にぎ》った。ぼくよりもずっと大きくて力強い手だ。

「で、おれはコーディ」この人の手の力も、ほとんど変わらないぐらい強い。

「そうか、あんたなのかい。わしはサミュエル・シャクルトンだ」握手《あくしゅ》をしているあいだ、じろじろとぼくを見ながらいった。「都会っ子にしちゃ、たくましいじゃないか」サミュエル・シャクルトンはエイモスにむかっていった。エイモスは苦労してパイプに火をつけようとしている。

「そりゃ、どうだか」エイモスは煙《けむり》を吐《は》きだしながらいった。

「長居はしないよ」ジョーナがジャスミンにいう。「がまんしきれなくって、きちまった。母さんもきたがったけど、なんとかやめさせたよ。そうじゃなきゃ、この人を質問責めで殺しかねんからな」

「わしらはどこにすわればいいかね？」サミュエル・シャクルトンがいった。「そっちの腰の痛くなる椅子か、それともこっちのすわり心地《ごこち》のいい椅子か？」

「そっちにして」ジャスミンはすかさず返事をした。「長居はしないんだから」

「冷蔵庫がいっぱいで、はいらないな」コーディがぼやいた。

「シリアルの箱でいっぱいだからな」エイモスがいう。

「冷蔵庫にいれなくてもいいさ。床においとけばぬるくはならないから」ジョーナがいった。

「けど、買ってきたのはなまぬるいんだよ」コーディがいう。「はいるだけ冷凍庫《れいとうこ》にいれておこう。二、三時間、おれたちが飲む分には足りるだろうから」

「なにいってるのよ！」ジャスミンが叫んだ。

サミュエル・シャクルトンは、エイモスのむかいの椅子を引いて、ゆっくりと腰をおろした。サミュエル・シャクルトンは大柄《おおがら》で、がたつきのあるキッチンの椅子が自分の体を支えられるかどうか疑っているようなすわり方だ。「調子はどうなんだ？　頭のほうはすっきりしてるのか？」

「頭ならいつでもすっきりさ」エイモスがいう。ようやく、パイプの先に赤い小さな火が見えはじめた。「無理矢理風呂にいれられたから、まだ、しわが取れんがな」そういって、ジャスミンをちらっと見る。「だが、しわしわだろうがなんだろうが、ちゃんと働いてるぞ」

「なんでわかるんだよ？」サミュエル・シャクルトンがたずねた。

「またはじまった」ジャスミンがいう。

ビールの缶があく、プシュッという音がきこえた。「ビールほしいやつは？」コーディがいう。

「車のシートの下にいいものをかくしてるんだろ。あれを持ってきたらどうなんだ？」エイモスがいった。

「だめよ」ジャスミンが情けない声をだす。

けれども、遅《おそ》かった。サミュエル・シャクルトンがコーディにむかってあごで合図すると、コーディが外に、その「いいもの」を取りにいった。それがなんなのかはわからないけど。

ぼくは、フライパン洗いのつづきをはじめた。ジャスミンがコンビーフの炒《いた》め物《もの》を作るのに使ったフライパンだ。ジョーナがぼくの横に立っていった。「フライパンは水につけておくといいよ。一日か二日ほおっておけば、こげも自然にはがれるさ」

「今晩はだめよ」ジャスミンがいった。「そのまま、こすり落としちゃって。あんたは皿拭《ふ》きよ」ジャスミンはそういって、ジョーナに白い布巾《ふきん》を手わたした。その布巾はもうぬれてしまっている。

ジョーナはぼくにむかって肩をすくめた。まいったな、を意味する世界共通のジェスチャーだ。

コーディは透《す》き通《とお》った黄金色《こがねいろ》の液体で満たされた瓶《びん》を持ってもどってきた。

「それそれ。わしがいったのは」エイモスは唇《くちびる》をなめた。「そこのグラスをとってくれ、ジェイムズ」

エイモスがぼくにむかって話しているのに気づくまで、数秒かかった。一瞬《いっしゅん》、部屋中のみんなが口を閉ざした。ぼくは、一番大きなグラスをつかんでエイモスにわたした。

「たっぷりいれてくれ」エイモスがコーディに命ずる。

「そいつを注いだら、モントリオールの女郎屋《じょろうや》まで車で送れといいだすぞ。結婚まえにしょっちゅういってたみたいにな」サミュエル・シャクルトンがいう。

「父さんには飲ませないで」ジャスミンがいった。

「親父たち、しょっちゅうモントリオールにいってたのかい？」コーディがいう。

「やめてよ、コーディ！　あんたたち、みんな最低よ」ジャスミンはそういってキッチンからでていった。

「どこにいくんだ？」サミュエル・シャクルトンがうしろから声をかける。

「おしっこよ！　悪い？」廊下《ろうか》の奥から返事があった。

「コーディ、ジャスミンがしょんべんしてるまに、バイオリンを持ってこい」サミュエル・シャクルトンがいった。

コーディはすぐに立ち上がる。コーディもいいアイディアだと思ったみたいだ。

ぼくはフライパンをジョーナに手わたした。

「心配するなよ」ジョーナがいう。「おれたち、そんなに長居はしないから。おれがさせないよ」

「べつに、だいじょうぶです」ぼくはいった。

ジャスミンがキッチンにもどってきたとき、コーディはちょうど黒いケースからバイオリンを取りだすところだった。

「しょうがないわね」ジャスミンはいった。「リビングルームに移動しましょ」

「いっしょにピアノを弾《ひ》いてくれよ」コーディがいった。

「いやです」

ジョーナは、ジャスミンが点検できるようにと、フライパンをわたした。「このフライパンがこんなにきれいだったこと、あるのかい？」ジョーナはいった。

ジャスミンはフライパンを光にかざし、内側にも外側にも指をすべらせた。「悪くないわね」

「で、スパムの缶詰はどこだ？」エイモスとつれだってキッチンからでていったサミュエル・シャクルトンがいった。

「おもしろい冗談《じょうだん》ね」ジャスミンはふたりのうしろからついていきながらいった。

キッチンにぼくとジョーナのふたりだけになると、ジョーナがいった。「おれたちが子どもだったころ、うちと、ここの家族はよくいっしょにキャンプにいったんだ。そのときは、いつもスパムの缶詰を山ほど持っていってた。魚がぜんぜん釣れなかったときに備えてね。実際、釣れないことはよくあったんだ。あるとき、おれとジャスミンとでちょっといたずらをしたことがあった。スパムの缶詰には、あけるのに使う小さな耳みたいなものがついてるだろ？　それを全部折り取ってやったのさ。湖からもどると、みんなカンカンに怒ってた。スパムの缶詰をあけるのに、わざわざ缶切りを使わなくちゃならなかったからさ。しかも、スパムの缶詰ってやつは、缶切りじゃすごくあけにくいんだ」

スパムがランチョンミートの缶詰だということは知っているけれど、一度も缶を見たことがないことに気づいた。

「ここはもういいだろう」ジョーナはそういって、布巾をカウンターに広げて干した。「外にいるのはきみの犬かい？」

「ナムです」ぼくは自分の手をどこに置いたらいいのかわからなかった。

「いい犬だ。あの子は人のことを尊重してるんじゃないかな？　自分をなでてくれてもくれなくても、ちっとも気にしない。なでたければなでさせるけど、なでてもらえなくても幸せだ」

「ゴーマーもおとなしい犬です」

「いまはな。もう十五歳なんだ、無理はできないのさ」

「ナムは九歳です。あなたは犬を飼ってますか？」

「これまでずっと、いつも、五、六頭はいたよ。コーディがブリーダーのまねごとをやってたから。で、売れなかった犬は家で飼うことになるのさ」

ぼくたちがリビングルームにはいると、みんなはもう腰をおろしていた。エイモスとサミュエル・シャクルトンは、大きなソファに沈《しず》みこむようにすわっている。コーディはビールを飲みながらバイオリンの音合わせをしようとしていた。ジャスミンはピアノから一番遠い椅子にすわっている。ジャスミンはぼくたちになかにはいるように合図した。

「ビール、いるかい？」ジョーナがたずねた。

「ぼくはアルコールを飲みません」相手の気を悪くさせないように、笑顔でそういった。

「へえ、フライパンを完璧《かんぺき》に磨《みが》き上《あ》げるだけじゃなくて、酒も飲まないのか。道理でジャスミンに気にいられるわけだ」

それが冗談《じょうだん》なのかどうか、ぼくにはわからなかった。「すみませんが、ナムのようすを見てきます。納屋《なや》でゴーマーといっしょに寝てるはずですけど」

「おれもいくよ」ジョーナがすかさずいった。

「あんたたち、どこにいくの？」ジャスミンの声がきこえた。

ジョーナが大きな声で答える。「すぐもどるよ。ナムのようすを見にいくだけだ」

「ジョーナったら……」外に踏《ふ》みだしたぼくたちのうしろから、ジャスミンの声がきこえた。

ドアが閉まるとジョーナがいった。「ジャスミンはおれたちが腹を割って話すのをおそれてるのさ」

「腹を割る？」

「男同士、お互い正直に胸のうちを明かすってことさ」

ナムが納屋にむかって歩くのが見えた。ぼくはあとを追った。「あなたはぼくと腹を割って話したいんですか？」

「正直いうと、そんなところだな。ジャスミンからは、もし、そんなことをしたらただじゃすまさないって脅《おど》されてるけどな」

なんだか、最近は腹を割った会話ばかりしている気がしてきた。ウェンデルがぼくの胸を指でつついたときの会話は、ジョーナの定義によれば腹を割った会話になるんだと思う。ただ、ぼく自身は、あれが会話だったのかどうかもあやしいと思っている。

納屋にはいると、ナムはゴーマーが寝そべっている毛布を目ざした。ナムはゴーマーの臭《にお》いをかぐと、ぼくのところにもどってきた。まるで、自分の寝床《ねどこ》を決めるまえに、ぼくがどこに寝るのかをたしかめておきたいとでもいっているようだ。

「ぼくは家のなかで寝るよ」ナムにそう告げて、家のほうを指さそうとふりかえったとき、だれかが、ぼくの肩甲骨《けんこうこつ》と肩甲骨のあいだを押してくるのを感じた。そっと、つつくような押し方だ。ふりかえると、ケトバスがぼくにむかって微笑《ほほえ》んでいた。パターソンでポニーの世話をしているので、馬の微笑みはわかる。ポニーたちもいたずらが大好きで、目を輝《かがや》かせながらいたずらする。

ぼくはケトバスの鼻をやさしくたたいた。パターソンのポニーたちにも、いつもおなじようにしてやる。ケトバスは首をふって応《こた》え、頭を下げて、もっとたたいてとおねだりした。たたく代わりに、両方の耳をひっぱってやった。

「ケトバスがエイモスじいさん以外の人間に、こんなに親しげにしてるところは見たことないな」ジョーナがいった。その声には驚きがふくまれていた。ジョーナもケトバスの顔に触《さわ》ろうとしたけれど、ケトバスは頭をふってジョーナの手から逃げた。「こいつは驚いたな」

ぼくはナムの寝床を見つけてやった。「ここだよ」ぼくはいった。ケトバスの馬房《ばぼう》のすぐ外に、つぶれた段ボール箱と、麻袋《あさぶくろ》がふたつ置いてあった。麻袋を広げてやると、ナムはその上にすわった。

ぼくはジョーナを見ていった。「腹を割った話は、どうやってはじめますか？」

「やり方は二通りあると思う」そういうと、ジョーナは納屋《なや》からでていった。「ゆっくり遠回りして、お互いのことを知り合う手もあるし、心のなかをずばりと明かすっていう手もある。どっちがいい？」

「どっちでも」

「そうか。じゃあ、あいだをとって、まずはすこしばかり遠回りでいこう。そのうちに、腹を割ったことばも見つかるかもしれない。いまはまだ、そんなものがあるのかどうかもわからないんだ。それでいいかい？」

「あなたはジャスミンを愛してる」

ジョーナは息をのんだ。「おーっとっと、なんとまあ。そいつはたしかに腹を割ったことばだな」

ジョーナは足をもじもじ動かした。「いまのは、質問なのかい？　それとも、宣告？」

「質問です。ときどき、いいたいことを質問の形にするのがむずかしいときがあります」

「つまり、ジャスミンとおれとが恋人同士かってききたいのか？」

「いえ、そんなつもりできいたんじゃありません。でも、よろしかったら、教えてください」

エイモスのトラックのフラップがおりていたので、ぼくたちはそこにすわった。ジョーナはタバコを取りだして火をつけた。けれども、今回は、喫煙《きつえん》は体によくない、というのはがまんした。

「ちなみに、答えはノーだ。おれたちは恋人同士じゃないし、一度もそうだったことはないよ。おれのアタックが足りなかったとか、そういう話じゃないんだ。ジャスミンが生まれたとき、おれは七歳で、それから、ずっといっしょに育ってきたのさ。おれたちの家は三マイルほど先にあるんだ」

家のなかのだれかが窓をあけた。バイオリンの音がきこえてきて、ぼくは一瞬《いっしゅん》、そよ風にたなびく絹のリボンを思い浮かべた。

「時が経《た》つにつれて、ジャスミンはおれを愛してるわけじゃないと思うようになったんだ。愛してほしいというのはずうずうしすぎるしな。だが、ジャスミンはおれのことをいいやつだと思ってるし、こっちもそのつもりでいる。おれは思うんだが、ジェイムズが死んでジャスミンがボストンにいったとき、ジャスミンはジェイムズを思い出させるものすべてからはなれたかったんだと思うんだ。おれのこともふくめてだ。ところで、あんたは、いつもそんな風に人と接するのかい？」

「そんな風って？」

「いまやったみたいに、相手の度肝《どぎも》を抜《ぬ》いちまうってことさ」

「人には十分な時間がありません。重要なことを話すべきです」

「たしかに、その通りだよな」

「もし、ジャスミンがその気になったら、あなたはジャスミンと結婚します」

「ああ。だがそんなことにはならないと思ってる。ジャスミンにはジャスミンとおなじくらい賢《かしこ》いやつが必要なんだ。……だれか、あんたみたいに賢いやつが」

「ぼくが賢いって？」ぼくは笑った。「ほかの人がぼくのことをなんていってるか知ったら、ぼくのことを賢いだなんていうはずありません。それに、ぼくには理解できないことがたくさんあります。ぼくは知りたいことがあっても、たずねるのをやめます。そうじゃないと、だれもぼくと話してくれなくなるからです。ぼくは賢くありません。訓練されたんです。訓練と集中のおかげです。何年もかかって、人と意志を通じ合う方法を学んできました」

ジョーナはタバコを遠くに投げ捨てた。「ジャスミンはスタジオを見せてくれたかい？」

「ジャスミンのスタジオ？」

「丘《おか》のてっぺんに建ててるやつさ」

「穴があいていたところ」

「基礎《きそ》の穴を掘《ほ》り終えたところさ。これから、となりに作る浄化槽《じょうかそう》に下水管をつなぐ。コーディとおれとで週末に手伝いにきてる。ジャスミンはな、二、三年のうちに、エイモスじいさんのめんどうを見る人間が必要になると思ってる。それで、自分が帰ってきてここに住むつもりなのさ。だが、ジャスミンにもエイモスにもそれぞれの居場所が必要だ。だからジャスミンは、丘の上にスタジオ兼《けん》住居を建ててるってわけだ。一部屋は防音室にして、いずれはレコーディング用の機材も持ちこむつもりさ。設計も全部自分でやったんだ。全部の部屋に薪《まき》ストーブを置くつもりだ」

「そのためにジャスミンはお金を倹約《けんやく》してるんですね」

「それとエイモスの世話をするために。稼《かせ》いだ金は全部貯《た》めて、あの小さな洞窟《どうくつ》みたいなところで暮らしてる」

「あなたは、ジャスミンが住んでいるところを知っている」

「ジャスミンが話してくれたんだ。たいがいのことは話してくれる。おれがあんたと腹を割った話をしたかったのも、そのあたりのことさ。あんたが本気で惚《ほ》れちまうまえにな」ジョーナは自分の胸に手を当てて咳《せき》をした。

「あなたはジャスミンを心配してる」

「ジャスミンはあんたのことをいいやつだっていってた。そうなんだろ？　ジャスミンは妹みたいなもんだからな。ジャスミンが傷つかないか確認《かくにん》しておきたいんだ」

ぼくにジャスミンを傷つけることができるなんて、想像もできない。もしかしたら、ウェンデルの望みを知っているのかもしれない。でも、そんなことがありうるだろうか？　そこでぼくは、あのメモを思い出した。あのメモをぼくにわたしたことで、ジャスミンにふりかかるかもしれない危険のことも。ジョーナがあのことを知っているかどうかはべつにして、ジョーナの疑問には意味がある。

「いいえ」ぼくはいった。「ぼくはジャスミンを傷つけたりしません」

「それならいい。おれが知りたかったのはそれさ」それから、ジョーナはぼくをじっと見つめた。

「ひとつ、きいていいか？」

「はい」

「あんたはジャスミンにひかれてる？」

「ひかれてる」なんと答えていいか頭に浮かばない。ジャスミンといっしょにいるのは好きだ。ジャスミンといっしょにいるときには、ぼくがどんな声をだしてしまうかとか、どんな変な行動をしてしまうかとか、気にしなくてすむ。その居心地《いごこち》のよさは好きだ。ジャスミンの話をきくのも、ぼくの質問への反応の仕方も好きだ。ジャスミンを通して見えるもの、ジャスミンに導かれて発見するもの、ジャスミンがいることでぼくに開かれていくものが好きだ。ジャスミンと音楽の話をするのは好きだし、いっしょにいるのも好きだ。ぼくはIMにひきつけられるのとおなじように、ジャスミンにもひきつけられる。ジョーナがきいている、「ひかれる」というのはこういうことなんだろうか？

「あなたが使ったことばの意味がよくわかりません。もうすこし、くわしくいってもらえますか？」ジョーナはためらっている。「あんたはジャスミンに性的な欲望を抱《いだ》いてるのかい？」ジョーナはそっぽをむいてそういった。その仕草《しぐさ》は、とまどいを意味していると解釈《かいしゃく》した。いまたずねた質問は、自分には関係ないことだというふりをしているようだ。正直なところ、そんなことをたずねるのがふさわしいことなのか、また、それに答えるのも正しいことなのか、ぼくにはよくわからないけれど、とにかく、精一杯《せいいっぱい》答えることに決めた。自分でもなにを話すのかよくわからないまま話しはじめた。

「ぼくにできる範囲《はんい》での定義によれば、性的欲望とは、だれかの体や、体の一部へむけられたある種のエネルギーや注目です。その人の体や体の一部と性的な行為《こうい》をすることを想像することもふくまれます。ですが、ジャスミンとそういうことをするところはぜんぜん想像できません。これまで、ジャスミンとしてきたことで十分です。いっしょにすごすのは好きです。音楽の話をしたり、ぼくがいろいろなことばの意味をたずねたりする時間のことです。ジャスミンはぼくを笑わせてくれますし、ぼくがそれまで考えたこともないことを考えさせてくれます」

「あんたはずいぶん掘《ほ》り下《さ》げて考えるんだな」

「病的だという人もいます」

「おれたちも病的になるべきだな」

「ジャスミンの体の部分で一番好きなのは目です。あの目をのぞきこんでいると、ずっとそこにいたい気分になります。あなたは、この力を性的なものだと思いますか？」

ジョーナは肩をすくめた。この動作は、ぼくがわかる範囲では、ぼくの質問への答えがさっぱりわからないことを意味している。これはマルセロだけに答えられる質問だ。

ぼくはとつぜんとまどいを覚えた。ジョーナが、ジャスミンとマルセロが友だち以上の関係だと考えたことへのとまどいだ。ぼくは一度だって考えたことはなかったし、ジャスミンがぼくに対してそのような関心を持っていることも考えられない。もしかしたら、ジャスミンといっしょにいるときの居心地のよさは、ぼくにはわからないけれど、ある種、性的なものなのだろうか。たぶん、だれかにひかれるというのは、心と体を切りはなすことなどできないＩＭのようなものだ。

ジョーナはあいている窓のほうを見ている。ぼくの耳にはピアノの音がきこえる。音はつぎつぎとゆっくりつながり、それぞれが、かすかな悲しみを運んでくる。ぼくたちは黙《だま》ったままきいていた。それから、ジョーナが話しはじめた。

「ジャスミンのおっかさんが死の床《とこ》にいたとき、ベッドをあのリビングルームに運んだんだ。そして、ジャスミンが一番最後に弾《ひ》いたのがあの曲さ」

「ジムノペディ」ぼくはいった。

「なんだって？」

「『ジムノペディ』という曲です。サティという人が作曲しました」

「ほんとかい？　あれはなんとも感動的な曲だな。おれも死ぬときにききたいぐらいだ」

「ここの星は、すごく地面に近く見えます」

「ここは気にいったかい？」

「とっても」

「そこでとれるもんだけでまっとうに生きていける土地なんて、どこにでもあるわけじゃない。エイモスがやってこられたのは、農場が売れて金が手にはいったからだ。エイモスが結婚したのは、もう五十歳になろうってころだった。ジャスミンのおっかさんは、町でウェイトレスをやってた。エイモスと父さんが金曜になるとしょっちゅう通ってた店でな。彼女とエイモスは何年ものあいだ、つかずはなれずだった。お互いが好きあってるのはみんな知ってたけどな。ある日、エイモスはライラになにかくだらない冗談《じょうだん》をいったんだ。するとライラはふりむいてエイモスにいった。いつまでたっても真剣《しんけん》になれないっていうなら、二度と顔を見せないでくれるとありがたい、ってな。ふたりはつぎの週に結婚した。ライラは四十近かった。医者は、子どもを産んだら命は危ないと告げたんだが、ライラはあきらめずにふたり産んだ。ライラが死んだあと、ジャスミンはあっというまにあの家族の小さな母さんになったのさ」

ピアノが鳴《な》り止《や》み、数秒後、裏口からジャスミンがでてきた。ピックアップトラックの荷台にすわっているぼくたちを見つけるまで、きょろきょろあたりを見回した。

「あんたたち、いったい、なにをやってるの？　気に食わないわね。ふたりでなにを話してたのよ？」

「腹を割った話です」ぼくはいった。

ジャスミンがジョーナをにらみつけた。

「だいじょうぶだよ、だいじょうぶだから、そんな目でおれを見るなって」ジョーナはそういって、荷台からとびおりた。それから、ぼくの耳にも十分きこえる声でささやいた。「おまえも、とうとういい男を見つけたな」

ジャスミンに肩をたたかれるまえに、ジョーナは逃げていった。ジョーナが宣言する。「最後にビールを一杯《いっぱい》飲ませてもらうぞ。ついでに連中があんまり居心地《いごこち》がよすぎて長居しないように見てくるよ。あと一杯だけだ。それでおれたちは退散するよ。約束だ」

ジョーナは家にはいってキッチンのドアを閉めた。

ジャスミンがいった。「あなた、ここのこと気にいったでしょ」

「はい。ここではいまでもまっとうに暮らせます」

「ジョーナに吹きこまれたわね」

「ここでは、自分をごまかしたり、嘘《うそ》をついたりしなくてすみます」

「たぶん、そんなにたくさんはね。ぜんぜんしなくていいってことはないけど」

「ジャスミンは、二、三年のうちにエイモスのめんどうを見るためと、自分のスタジオ兼住居を建てるためにお金を貯めています」

「ジョーナったらしゃべりすぎよ。二、三年のうちにはエイモスの医療費《いりょうひ》と、わたしの健康保険を払《はら》うだけのお金が貯まるわ。そして、たぶん、スタジオを仕上げて、こまごました家具やなんかをそろえるお金も。牛はあと六頭ふやさなきゃいけないし、トラックが集めにくるまでミルクを貯蔵しておく新しいタンクも買わなきゃいけない。エイモスは、新しいタンクなしには、もううちのミルクは買わないといわれてるの。それに、牧舎の床もセメントにしないといけない。新しい規則でそうなってるの。ほんとうはもう『新しい』ってわけでもないんだけど、エイモスはずっと無視しつづけてきた。たぶん、だれかを買収してたんじゃないかと思うんだ。二十頭の牛からとれるミルクとチーズ、ハチミツ、ケトバスの種付け料、丘の木からとれるメープル・シロップ、薪《まき》、あとはわたしがピアノのレッスンをしたり、学校で臨時雇《やと》いの音楽の先生にもなれるかもしれない。それだけあれば、十分だと思うの」

「それとジャスミンの音楽?」

「それも計画の一部ね。というか、核《かく》になる部分。ほかのすべては、それを支えるためにある」

「ボストンにいるとき、ジャスミンはいつもここに帰ってくることを考えています」

「もちろんよ。わたしの計画はむかしもいまも、稼げるだけ稼いでもどってくるっていうことだから。それに、ジェイムズが死んでから、エイモスといっしょにいるのが大変なときもあったの。認《に》知症《ちしょう》の症状《しょうじょう》のではじめのころは、敵意と妄想《もうそう》でいっぱいだった。わたしたちは、すこし距離《きょり》をとらなくちゃならなかったわ。いまはずいぶんいいの。ちゃんと薬を飲んでいるかぎりは」

ジャスミンは空を見上げて、暗闇《くらやみ》を横切る光をじっと見つめた。ぼくもその光を目で追った。「わたしは世間知らずかもしれないけど、いつだって、ここがわたしの居場所だって思ってきた。ここでの生活は楽じゃないわ。だけど、ここがわたしの居場所。それだけのこと」ジャスミンはぼくが話すのを待った。ぼくは、これまで自分の居場所だと思ってきた場所のことを考えていた。そして、たぶんそこは、もうぼくの居場所ではなくなってしまった。

コーディの声で我にかえった。「ジャスミン、もどってきてくれ！　けんかがはじまっちまった！」

ぼくたちは家のなかにもどった。エイモスはソファにすわって、せわしなくパイプの煙《けむり》を吐《は》きながら、となりで沈《しず》みこむようにすわっているサミュエル・シャクルトンにむかって話していた。呂律《ろれつ》がまわっていない。

「エレノアばあさんはむかしとはちがうが、まだまだヤレるんだ。問題はおまえんとこの雄牛《おうし》で、もう種も尽《つ》きちまってるのさ。おまえみたいに勃《た》たないのさ」

「父さん！」ジャスミンが叫んだ。

コーディはバイオリンをケースにしまい終えて、ロッキングチェアにすわった。これから起こることを楽しみにしているように見える。ジョーナはキッチンから椅子をふたつ持ってきた。ひとつはぼく用で、もうひとつは自分用だ。ジャスミンはピアノのスツールにすわっている。

全員が腰をおろすと、サミュエルが答えた。「ふざけるな！　ブルーノはいまでも、目のまえの雌《め》牛《うし》には、電信柱なみにおっ勃ててるぞ。オーブンがあったまるのと、パンを焼けるほど熱くなるのとは意味がちがうだろが。おまえんとこの雌牛がばあさんで不細工なのが問題なんだよ。そもそも、エレノアはブルーノの母親じゃないか」

「よくきけよ」エイモスがいった。「動物ってのはな、道具がちゃんと働いていさえすれば、かならずそのチャンスを生かすもんなんだよ。動物ってのは人間とはちがうんだ。メスが妊娠《にんしん》できるなら、オスはなにがなんでも乗っかるんだよ。おまえを例に考えてみろ。今晩おまえは、おまえが持ってきた安いスコッチで体をあったためて家に帰るだろう。それで、頭にカーラーを巻いて寝てるジェーンを見るのさ。いびきもかいてるかもしれん。そこでおまえはいうのさ。『だめだだめだ、やめとこう』それでバスルームにかけこんで、引きだしのタオルの底にでもかくしてた古い雑誌をひっぱりだして、シコシコやるんだろうさ。だがな、動物はばあさんだろうが不細工だろうが関係ないのさ。メスがヤレるんなら、オスはヤルんだよ」

「もういいから。さあ、家に帰る時間よ」ジャスミンは手を打ち鳴らして立ち上がった。でも、いっしょに立ち上がるものはだれもいない。ジャスミンはもう一度すわった。「ねえサミュエル、あなたはわが家のお客さんよ。長年の習慣に従って、そろそろ、最後のひとことをお願いするわ。ひとことしゃべったら、みんな帰ってちょうだい」

サミュエル・シャクルトンはグラスに残った最後のスコッチをゆっくり飲み干すと、話しはじめた。「わしにいえるのはひとつだけ。どの雄牛にも無茶《むちゃ》をやめる潮時《しおどき》があるってことだ。願わくば、人間もそうであってほしいもんだ」サミュエル・シャクルトンはソファにすわったままエイモスを見つめている。それから、とうとうこらえきれずに噴《ふ》きだしてしまった。ほかのみんなも大笑いだ。

エイモスはパイプを口からだらんとぶらさげている。エイモスだけは長年の習慣で、お客に最後のひとことをしゃべらせるのが面白《おもしろ》くないようだ。

シャクルトン家の人たちは、一列にならんでぼくと握手《あくしゅ》をして立ち去った。ジョーナの番になったとき、ジョーナはひとことといった。「腹を割った話ができてよかったよ」

第24章

つぎの日の朝、五時四十五分、ジャスミンが家からでてきた。ぼくは前庭でプラスチックの動物に囲まれてダンベルを上げていた。ぼくは動きを止めて、ジャスミンが目をこするのを見た。目をこすったのは、眠気《ねむけ》をふり払《はら》おうとするためか、こんなに早起きをして、ウェイト・トレーニングをする人間がいるのが信じられないかのどちらかだろう。ぼくはダンベルを地面に下ろした。

「なにをやってるの?」ジャスミンはあくびをしながらたずねた。「いつからやってるの? だいたい、いま何時なの? それに、それはどこからでてきたのよ?」ジャスミンはダンベルを見ている。青いプラスチックでコーティングされた丸いダンベルだ。

「四つの質問のうち、どれに答えてほしいですか?」

「そのダンベル、バックパックにいれて持ってきたなんていわないでよ」

「でも、その通りです」それのどこがおかしいのかわからない。

「道理で、ジープから下ろすとき、腰を痛めそうになったわけね」ナムが歩いてきて、ジャスミンのまえにおすわりした。気づいてもらえるのを待っている。「ねえ、ナム、あんたのご主人様は、相当の変わり者よ。コーヒーを飲んでくる」ジャスミンは踵《きびす》をかえして家にはいっていった。

朝食のあと、ぼくたちはケトバスの背中に荷物を積んだ。ジャスミンは、湖のエイモスの小屋に、冬に備えて貯蔵品を運びこもうとしていた。エイモスがやらずにすむようにだ。ジャスミンはまず、ケトバスの背中に毛布をかけて、その上にアルミのフレームをのせた。そのフレームのあちらこちらにエイモス用の貯蔵品を積んでいく。ぼくたちの旅に必要なテントや寝袋《ねぶくろ》などの装備もだ。

今朝のエイモスの頭は、とても冴《さ》えているようだった。ぼくをジェイムズだとまちがえたりはしない。ちゃんとジャスミンの友だちだと認識《にんしき》していた。ただ、ぼくのことを何度かマルセロではなく、マシュマロと呼んだけれど。ジャスミンは、エイモスがこんなにおとなしいのは、薬が効いてきたせいだろうといった。

七時まえには出発した。まず、ジャスミンがスタジオ兼《けん》住居を建てようとしている丸い丘《おか》を登り、反対側におりて、ジャスミンが丘と呼んでいた木々におおわれた山を登った。山には道がついていて、その道から枝分かれして、群生した林のほうにむかう小道がいくつも見えた。

「カエデの木よ」ジャスミンが教えてくれた。「メープル・シロップがとれるカエデの木が、この丘全体で五十本ほどあるの。今朝、あなたがパンケーキにつけたメープル・シロップも、ここでとれたものよ」ナムは立ち止まって耳を立てた。ジャスミンも立ち止まったので、ぼくもそうした。

「きこえる？　あの音？」ジャスミンがたずねた。

ポンポンという音がきこえた。

「ハンティングをやってるの。八月は禁猟期《きんりょうき》なのに、おかまいなしなのよ」

「獲物《えもの》はなんですか？」

「オジロジカよ」

「銃《じゅう》で」

「そう」

「ジャスミンは、猟《りょう》をしたことはありますか？」

「ええ」

「銃でシカを殺した？」

「うん」

これまで見たことのなかったジャスミンの一面だ。この旅のあいだに、いったいいくつ、ジャスミンの新しい面を見ることになるのだろうかと思った。

「シカのおかげで、一冬分の肉がまかなえることもあるの」猟をすることに対する、ジャスミンなりのいいわけだと思った。

ぼくたちは一時間以上歩きつづけた。ジャスミンがケトバスの手綱《たづな》を引き、ぼくはアルミのフレームをおさえた。

「見て」

丘の中腹に、かくれるように十本ほどの細くて背の高い白い木が見えた。梢《こずえ》の葉が風に揺《ゆ》れてサワサワと音を立てている。地面にいるぼくは風を感じないけれど、高いところには吹いているのだろう。

「白樺《しらかば》よ。すてきじゃない？　わたしのお気にいりなの。どうしてなのかはわからないけど。茶色と緑の森のまんなかにあの真っ白い幹がある。秋になるとね、白樺の葉っぱは、チリンチリンって音を立てるのよ」

「ここはジャスミンが……、ジャスミンの音楽のアイディアを得る場所なんですね」

「ここには音があふれてる。風の音も、吹き抜ける木によってそれぞれちがうの。地面が立てる音もある。湖の音も楽しみにしてて。それに動物たちの音。ときには、そんないろいろな音がいっせいにひびくこともあるのよ」

また、ポンポンという音がきこえた。「それに銃の音も」ぼくはいった。

「そうね。銃声も。あの音も曲に使うべきかもね」

そのときとつぜん、ウェンデルがぼくの胸を指でつついたときのことが頭に浮かんだ。そこで、またしても、予期しなかった経験をした。ウェンデルに対して、ジャスミンをヨットに誘《さそ》わないと断る場面を想像して、楽しい気分になったからだ。いったい、この気持ちをなんと呼べばいいのだろう？

「あれはアカオノスリよ」ぼくたちは山のてっぺんに立っていた。頭上にはタカ科の鳥が、翼《つばさ》をすこしも動かさないで円を描《えが》いたり、上昇《じょうしょう》したり、急降下したり、斜《なな》めに体を傾《かたむ》けたりしている。「あのノスリはウサギをさがしてるの。下の谷間にはウサギがたくさんいる」

「ぼくたちはあの山にも登る？」

「丘よ」ジャスミンが訂正《ていせい》する。

「かくれ湖」というのは、単にかくれているだけではなく、秘密の湖でもあるのだとジャスミンが説明する。湖に通じる車道はなく、歩いていくしかない。つい最近まで、エイモスのような年寄りしかその存在を知らなかった。

二番目の丘を半分ほどおりたところで、ふいに湖が視界にはいった。とつぜんの明るさに撃《う》たれたように、ぼくたちは立ち止まった。山のこちら側からは、まわりのようすがよくわかる。湖畔《こはん》のあちこちに釣り用の小屋が見えた。木造で、なかにひとりでも横たわることができるのか、疑問に思うぐらい小さい。

「青いペンキの上に白い星がちりばめられた小屋が見える？　あれがエイモスの小屋」

「どうやって寝るんですか？」

「どの小屋も、簡易ベッドがひとつ、ぎりぎりおさまる大きさなの。冬になると、凍《こお》った湖のまんなかまでひっぱっていって、氷に穴を開けて魚を釣るのよ。それを子どもみたいに延々つづけるの」

「でも、寒いでしょう」

「これ、なんだかわかる？」ジャスミンはアルミフレームの内側の袋《ふくろ》に触《ふ》れながらいった。「これは、エイモスが夜に使うストーブ用の石炭よ。昼間はストーブなしでがまんするの。わたしはね、ここにくるたび、いろいろな貯蔵品を持ってくるの。ここまでの道のりを、真冬にやってくることを想像できる？　エイモスは、自分がいないあいだ動物たちの世話をしてくれる人を見つけて、スノーシューを履《は》いて出発するの。何年かまえ、発電機をめぐってちょっとした小競《こぜ》り合《あ》いが起こったわ。若い釣り人たちは、発電機を持ちこみたがった。発電機があればテレビを見ることができるし、家にいるのとおなじように快適にすごせるから。でもね、発電機は大きな音をだすし、臭《くさ》いの。ここのしずけさが失われてしまう。あのときのさわぎを見せてあげたかったわね。わたしはエイモスがここにショットガンを持ってくるのを、なんとかやめさせなきゃならなかった」

「それから?」

「いまのところ、近代的な快適さを求める人たちのほうが折れてる。年寄りたちへの敬意と、おそらくはおそれからね。でも、年寄りたちがいなくなったら、スノーモービルに積んで、発電機が持ちこまれるでしょうね」

ぼくたちはエイモスの小屋にたどりついて、荷物をおろした。米やポーク缶、豆や小さな鉄製のストーブ用の石炭がはいった袋があった。ストーブは屋根からつきだした黒い煙突《えんとつ》につながっている。

それから、ジャスミンはテントを広げはじめた。ぼくたちは、湖の岸からそれほど遠くない場所を選んで、出入り口を湖にむけて張ることにした。三角形のテントで、中心部では人が立てるほどの大きさだ。テントを張りながら、ぼくはもうひとつのテントをさがしていた。でも、ここにきてはじめて、ジャスミンとぼくとは、ひとつのテントでならんで寝ることに気づいた。ほかの人といっしょに寝たのは、スペイン旅行にいったときにヨランダと寝たときだけだ。そのときも、それぞれのシングルベッドがあった。そのときとは勝手がちがう。ぼくは落ち着かない気持ちになった。

「そっちのポールをひっぱって」ジャスミンがぼくにむかって叫んだ。落ち着かない気持ちのまま、ぼくはアダムとエバのことを考えていた。リンゴを食べたあと、自分たちが裸《はだか》なのに気づいた場面だ。

「なにを考えてるのか知らないけど、いまはやめて。キャンプの用意が終わったら、わたしは、湖にカヌーをだして釣りにいくわ。あなたはどうしたい?」

「マルセロはじっくり考えるためにバーモントにきました。思い出してください」

「わかったわ、好きにして。ひとりでここにいてもいいし、いっしょにカヌーに乗ってもいい。どっちにしても、しずけさ満点よ」

「ジャスミンはしゃべらない」

「あなたは船首のほうを見てればいいし、わたしは船尾をむいて魚を釣るわ。きっと、わたしがそこにいるのも忘れるほどよ」

ぼくたちはカヌーをこぎだした。というより、ほとんどジャスミンがひとりでこいで、木陰《こかげ》が水面をおおう、岸に近い場所へカヌーを進めた。それから、まっすぐに一本の倒木《とうぼく》を目ざす。

「頭を下げて」ジャスミンがいったので、あわてて頭を下げると、ぼくたちが乗っているカヌーのように細身な船だけが通れるせまいすきまを通《とお》り抜《ぬ》けた。カヌーは、赤や黄色、白い花の藪《やぶ》に囲まれた閉ざされた場所にいた。その入《い》り江《え》のまんなかまで進むと、水のはねる音がきこえてカヌーは止まった。ぼくがふりむくと、ジャスミンがささやいた。「錨《いかり》を下ろしたの」

それから、ジャスミンは人さし指を自分の唇《くちびる》にあてた。

ぼくはカヌーの底にすわって耳を傾《かたむ》けた。ジャスミンが断続的に鳴らすシュッという釣り糸の音がきこえた。水のはねる音もきこえる。虫の羽音《はおと》、木々を抜《ぬ》ける風の音、湖の波の音、ときどき、大きな鳥が甲高《かんだか》い声で鳴くのもきこえる。苦しみの声だ。

イステルはどうしてぼくにとってリアルな存在になったんだろう？　アルトゥーロを傷つけることなく助けられるイステルのような少女は、世界中にたくさんいる。なのに、どうしてイステルだったんだろう？　イステルの苦悩《くのう》が、ぼくの心に触《ふ》れたのはどうしてなんだろうか？　父さん。ぼくは父さんの行動を通してイステルと結びついているのを感じる。父さんの不正を正さなければいけないという責任感を感じる。でも、どうして？　父さんの幸福を優先するべきじゃないんだろうか？　父さんの幸福はぼくの幸福だ。自分の両親への愛と、助けを必要とする人を救いたい衝動《しょうどう》をはかりにかけることなんかできるんだろうか？

それがどんなことであれ、正しいことをするべきだと感じた。疑いなくそう感じる自分が、人間らしくないようにも思える。けれども、ぼくの頭のなかには、一度だって迷いはなかった。ぼくには正しい音がきこえる。ぼくはまちがった音をききわけることができる。たぶん、正しい行動というのは、この湖のようなものだ。緑色で、しずかで、深い。

いまはもう夕暮れだ。ジャスミンは釣れた魚を半分に切って、小麦粉をまぶし、エイモスの小屋に置いてあったフライパンで焼いている。ぼくは時間について考えていた。今日一日、時間がたつのはものすごく速かった。

「カヌーでこぎだしたとき、あなたは二時間もじっとしずかにしてたけど、自分でわかってた？　そのあいだ、ピクリともしなかったわよ。わたしのいた場所からあなたの目は見えなかったけど、背筋をぴんと伸《の》ばしてすわったまま眠《ねむ》ってるんじゃないかって思ったこともあったのよ」

「いいえ。眠ってません」

「あんなにじっとして、頭のなかではなにを考えてたの？　ボストンにもどってからやること？」

「ジャスミンもしずかでした。ぼくに話しかけなかった」

「わたしはあっちこっちにむけて釣り糸を投げてたわ。この湖全体の魚のうち、たった一匹《ぴき》を捕《つか》まえたいと思って。しばらく舟底《ふなぞこ》に寝そべって目をつぶってたときもあった」

魚が焼き上がった。ジャスミンはぼくの分をブリキの皿にのせて、あけてあったコーンの缶からひとすくいのせた。

「さあ、召《め》し上《あ》がれ」ジャスミンはいった。「釣れなかったら、ポークと豆だったわね」

「ねえ、ジャスミン……食前の祈《いの》りをお願いできますか？」ぼくはたずねた。

「いいわよ」ジャスミンは自分の皿をひざの上にのせた。ぼくもおなじようにして目を閉じた。

「この場所に感謝します。この魚に感謝します」目をあけると、ジャスミンはもう食べはじめていた。「なによ？　どうしてそんなに驚いた顔してるの？」

「ぼくのお祈りより、ずいぶん短かったから」

「わかった」ジャスミンは目を閉じた。「仲間に感謝します」ジャスミンは目をあけた。「さあ、これで十分でしょ。食べて。マスは熱いうちに食べるに限るわ。そうじゃないと味が落ちちゃう」

すこし食べたあと、ジャスミンがいった。「まだ、わたしの質問には答えてないわよ。湖にこぎだしたとき、あんなに長いあいだじっとして、なにが起こってたの？」

「一番時間をかけていたのは、イステルの写真を見つけてから起こったことを、心のなかで再生することでした。なにが起きたかについてのイメージは、音楽の旋律《せんりつ》のようなものです。あるものはいい音だし、あるものはそうじゃない。いい音の部分は、ぼくたちふたりでジェリー・ガルシアをさがして見つけたところです。まるで、ぼくたちはイステルを助ける運命にあったみたいだった。それが一番時間をかけて考えていたこと。それから、ぼくの内なる音楽《インターナル・ミュージック》のことを考えて、さがしてた」

「なんなの、その内なる音楽っていうのは？」

「きこえはじめたのはもっと小さかったころからだったのかもしれないけれど、最初の記憶《きおく》として覚えているのはぼくが六歳のときでした。音楽がきこえたんです。ただ、それはほんとうに耳にきこえる音楽ではないし、ほんとうの音楽でもなくて、それに似たようなもの。ジャスミンはなにか音楽をきいていて、感情が動くことはない？」

「あるわ」

「音楽をきいたときの感動が、音楽なしでも起こったところを想像してみて。ただ、きこえなくても音楽がそこにあるのがわかるんです。ただ、そのときの気持ちはどれもいいもので、あこがれや親しみなんかが混ざったものです。ぼくはそれを音楽と呼んでる。それが一番ふさわしいことばだから。それは、以前はききたいとき、いつでもきくことができた。たださがせば見つかった。さがすというより、ただ待っているという感じ。なのに、いまは見つけるのがむずかしくなってる。ほとんど消えてしまったといってもいいぐらい。ぼくは、ここにいるあいだだけでも見つけられるんじゃないかと期待してたんだけど」

「それで？」

ぼくは首を横にふって、ＩＭがきこえなかったことを示した。「むかしきいていた音楽を思い出すことはできたけど、それさえも消えてしまった。ぼくはただ、湖が立てる音だけをきいてた。それと、ジャスミンが魚を釣ろうとしている音」

ジャスミンは皿を下に置いた。魚は冷めてしまった。ぼくの魚もだ。ＩＭのことを話しながら食べるのはむずかしい。ジャスミンにとっても、ぼくが話すＩＭのことをききながら食べるのはむずかしいんだろう。

「わたしに想像できるのは、その音楽はとっても美しかったんだろうなってことだけ。いつでもきいていたいぐらいにね」

「マルセロが小さかったころ、その音楽からはなれるのはむずかしいことでした。幸運だったのは、自分が求めるときにしかきこえなかったことです。でも、見つけるのはかんたんだった」

ぼくたちは黙《だま》ったまま、お互いの食べかけの魚を見つめていた。ジャスミンは皿を手にとって持ち上げ、またおろした。「わたしがなにを考えてるか知りたい？」

「はい」

「わたしが思ったのは、あなたが湖の上でしていたことがその音楽をさがすことであれ、『回顧《かいこ》』することであれ、それはわたしたちの多くが望んできたことだということ。あなたが以前持っていたその能力は、この世界の外にあるものなのよ。よくわからないけど、特別な才能みたいなものね。もし、あなたにそれができなくなってしまって、ふつうの人になるとしたらどうかしら？　あなたには、もうその音楽をきくことができない。でもあなたは、肉と血を備えた人間になれる。たとえばわたしみたいに。これからは、なにがきこえるかじっくり耳を傾《かたむ》けてみることね。わたしのいってること、わかる？　ここにいると、わたしもちょっとばかりふだんとはちがうことをいってるけど」

ぼくたちの目のまえでは焚《た》き火《び》がパチパチと音を立てて燃えている。ジャスミンのことばは、じんわりとぼくの心にしみてきた。まるで、それ自体が音楽の旋律のように。ジャスミンはゆっくり立ち上がり、ふたりの皿を拾い上げて湖のほうへ持っていった。

もどってきたジャスミンは、夜空を見上げた。「すっきり晴れてるし、そんなに寒くないわね。外で寝ましょうか。星を見ながら眠れるわ。わおっ！　いまの見た？　あんなに大きな流れ星、見たことない。空の端《はし》から端まで流れたわよ」

ジャスミンはテントのまえのスペースにあった石ころや木の枝を取《と》り払《はら》った。それから、寝袋をひっぱりだしてきた。ジャスミンは自分の寝袋を広げた。ぼくの心臓が高鳴った。テントのまえのスペースはせまい。ぼくの寝袋を広げられるのは、ジャスミンの寝袋のすぐとなりだけだ。ジャスミンは自分の寝袋をポンポンたたいた。それからジッパーをあける。ぼくは麻痺《まひ》したように突《つ》っ立《た》っていた。脳が鉛《なまり》になったみたいだ。

「ケトバスみたいに寝るつもり？　立ったままで」ジャスミンが話しかけているのに気づいた。

ぼくはしばらく口をパクパクしてからいった。「どこ？　寝袋は」

「たぶん、そこが一番いいと思うけど」ジャスミンは自分の寝袋のとなりを指さした。ぼくはひざまずいて、ジャスミンが指さした場所にぼくの寝袋を広げはじめた。

「ちょっとトイレにいってきます」ぼくはまた立ち上がった。ジャスミンは腕を枕《まくら》にして寝袋の上に寝そべって、星を見ている。

ジャスミンは横に置いてあった懐中電灯《かいちゅうでんとう》をぼくに手わたした。「やり方は、わかってる？」

ぼくは緊張《きんちょう》しすぎていて、しばらくジャスミンのユーモアに気づかなかった。

「あんまり遠くにいっちゃだめよ」ジャスミンの大きな声がきこえる。「そっちには湿地《しっち》があるの」

「小さいほうだから」

「それはよかった」

トイレからもどってくると、ぼくの寝袋の上にはナムが寝そべっていた。ジャスミンは目を閉じている。こんなに早く眠ってしまうことなんてあるんだろうか？　ぼくはバックパックを取りにテントにはいった。持ってきたパジャマに着替《きか》えるべきだろうか？　ジャスミンは短パンとTシャツで寝ている。はじめからそのつもりだったようだ。ぼくはパジャマをバックパックからださなかった。

「今度はなに？」

「手を洗ったから、手をふくハンカチを見つけなくちゃ」

「おやすみ、ナム」ジャスミンがいった。「おバカさんのご主人様のことは、まかせたわよ」

ぼくは、なるべくたっぷり時間をかけて手をふいた。いまになって、ジャスミンのとなりで寝ると考えて、あんなにドギマギしたことがおかしくなってきた。いったい、ぼくになにが起こったんだろう？　昨日、ジョーナから、ジャスミンに対して性的な魅力《みりょく》を感じているかとたずねられて、ショックを受けたような気がしていた。それがいまはこうだ。お腹《なか》がむずむずする感じがしたのですすった。これが「お腹で蝶《ちょう》がバタつく」という感覚なんだろうか？　この蝶たちは、なにから逃れたがっているんだろう？　最初の一、二匹はジャスミンがＩＭの話をしていて、ぼくが、たとえばジャスミンとおなじように肉と血を備えた人間になれるといったときに現れた。そして、ジャスミンが寝袋を広げる場所をさし示したとき、何千匹もの蝶がバタバタとはばたいた。でも、その蝶たちは、けっして不《ふ》愉快《ゆかい》なものではない。蝶たちの小さな羽《はね》はぼくをひっぱり、ジャスミンのとなりに寝ろとそそのかす。

ぼくはナムを足元に動かした。ナムの体の一部はぼくの寝袋、一部はジャスミンの寝袋の上にのっている。ぼくはブーツを脱《ぬ》いで、服を着たまま寝袋にもぐりこんだ。夜空を見上げる。星々は暗い天井《てんじょう》にあいた小さな穴からさしこむ、むこう側の光のようだ。ぼくは、ジャスミンの規則正しい息づかいをききながら、目を開けたまま横たわっている。とつぜん、ジャスミンの声がした。

「昨日、ジョーナと話してたときのこと、あなたは腹を割った話をしたっていってたわね。あれはどういう意味？　いやなら話さなくてもいいんだけど」

「ぼくたちは愛について話しました」

「まあ、すてき」

「ジョーナはジャスミンを愛してる」

「あいつめ、ただじゃすまさない」

「でも、ジョーナは、これまで一度もジャスミンから愛されたとは思っていない」

「愛してるわよ。変な意味じゃなくて。わたしの兄さんみたいな存在だもの」

「『変な意味』での愛ってなに？　それはマルセロには理解できない」

「愛っていうのはむずかしいものね。よくわからないのはあなただけじゃないわよ」

「ジャスミンも？」

「ときどきはね……」そこで一瞬《いっしゅん》ためらう。「人はときどき、愛だと思いこんでいるもので自分自身や他人を傷つけるから。愛のせいで、あやまちがどっさり」

「どっさり」このことばは好きだ。

「あやまちをおかすのなんてかんたん。つまり、人はかんたんに迷子になっちゃうってこと。人生において自分がなすべきこと、それをどこでおこなうか、ちゃんとわかっていたとしても、そこに『ドーン！』、とつぜんだれかが現れて、横道に引きずりこんで、まちがった道にむかわせるのよ」なにかを思い出したかのように、ジャスミンは黙《だま》ってしまった。

「それが愛？」

「さあね。もし、不幸に終わるとしたら、それが愛だなんていえる？」

「ぼくには、人を愛する能力がないのかもしれない」

ジャスミンが寝がえりを打って、ぼくのほうに体をむける気配がした。「なんでそんなことというのよ？　イステルの写真を見て、助けたいっていう衝動《しょうどう》に駆《か》られたんでしょ？　それが愛よ」

「でもぼくはイステルのことを『変な意味』で愛しているわけじゃないから。『変な意味』でだれかを愛するっていうのは、ウェンデルみたいな欲望をともなうことだから。ぼくにはそれは無理だと思う」

「それはありがたいこと。ウェンデルは人類最低の下衆野郎《げすやろう》だからね。そもそも人類は動物のうちでも最低に近い下衆なんだけどね」

「人がだれかを『変な意味』で好きになったとき、はっきりとそれとわかる合図をだすものかもしれないけど、ぼくにはぜんぜんわからない」

「ちゃんとわかるわよ」

「いまもそう。男と女がとなり同士寝るということは、性的な交渉《こうしょう》をおこなうということなのかどうかがわからない。人はどうやって、いつがセックスをするときなのかを知るんですか？　たとえば、ジャスミンがセックスをしたいときは、どんなふうにわかるんですか？」

ジャスミンは声をあげて笑った。「さあね。あなたとだったら、まずはじっくり話し合って、リストを作るといいかもね。そうじゃなきゃ、めんどうなことは全部省いて、骨にむしゃぶりつくの」

「そういえば、あの事務所に最初にいった日、ジャスミンはぼくに、マーサには近よらないほうがいいっていった。ぼくの骨にむしゃぶりつくかもしれないからって」

「で、むしゃぶりつかれた？」

「ねえ、ジャスミン。もうひとつ質問を思いついたんだけど」

「かんべんして」

「もし、ジャスミンとジョーナとでキャンプにきたら、やっぱりならんで寝ますか？」

「うーん。あなたがなにをききたいのかわかる気がする。ノーといっておいたほうがよさそうね。こんな風には寝ないと思う」ジャスミンが手を伸《の》ばして、ぼくの胸をたたいた。

「じゃあ、なぜマルセロとは？」

「わからない。いつもそんなに質問ばっかりするの？　もう十分でしょ、さあ、おしまい」ジャスミンは体を起こした。

「もしかしたら、ジャスミンはマルセロを男として見ていない」

「いいえ。それはない。ぜんぜんちがう」

ジャスミンは寝袋のジッパーをあけて体をもぐりこませた。会話は終わった。それから、ジャスミンはまた寝袋からでてきた。体をぼくのほうにむけて、ぼくを見つめる。会話はまだ終わっていなかった。まだいいたいことがあるらしい。

「いっしょにきてくれてよかった。あなたにはここを見てもらいたかったの」なんだか話しづらそうだ。

「ジャスミンはマルセロに、あのメモのことと、これからどうするかをじっくり考えてほしかった」

「それだけじゃない。あなたに、この場所のイメージを持ってもらいたかったの。こんな場所が存在することを知っておくべきだと思うから。人はこんな場所のことを完璧《かんぺき》だと思ってる。土地に密着した場所でシンプルな生活をすることやなんかを含《ふく》めてね。でもそうじゃない。どこにだって卑《いや》しい人間はいるし、アルコール依存症《いぞんしょう》もあれば、薬代の支払《しはら》いもあって、人のやる気をすっかりうばってしまう。だけど、そんなことがあったとしても、この場所がいいところだと思ってる人はいるのよ。法律事務所よりはずっとシンプルな生活なの。ずっとしずかだしね。

とにかく、あなたにはここを見てほしかった。いつでも歓迎《かんげい》するわよ。ここにやってきて、二、三日滞在《たいざい》してもらってかまわないし、二、三日といわず、好きなだけいてもらってもいい。エイモスもあなたを気にいってる。まちがいないわ。それに、あなたはわたしをちっともわずらわせないし」ジャスミンは、一瞬ぼくを見つめて、目を閉じた。

ぼくはジャスミンが眠りにつくまで起きていた。ひとりぼっちじゃないのを、しみじみ感じながら。

第25章

ぼくは法律事務所のむかいの公園のベンチにすわり、あのキャンプ旅行のシーンをあれこれ思い出して、楽しんでいた。思わず声をだして笑いそうになってしまったこともある。ぼくの家では家族旅行へでかけるたび、一日の終わりに、お互い、その日一番楽しかったことをたずねあった。「マルセロ、マルセロ、あなたはどう？　なにが一番楽しかった？」こんな風に、お互いがさえずりあった。それで、いまぼくはここにすわって、起こったことすべてを、くわしく思いかえしている。「マルセロ、なにが一番楽しかった？」そう自問する。「ひとつだけ選ぶのはむずかしいな。選ばなきゃだめ？」もうひとりのぼくがたずねる。「うん、選んで」

ぼくは会話をやめた。疑いようもなく、はっきりとわかっているからだ。一番楽しかったのは、満天の星の下、ジャスミンととなり同士で寝たことだ。

そんなことを考えていたら、いつのまにか、となりにウェンデルがすわっているのに気づいた。どこからともなく、とつぜん現れたようだった。ウェンデルはタバコを取りだし、火をつけて、大きく吸いこんだ。

「喫煙《きつえん》は体によくありません」ぼくはいった。

「わかってるよ」ウェンデルが答える。もう二、三口吸ってから、タバコを投げ捨てた。「ジャスミンとはうまくやってるか？」

ぼくの鼓動《こどう》が速くなったのを感じた。そろそろ話さなくてはいけない時期だ。ぜんぜん楽しくないことだけれど。ぼくは深呼吸して、なるべくウェンデルの顔を見るようにしながらいった。

「ぼくはジャスミンに、ウェンデルのヨットにいっしょに乗ろうというつもりはありません」

ついにいった。ついに口にだせた。ウェンデルの顔に目をやると、しかめっ面《つら》になっていた。

「は？　そいつは、びっくり仰天《ぎょうてん》だな。大体、おれはジャスミンとおまえがうまくやってるのかってきいたんだぞ」

「それはウェンデルが考えそうなこととは思えません。ぼくとジャスミンの仲なんて。ぼくたちは友だちです。ぼくとウェンデルも一度はそうだったみたいに」

「プシュー」ウェンデルはタイヤから空気が抜《ぬ》けるような音を立てた。「ジャスミンとキャンプ旅行にいったのは知ってるぞ。どうだったんだ？　ジャスミンとはやったのか？」

「仕事にもどらないと」ぼくはそういって立ち上がった。

「すわれよ」ウェンデルの声には怒りがこもっていた。それから、急にやさしい声になる。「おまえにプレゼントしたいものがあるんだ」

ウェンデルの手をちらりと見たけれど、なにもない。

「真実という名のプレゼントさ」

ぼくはもう一度すわった。ぼくはとまどっていた。ウェンデルが話しはじめるのを待ったけれど、ウェンデルは、足元に落ちているポテトチップスに近づく鳩《はと》を見るのに夢中のようだ。ウェンデルは足を引いて鳩に道をあけてやった。鳩がピョンとはねてチップスに近よると、ウェンデルは蹴《け》とばした。鳩は空中に弾《はじ》かれた。その鳩はめまいでもしているように何歩かふらついたあと、とび去った。ぼくは撃《う》たれたようにウェンデルを見た。だれかが動物を傷つけるのを見たのは、それがはじめてだった。

ウェンデルは背筋を伸《の》ばし、体をひねり、真正面からぼくを見た。「おまえには真実とむきあう勇気はあるか？　嘘偽《うそいつわ》りのない、本物の真実だ」

「はい」ぼくは緊張《きんちょう》しながら答えた。

「クラブで話したときのことは覚えてるか？　おまえの親父さんとおれの親父の絆《きずな》のことだ」

「はい」

「それから、おれたち家族間の力のバランスのこともだ」

「はい」

「おれがおまえに、その均衡《きんこう》を崩《くず》すかんたんな方法があるといったのも覚えてるだろ。パートナーの片方がミスをおかせば、もう片方がより力を持つって話だ」

「はい、ききました」

「おれは、いまここで力のバランスが崩れたのを見たのさ。崩したのはおまえだ。このバランスは、そもそも、おれがおまえと友だちづきあいをしてやったからはじまったことだ。それなのに、おまえはなにをやらかした？　無垢《むく》な阿呆《あほう》だと思ってたら、ずっとジャスミンを求めてたとはな。信じられないぜ。それに、ジャスミンがおまえなんかを……」

ぼくは初出勤の朝、電車で話したアルトゥーロとの会話を思い出していた。〈彼はわたしだけではなく同僚たちみんなに知らせたかった。わたしの息子が……〉

「ぼくがずっとジャスミンを求めていたというのは真実ではありません」自分のその声に、説得力がないのはわかった。

「おまえにこれをわたしたかったんだ」ウェンデルは折《お》り畳《たた》んだ紙をぼくに手わたした。「まだあけるんじゃない。おまえがそれを読んでるところを見て楽しみたいのはやまやまだがな。仕事でさがし物をしているうちに、弁護士たちがそれぞれの部屋に置いているファイルにも目を通す機会があったんだ。そいつは、おまえの親父さんのガラクタにまぎれて置いてあった個人的なファイルで見つけた。それを見つけたとき、おれは自分に問いかけたよ。『いったい、どうすりゃいいんだ？　こいつをおれの親父に見せたら、バランスは崩れちまうじゃないか』ってな。そこにおまえが現れて、おれは自分にいった。『おれはあいつを傷つけたくない。ナイーブな奴《やつ》だからな』

だが、それもこれまでだ。おまえが絆を断ったからだ。というわけで、真実のプレゼントにむきあう用意はできたな。あとはおまえの好きにしろ」

ウェンデルは立ち去った。紙を広げると、そこに書かれていたのはジャスミンの筆跡《ひっせき》だった。

サンドバル様

あなたがアルトゥーロと呼んでもらいたがっているのはわかっていますが、この手紙ではサンドバル様と書きます。先週の金曜日のクリスマス・パーティでなにが起こったのか、わたしにはわかりません。マルガリータを何杯《なんばい》も飲むべきではなかったんです。強いお酒を飲んだのはあれがはじめてです。なかでも一番いけなかったのは、プレゼントをわたしたいから部屋にきてくれといわれたときに、断らなかったことです。「ありがとうございます。でも、それはいい考えじゃありませんね」そういうべきでした。あなたは本当にプレゼントをくれようとしているだけなんだと思っていた、といいたいところですが、実際には、なんとなくなにが起こるのかを知っていながら、それでもいってしまったんです。わたしの一部は、自分のボスにノーというのをおそれていましたが、本来、わたしはだれに対しても遠慮《えんりょ》なくノーといえる人間です。

どうしてああなったのかは、さっぱりわかりません。兄を数か月まえに亡《な》くしたばかりでした。ホームシックにもかかっています。でも、どれもただのいいわけです。あんなこと、するべきではありませんでした。いけないことです。これ以上ここで働く権利は、わたしにはないと思います。もし、よろしければ、つぎの仕事が見つかるまでのあいだだけ、ここにいさせてください。いずれにしろ、この手紙を退職願いと受け取ってください。

ジャスミン

ぼくはもう一度読み直した。そして、もう一度。そしてさらにくりかえして読んだ。信じたくないと拒否《きょひ》するぼくの心にも、この手紙の意味がしみ通るまで。ぼくは文章のひとつひとつの意味をたしかめながら読んだ。そして、そこから立ち上がってくるのは、ぼくの父と、ジャスミンが……。アルトゥーロがジャスミンにプレゼントを取りにちょっと上の階まできてくれないか、といっているところが目に浮かんだ。アルトゥーロは、ウェンデルがジャスミンを自分のヨットに乗せようとして使おうとした、おなじ手口を使った。そして、ふたりはアルトゥーロの部屋にいる。なにが起こった？　アルトゥーロとジャスミンは、性的な交渉《こうしょう》をした。それがこの手紙のただひとつの解釈《かいしゃく》じゃないだろうか？　ほかにどうとれるだろう。アルトゥーロがジャスミンを利用した。それとも、アルトゥーロはジャスミンを愛しているんだろうか？　けれども、嘘をついておきながら、愛だなんていえるのか？　お酒を飲んでいたり、寂《さび》しい気持ちでいるのを利用する愛なんてあるのか？　オーロラを愛すると誓《ちか》っていながら、ほかの人を愛するなんてことができるのか？

ぼくはいつのまにか立ち上がっていた。いつ立ったのかも、いつから、大声でひとりごとをいっていたのかもわからない。ぼくは、ジェリー・ガルシアにビドロメックのメモをわたしにいきたい衝動《しょうどう》にかられた。

「ほら、ジェリー、父さんには罰《ばつ》を受けるにふさわしい秘密があったよ」

けれども、ぼくはもう一度すわった。怒りと落胆《らくたん》ではちきれそうになりながら、ぼくの一部は「待て」という。キャンプ旅行から家に帰ってきたとき、ぼくにはあのメモをジェリー・ガルシアにわたさなければならない理由があった。でも、いまあのメモをわたしたら復讐《ふくしゅう》になってしまう。復讐なんてしたくない。復讐は正しいことじゃない。

そして、自分のなかにべつの感情が沸《わ》き上《あ》がってくるのを感じた。なんと名付けたらいいのかわからない感情だ。その中心にあるのはジャスミンだ。

「わたしはだれに対しても遠慮《えんりょ》なくノーといえる人間です」

ジャスミンがノーといわなかったことに、ぼくは傷ついていた。お酒や寂しさがあったにせよ、そこにアルトゥーロへの愛があったのかもしれないと思って傷ついた。いまでも、アルトゥーロを愛しているかもしれないと思って傷ついた。この気持ちが嫉妬《しっと》なんだろうか？　ぼくはジャスミンのとなりに寝そべって、ジャスミンの寝息《ねいき》をきいていたのを思い出した。生まれてはじめて、お腹《なか》のなかで蝶《ちょう》たちがダンスをしていたのを思い出した。そして、それらの思い出は、いっそうぼくを悲しませた。まるで、あのときのぼくが見ていたのは、ぼくが空想で作り上げた別人だったように思える。リアルなジャスミンは、アルトゥーロにノーといわなかった。

第26章

「あなたの頭のなかでは、いったい、なにが起こってるの？」エマニュエル礼拝堂にむかう途中、オーロラがたずねてきた。

「どうして？」

「なんとなく。昨日、仕事から帰ってきてから、まだひとことも口をきいてないわよ。夕食を食べにおりてくるのも拒否《きょひ》したし、朝の四時に起きて、ナムと散歩にいってる。それに、今日は仕事もサボったじゃない。いっしょにラビ・ヘッシェルのところにくるのだって、ほとんどツリーハウスから引きずりおろすようにしなくちゃならなかった。キャンプ旅行のせいじゃないのはわかってるわ。帰ってきたときには、とても幸せそうだったもの。昨日、仕事のことで父さんとなにかあったの？　どうしてそんなにしずかなの？」

「マルセロはいつもしずかだよ」

「そうね。でも、しずかさの質がちがうわ。いまのあなたを見てると、思い出しちゃうの……」

「ジョセフだね。死ぬまえの」ぼくはオーローラのかわりにいった。

「どうしてわかったの？」

「わかるよ」

「ジョセフのしずかさは、悪いしずかさじゃなかった。わたしはそう思う」

「ジョセフは待ってたんだ」

「なにを待ってたの？」

「音楽を」

車のなかに、しばらく沈黙《ちんもく》が流れた。

「なにか、わたしに話したいことはない？」オーロラがたずねる。

ＩＭはやんでしまった。もう、二度ともどってこないだろう。あれは、ぼくの特別な関心とおなじように、脳が一時的に作りだしていたものだった。ぼくは道に迷ってしまった。イステルのことをどうしたらいいのか、さっぱりわからない。父さんのことも、ジャスミンのことも。オーロラに話せることはひとつもない。その代わりにぼくはいった。「いまのオーロラは、ちょっと母親らしくふるまいすぎてるよ」

「ラビ・ヘッシェルとはずいぶん長く会ってないでしょ。ときどきは、波長の合う人とすごしたほうがいいと思って」

「オーロラとは波長が合ってるよ」

「いいえ。あなたの宗教的関心は、わたしよりはるかに深いから。それに、あなたは神様の話をする必要があるのよ」

「オーロラの宗教は朝露《あさつゆ》みたいなものだね。どこからやってくるのか、だれにもわからない。ただ、そこにあるだけ」

「ナンセンスね。わたしはちっとも宗教的じゃないわ。朝露だろうとなんだろうと。法律事務所はあなたを詩人に変えたってこと?」

「いまのは、聖書の引用だよ」

「どの書の第何節?」

「え?」

「花についた朝露の節は、聖書のどこに載《の》ってるの?」

「覚えてない」

「今度は、聖書の引用個所《かしょ》も忘れちゃったの? やっぱり、なにかおかしいわ。ラビ・ヘッシェルと話すようにしつこく粘《ねば》って、ほんとうによかった。どうして、あんなに抵抗《ていこう》したのかはわからないけどね。いつだって、ラビに会うのは楽しみにしてたのに」

それはほんとうだと思う。ラビと話をするのは、ぼくの大好きなことのひとつだった。でも、いまはこわい。

オーロラはエマニュエル礼拝堂の裏の駐車場でぼくをおろした。礼拝堂の裏口の階段を昇っていると、ラビの声がきこえた。

「わたしはこっちよ!」

ラビ・ヘッシェルは、グリーンのゴミ袋《ぶくろ》を下げて、駐車場の一番はずれに立っていた。ぼくは、ラビから借りていたエイブラハム・ジョシュア・ヘッシェルの本を持って、近づいた。

「これを見て」大声をださなくてもきこえるほど近づいたところでラビがいった。手にはビールの空き缶を持っている。「おまわりさんがいうには、あの子どもたちがまたもどってきて、夜になると飲んでるらしいの。信じられる？　よりによって、礼拝堂の駐車場でなんて！　おそれるものなんて、なにもないってこと？」

すこし大きすぎる蛍光《けいこう》ミラーのサングラスをかけているところは、ヨランダがむかし水槽《すいそう》で飼っていたアマゾンのカエルみたいだ。ラビ・ヘッシェルはにっこりぼくに微笑《ほほえ》みかけた。「元気だったの？　わたしの若いお弟子《でし》さん」

「本をかえしにきました」ぼくは本を手わたした。半分ほど落ち葉に埋《う》もれたビールの空き缶に気づいて拾い上げた。

「ありがとう」ラビはまず本を受け取って、ふたつならんだくたびれたガーデンチェアのひとつに置いた。それから、黄色いゴム手袋をはめた手で慎重《しんちょう》に空き缶を受け取った。「これは信者の子たちのしわざじゃないわね。神をおそれるユダヤの子たちが、こんなもの飲むわけないから。もし、ウォッカの瓶《びん》でも見つけたら、逆に心配しなくちゃいけないけど」ラビはビニール袋《ぶくろ》の口をしめて、ガーデンチェアを指さした。「今日は外で話しましょ。ここはとっても美しいもの！」

いまは八月のなかばだ。オークの木には濃《こ》い緑の葉が生《お》い茂《しげ》っている。ラビ・ヘッシェルは、ぼくがすわるのを待って、もうひとつの椅子を正面にむきあわないように動かした。それから、深く息を吐《は》いて、ひざの上で両手を組んだ。

これまで、ラビと会っても、ほんのあいさつ程度のことばしか交《か》わさないこともあった。ラビといつしょにいて楽しい理由のひとつがそれだった。ラビといるときには、なにを話そうかなどと考えずにすむ。ところが、いまは沈黙《ちんもく》が居心地《いごこち》悪い。

ラビが話しはじめるまでに、どれぐらいの時間が経《た》ったのかわからない。「回顧《かいこ》はうまくいってる？」

答えたくない質問だ。質問に質問でかえすことにした。「オーロラは神を信じてるのかな？」

「本人にきいてみた？」

「一度は。でも逆に質問をしてきて答えてくれなかった。ラビがよくするみたいに。オーロラはいいました。『わたしが神を信じていようがいまいが、どんなちがいがあるの？』って」

「どうして、そんなことをいったと思う？」

「ラビが、どう思ってるか教えてください」

ラビはため息をついた。椅子のひじかけを握《にぎ》る手に力がこもったのがわかった。「オーロラはオーロラなりのやり方で神を信じてる」ほとんどききとれないぐらい小さな声でいった。

「オーロラが宗教の話をしたがらない理由はわかってます」

「きかせて」

「聖エリザベス病院に小さな女の子がいて、両親が輸血を拒否《きょひ》したせいで死んでしまいました。両親が信じる宗教が輸血を禁じていたから」

「ええ、わたしも覚えてる」

「オーロラはものすごく怒ってた」

「それに悲しんでた」

「その小さな女の子の両親は、神の命令に従っていると信じてた」

「その人たちの宗教がそう命じていたのね。その通りよ」

「あれはまちがいだった？　あの両親はまちがってた？　オーロラがあの両親はまちがってると思ってたのは知ってるけど、ラビはどう思うんですか？」

ラビ・ヘッシェルはサングラスをはずして、椅子の脇《わき》でぶらぶら揺《ゆ》らした。「わたしは思うの。わたしたち、つまり宗教にかかわる仕事をやってる者は、ひとり残らず、ものごとをとんでもなく混乱させてる」

「神がなにを望んでいるかを知るなんて、無理です」

「それはわたしたちが人間だから、としかいいようがないわね。神の意志を解釈《かいしゃく》するには、わからないことが多すぎるから」

「人は、神が望んだからといって他人を殺します」

「その通りね」

二羽《わ》のコマツグミが鳴きはじめたので、ぼくたちは顔を上げてそちらを見た。

「ピーィー、ピーユー、ピーィー、ピーユー、ピーィー、ピーユー」

鳴き声をあげるまえに息を吸いこんで、コマツグミの胸がふくらむのが見えた。

「いまはもう、回顧はしていません」そうことばにだして、すっきりした。

ラビ・ヘッシェルはうろたえはしなかった。ある日とつぜん、祈《いの》りや回顧をやめることなど、ごく自然なことだとでもいうように。ラビはぼくが再び話しだすまでしばらく待った。

「両親に輸血を拒否《きょひ》された小さな女の子は、ルーシーっていう名前でした。そのルーシーが死んだつぎの日も、オーロラはちゃんと朝起きて病院にいった。それまで、オーロラはなんとかその両親の決定をくつがえそうとして、病院に裁判所に訴《うった》えることまでさせました。最後には裁判官も病院側に有利な裁定を下したけど、そのときはもう手遅《ておく》れでした」

「ええ」

ラビ・ヘッシェルは、短く、悲しげに笑った。それから話しはじめた。「オーロラが神を信じてるかどうかを、神自身がほんのちょっとでも気にかけてると思う? オーロラにとっては、神を信じる必要も、神の御業《みわざ》のことをちらっとでも思い出す必要さえもないの。オーロラの信仰《しんこう》は、行動そのもののなかにあるんだから。わかる?」

「神は、朝露のようにオーロラとともにある」

「神が望んでいるのは、神を思うことじゃない。行動を望んでいるの。だからといって、すべての人にとってもそれが唯一《ゆいいつ》の方法だと、オーロラが考えてるってわけじゃない。わたしはオーロラの一番の親友だけど、わたしの頭のなかは一日中神のことでいっぱい。聖なる神は、聖人や聖女のことばや歴史的な史実を通じて、神の意志を知るのを助けてくれると信じてる。なぜなら、わたしたちにはあらん限りの救いが必要だと、神が知っているから。そして、わたしたちは、できるだけ聖なることばや歴史的史実を覚えようとしなくちゃいけない。忘れるのは人間の性《さが》だから。これがわたしのやり方。それに、オーロラは、神の話をさせようとあなたをここにつれてきたのよ。親友のよしみで、けっしてやりすぎないようにしているにしてもね」

「神は朝露のようにやってくる、ということばが聖書のどこにあるか知ってますか?」

「神は朝露のようにやってくる、なんていうことばは聖書のどこにもないわよ」そして、正確にい直してくれた。「いずこにか、朝露のように訪《おとず》れる神の恩寵《おんちょう》があるだろう」

「どこに書かれているのか思い出せなくて」

「あなたが見つけた神秘主義者の詩の一節じゃない。古き善きメヒティルトよ。知ってるはずよ。あなたがわたしに教えてくれたんだから」

「神の愛は花に降《ふ》り落ちる露のように舞《ま》いおりる」ぼくはとつぜん思い出した。「でも、メヒティルトは、ヘブライの聖書で見つけたイメージをくりかえしてるだけのはずだけど」

「愛、恩寵、神、どれも文句なしに美しいイメージよね。わたしたち人間のだれかが発明したってことは疑いようがないわ」ラビは眉毛《まゆげ》をすばやく上げ下げした。お気にいりの喜劇役者、グルーチョ・マルクスの物真似《ものまね》だ。

「ぼくはもう、聖書には興味がなくなってしまったんです」

「ほかの聖なる本も?」

「そう」

「どうしてまた?」

答えるまえに考えた。「パターソンにジョニーっていう男の子がいます。ぼくとジョニーはおなじときにパターソンに入学しました。ジョニーは野球に関する情報やデータに夢中なんです。『ベーブ・ルースが第四百号のホームランを打ったのは、どの試合で、相手ピッチャーはだれだったか?』そうたずねたら、ジョニーはちゃんと答えてくれる。ぼくはその特別な関心を、いつもくだらないと思ってた。そんなこと知ってて、いったいなんの役に立つんだろうって」ぼくはいったんことばを切った。

「そしてあなたは、聖書や宗教の本を読むことも、ジョニーの特別な関心と似たようなものだと思うのね」

「そう、まったくおんなじです。ジョニーはベーブ・ルースがいつホームランを打ったかを教えてくれて、ぼくは、モアブ人のルツについて教える」

「賛成できないわね。ジョニーが野球の本を研究するのと、あなたが聖書を読むのとでは、その理由がちがってると思うけど。あなたはただ暗記するだけじゃない。あなたは調べて、耳を傾《かたむ》け、応《こた》えることまでしてるわ。モアブ人のルツの物語は、あなたになんらかの形で生き方を教えてくれる。ジョニーの野球のデータとはちがって、聖書はあなたにとって、血の通ったものだわ。聖書やその他の宗教関係の本は、あなたがなにを回顧したいかのヒントになってる。そうやって祈りをささげてきたんじゃない? あなたは聖書のことばを暗記して、それを回顧し、そうすることによって、そのことばの背後にある神秘や現実を生き生きとしたものにしているのよ」

「ジョニーも回顧します。野球のことを回顧しているとき、ジョニーは一番幸せなんです。なにもちがわない」

またため息がきこえた。コマツグミは駐車場のまんなかで、あちらからこちらへとはげしくはね回っている。

「法律事務所でなにかあったのね」

「はい」

「あなたをちがう方向へとひっぱるなにか複雑なものを、わたしたちが生きるこの世界に見つけてしまったのね」

ぼくはうなずいた。

「あなたはいま、どうしたらいいのか途方《とほう》に暮れてる。いままで頼っていたものを失ってしまったのね」

ぼくはもう一度うなずいた。

ラビ・ヘッシェルは足を伸《の》ばして、目を閉じ、太陽の光にむかって顔を上げた。「わたしがどうしてラビになったのか、話したことはあった？」

「いいえ」

「わたしのヘブライ脳が結論を導きだしたの」ふりかえると、ラビはにやにや笑いをしていた。「神に呼びかけられたのか、ただ男たちの鼻を明かしてやりたかっただけなのかよくわからない。なにしろ、一番身近な家族たちさえ、神にかかわる仕事は女のものじゃないと信じてたんだから。父はなんとしても、わたしを弁護士にしたがってた」

蛍光ミラーのサングラスをしたラビ・ヘッシェルが、スティーブン・ホームズのピカピカのガラスのデスクのむこうにすわっているところを思《おも》い描《えが》いた。想像しただけで笑いがこみ上げてくる。

「なによ？　きっとすばらしい弁護士になれたと思わない？」

「いいえ。ラビの脳は強力すぎるから」

「わたしもそう思ったの。弁護士にはなれたかもしれない。でも、それじゃあ、わたしの脳のなかの広々とした緑の牧場《まきば》は、耕《たがや》されずに眠《ねむ》ったままになってた。そんなの、ものすごい無駄《むだ》だと思わない？　わたしは超強力《ちょうきょうりょく》な知的能力を有効に使える職業を見つけなくちゃいけなかった」ラビはグリーンのゴミ袋を持ち上げて、なかのビールの空き缶をガチャガチャ鳴らした。

ぼくは微笑《ほほえ》んだ。

ラビはつづける。「あなたの脳もわたしの脳とよく似てると思ってるの。わたしはね、神学校に進むことを神が望んでいるのかどうか、一度も確信できたことはなかった。わたしはよく不満をもらしたものよ。『モーセに対しては、主が燃える柴《しば》のなかにあらわれたというのに、わたしにはさえない燃えるような痔《じ》の痛みをあたえただけ』ってね。神学校に進むことを神が望んでいたと知ったのは後々のことなの。燃える炎《ほのお》が止《や》むことなく、けれども、耐《た》えられる勢いで燃えつづけるようになってから」

「燃えつづける」ラビのいおうとしていることは、ぼくにははっきりとわかった。

「神の愛は、ときに花の露のようにおりてくるけど、ときには、なんとか平穏《へいおん》な生活を送ってるところに、バシャ！　ガソリンをぶっかけるみたいにおりてくることもある。そして、マッチで火をつける。わたしはね、神はあなたを何年間もガソリンでびしょぬれにしておいて、ついに火を放ったたんじゃないかと思ってるんだけど」

イステルがマッチだったんだ。ぼくは心のなかでいった。

ラビはぼくの返事を待っている。しばらくたってからまた話しはじめた。「どうして神がそれを望んでいるのかわかったかというとね、わたしのなかで切迫感《せっぱくかん》が無視できないぐらい強くなったからなの。神学校に進んで、わたしはようやくぐっすり眠《ねむ》れるようになった」

「切迫感、切迫感」

「いいことばでしょ？　喉《のど》に詰《つ》まった肉団子を、咳《せ》きこんだり、ゲーゲーしたりして吐《は》きだそうとしてる感じよね。ウー、ウガー」ラビは喉が詰まった真似をしている。

「切迫っていうのは、緊迫《きんぱく》っていうことばに近い」

「それこそセッキンね」ラビはそう冗談《じょうだん》をいった。

「ラビが感じていた、……いまも感じているその切迫感っていうのは、『鹿《しか》が谷川を慕《した》いあえぐ』ような感じなんですね」

ラビ・ヘッシェルの目がやさしくなった。ラビはぼくから目をそらして、懸命《けんめい》に木をつついているキツツキに焦点《しょうてん》を合わせた。「それがききたかったのよ」ぼくのほうを見ないままそういった。

「どういたしまして」

ラビはガーデンチェアの上で体を起こした。背中は椅子の背当てが反射する光を浴びて光っている。

「わたしたちが神を求める愛のような強い気持ちは、ときに、百もの小さな欲求にかき乱されてしまう。それがいいものでも悪いものでもね。ほとんどの場合、神を求める強い気持ちは、愚《おろ》かさとわがままの山に埋《う》もれてしまってるわ」

ぼくはジャスミンのことを思った。それにアルトゥーロやオークリッジ高校のことも。

ラビはつづけた。「神はあなたに、なにかつらいことをしろと迫《せま》ってるんじゃない?」

ぼくはうなずいた。

「もし神に、なにかつらい結果を生むようなこと、しかも勇気を奮い起こす必要があって、犠牲《ぎせい》も伴《ともな》うようなことをしろと迫られたと感じたら、わたしならどうするのかわからない。神がどうこうというより、わたし自身がこわいから。近ごろじゃ、神が求めるのは勇気が必要なことばかり。神がわたしに、なにか衝撃的《しょうげきてき》なことをするように求めてるのはわかってるの。預言者たちがやったような、ぬくぬくと寝ぼけてるような人たちの目を覚ますようなことをね。ホセアのように裸《はだか》で説教する?でも、わたしがそんなことをしても、だれも見やしないと思わない?『目覚めよ、目覚めよ!』裸でピョンピョンとびはねながらそういうの。『あなたがたがメルセデスのアップグレードのことで思いわずらったり、だれが聖櫃《せいひつ》に近い席にすわったかを気にしているあいだに、神はあなたたちを救うために死んでいくのです。これは緊急《きんきゅう》なのです! 神はあなたを駆《か》り立《た》てているのです。あなたが感じている切迫感は、神の仕事をしなければという思いなのです。あなたは、あらゆる信号をごちゃまぜにしています。あなたはそれがなんであれ、神があなたの大きな成功を望んでいると思っているかもしれませんが、神はそのようなことをまったく望んではいません』」

ラビはそこでことばを切って、必死で自分を落ち着かせようとしている。再び話しはじめたラビの声の調子は抑《おさ》えたもので、より親しげな感じだった。「もしわたしが、神は、安全で、適切で、常識的で、だれも傷つけることのない範囲《はんい》での切迫感をもってしかわたしたちに語りかけられない、なんていったら、バカバカしいと思わない？　もしわたしが、わたしたちの世界が正常だと考える範囲でなら、なにを望んでもかまわないといったとしたら、わたしは、わたしを培《つちか》ってきたすべての伝統をかなぐり捨てたことになってしまうでしょうね。わたしたちの民《たみ》は、善のために神聖な切迫感を見いだしてきた。生ぬるい切迫感なんかじゃなくてね。それは帯を切り裂《さ》くような、娼婦《しょうふ》と結婚するような、身をささげ、全面降伏《こうふく》するような、そんな切迫感なのよ。激しい自問自答がつきまとい、最悪でなにもかもをささげなくちゃいけないような究極の切迫感なの」

大きく見開いたラビ・ヘッシェルの瞳《ひとみ》が、話すにつれて色を濃《こ》くしているのが見えた。「わが子を死なせたり、神の名の下に自爆《じばく》するような人たちのことを、まちがってると思うかといわれたら、その通りだと答えるわ。はじまりは正しかったけれど、まちがった道に踏《ふ》みこんでしまったのよ。聖なるはじまりが、邪悪《じゃあく》な終わりを遂《と》げた。死にかけた子どもの輸血を拒否したり、自爆したり、復讐《ふくしゅう》をうながす内なる炎《ほのお》に身をゆだねることは、正義を成したいという望みと、おなじ種類のものだと思う？　わたしにいえるのは、本質はおなじだということよ。それは根っこを通して地面から吸い上げるおなじ樹液だと思うの。根から幹をのぼって枝にまで流れていく。そして、そこで選択がおこなわれる。もし、樹液が善なる枝へと流れていけば果実が実る。美しくて栄養たっぷりのすばらしい果実がね。もし、樹液が邪悪な枝へと流れれば、果実は実らないでしょう。実ったとしても役に立たない干《ひ》からびたイチジクぐらいのものね。だけど、樹液はおなじもの。果実だけがちがうのよ」

ラビが、心の内を読もうとしているかのように、じっとぼくを見つめている。「あなたの炎。あなたの心のなかで燃えているその炎。それが、正しい枝に流れているのかどうか、ちゃんとたしかめなくちゃね。あなた次第《しだい》よ」

「この炎は痛いです」

「そうでしょうね。でも、避《さ》けては通れない」

「それに、その炎のなかには怒りと復讐心《ふくしゅうしん》もあります。炎はずる賢《がしこ》い連中や、苦しみをもたらす連中を傷つけたがっているんです」

「ええ。でも神があたえる切迫感は、つねに命へ、より多くの命へ、そして、赦《ゆる》しへ、より多くの赦しへむけられているわ。それに神に由来するものは、わたしがイスラエルで見た、みずみずしいザクロのように、外見は地味だけど、内側にはルビー色に光を放つ、甘《あま》くておいしい、渇《かわ》きを癒《いや》して、お腹《なか》を満たす実が、びっしりつまってる。まるで、一見簡素だけれど、信じられないぐらい豊かなことばに満ちた『ミカ書』みたいにね。『主のあなたに求められることは、ただ公義《こうぎ》をおこない、いつくしみ愛し、へりくだってあなたの神とともに歩むことではないか』」

アルトゥーロの裏切り行為《こうい》を知ったあとで、やさしく接することなどできるわけがない。アルトゥーロ自身にやさしさが欠けているというのに。それにジャスミンは？　ジャスミンは赦しをあたえなければいけないようなことはなにもしていない。ぼくはそう自分にいいきかせたけれど、ジャスミンのせいで傷つけられたという思いはぬぐいきれない。それが赦すことを拒否しているようだ。

でも、イステルのために、ぼくは正義をおこなうことができる。

オーロラの車が駐車場にもどってきたのが見えた。ラビ・ヘッシェルはぼくの腕に手をのせた。

「マルセロ、帰るまえに、わたしにラビらしいことをさせて。あなたの気分を変えるためにひとこといわせてね。神がなにを望んでいるかを知ろうとするのは、めんどうな仕事よ。めんどうで、苦痛で、はっきりした答えもでないかもしれない。でも、わたしたちの葛藤《かっとう》する欲望や混乱の深い底の部分には、なにが正しくてなにがまちがっているかを感じ取る感覚があるはず。その感覚を信頼して希望を託《たく》す以外に、わたしたちにできることなんてあると思う？　わたしたちが持つ感覚の源が神であると信じて、わたしたちがしたいと願う気持ちの果てに神がいると望みをかけること以外に、なにができる？　正しい方向へむかって歩く感覚があるんだと信じていいの。なぜなら、その感覚が舞いおりてきたときには、干からびたイチジクとみずみずしいザクロを見分ける能力が備わっているんだから」

ぼくたちはふたりともオーロラを見た。オーロラは車からおりて、ぼくたちにむかって手をふり、数歩まえに進んで立ち止まった。オーロラは白い靴底に貼《は》り付《つ》いたべたべたのガムをはがそうとしている。

「もし、神の意志を果たすことで、愛する人を傷つけるとしたら？」

「うーん！」ラビ・ヘッシェルは深く息をつき、力強い表情を浮かべた。まるで、おどけた態度の背後に、必要なときにはいつでもおそれをあたえることのできる別人がかくれているかのようだ。

「わたしを見て」

ぼくはラビを見た。

ラビはいった。「神を信じなさい。神は自分の目的のためにどの程度の傷を負わせればいいのか、ちゃんと心得てるから。ほかにききたいことは？」

「ありません」

「どうするべきかを、どうやって知るの？」

「ラビが教えてくれました。それに……」

「それに？」

ぼくはカフェテリアで交《か》わしたジャスミンとの会話を思い出していた。「正しい音は正しくきこえて、まちがった音はまちがってきこえる」

「ははっ！　ほらここ」ラビはエイブラハム・ジョシュア・ヘッシェルの本を開いてパラパラめくり、あるページを読んだ。「われわれの努力は、神の意志の音楽のなかで奏《かな》でられる、それぞれ独立した旋律《せんりつ》にほかならない」

「もし、その音楽がきこえなかったら？」

「それこそが信仰ってことじゃない？　きこえない音楽に従うこと」

ラビはぼくの腕をぎゅっと握って微笑んだ。そして、ラビ・ヘッシェルは、これで全部終わったというように、オーロラにうなずきかけた。

第27章

ジェリー・ガルシアの事務所への二度目の旅は、一度目よりかんたんだった。いまでは、どの方向が西か東かわかっている。朝早くなのに、もう人が待っていた。ぼくは椅子を見つけてすわった。法律事務所のだれにも、ぼくがどこへいくのかは告げていない。昨日は出勤しなかったので、今日も休みだと思っているだろう。

ドアがあいて若い女の人が部屋からでてくると、ジェリー・ガルシアと目が合った。ジェリー・ガルシアは、年配の人にスペイン語でなにかいって、ぼくにはいるようにいった。

「すわりたいかい？」

「いいえ」ぼくはバックパックを下ろした。

「マルセロ」ジェリー・ガルシアはぼくにむかって、バックパックのなかを見るのをやめるよう合図した。「なにか、イステルの助けになるようなものを見つけたんだね」

「はい」

「そして、結果がどうなるか、十分に考えた」

「考えました」

「ほんとうにいいんだね。ぼくはなにも強制していないよ。きみが自分自身で決めたことだ。たったいま、この部屋からでていったとしても、なにも問題はないし、ぼくが気分を害することもない。それはわかってるね？」

「わかっています」ぼくはまっすぐにジェリー・ガルシアの目を見た。「ぼくは、品質管理部門の責任者からビドロメックの社長に宛《あ》てたメモを見つけました。あのフロントガラスに欠陥《けっかん》があることを伝えるメモです」

「知ってるよ」

「知ってる？」

「テストの結果を記したメモがあることは知っていた。テストの結果が品質管理部門の責任者によって、社長へ送られるのは、標準的な手順だからね。ところが、べつの法律事務所がそのメモのことを問いただしたら、紛失《ふんしつ》したという返事がかえってきたんだ」

「それが、ここにあるんです」

「ぼくにはなにもわたしちゃだめだ。きみからはなにももらっていないといえるようにしておきたいんだ。ぼくがほしかったのは、手がかりさ。そのメモが存在することを、こちらが知っていると連中に思わせるようなもの。そして、きみは、そのメモが品質管理部門の責任者からビドロメックの社長へのメモだと教えてくれた。日付はいつになってる？」

ぼくは読み上げた。「二〇〇五年六月二十一日」

「うん、わかった」

ぼくはメモをバックパックにもどして、立ち去ろうとした。

「なにか心境の変化でもあったのかな？」

「ぼくは来学期から公立の学校へいきます。パターソンにはもういかないし、ポニーの訓練もなしです」

「それはつらいね」

「はい。でも、決めたことです。このあと、アルトゥーロはどうなりますか？」

「なぜだい？　お父さんになにか起こってほしいのかい？　これは、きみのお父さんに対する怒りやなんかがさせてることじゃないんだろ？」

「ええ、ちがいます。そのためにやってることじゃないのはたしかです」

「まあ、それはどうでもいいんだ。ぼくがいいたいのは、どんな理由だってかまわないってことさ。いいかな。ぼくがこの仕事を進める際には、きみときみのお父さんにはなるべく被害《ひがい》がおよばないようにやるつもりだ。だが、約束はできない。それはきみのお父さん次第《しだい》だからね。ぼくとキャッチボールをやるつもりがあるかどうかにかかってる。もし、真剣勝負《しんけんしょうぶ》を挑《いど》むっていうなら、ぼくも受けて立つさ。でも、きみにはいっておこう。ぼくはね、スティーブン・ホームズとあのクソッタレの息子をこてんぱんにしてやろうと思ってるのさ。あの息子、名前はなんていったかな？」

「ウェンデル」ぼくは、出勤初日にヨランダと電話で交《か》わした会話を思い出していた。はるかな大むかしのように思える。

「あのクソガキめ。自分を抑《おさ》えなくちゃいけないな。そうだ、いいことを思いついたぞ。今週末、ぼくはシスターのところにいく用事があるんだ。サインをしてもらわなくちゃいけない書類があるもんでね。いっしょにいくっていうのはどうだい？」

「わかりません」

「二時間だ。二時間で全部すむから。その気になるかもしれないから、法律事務所に電話するよ」

ジェリー・ガルシアが手をさしだしたので、ぼくは握《にぎ》りかえした。

ジェリー・ガルシアの事務所をでると、ぼくは大きく息をついた。かくれ湖の思い出がとつぜん湧《わ》き上《あ》がってきた。あの緑色のしずかで深い湖。

第28章

ぼくはウェンデルの部屋でファイルを集めていた。ジュリエットからさがすように頼まれたもので、コピーしてわたすことになっている。今日は事務所には遅《おそ》めに出勤した。一回目のメール・ランのあとで、うまくジャスミンを避《さ》けることができた。

ウェンデルが目のまえに立っていた。顔は燃えるように赤い。

「よお、ガンプ。おまえは、だれかをだましたことがあるか?」

ウェンデルの知ったことじゃない。けれども、返事はした。「いいえ」

「いいや、おまえはまんまとおれたちをハメやがった。おれたちっていうのは、おまえも含《ふく》めた、サンドバル・アンド・ホームズ法律事務所全員のことだ」

ぼくは返事をしなかった。

「ジェリー・ガルシアってやつが、今朝、親父のところに電話をかけてきて、二〇〇五年六月二十一日の書類を見せろといってきた。品質管理部門の責任者からビドロメックの社長に宛《あ》てた文書だ。あの野郎《やろう》は、そのメモがあるってことを、どうやって知ったと思う?」

ジェリー・ガルシアとスティーブン・ホームズが、それぞれの事務所で電話をしている姿を思い浮かべた。スティーブン・ホームズは、ジェリー・ガルシアのことをまったく取るに足らない弁護士だと考えていたのに、とつぜん、ぴしゃりとやりかえされたというわけだ。それから、ロースクールの寮《りょう》でポーカーをしているところも思い浮かべた。だれもが、ジェリー・ガルシアなどマヌケだと思っているところに、見事な手を披露《ひろう》している姿だ。ぼくは返事をしなかった。

「おれが教えてやろう」ウェンデルはおしりのポケットから紙を一枚取りだした。ウェンデルが広げたその紙は、あのビドロメックのメモだった。「これをどこで見つけたと思う？　あのガルシアってやつから電話がかかってきたとき、おまえしか考えられないと思ったのさ。あとは、おまえのバックパックのなかを調べるだけでよかった」

ぼくは、バックパックをロバート・スティーリーの部屋に置きっぱなしにしていたことを思い出した。「それはプライベートなものです」

「プライベートがどういう意味なのか教えてやろう。プライベートってのは、このメモのことをいうんだよ。おまえはこれをどこで手にいれたんだ？」

「ウェンデルから最初の仕事を頼まれたときに、ビドロメックのファイルのなかで」ぼくは嘘《うそ》をついた。でも、ウェンデルのおびえた顔を見るのは楽しかった。ウェンデルは、このメモが一般《いっぱん》のファイルに紛《まぎ》れてしまったのは自分のミスだと考えているんだ。ジャスミンのことをどう考えたらいいのかはまだわからなかったけれど、ウェンデルがジャスミンを疑っていないのはありがたかった。

「このジェリー・ガルシアってやつは、ただのチンピラだ。親父がはした金で、たちまち消《き》え失《う》せさせるさ。心配なのは、大手の法律事務所がかぎつけることだ。おれたちに弱みがあることを知ったら、全力でつぶしにかかるだろうさ」

「そのメモをかくすのはまちがってる」

「おまえなんかに、なにがわかる？　は？　これを見ろ」ウェンデルはメモのなかの二番目の名前を指さした。Ｌｉｃ．ホルヘ・バルタザール。「このＬｉｃってのはスペイン語で弁護士のことだ。おれの親父のアドバイスで、ビドロメックの社長宛ての通信文やメモは、すべてこの弁護士を通すことになってる。一日中ファイルをしてる小僧《こぞう》でもいると思ってるんだろうが、弁護士がやってるんだ。社長宛てのメモは、すべてこの弁護士にも送られることになってる。なぜ、そうしてると思う？」

ぼくはわからないと首をふった。

「ああ、そうだろう、おまえにはわからんさ。だから、おまえみたいなやつは、仕事の指示を受けたら、それに従ってりゃいいんだ。弁護士が構築したこのシステムがあれば、文書は弁護士とクライアント間の特権として守られるんだよ。おれがいってることはわかってるのか？」

ぼくはまた首を横にふった。

「弁護士とクライアント間の特権で守られてる文書はな、訴訟《そしょう》のなかで争《あらそ》ってる相手から提出を求められても、見せなくていいことになってるんだよ。弁護士とそのクライアントが自由に連絡を取れるように、法律がそれを許してるんだ。もうすこし、わかりやすく教えてやろう。このメモはな、ジェリー・ガルシアにだろうが、それ以外のだれにであろうが、いっさいわたす必要はないってことだ。正式な手続きのルールに則《のっと》って、おれたちはこのメモを秘密にしておけるんだ。たしかにこのメモが一般のファイルに紛《まぎ》れてたってこともあるだろう。だが、コピーはもう一枚あって、それはほかの表にださなくていいすべての文書とおなじファイルにはいってる。その全部が、弁護士とクライアント間の特権で守られてるってことなんだ」

ほんの一瞬《いっしゅん》、ぼくはジェリー・ガルシアのところにいったのは、まちがいだったんじゃないかと思った。ぼくはウェンデルが話したことを精一杯《せいいっぱい》理解しようとがんばった。そして、ことばをかえした。

「でも……、さっき、ウェンデルは……その特権は、弁護士とクライアント間の連絡を守るっていったけど、……だけど、そこには、連絡なんかない……弁護士はなにもいってない。そのメモは、技術者から社長へのものだ」ぼくにはそこに明るい展望を見た。「スティーブン・ホームズが作ったその決まりは、ルールをすり抜《ぬ》けるためのただの方便だ」

「おまえはな、見当ちがいの低能野郎だ」ウェンデルはいった。

ぼくが友だちになりたいと思っていたウェンデルが、こんな人間だなんて。これまでも、内面ではいつもこうだったんだろうか？　ウェンデルがぼくへとむけた憎《にく》しみがはっきりと感じ取れた。ウェンデルには、ぼくなんかよりずっとたくさんの失うものがあるんだろう。もしかしたら、ウェンデルは車やヨット、ガールフレンドたちまで失うことになるのかもしれない。

「おまえはどんな世界に生きてるんだ？　おまえら、うすらバカどもは。おい、このど阿呆《あほう》めが」

ぼくはにっこり笑った。

「なにがおかしいんだ？」

「ウェンデルの怒り方は、ぼくを正常な人間だと扱《あつか》ってるみたいでおかしい。いまぼくにいったようなことは、きみが正常だと定義するだれかに対してしかいわないはずだから」

ウェンデルは自分の首のうしろの肉をつかんでひっぱった。「ちきしょうめ。そんなこと知るか。このバカバカしいやっかいごとには、あと三週間でおさらばだってのに。おまえの親父が話したがってたぞ」

ぼくは立ち上がった。

「このメモを見つけたとき、絆《きずな》のことは考えたのか?」

「はい」

「それなのに、おまえはジェリー・ガルシアのところにいってこれをわたしたのか? なぜなんだ? なぜ、そんなことをしたんだ?」

「ジェリー・ガルシアが弁護人をしている女の子の写真を見つけたからです。イステルという名前です」

「女の子か」ウェンデルがイステルの写真を思い出しているのがわかった。そして、たぶん、それをゴミ箱に捨てたことも。一瞬、ぼくがやったことは正しかったと、ウェンデルも認めたがっているのではないかと思った。けれど、そんなことはあり得なかった。「ふん、おまえはしたいようにやったってことだ」そういって息を吐《は》く。「つけを払《はら》うことになるぞ」

「つけを払う」

「ああ、つけだ。おまえのせいで、おれたちみんながつけを払うのさ。そのつけがどれだけデカいものになるのか、見当もつかない。ここのだれもが、なんとかそのつけを最小限にとどめようとするだろうが、つけを払うことになるのはまちがいない。だがな、おれは考えてるんだ。いったい、おまえにとってのつけはなんなのか、ってな。まあ、おまえがいきたがってた、阿呆どもの学校にいくのはもう無理だぞ。だけどな、そんな程度じゃ、おれには満足できないんだ。ほかのおれたちみんなが失うものとは比べものにならないじゃないか。そこでだ、あのジャスミンからの『お手紙』のコピーをおまえのお袋《ふくろ》に送ろうかと思ってるんだ。おまえはどう思う？」

ウェンデルは、ぼくがおびえるのを待っている。たしかに恐怖《きょうふ》はあった。あの手紙を見て、オーロラが傷つくのがこわい。でも、かくせないほどの恐怖ではなかった。だからぼくは、表情を変えずに歩き去った。

ぼくはアルトゥーロの部屋にいった。ぼくが目のまえに立っても、見ていた書類から顔を上げない。ずいぶん時間がたったと思うころ、ようやく顔を上げた。「たったいま、ジェリー・ガルシアからの電話を切ったところだ」

「うん」

「やつは撤退《てったい》に賛成してくれた」

ぼくの手は勝手に開いたり閉じたりしはじめたけれど、すぐに止めた。

「もちろん」アルトゥーロは革張《かわば》りの椅子に背筋を伸《の》ばしてすわり、まばたきもせずぼくを見つめた。「七万五千ドルを要求してきたがね。『みんな、生きていかなくちゃいけないからな』そういってたよ。おまえは、自分がしたことがわかってるのか？」アルトゥーロの声は震《ふる》えだしていた。

「うん」

「最初にスティーブンのところに電話してきたとき、ガルシアはおまえのことはなにもいわなかった。ただ、二〇〇五年六月二十一日のメモを要求しただけだった。おまえがやったことだとつきとめたのはウェンデルだ」

「父さんは、あのメモの存在を知っていた」

「この法律事務所で起こっていることは、すべて知ってるさ。スティーブンとわたしとの間に秘密はない」

その声にはぼくを責めるような調子があった。スティーブン・ホームズとはちがって、自分自身の息子に秘密があったことを責める調子だ。そして、アルトゥーロにも秘密がある。ぼくは部屋を見回して、あのクリスマス・パーティの夜、アルトゥーロとジャスミンがこの部屋にいるところを想像した。この部屋のどこで、どんなふうに、ふたりは性的交渉《せいてきこうしょう》をもったんだろう。なにかとても重いものが、ずっしりとぼくのなかに降《ふ》ってきた。それはこの部屋のいたるところにおりてきた。ぼくはポケットに手をつっこんで、ジャスミンの手紙に触《ふ》れた。外にひっぱりだして、アルトゥーロにたたきつけたかった。でもやめた。

「なにか、いうことはないのか?」

「ないよ」

「おまえが、このメモをガルシアからかくすのはよくないことだと思ってるのはわかる。あの少女のことは、わたしも残念だよ。だが、わたしたちは法律で許されていることをやってるんだ。わたしたちは全力でクライアントを守らなくちゃならない。裁判で勝つために、ありとあらゆる合理的な論争をしかけるのさ。いったん顧問《こもん》弁護士の目に触れた文書は、弁護士とクライアントの特権で守られるというのは合法的な言い分だ。わたしたちには、クライアントのためにその言い分を通す権利がある。それに、あのメモそのものが責任を証明するわけでもない。あのメモを書いた技術者がまちがっていたのかもしれないし、ボスに逆らって腹いせをしたかったのかもしれない。フロントガラスを適切に設置しなかったのが原因かもしれないし、ビドロメックではなく、設置した人間が悪かったのかもしれない。おまえは……、おまえは、自分ひとりでなにが正しく、なにがまちがっているかを決めつけてしまったんだ。いったい、だれがそんな権限をおまえにあたえた？」アルトゥーロはそこでことばを切った。「なぜ、わたしのところに相談にこなかったんだ？」

「アルトゥーロなら、どうしてた？」

「まずは話し合いだ。わたしはおまえに法律がどう働いているのか教えただろう。あの少女が暮らしている施設《しせつ》に、個人的に寄付することだってできたかもしれない。おまえはわたしを信頼できなかったのか？」

なんと答えたらいいのかわからなかった。イステルの写真を見つけたとき、ぼくはどうしてアルトゥーロに相談しなかったんだろう？　ぼくの心のなかに疑いが生じた。「もし、ぼくが相談にきたら、ジェリー・ガルシアの要求をのんだ？」

「いいや、それはあり得ない。それは、ビドロメックの責任を認めることになるからな」

「だけど、フィットネス・クラブで会った人には、あの人の要求をのもうとしてた。ちょっとしたボーナスと引き替《ひか》えに、ビドロメックに払わせるように説得するといってた。あの人とジェリー・ガルシアはどうちがうの？　あの人のクライアントとイステルとは、なにがちがうの？　そんなちがいを生むボーナスって、いったいなんなの？」

アルトゥーロの顔に、一瞬、ショックの表情が浮かんだ。まるで、ぼくにも脳味噌《のうみそ》があることに、とつぜん気づいたような表情だ。

「ちきしょうめ、マルセロ！　この世界は白黒だけで決着がつくようなものじゃないんだ。世のなかには、おまえにはわからないルールがあるんだ。わたしたちが生き残るためのルールだよ。それは、わたしたちがやってるゲームのルール、わたしたちが生きてるシステムのルールなんだ！　そのシステムのおかげで、テーブルには食事がのって、おまえはあのくだらないツリーハウスに住めて、特別な私立学校に通えるんだ」アルトゥーロは声を荒《あら》らげるのと同時に立ち上がった。「そしてそれは、この夏、おまえが従うべきルールなのさ。だが、おまえにはできなかった！　おまえにあたえられた課題を、おまえはしそこねた。おまえは、自分がしたことがわかってるのか？」

「わかってる」ぼくはいった。「ぼくたちみんなに、なにが起こりうるのかもわかってる。マルセロはリアルな世界のルールに従うことができなかった。それもわかってる。来年度、マルセロはオークリッジ高校にいく。それもわかってる。ちゃんとわかってる。そうなることは、ジェリー・ガルシアのところにいくまえからわかってた。全部考えた上でのことだった。起こりうるすべてのことを。それでもなお、マルセロはやったんだ。そして、おなじことを何度だってやる」

アルトゥーロはしずまりかえった。アルトゥーロの手が開いたり閉じたりしている。ことばが見つからないときに、ぼくがやるのとおなじように。ぼくは、ずっと待ちつづけた。ついにアルトゥーロが話しはじめた。

「この夏も、あと数週間で終わりだな。この仕事は今週いっぱいで終わりにするのはどうだ？　あと二日で終わりにするんだ。そうすれば、残った日々は、オークリッジ高校にいく準備に使える。まずは教科書をそろえればいい。スピードに追いつく役にも立つだろう」

アルトゥーロは椅子に深くすわり直し、目のまえの資料に目を落とした。

ぼくは回れ右して、ドアにむかって二歩踏《ふ》みだした。そこで立ち止まる。ぼくは、シャツのポケットに折《お》り畳《たた》まれたジャスミンの手紙を意識した。ラビ・ヘッシェルのことばを思い出す。

「神を信じなさい。神は自分の目的のためにどの程度の傷を負わせればいいのか、ちゃんと心得てるから」

そこで、ぼくはふりかえって、アルトゥーロの机の端《はし》まで歩いた。そして、ジャスミンがアルトゥーロに宛てた手紙をつきだした。

「なんなんだ？」手に取るまえにたずねる。

「ウェンデルがぼくにくれた。ウェンデルはこれのことを『真実のプレゼント』と呼んでた。父さんが持ってるべきものだと思う」

アルトゥーロはぼくの手から受け取った。読みはじめるのを確認《かくにん》してから、ぼくはその場を立ち去った。

第29章

ローレンスへの標識が見えたところで、ぼくたちの乗った車は州間高速道路をおりた。くねくねと曲がった道を進めば進むほど、店やレストランの看板にスペイン語がふえてきた。あちこちからラテン音楽のリズムがきこえてくる。人びとの肌《はだ》は茶色だったり黒かったりだ。車は三階建ての緑のビルのまえにとまった。窓はすべて開け放たれていて、最上階では白いカーテンが通りにむかって旗のようにはためいている。

「さあ、ついたよ」ジェリー・ガルシアがいった。「ここがそうだ」

ぼくたちは車からおりて、ドアにむかって歩いた。急にとまどいを覚えた。イステルには、なんといったらいいんだろう？　どうしてぼくはここにいるんだろう？　スクリーン・ドアを通して、だれかの泣き声がきこえる。ジェリー・ガルシアが呼《よ》び鈴《りん》を鳴らすと、しばらくして、ドアがあいた。

「ジェロニモ！」女の人の声がした。「はいって、はいって」

そこには大柄《おおがら》な女の人がいた。その硬《かた》そうな白髪《しらが》を見て、すぐに、肌の色の濃《こ》い、体の大きなラビ・ヘッシェルのようだと思った。

「この子がマルセロね？」

「わたすものがあるんだ」ジェリーはそういって、車のほうへもどっていった。

「レモネード、あげましょう」女の人はぼくの手をつかんで、室内へとひっぱった。あっというまもなく、ぼくはその女の人の柔《やわ》らかくて大きな体にぎゅっと抱《だ》きすくめられていた。「あなたがしてくれたことに、感謝します」女の人はいった。「わたしは、シスター・ファアナ。英語ひどいけど、いい？」

「はい」なんとかそう答えた。抱きすくめられたままなので、息もできない。シスター・ファアナは、廊下《ろうか》の先の泣き声がするほうへとぼくを導いた。

「さあ、はいって」シスター・ファアナはいった。ぼくたちは泣き声がきこえる部屋とは反対側のドアへはいった。その部屋は、半分ほどパイプ椅子で占《し》められていた。部屋の片すみにはテレビが脇《わき》におしのけられて、白いテーブルクロスのかかったテーブルが置いてあった。そのテーブルクロスには青、オレンジ、ピンク、緑の花々が刺繍《ししゅう》されていた。そのテーブルのまんなかには十字架《じゅうじか》が立っていて、そのとなりには赤いグラスにはいったロウソクがあった。

「日曜日に、ここでミサ、おこなう」シスター・ファアナはいう。

「あなたは司祭さんですね」そういったとたん、女性の司祭などいないことを思い出した。

「いえ、いえ、司祭じゃありません。とんでもない！」そういって笑い声をあげる。「日曜のミサ、アントニオ神父がやってきます。すわって。どうぞ」

シスター・ファアナが腰をおろしたちょうどそのとき、ガラスの割れる音がきこえた。シスターは立ち上がっていった。「すぐにもどります。さあ、扇風機《せんぷうき》まわしましょう」シスターは、部屋のすみにある背の高い錆《さび》だらけの扇風機まで歩いていって、スイッチをいれた。羽根《はね》がカタカタと音を立てまわりはじめたのを確認《かくにん》して、部屋からでていった。プラスチックのサンダルがキュッキュッと音を立てた。

外の廊下では、ジェリー・ガルシアとシスター・ファナの話し声がした。それから、ジェリーが頭だけドアからのぞきこんでぼくに話しかけた。

「二十分でもどってくるよ。シスターにいろいろと用事を頼まれてね」そういって手に持った紙をひらひらさせて姿を消した。

しばらくひとりでいると、女の子が部屋にはいってきた。ぼくを見て、凍《こお》りついたように立ち止まった。イステルを小さくしたような女の子だ。その子の顔に傷はないけれど。ポニーテールに結んだ髪が肩にかかっている。

「もう！　びっくりした！」その子は息をのんだ。

「オラ」ぼくはいった。

「英語なら話せるわ」

「そうか、ぼくはマルセロ」

「あたし、マリアよ」明るくそういう。やっぱり、イステルにそっくりだと思った。「イステルをさがしてるの？」

「うん」

「イステルは二階よ。つれてきてあげる」それからたずねた。「テレビ直せない？」部屋のすみにあるコートハンガーのまえのテレビを指さしている。

「直せない」

「アンテナのせいだと思うの」ぼくの返事を無視してつづける。廊下のむかいの部屋から怒りに満ちた叫び声がきこえた。マリアは指を耳につっこんで顔をしかめた。

「イステルは、きみのお姉さん？」その子が指を抜《ぬ》いたのでたずねた。

「ちがうよ。ほんとのお姉ちゃんじゃない。イステルはみんなの姉ちゃんなんだ」

「きみはここに住んでるの？」ぼくは緊張《きんちょう》していた。それに、思いつくまま考えを声にだしている。

マリアはぼくを見つめた。「変な質問。イステルのところにいって、ボーイフレンドがきてるって教えてあげる」冗談《じょうだん》をいってるんだと思った。マリアは部屋をでていった。軽《かろ》やかですばやい、幸せそうな足取りだ。

あとちょっとで、ぼくはイステルに会う。そう思った。イステルに会ったら話そうと練習してきたことばは、全部忘れてしまった。ぼくは木製の十字架に近よって触《ふ》れてみた。十字架に磔《はりつけ》になっているキリストはブロンズ製で、よく見る、頭をうなだれて胸につけた姿ではなかった。

「外にでたら？　なかは暑い」ドア口に立ったシスター・フアナが、白いエプロンで手をぬぐいながらいった。

ぼくたちは、天井《てんじょう》からぶら下がった裸電球《はだかでんきゅう》がひとつだけ灯《とも》っている廊下を歩き、建物の裏のスクリーン・ドアから外にでた。そこは庭だった。ぎっしり梨《なし》の実った小さな木や、ピンクやラベンダー色の花をつけた、もうすこし背の高い木々が生えている。庭を直角に横切る石畳《いしだたみ》の小道以外のほとんどすべての場所に、さまざまな色のバラがすきまなく咲《さ》いている。シスター・ファアナはぼくの手を引いて、庭のまんなかにある小さな噴水《ふんすい》のそばの石のベンチへと導いた。顔に涼《すず》しい風を感じたのと同時に、木々の葉が揺《ゆ》れた。この庭の全部の方角がビルの壁《かべ》でおおわれている。風がどこから吹きこんできたのか不思議だった。

ぼくたちは並んでベンチにすわった。シスター・ファアナはバラの香《かお》りがまちがいなく肺の奥まで届くのを確かめるように、深く息をしている。ぼくたちがはいってきたのとは反対側に、もうひとつドアがあった。部分的には刑務所《けいむしょ》のように、部分的には教会のように見えるこの建物が、本来なんのために建てられたのか、ぼくはまだ完全には理解できないでいた。たぶん、たずねてみたほうがいいのだろう。でも、たずねようとしたとたんに、それが不適切なことのような気がしてくる。

もう一度深く息を吸いこむと、シスター・ファアナは話しはじめた。「この家は、むかし、大金持ちの家だった。最後に亡《な》くなった娘さんが、わたしたちに遺《のこ》してくれた。とても大きな家。いまは、女の子が四十人もいるときもある。その大金持ちは四人家族だったのに。お父さん、お母さん、そして娘がふたり。そして、召使《めしつかい》がたぶん五人」そこで声をあげて笑った。「想像してみて」

「女の子が四十人」ぼくは思わず大きな声でいった。

「わたし、イステル、シスター・カミラ、シスター・グアダループ、そして、さっき会ったマリア。それだけは、なんていったらいいのかしら。そう、ずっといる。ここからはもっともっとたくさんの女の子たちがでていったけど、わたしたちにあるのはこれだけ」シスター・ファアナはそういって、壁《かべ》にちらりと目をやった。まるで、いまはじめて、この家がどんなに小さいのかに気づいたみたいだ。さらにつづける。「女の子たちを無理につれてくることはしない。ここにきたくてくるんじゃないとだめなの。ほんの数日だけいて、もっとドラッグを求めてでていったり、もっと虐待《ぎゃくたい》を受けるのをわかっていてでていったり。なかにはイステルみたいに家のない子もいるのに」

「女の子たちはここで幸せですか?」どうしてこんな質問がとびだしたのか、自分でもわからない。

「幸せ?」そんなことば、はじめてきくとでもいうようだ。「ここはね、しばらくのあいだだけでも安全でいられる場所なの。わたしたちにできるのはそれぐらい」

スクリーン・ドアがあいた瞬間《しゅんかん》、ぼくにはそれがイステルだとわかった。

「ほら、わたしたちのイステルがやってきた」シスター・フアナがいった。よっこらしょと立ち上がる。

イステルはすばやい足取りでぼくたちのほうに歩いてきた。まるで、久しぶりに会う人のもとにやってくるみたいだ。イステルはカーキ色のスラックスをはき、半袖《はんそで》の白いボタンダウンのシャツを着ていた。近づくにつれて、ぼくにはイステルの顔の半分の、繊細《せんさい》な作りが見えてきた。眉《まゆ》、目、おでこ、どれも写真とそっくりだ。でもちがいもある。なにがちがっているのか、必死で考えてみた。イステルの表情は、写真よりずっと落ち着いていた。写真ではぼくを刺《さ》し貫《つらぬ》くようだった視線も、ずっと柔《やわ》らかくなっている。

「わたしはいくわね」イステルがぼくたちのまえで立ち止まると、シスター・フアナがいった。

ぼくたちはよたよたと歩き去るシスターを見ていた。一度、うなだれたバラの花を持ち上げようと立ち止まった。シスターが家のなかにはいっていったのを見ると、イステルはベンチのぼくのとなりにすわって、ぼくが話しはじめるのを待っている。とつぜん、自分からことばを話す能力が消《き》え失《う》せた気がしてこわくなった。

「あなたはマルセロね」ぼくがだれかをイステルが思い出させてくれた。

「マルセロ」ぼくはくりかえす。

「わたしのこと、見てもいいのよ。気にしないから」

最初、なぜそんなことをいったのかわからなかったけれど、とつぜん思い当たった。「ぼくは日ごろから、人の目を見るのが苦手です。イステルだけじゃありません」

「とにかく、わたしのことは知ってるのね。写真で」

「はい」

その先のことばがつづかない。最初にイステルの写真を見てから、ずいぶんいろいろなことがあったような気がする。

「ジェリーから、手術の予定はきいた？」

「いいえ」

「え？　じゃあ、わたしに話させようってことなのね。まず、再建手術《さいけんしゅじゅつ》を受けるの。それが治ったら、今度は整形手術でわたしを映画スターみたいにするのよ」イステルは口の半分で笑った。イステルはぼくの左側にすわっているので、ぼくからは傷ついていないほうが見える。

「イステルはいまでもきれいです」ぼくはそういった。恥《は》ずかしくてまともに目を見ていられない。

「あなたはこれまで、あんまり感謝の気持ちが強すぎて、罪悪感を感じるほど、だれかにいいことをしてもらったことはある？　『ありがとう』ということばだけじゃ、ぜんぜん足りないの。それがいまのわたしの気持ち。でも、とにかくいわせてね。ありがとう」

なんと答えたらいいのかわからなかった。もし、「ありがとう」が十分じゃないというのなら、「どういたしまして」だって十分じゃないはずだ。でも、とにかくいった。「どういたしまして」

ぼくは大きく息を吸いこんだ。バラの香りをかぐとアバを思い出す。アバも裏庭でバラを育てていた。ぼくは、見たことのない色をしたバラの花をよく見ようと、体をまえに折り曲げた。花びらの縁《ふち》に白やピンク、紫《むらさき》まで淡《あわ》い影《かげ》のようにちりばめられた複雑な色合いの花だった。花についた露《つゆ》はオーロラを思い出させる。

「このバラには露がいっぱいついてます」なにか話そうとして思い浮かんだのはそれだけだった。

「シスター・ファナはバラの専門家なの。いろいろなバラを掛《か》け合《あ》わせて、新しい色を作りだしてる。わたしたちにも手伝わせたがっているんだけど、だれもやりたくないの。手袋《てぶくろ》をしても、刺《とげ》であちこち傷がつくから」

「ぼくのおばあちゃんもバラが好きで、庭中に育ててた。ぼくが小さかったころ、おばあちゃんはぼくに、特別なものを見せてあげようといった。おばあちゃんはキッチンから大きなスポイトみたいな道具を持ってきた。その道具の名前は覚えてないけど」

「バスターよ。大きなスポイトみたいな道具は、バスターって呼ばれてるの」

「バスター？　知らなかった」

「ほんとうよ。バスターのことならよく知ってるんだから。ここでは、よく料理をするの」

「ぼくはおばあちゃんのことをアバって呼んでたんだけど、アバは水と砂糖をいれたそのバスターをぼくに持たせて、たくさんのバラの木のまんなかにすわらせたんだ。アバはいった。バスターを動かさないようにしずかに持って、先から一滴《てき》こぼれ落ちるぐらいそっと押せば、ハチドリがやってきて、そのしずくを飲むだろうって」

「ほんとうにきた？」

「うん。しばらくたったらハチドリがやってきた。あんなに近くで見られて、すごく感動した。羽《はね》の動きはあんまり速くて、止まっているようにしか見えなかった」

「すてきね。そのときのあなたは、あそこにいる聖フランチェスコみたいだったのね」イステルはバラの茂《しげ》みにかくれるように立っているセメント製の聖フランチェスコ像を指さした。肩に止まった石の鳥の頭は取れてしまっていた。

なにか気のきいた返事があったんだろうと思うけれど、その代わりにぼくはたずねた。「ここで暮らしていて、幸せ？」

イステルはバラを見つめ、それから庭を囲む壁を見た。「ここはいいところよ。最初にきたときにはそうは思わなかったけど。あの交通事故のあと、わたしはひどかったの。わたしは十四歳で、ひとりっきりで路上暮らしをしていた。こんな顔をしてても、売春するのはむずかしくなかった。化け物と楽しむのも悪くないと思われたのかもしれないわね。それにドラッグもやってた。その気になれば、自分で自分を傷つける方法なんていくらでもあるの。最後には、社会福祉《ふくし》団体にここへつれてこられた。気に食わなかったわ」

「ここにはどれくらいいるの？」

「だいたい一年ね。十六歳になったときに、ここをでる選択肢《せんたくし》もあったの。でも残った。ほら、あれを見て」イステルは庭を囲む壁を指さした。「更生施設《こうせいしせつ》に送りこまれたようなものだった。永遠にね。でもいまは、ここがわたしのいるべき場所なんだと思ってる。頭がおかしくなっちゃったのかもね。それに、ここにやってくる子たちは、天使とはかけはなれてる。それだけはたしかよ。みんな、最初にここにやってきたわたしみたいなの。『とっとと、ここからだしてよ。わたしにはクスリがいるのよ』ってね」

「でも、どうやって変わったの？　なにがあったの？　なにがきみをちがう人間にしたの？」

ぼくたちは同時にふりむいて顔を見合わせた。イステルが、なぜそんなことを知りたがっているのか不思議に思っているのがわかった。ただの好奇心《こうきしん》や、世間話としてたずねたのではないことに気づいたのかもしれない。イステルが見つけたものを、ぼくも見つけたくてたずねたのだから。

「すこしずつ。自分でもわからないけど、わたしを蝕《むしば》んでいたものが、すこしずつ遠ざかっていったの」

「でも、どんな風に遠ざかっていったの？　きみはなにかをした？」

「そうね、最初はたぶん、自分自身がかわいそうだと思ってたんだと思う。哀《あわ》れみとかそういうんじゃなくて。でも、ある日、怒《いか》り狂《くる》うのをやめた。『あなたはまだ小さな女の子でしょ』って自分にいいきかせて。『お父さんとお母さんが死んだのは、あなたのせいじゃない。混乱したってかまわない。自分の顔のことで怒ったってかまわないし、だれもかれもを憎《にく》んだってかまわない。あなたはまだ小さな女の子なんだから。わたしはあなたを許してあげる。あなたがやった悪いことのすべてを』そんな感じ。バカみたいでしょ？　自分のなかの天使が、自分のなかの悪魔《あくま》にやさしくしてあげるなんて。まるで、わたしのいいほうの顔が、醜《みにく》いほうにやさしくしてるみたい。しばらくすると、いいほうと醜いほうがお互いに憎み合うのをやめたの。わたしの心のなかは平和になった。片方のわたしが消えて、ひとりだけが残ったみたいに。それからは、ほかの女の子たちもみんなわたしとおなじようだってことに気づくようになって、自分にしたのとおなじことをするようになった。このあたりじゃ、ちっともむずかしいことじゃないんだけど、みんなのなかの醜い部分を見つけて、その醜い部分にやさしくしてあげたの」

とつぜん、ぼくはわかった。はじめてだなんてあり得ないと思うかもしれないけど、でも、はじめてわかった。ぼくたちだれもが醜い部分を持っている。ぼくはカフェテリアでジャスミンに、いったいこの写真の女の子がなにを訴《うった》えかけてくるの、とたずねられたときのことを思い出した。〈苦しみばかりの人生を、どうやって生きていけばいいんだろう？〉というのが、そのとき浮かんだ問いだった。ぼくたちは、自分自身の醜い部分を見つめることで、許すことができるようになり、やさしさを愛し、謙虚《けんきょ》に歩むことができるようになる。

「だれもが醜い部分を持っている」自分で自分にいった。その瞬間は、となりにイステルがすわっていることを忘れていた。

イステルは口の形のせいで咳《せき》みたいにきこえる笑い声をあげた。「まるで、はじめて知ったみたい」

「こんな風にわかったのは、はじめてだよ」

「あなたにもあるの？　つまり、醜い部分が」イステルはじっとぼくを見つめてたずねた。

一生懸命《いっしょうけんめい》考えないと答えが見つからない事実を、恥《は》ずかしく思った。「自分に醜い部分が見つからないことが、ぼくの醜い部分なんじゃないかな？　他人の醜い部分を許したくないことが、ぼくの醜い部分なんじゃないかな？」

「そうね。あなたのいってることは、さっぱりわからないけど、そうだと思う」

イステルは咳のような音をだしてまた笑った。ぼくはベンチにすわったまま、体をまえにうしろにゆすった。あいまいだったことが、とうとうはっきりしたときのぼくの癖《くせ》だ。

「手術が終わったらなにをしたい？」ぼくはたずねた。

「いまとおなじこと。頭がおかしくなってて高校時代の一年をやり損《そこ》ねたから、それをとりもどしたい」

「大学にはいきたい？」

「そんな遠い先のこと、わからないわ。まずは、また悪事に手を染めないようにしなくちゃいけないし、高校をちゃんと卒業して、シスターたちを助けなくちゃいけない。そもそも、はじめっから、わたしはそんなに頭がよくないの。ドラッグはなんの助けにもならなかったし」

スクリーン・ドアを通してジェリー・ガルシアの声がきこえた。ぼくたちは同時に立ち上がった。

「会えてよかった」ぼくはイステルに顔をむけて手をさし伸《の》べた。でも、イステルはその手を握《にぎ》らなかった。

「もし、よかったら、キスさせてくれない？」イステルがいった。

なにも考えず、いつもオーロラに対してしているように、ぼくはまえかがみになって顔を下げた。

イステルはぼくのおでこにキスをした。

「半分だけのキスだけど」イステルはいった。「でも、わたしにとっては全部なの」

第30章

オーロラは駅まで車でむかえにきてくれた。なぜ、いつもより帰りが早いのかはたずねなかった。ぼくがクビになったことを知っているんだろう。オーロラは、ぼくが無口なのはパターソンにいけなくなったことが悲しいせいだと思っている。でも、それについての気持ちは、決して悲しさではなかった。むしろ「決意」に近かった。

家について、エンジンを切ったところで、オーロラはそのことについて話したくないかとたずねてきた。

「いまはいい」

「なにが起こったのか、あなたの口からききたいんだけど」

「アルトゥーロは正しかった。ぼくはオークリッジ高校にいくほうがいいんだ」オーロラがぼくをじろじろ見ているのを感じた。「だいじょうぶだよ」ぼくはいった。「週末にはポニーの世話ができるかもしれないし」

「怒ってはいないの？」

「うん」

「もう一度、父さんと話し合うこともできるわよ」

「オークリッジ高校のほうがいいと思う。パターソンみたいには好きになれないと思うけど、それでも、ぼくにとって悪くないと思う」

「どうして、気が変わったの？」

「オーロラがいったことが正しかったんだ。法律事務所で働けば、ぼくはもっと強くなれるっていったの、覚えてる？　やさしくて強くなる。オーロラみたいに。オークリッジ高校もおんなじように役に立つよ」

「役に立つって、いったいなんの？」

「オーロラはちゃんとわかってる。それは変わってない」

オーロラがもっといろいろたずねたがっているのはわかったけれど、ぼくは車のドアをあけて、ぼくを出迎《でむか》えてくれたナムをぎゅっと抱《だ》いた。それは、オーロラに対して、ひとりにしておいて、という合図だ。オーロラはぼくの頭のてっぺんに触《ふ》れて家のなかにはいっていった。それから、そのままナムと散歩にでた。散歩からもどってくると、ツリーハウスの根元にオーロラからのメモが置いてあった。

夕食は温まってるわよ。話したいときにはいつでもわたしがいるからね。

愛してる、ママより

ツリーハウスの窓から、キッチンで動き回っているオーロラが見えた。たぶん、ぼくの最後の仕事用のランチを作っているんだろう。オーロラの姿を見ていると心が痛んだ。まるで、愛でいっぱいのスポンジのようなぼくの心臓が、ぎゅーぎゅーしぼられているみたいに。明日の朝も、オーロラはいつものように起きて、スマイルマークのついた格好の悪い緑の制服を着て、死をひかえた子どもたちをすこしでも居心地《いごこち》よくすごさせるためにでかけていくだろう。

「どうして、気が変わったの？」家の裏の馬用の道をナムと散歩しながら、オーロラのその質問を考えてみた。そしていまも、机にむかって考えている。パターソンで見てきたどんな苦しみも、リアルな世界でお互いが傷つけあってしのぎを削《けず》る苦しみとは比べようがなかった。いまぼくに考えられるのは、その苦しみに気づかないふりをするのは正しくないということだけだ。もちろん、ぼく自身がほかの人にあたえる苦しみも含《ふく》めて。それらの苦しみに無感覚にならず、押しつぶされてしまうこともなく生きていくにはどうしたらいいんだろう？

キッチンの明かりが消えた。オーロラが寝室《しんしつ》のある二階へのぼっていく姿を思い浮かべた。そろそろ、ツリーハウスを引《ひ》き払《はら》って、家の自分の部屋にもどったほうがいいんじゃないかと思った。これまで、オーロラが孤独《こどく》だなんて考えたこともなかったけれど、オーロラが孤独じゃないなんて、どうしていえる？　息子は人とかかわりあうことをきらい、自分ひとりで生きることに完璧《かんぺき》な満足感を抱《いだ》いていて、娘ははなれつつある。そして、夫は仕事漬《づ》け、それはどんな気持ちなんだろう？　もし、ウェンデルがあのジャスミンの手紙のコピーを、オーロラに送りつけたらどうなるだろう？　ぼくにはわからない。ぼくたちみんなで考えなくてはいけない。

誠実であること。おたがいを信じあうこと。もし、その手紙が届いたなら、ぼくがふたりを心から信じることは、アルトゥーロとオーロラがお互い誠実でありつづけるための役に立つだろうか？　父さん、あなたの醜《みにく》い部分は、ぼくの醜い部分よりも醜いですか？

やらなければいけないことが、たくさんある。計画。準備。オークリッジ高校はたいへんだろう。パターソンでの授業は公立高校に比べて、いくつかの教科でかなりの遅《おく》れをとっていることはわかっている。公立高校の生徒たちは、共通試験に合格することを目ざした勉強をしている。ぼくたちは、最低限学ぶべきことだけを勉強した。ぼくはこれから、公立高校の学び方を身につけなければいけない。ふつうの生徒に比べたら、きっと二倍もたいへんにちがいない。そして、ぼくはこれまでほとんどなじみのなかったタイプの生徒たちとつきあわなければいけない。でも、もう決まったことだ。やるしかない。オークリッジ高校は、きっとぼくの役に立つ。

役に立つって、いったいなんの？　オーロラはいった。結局、答える機会を逃してしまったけれど、それは、オーロラとおなじような人間になるための役に立つ。オーロラのように、ぼくも、子どもたちのために強く、やさしくなりたい。道のりは長いだろう。高校生活をあと一年。それから大学。それから、看護師に必要な学位。そして、仕事。この世界の苦痛をへらす仕事。でも、どこで？　きっと、ぼくがいるべき場所はあるはずだ。

ぼくはバーモントのことを思った。あそこの星は、ずっと大地に近かった。ぼくは机にむかってすわり、パソコンを起動した。調べたいことがいくつかある。

第31章

ロバート・スティーリーの部屋にはいって最初に目にはいったのは、ぼく宛《あ》ての封筒《ふうとう》だった。その字には見覚えがある。アルトゥーロだ。ぼくは椅子にすわって、その封筒をしばらく手に持っていた。開きたくない気持ちがある。できれば、昨日心に決めた手順に従って、今日一日をすごしたかった。ぼくは封筒を置いた。それから、もう一度手にとって、机の一番上の引きだしのなかにあったレターオープナーで封を切った。

マルセロへ
昨日、おまえからわたされたメモについて、返事をしなければと思って、この手紙を書いている。まず第一に、この手紙のことを誤解しないでほしい。わたしはいまも、ビドロメックのメモのことをジェリー・ガルシアに知らせたのは、軽率《けいそつ》だったと思っている。この件と、ジャスミンのメモとはべつの話だ。
雇用者《こようしゃ》と被雇用者《ひこようしゃ》、年長者と年少者、アルコールの影響《えいきょう》を受けた男と女、既婚《きこん》男性と妻以外の女性とのあいだの関係を維持《いじ》するためには一定の境界線が必要になる。一年まえのクリスマス・パーティの際、わたしはそれらすべての境界線を越《こ》えてしまった。できることなら、あのできごとが起こってすぐ、自分があやまちを犯《おか》したことに気づいたとおまえに告げることができていたらと思う。だが、実際には、これまでずっと、あの日のできごとを、大した罪だとは思わずにすごしていた。あのジャスミンのメモを、おまえとおなじような気持ちで読んだのは、昨日がはじめてだった。そして、わたしがどれほど思慮分別《しりょふんべつ》に欠けていたかを思い知った。

おまえには、この手紙を書いた意味と理由をわかってもらいたい。

おまえの父より

ジャスミンの声がきこえたときも、ぼくはその手紙を持ったままだった。「クビになったたってきいたんだけど」

ジャスミンは、腕組みをして部屋のドア口に立っていた。

ぼくはアルトゥーロの手紙を折りたたんだ。「クビになった」ぼくはいった。

「わたしにいうつもりはあったの？　それとも、なにもいわずにいなくなるつもりだった？　小切手にサインしてもらいにあなたのお父さんのところにいってなかったら、わたし、知らないままだったんだけど。どうして、なんにも話してくれなかったの？　それに、いったいどこにかくれてたのよ？　キャンプ旅行からもどってきて以来、ぜんぜん見かけなかったわよ」ジャスミンが怒るなんて考えもしなかったけれど、たしかに怒っている。

「父はなにを話しましたか？」

「あなたがやったことよ。それ以外のことも。あなたはどうして、わたしにもいっしょにやろうっていってくれなかったの？」

「ジャスミンが父に告げ口するかもしれないと思ったからです」

「そんなことを考えてたの？　あのメモをわたしたのがだれなのか、忘れちゃったの？」

どうしてこんなことをいったのか、自分でもわからない。ジャスミンとことばを交《か》わすこと自体にすっかりとまどっている。

「それで、あなたはオークリッジ高校にいくわけ？」

「あと三週間で。そのあいだ、来年度の準備に当てます」

「それでいいの？」

ぼくは肩をすくめた。つまり、なんとか生き延びます、という意味だ。それから、たずねた。「アルトゥーロは怒ってましたか？」

ジャスミンは両方の眉《まゆ》を吊《つ》り上《あ》げた。まるで、わかってないわねといっているみたいだ。「ビドロメックの案件を泥沼《どろぬま》から救いだそうと、みんな必死で駆《か》けずり回《まわ》ってるわ。ホームジーが、下痢《げり》腹《ばら》を抱《かか》えてるのにトイレが見つからない、みたいな格好で歩き回ってるのを見るのは痛快だった。わたしが見たところ、あなたのお父さんは、自分の息子が原因でホームジーが悲惨《ひさん》な目にあってるのを楽しんでるみたいよ」

「もしかしたら、この法律事務所はつぶれて、みんな職を失ってしまうかもしれません」

「いいえ。なんとかなるわよ。ビドロメックに余分な経費をかけさせて、より安全なフロントガラスを製造させることが最高の解決策だってことにも、とつぜん気づいたみたいだし」

「借りていたCDを持ってきました」自分の声に、冷たいひびきがあるのがわかった。

ジャスミンは、いったいなにがあったんだろうと小首をかしげている。なので、ぼくはいった。

「ジャスミンと父のことを知ってしまいました。クリスマス・パーティのときの……。ウェンデルが父のファイルでジャスミンの手紙を見つけたんです。ウェンデルはそれをぼくにわたしました。ウェンデルはあの手紙のことを『真実のプレゼント』と呼んでました」

「なんてことなの」ジャスミンはいった。椅子を引いて、倒《たお》れこむようにすわる。「真実のプレゼント、か」ジャスミンは両手で椅子の座面をしっかりおさえていた。そうしていないと、椅子から転げ落ちてしまうとでもいうように。ジャスミンの顔にちらっと目をやると、血の気が引いていた。その瞬間《しゅんかん》、ぼくのことばがジャスミンを傷つけたことを知った。

「その件で、特に知りたいことはない?」その声は、押《お》し殺《ころ》した調子だった。最初に部屋にやってきたときに帯びていた熱は、すっかり引いてしまっていた。

昨日の夜、ぼくはこの件について、ジャスミンにはひとこともいわないでおこうと決意した。ジャスミンを裁くのはぼくの仕事じゃないと決めたのに。どうして、こんなにかんたんに決意がくつがえってしまったのか、自分でもわからない。ぼくが気づいていない気持ちが、まだほかにもあるんだろうか?

「ぼくの父は……」話しはじめたものの、その先がさっぱりでてこない。

「男だってこと」ジャスミンがいった。「あの人がわたしを雇《やと》って、いっしょに働いてきた。わたしは、あのときめげていた。あの人にはそれがわかったのね、たぶん。あなたのお父さんみたいな男にはわかるのよ。そして、クリスマス・パーティがあった。わたしはボストンにきて、まだ数か月だった。お酒を何杯《なんばい》か飲んだところに、あなたのお父さんがやってきて、ちょっとしたプレゼントを用意してるっていった。自分の部屋にあるんだって。ついていくべきじゃないのは、わかってた。あの人はわたしをよろこばせるようなことをいってくれた。わたしはもっと寂《さび》しくなってしまった。わたしたちはキスをした。つぎの日、わたしはあの手紙を書いたの。いいわけみたいにきこえるでしょうね。でも、そんなつもりはないのよ。わたしには、あなたにいいわけしなくちゃいけない責任なんてないもの。でも、起こったことは起こったこと」

「キスをしたんですね」

「それに気づいたとき、それから起ころうとしていることに気づいたとき、わたしは走って逃げた」

「キスをした？　走って逃げた？　父はキスを迫《せま》ったんですか？」

「そうじゃないわね。自分の半分はイエスの気持ちで、半分はノーの気持ちだったとき、それは迫ったっていえるかしら？　わたしは、自分でやめておくこともできた。あんなこと、起こらせちゃいけなかったのよ」

「でも、そのときジャスミンは、いまのぼくぐらいの年でした」

「十八歳だったわ。分別はついてる年よ」

「悪かったのは父のほうです」

「あれはまちがいだった。おしまい。あの人もわかってるし、わたしもわかってる。あのあと、あの話題が持ち上がったことは、一度もなかった。あの手紙を受け取ったあと、あの人はわたしのところにやってきて、仕事はつづけてほしいといった。わたしは条件つきで受けいれた。あのことはいっさい忘れて、なにも起こらなかったことにすること。そして、これからは、お互いを常にプロフェッショナルとして扱《あつか》うこと。あの人も了解《りょうかい》した。約束はずっと守ってくれたわ。もう十分でしょ」

「ぼくはいま、ジャスミンを傷つけてしまいました」

「そうね。なぜだかはわからないけど、あなたはわたしを傷つけた。わざわざ口にだすようなことじゃなかったけど、あなたもそれはわかってる。だけどやっぱり、正直が一番。ウェンデルがいったみたいに『真実のプレゼント』なのよ」でも、その声に、ほんとうに納得《なっとく》しているひびきはなかった。

「アルトゥーロを愛してた？」それがぼくの一番知りたかったことだったんだと気づいた。思わず口にしてしまった本当の理由はそれだったんだ。

「いいえ。もちろん愛してなんかいない。あのときは、まともじゃなかったから。突発的《とっぱつてき》な異常行動よ。あのときのわたしは、子どもみたいに落ちこんでた。落ちこんだ状態っていうのはね、あとになると、本当にバカみたいにしか見えないものなの」

「母さんは気づいてない」

「あの人は話したんじゃないかって思ってる。あなたを迎《むか》えにいったとき、お母さんの顔に浮かんだ表情でわかったの」ジャスミンは一瞬《いっしゅん》両手で顔をおおった。「もし、あのクリスマス・パーティの日を、あなたのお父さんにバーで話しかけられて、部屋にいこうと誘《さそ》われたところからやり直せるのなら、わたしはぜったいにこういうわ。『ありがとうございます。でもけっこうです』って」ジャスミンは立ち上がった。「そろそろ、わたしの小さなメール・ルームにもどって、今日の仕事をやり終えなくちゃ」

「ベリンダはマルセロよりも優秀《ゆうしゅう》ですか？」ぼくはたずねた。

「ええ」すぐに返事がかえってきた。「とにかく、仕事が速いの」

「それはよかったです。このリアルな世界では、速いほうがいいから」

「このリアルな世界ではね」

そこで会話が途切《とぎ》れた。ぼくは思っていた。さよならはいいたくない、と。ジャスミンも黙《だま》っている。ジャスミンもさよならをいいたくないんだろうか？　ぼくから話しはじめるのを待ってるんだろうか？　ジャスミンが回れ右して立ち去ろうとしたとき、ぼくはいった。「昨日、イステルに会ってきました。ジェリー・ガルシアにつれていってもらったんです」

ジャスミンは、一瞬ためらってから口をひらいた。「どうだった？」

「再建手術の予定が決まっています。そのあとに整形手術をして、映画スターみたいになるんだとイステルはいってました」

「きれいな女の子よね」

ジャスミンは、ぼくが話すのを待っている。ジャスミンがいってしまうのがこわくて、あわてて話した。「イステルは、慈悲《じひ》の聖母修道女会でずっと暮らすんです。ぼくたちは、イステルがどんなふうに自分の居場所を見つけたのかを話しました。それをきいて、ぼくは、ジャスミンがバーモントの家のことをどれほど自分の居場所だと思っているかを話してくれたときのことを思い出しました」

「いいかな?」ジャスミンは椅子を指さしていった。

「はい」ジャスミンがそこにすわってくれて、ぼくがどれほどうれしく思ったか、ジャスミンは知らない。

「わたしはね、いまちょうど、あなたが、『苦しみばかりの人生を、どうやって生きていったらいいのか』ってたずねたときのことを思い出してた。あなたは覚えてる?」

「はい、覚えてます」

「そのことは、ずいぶん考えてみたの。まだ答えはでていない。でも、あなたの質問は作曲のことを思い出させる。作曲するとき、まずはある感情からはじめるの。その感情に導かれて、ふさわしいメロディやテンポが見つかる。そして、その最初のメロディを展開したり、そのメロディに応答したりしていく。長い長い時間をかけて、とことんつきつめていくと、もうこれ以上はないっていうところにたどりつく。問題はね、その地点にたどりついたとき、わたしはものすごくフラストレーションを感じてるってことなの。だって、その終着点ははじめの感情とはまったくかけはなれていて、きっとそうなると望んでいた美しさとはほど遠いから。わたしはキース・ジャレットじゃないし、将来もぜったい無理。わたしはジャスミン。それで、わたしはその曲を手放すの。その音楽をきいて、いつかだれかが、わたしが感じた気持ちを感じてくれることを期待して」ジャスミンは短く笑った。ひきつったような笑いだ。そして、ぼくが話しだすまえにいった。「いまの話が、イステルのこととどんな関係があるんだろうって不思議に思ったでしょうね」

「いいえ、バーモントはジャスミンの居場所だということです」

ジャスミンはうなずいた。「あなたと話してから、あのスタジオ兼《けん》住居は、わたしにとって、ただのかくれ場所なんじゃないかと思えてきたの。あの質問をされて、あなたがイステルを助けようとしはじめてから、ずうっとそう思ってた。もし、わたしがあそこで暮らすのなら、そこは、わたしの『特別な関心』を作りだす場所にしなくちゃいけないってわかったの」ジャスミンはそこでことばを切って、深く息をついた。

「ぼくがいきたくなったら、いつでもバーモントにいっていいといってくれましたが、あれは本気ですか？」

「本気でもないことを口にするような人間に見える？」

「オークリッジ高校を卒業したら、いきたいと思っています。エイモスの農場の仕事を手伝えるし、ナムもいっしょです」

「あなたが思《おも》い描《えが》くその世界にわたしはいないの？　あなたとエイモスとナムだけ？」

ぼくは微笑《ほほえ》んだ。「ジャスミンも見えます」

「エイモスにこき使われるわよ」

「なんでもやります」ジャスミンを見た。「ジャスミンは泣いてます」ぼくは驚いていった。

ジャスミンは、ぼくのことばには答えようとせず話しつづけた。「この夏は、いろいろなものを見すぎたわね。いいことも悪いことも。悪いことを締《し》めだしたいと思うのは自然なことよ」

「いいえ」ぼくには、そのつづきがわかった。

「最後までいわせて。わたしがいいたいのは、かくれる場所なんてないっていうこと。どこにもね」

「バーモントにいきたいのは、かくれたいからではありません。ジャスミンの家から四十二マイルのところに大学があって、その大学にはさまざまな看護専門のコースがあるんです。理学療法《りがくりょうほう》もそのひとつです。大学を終えて、看護師の資格を取ったら、ハフリンガー種のポニーを何頭か手にいれて、自閉症《じへいしょう》の子や障害を持った子のための乗馬療法をはじめます。エイモスには、馬たちの繁殖《はんしょく》や世話を手伝ってもらいます。その仕事だけをフルタイムの仕事にするのは無理なので、ぼくはオーロラみたいに子どもたちのための看護師もやります。バーモントはぼくの特別な関心を追究できる場所なんです」ぼくはそこで、ラビ・ヘッシェルが読んでくれた、エイブラハム・ジョシュア・ヘッシェルの本の一節を思い出した。「バーモントはマルセロがマルセロの独立した旋律《せんりつ》を演奏する場所になるんです」

「独立した旋律を演奏する？」ジャスミンはCDのはいった箱をつかんで立ち上がり、まるで神に助けを求めるように天を仰《あお》いだ。

「神さまがあなたを助けてくれるでしょう」おどけた調子でそういって、ぼくも立ち上がった。

笑ってほしかったのに、ジャスミンは笑わなかった。ジャスミンは立ち止まって真剣《しんけん》な声でいった。

「あなたは全部自分で調べたの？　大学のこと、理学療法のコースのこと、看護師の資格のこと、それは全部本気なの？」

「はい」

「いつ？」

「昨日の夜」

「全部をひと晩で？」すっかり驚いたふりをしている。そのジェスチャーが、こういった決断にはもっと時間をかけるべきだといっているのか、ぼくの調べ方が、自分のやり方に似ていてうれしいといっているのかはわからなかった。

「いいえ、はい。昨日の晩だけじゃなくて、そのまえから。バーモントのことを考えたのは、昨日の夜がはじめてでした。でも、ポニーや子どもたちのことや看護師のことはもっとまえから考えてました」ジャスミンが話をつづけてほしがっているのがわかった。ぼくの計画をきくのを楽しんでいるようだ。「ぼくが看護師になるまで最低五年はかかります。そのあと、ジャスミンがエイモスをつれていった病院で子どもたちのために働こうと思っています。働きはじめるのに、資格を取るのを待つ必要はありません。すぐにでも、ボランティアとしてはじめられます。ポニーのこともそうです。今年から、週末にパターソンで働いて経験を積みます。それから、バーモントで。はじめは一頭からでいいんです。それからすこしずつ数を増やして、ゆくゆくは冬に備えて屋内トラックも必要になります。リストは作ってあります。見たいですか？」

「うーん」ジャスミンの顔が、見落としようがないほど幸せそうに輝《かがや》いたのが見えた。そして、話しはじめた。「バーモントではいつでもあなたを歓迎《かんげい》するわ。やってくる理由は関係なしにね。だけど、あそこをあなたの家にするためには、まちがいのない理由だと確認《かくにん》しなくちゃだめよ」

「正しい音階が必要」ぼくはいった。

「そう。曲全体にわたってね」

「でも、つぎの音が正しいかどうか、どうやって知るんです？」

「正しい音は正しくきこえる」ジャスミンはそういって笑った。

それから、ジャスミンははじめて見る表情でぼくのことを見た。これまで、一度も見たことのない真剣でやさしい表情だ。そしてぼくは、その目をいつまでも見つめていたい気持ちだった。それから、ジャスミンはぼくが立っているところに歩いてきて、ぼくの頰《ほお》にそっとキスをした。

ジャスミンが部屋からでていったとき、実際にきこえたのか「回顧《かいこ》」なのか、どちらかはわからないけれど、もっとも美しい音楽がひびいた。

作者あとがき

三十四年まえ、アラバマ州モビールにあるスプリング・ヒル・カレッジの三年生だったわたしは、週末になると、州の精神衛生局の施設《しせつ》でアルバイトをしていました。正職員の休日にあたる金曜の夜から日曜の夜まで、「精神障害者」のための社会復帰施設に泊りこんでいたのです。四年生になると、障害をもつ人たちのためのコミュニティ「ラルシュ」の一組織として新しくできたばかりのホームに、常駐《じょうちゅう》で移り住むことになりました。発達障害をもつ人と「健常者」が、できるかぎり障壁をとりのぞいてともに暮らし、学びあうという施設です。

当時、自閉症《じへいしょう》と診断されるのは、自閉症スペクトラムのなかでも、日常生活をおくるうえでの機能が著《いちじる》しく低い人だけでした。また、多くの場合、彼らは自閉症ではなく、心の病気であると見なされていました。しかし、いまになって思い返せば、わたしがともに暮らした若い男女のなかには、アスペルガー症候群《しょうこうぐん》をふくむ、自閉症スペクトラムのさまざまな段階に分類されるべき人がいました。本書であの若者たちの特質をささやかながら知っていただくことによって、彼らから受けた愛に応えることができたらと思います。

本書は甥のニコラスに捧《ささ》げます。ニコラスはいつの日か、自閉症児という偏見《へんけん》をはねのけ、誇りをもって本書を読んでくれるでしょう。わたしを支えてくれたアン・シベルソンとジャック・シベルソン、本書に生命が吹きこまれる長い年月のあいだ、ゆらぐことなくわたしを信じつづけてくれたエージェントのフェイ・ベンダーに感謝を捧げます。そして、目のくらむようなビジョンと確固たる方向性、たゆまぬ仕事ぶりでわたしを導いてくれた編集者のシェリル・クラインにも感謝を。あなたはまさに共著者といってよい存在です。最後に妻、ジル・シベルソン・ストークがしめしてくれた見識と忍耐、あふれる希望に心からのありがとうを。

訳者あとがき

高校生活の最終学年を間近にひかえた夏休み、十七歳のマルセロは人生の岐路《きろ》に立たされていました。小学校からずっと通いつづけていた私立の養護学校から、公立の普通高校への編入を、父親から打診《だしん》されているのです。けれども、マルセロはこれまでどおりの学校生活をつづけたいと強く願っています。せっかく大好きなポニーの世話係になれそうだと楽しみにしていたところだし、正直、父親がいうところの「リアル」な世界がこわいのです。

マルセロには自閉症《じへいしょう》スペクトラムのひとつ、アスペルガー症候群《しょうこうぐん》とよぶのがいちばん近い障害があります。マルセロ本人のことばを借りると、「アスペルガー症候群の主な特徴としては、コミュニケーション能力が低く、社会的な関係を築くのが苦手なことがあげられます。それと、なにかに強い『こだわり』を持つという点も。それらの点がアスペルガー症候群の人たちとほかの大多数の人たちとの一番のちがいです」ということになります。

自閉症スペクトラムとは、脳の機能的障害が原因となって起きる、発達障害のひとつです。そこにはアスペルガー症候群やカナー症候群など、さまざまな症状《しょうじょう》がふくまれます。

みなさんも理科の授業でプリズムをつかった実験をしたことはありませんか？　プリズムを通して光を分散させて、虹《にじ》のような「スペクトル」を得る実験です。このスペクトルとスペクトラムはまったくおなじ意味を持つことばで、自閉症のさまざまな症状、段階も虹の光のようにどこかでくっきり線引きされるのではなく、まじりあったあいまいな境界で連続的につながっていることからこの名がつけられているのです。マルセロが「アスペルガー症候群とよぶのがいちばん近い」とされるのは、いわゆる「健常者」との境界もあいまいなレベルだから、といえるかもしれません。

とはいえ、マルセロはほかの人の表情を読むことはひどく苦手ですし、大勢の人が行き来する街を歩くことにも恐怖を感じたり、行動を起こすまえにはきちんと手順をきめておかないとパニックを起こしてしまうなど、アスペルガー症候群に特徴的な症状があります。そして、宗教への強いこだわりも持っています。

結局、新年度からどちらの高校へ進むかをマルセロ自身が選ぶ条件として、夏休みのあいだ、マルセロは父親が経営する法律事務所でアルバイトをすることになりました。ビクビク、ドキドキしながら初出勤したマルセロには、つぎつぎと試練がおそいかかります。直属の先輩ジャスミンには、出会って早々、「あなたがきたこと、うれしくないの」といわれてしまいますし、マルセロ同様、夏休みにバイトでやってきたウェンデルには無理難題をおしつけられます。そして、仕事中、一枚の写真を目にした瞬間、マルセロはこれまで経験したことのない衝撃《しょうげき》を受けます。いい知れぬ衝動《しょうどう》に突き動かされるように、その写真の少女の秘密をさぐろうと決意するところから、物語はにわかにミステリーの色調をも帯びてきます。法律事務所に関するある秘密を知ったマルセロに、重大な決断がせまられ……。

それまでリアルな世界の荒波を受けることなく、いきなり大海へとこぎだしたマルセロの物語は、ごくごく普遍的《ふへんてき》な物語ともいえるでしょう。知らない世界へと一歩踏みだすときの緊張や不安などは、だれにとっても避《さ》けてはとおれないものなのですから。わたし自身、親元をはなれて田舎から東京へでてきて、右も左もわからないまま浪人生活をはじめたときのことや、就職活動の面接で、まさに「ボラ」が喉元《のどもと》までとびあがるようなドキドキを経験したこと、初出社のときの緊張感などがあざやかによみがえりました。

一方で、マルセロの目をとおすと、あたりまえに思っていたものがとても不思議に感じられたり、なんでもないことに重要な意味を発見できたりと、世界は新鮮で驚きに満ちたものに見えてきます。わたしもマルセロのおかげで、世界を見るあらたな視点を得たよろこびにひたることができました。さまざまな彩《いろど》りを放つ奥の深い本作品、みなさんにはどのように読んでいただけるのか、翻訳者としてもとても楽しみです。

ところで、翻訳作業中には音楽をかけっぱなしにしていることが多いのですが、今回は当然ながら、キース・ジャレットとバッハ(特にグールドが演奏するピアノ曲)が中心でした。もともとどちらも大好きなので、思わず聴き入ってしまうのがたまにきずでしたが。

本書の翻訳出版にあたりましては、岩波書店編集部の須藤建さんにたいへんお世話になりました。この場をお借りしてお礼もうしあげます。

二〇一三年一月

千葉茂樹

訳者　千葉茂樹

1959年、北海道生まれ。出版社勤務を経て現在は翻訳家。絵本から読みもの、ノンフィクションまで幅広い作品を手がける。訳書に『縞模様のパジャマの少年』『ながいながいよる』(岩波書店)、『ピーティ』(鈴木出版)、『スターガール』(理論社)、『雲じゃらしの時間』(あすなろ書房)、『ボグ・チャイルド』(ゴブリン書房)など。

マルセロ・イン・ザ・リアルワールド
フランシスコ・X・ストーク作

2013年3月22日　第1刷発行
2016年4月5日　第3刷発行

訳　者　千葉茂樹《ちばしげき》

発行者　岡本　厚

発行所　株式会社　岩波書店
〒101-8002 東京都千代田区一ツ橋2-5-5
電話案内 03-5210-4000
http://www.iwanami.co.jp/

印刷製本・法令印刷

ISBN 978-4-00-116403-9　Printed in Japan
NDC 933　388 p.　19 cm